O Amor está no Ar

Jennifer Echols

O Amor está no Ar

PandorgA

2014

Outros romances de Jennifer Echols

Uma História de Amor

Como fui Esquecer de Você

Longe Demais

MTV Books

COORDENAÇÃO EDITORIAL **Silvia Vasconcelos**
TRADUÇÃO **Ana Paula Rezende**
PREPARAÇÃO **Mônica Vieira/Project Nine**
DIAGRAMAÇÃO **Project Nine**
COMPOSIÇÃO DE CAPA **Elisa Medeiros**
REVISÃO **Patrícia Murari**

TEXTO DE ACORDO COM AS NORMAS DO NOVO ACORDO ORTOGRÁFICO DA LÍNGUA PORTUGUESA (DECRETO LEGISLATIVO Nº 54, DE 1995)

DADOS INTERNACIONAIS DE CATALOGAÇÃO NA PUBLICAÇÃO (CIP)
(Câmara Brasileira do Livro, SP, Brasil)

Echols, Jennifer
O amor está no ar / Jennifer Echols ; [tradução Ana Paula Rezende]. -- 1. ed. -- Carapicuiba, SP : Pandorga Editora e Produtora, 2014.

Título original: Such a rush.
1. Romance norte-americano I. Título.

14-04818 CDD-813

Índices para catálogo sistemático:
1. Romances : Literatura norte-americana 813

2014
IMPRESSO NO BRASIL
PRINTED IN BRAZIL
DIREITOS CEDIDOS PARA ESTA EDIÇÃO À
EDITORA PANDORGA
Avenida São Camilo, 899
CEP 06709-150 - Granja Viana - Cotia - SP
Tel. (11) 4612-6404
www.editorapandorga.com.br

Para meu pai e meu filho, cujo amor pela aviação inspirou este livro.

Agradecimentos

Sinceros agradecimentos à minha brilhante editora, Lauren Mckenna, por seu entusiasmo; à minha incomparável agente, Laura Bradford, por tornar este livro realidade; a meu pai e meu irmão, ambos pilotos, que com paciência me explicaram como pilotar (e derrubar) um avião; ao meu sócio no crime, Erin Downing, por ler e conceber este livro; e, como sempre, às minhas críticas parceiras, Catherine Chant e Victoria Dahl, pelo apoio permanente.

Um

Setembro

Na casa em que morei na Carolina do Sul – e já morei em muitas – o estacionamento de trailers ficava perto do aeroporto. Depois de mais uma mudança, quando eu tinha 14 anos, tomei uma decisão. Se eu estava predestinada a viver em um estacionamento de trailers por toda minha vida, eu poderia reclamar do cheiro do combustível dos aviões, como minha mãe fazia, eu poderia beber até cair para aguentar o barulho, como todos os que moravam ali faziam, ou eu poderia aprender a pilotar.

Mas é mais fácil falar do que fazer. Meu primeiro passo foi atravessar o estacionamento de trailers, passar pela cerca que dava acesso ao aeroporto e procurar um emprego. Pela primeira vez na vida tive sorte. A cidade de Heaven Beach estava contratando alguém para fazer o trabalho administrativo e para abastecer os aviões, uma combinação, digamos, inusitada. Os homens que se candidataram ao emprego na pista não sabiam digitar. E as mulheres que sabiam digitar recusavam-se a mexer com combustível. Uma menina de 14 anos com cara de morta de fome se encaixava bem no serviço.

Eu atendia o telefone, colocava travas nas rodas dos aviões que estacionavam, enchia o tanque de pequenos jatos de empresas – fazia tudo o que precisava ser feito e que não requeria muita habilidade. Em outras palavras, eu tocava o aeroporto. Um aeroporto de uma cidade pequena não exigia muito mais do que isso. Não havia funcionários de plantão. Não havia torre. Não havia controlador de tráfego aéreo – uma piada. Não havia nada para evitar que os aviões colidissem, a não ser os próprios pilotos.

O balcão de recepção onde eu trabalhava ficava de frente para o hall de entrada, com paredes de vidro e vista para a pista. Muitas vezes, eu me sentava na varanda do escritório, levando o celular do aeroporto comigo caso alguém ligasse, para ver os aviões decolarem e aterrissarem. Atrás do escritório havia pequenos hangares para pilotos privados. Na frente do escritório, alguns pilotos estacionavam os aviões a céu aberto, já que nada, a não ser um furacão ou um tornado, poderia danificá-los enquanto estivessem presos no chão. À minha esquerda, entre mim e o estacionamento de trailers, ficavam os grandes hangares das empresas de aviação. À minha direita estavam o mastro e a biruta, as bombas de combustível e mais alguns hangares de metal retorcido. O hangar mais próximo era coberto pelas inscrições em vermelho e branco, descascadas e desbotadas pelos anos de tempestades vindas do oceano:

Hall Aviation transporte de banners: faça propaganda de sua empresa para os banhistas, passeios de avião com linda vista do oceano, dispersão de cinzas no atlântico, escola de aviação.

Em agosto, assisti aos pequenos aviões da Hall Aviation deslizarem vagarosamente sobre a grama ao lado da pista carregando banners que se estendiam atrás deles no ar, muitas vezes maiores que os próprios aviões. Ao ouvir os homens que tomavam café e conversavam com Sr. Hall na varanda do escritório, descobri que seu filho mais velho era um dos pilotos do avião que levava os banners. Os filhos gêmeos de Sr. Hall, que tinham a minha idade, também apareciam por lá para ajudar em alguns sábados. Eles juntavam as letras para formar as frases dos banners. Alec era loiro e sorridente e *parecia ser* o garoto legal e saudável que Sr. Hall pensava que era, enquanto Grayson estava sempre metido em encrencas. Ele era um pouco mais alto, usava um chapéu de caubói e seus olhos estavam sempre escondidos atrás das lentes espelhadas de seus óculos de sol, modelo aviador. Não sabia se ele ficava me encarando do outro lado da pista quando eu me sentava na varanda para fumar um cigarro, mas eu acreditava que sim. De repente, tinha a sensação de que meu corpo todo começava a queimar, mesmo estando na sombra.

Agora todos foram embora – os gêmeos viviam com a mãe, a uma hora e meia de distância pela estrada para Wilmington, e o filho mais velho de volta à faculdade. Os turistas deixaram a praia. A empresa de transporte de banners estava fechada nessa época. Era o momento perfeito para pedir uma aula ao Sr. Hall. Catálogos da Hall Aviation estavam empilhados em suportes plásticos por todo o escritório à disposição dos visitantes. Eu sabia como as aulas eram caras sem ter que perguntar pessoalmente ao Sr. Hall pelo preço.

Mas eu passara um mês inteiro economizando o dinheiro e tomando coragem para ir adiante com o meu plano. Finalmente fui até a Hall Aviation e bati na pequena porta ao lado do hangar com a letra "*e*" de *escola* pintada nela. Quando Sr. Hall gritou lá de dentro eu caminhei entre os aviões e as ferramentas até chegar a um pequeno escritório montado num canto do galpão. Sentei-me na cadeira em frente à sua mesa e pedi que ele me aceitasse como aluna. Ele me deu a pior resposta possível ao me entregar um formulário de autorização para minha mãe assinar.

Minha mãe não estava em casa quando voltei do aeroporto naquela noite. Fiquei deitada na cama tentando pensar na melhor maneira de entregar o formulário a ela. Ela ainda não voltara para casa quando fui para a escola pela manhã. Durante todo o dia na escola só pensava no que eu falaria para ela. Poderia dizer que voar se tornaria uma carreira para mim no futuro. Ela falava sobre isso algumas vezes, dizendo que eu seria alguém na vida. Mas eu temia que ela não me apoiasse mais quando descobrisse que eu estava economizando para uma aula exorbitante em vez de dar o dinheiro a ela.

A mata cerrada que se via pela janela do ônibus escolar ainda me era estranha mesmo após um mês vivendo em Heaven Beach. Enquanto o ônibus se aproximava do estacionamento de trailers eu torcia para que minha mãe estivesse em casa e para que eu conseguisse resolver o assunto com ela. Mesmo que ela dissesse não, pelo menos acabaria com minha tortura.

Coloquei uma mão no bolso de minha calça jeans para me certificar de que o formulário de autorização estava realmente ali. Meu dinheiro para a aula de voo estava ali no meio. Se eu tivesse perdido o dinheiro na escola todo meu plano iria por água abaixo, mas fiquei com receio de deixar o dinheiro ou o formulário no meu quarto, onde minha mãe os encontraria caso estivesse desesperada por dinheiro, como já aconteceu antes.

Ao colocar a mão no bolso percebi Mark Simon me observando do outro lado do corredor. Ele sabia que eu estava com o dinheiro. Ele sabia o que eu tinha no meu bolso pela maneira como eu coloquei minha mão lá dentro, e ele o tiraria de mim. Este foi meu primeiro pensamento, pois já tive muitas coisas roubadas dentro dos ônibus escolares.

Mas me forcei a respirar fundo e relaxar, esperando minha ansiedade passar. Mark não era tão pobre. Ele só estava naquele ônibus porque trabalhava para seu tio no aeroporto depois da escola, e não porque morava no estacionamento de trailers. E quando olhei para ele, percebi que seu olhar tinha uma expressão de malícia, diferente daquela de um ladrão. Ele achou que tinha me flagrado me masturbando.

Eu estava começando a atrair esse tipo de atenção ultimamente, e isso era algo com o qual eu ainda não estava acostumada. No interior, perto da base da Força Aérea, o último lugar onde minha mãe e eu moramos, ninguém me notava. Eu usava qualquer tipo de roupa que minha mãe escolhia para mim. Sempre detestei meu cabelo cacheado, de um marrom tão escuro que poderia até ser considerado preto se não mudasse de cor com a luz do sol. Além disso, ele sempre fica embaraçado, tanto que até já quebrei um pente nele. Então, em um glorioso dia no último verão assisti a um programa de TV que dizia que as garotas precisavam fazer as pazes com seus cabelos, encontrar um bom corte, usar alguns produtos e deixá-los secar naturalmente. Fiz o que pude em um modesto salão perto de onde eu morava e comprei alguns produtos em uma loja de ponta de estoque. O resultado foi muito bom e eu me transformei completamente algumas semanas antes de nos mudarmos.

Em minha nova escola, minha transformação teve o efeito desejado. Ninguém mais sentia pena porque minha mãe não cuidava de mim e porque eu não sabia cuidar de mim mesma. Eu sabia me cuidar e todos percebiam isso. Por outro lado, os meninos, como Mark, ficavam me encarando, o que levava as garotas a me rotularem como vadia e a se afastarem de mim. Mas eu sabia quem eu era. Andava de cabeça erguida. Trocar pena por orgulho foi um bom negócio até eu me encontrar literalmente enrolada nessa situação com um garoto, então já não tinha mais tanta certeza disso.

Apoiando-se no encosto do banco enquanto o ônibus fazia uma curva, Mark atravessou o corredor e bateu seu quadril contra o meu, me fazendo chegar para o lado para dar espaço para ele se sentar.

Ele olhou para minha mão dentro do meu bolso e perguntou.

– Posso te ajudar a fazer isso?

Se ele me perguntasse aquilo alguns meses atrás eu provavelmente lhe teria dito que sim. Ele não tinha aquela aparência robusta, bonita dos garotos mais velhos da escola, que ganharam músculos para acompanhar seu crescimento. Mas para um palerma de 15 anos, ele era bonito, com olhos sonolentos e penetrantes que me observavam sem vergonha, e com cabelos pretos divididos em mechas como se ele não tomasse banho todos os dias porque saía todas as noites para beber e quase perdia o ônibus pela manhã. Ele era o tipo de garoto com o qual eu sempre me envolvia, o viciado em adrenalina que me convencia a fazer coisas que eu nunca teria feito por mim mesma só para ter a sensação de excitação. Ele lembrava meu namorado do estacionamento de trailers perto da base da Força Aérea, que aparentemente não se importava com meu cabelo embaraçado desde que conseguisse transar comigo. Ele me convenceu a fazer amor com ele no bosque perto da pista, com os aviões decolando bem acima de nós, exatamente onde eles poderiam se espatifar caso algo desse errado. Com o sexo, a excitação, e a visão daqueles aviões tão próximos, algo aconteceu comigo. E eu queria mais.

Mas quando contei a ele que estava me mudando para Heaven Beach ele saiu com minha melhor amiga no mesmo dia. Eu já estava cheia dos garotos "me ajudarem a fazer aquilo", pelo menos por enquanto. Encarei Mark quando me levantei no espaço estreito entre os bancos.

– Saia, preciso descer.

Ele sorriu.

– Como eu disse, posso te ajudar a fazer isso.

Dessa vez fiquei brava. Um garoto legal, de boa família, ou até mesmo um garoto não tão legal, como Grayson, o filho atraente e encrenqueiro de Sr. Hall, não faria um comentário cheio de más intenções a uma garota de boa família. Se eu estivesse descendo do ônibus no lado nobre da cidade e não no estacionamento de trailers eu não teria que medir cada palavra que eu dissesse para que ele não as entendesse como uma insinuação maliciosa.Meu Deus.Tentei passar por ele.

– Vamos lá, Leah. Por que você vai descer aqui? Por que você não fica no ônibus comigo até chegarmos ao aeroporto?

Suas palavras soavam como um desafio, mas debaixo daquela bravata eu podia perceber a dor. Eu não deveria afastá-lo muito para que ele não percebesse que eu queria evitá-lo, pois, se ferisse seu orgulho, ele tornaria minha vida mais difícil na escola sempre que pudesse.

– Minha mãe gosta de me encontrar no intervalo entre a escola e o trabalho – menti.

Nunca diria a verdade a ele. Ele atrapalharia tudo apenas para me pregar uma peça. Nos dias em que cometi o erro de descer do ônibus no aeroporto com ele, Mark me seguiu até o escritório e ficou por lá, perguntando sobre as apostilas, pedindo para ver mapas, ameaçando colocar fogo na sala de descanso se eu não lhe desse atenção, até que finalmente teve que sair de fininho e correr para o hangar para não se encrencar com seu tio.

O ônibus parou na estrada de pista dupla e abriu a porta na frente da estrada de cascalho que levava ao estacionamento de trailers. Ben Reynolds e Aaron Traynor desceram as escadas. Se eu não chegasse até a frente do ônibus nos próximos segundos eu perderia esta parada. Eu teria que caminhar pelo aeroporto com Mark e voltar para o meu trailer.

E morreria se percebesse, ao chegar em casa, que minha mãe não estava mais lá.

Trombei em Mark de novo e disse o mais alto que consegui sem que as cinco pessoas que restavam no ônibus se virassem para olhar:

– Saia.

Com o olhar ressentido, ele virou os joelhos para o corredor, dando espaço para que eu pudesse passar. Enquanto eu corria pelo corredor ele gritou para mim.

– Espero que amanhã seu cheiro esteja melhor.

Duas meninas riram.

Eu senti que estava vermelha. Eu não estava cheirando mal. Provavelmente ele estivesse, a julgar pelo jeito que seu cabelo estava hoje. Mas as pessoas esperavam que eu cheirasse mal. Tudo o que ele precisaria fazer era dizer isso na escola, e todos acreditariam nele. Na minha cabeça, eu já estava indo até o meu armário para escolher o que vestir amanhã, tomando o cuidado de escolher a melhor roupa que meu baixo orçamento me permitia comprar.

Desci o último degrau e cheguei na minha rua com a luz do sol me ofuscando a vista, enquanto o ônibus partia para longe. Ben bloqueou meu caminho até o estacionamento de trailers. Seus dedos formavam um V em volta de sua boca e ele balançava sua língua para mim. Aaron ria atrás dele.

Fixando meus olhos na lavanderia que servia o estacionamento de trailers, comecei a andar. Na TV diziam que é necessário ignorar os engraçadinhos para que eles parem de mexer com você. Na prática isso funcionava na metade das vezes. Na outra metade, você acabava se deparando com dois meninos no meio do caminho para o estacionamento de trailers, puxando suas roupas como se fossem cachorros. Mas hoje o conselho funcionou. Aaron encheu a mão de cascalhos e jogou em Ben, e então saiu correndo. Ben saiu atrás dele. E eles desapareceram no estacionamento de trailers.

Fiquei aliviada até que coloquei as mãos novamente no formulário de autorização que estava no meu bolso. *Por favor, esteja em casa.* Agora que o confronto com minha mãe estava próximo, meu estômago revirou. De repente eu não estava mais com pressa. Se minha mãe estivesse em casa, não tinha como eu me desencontrar dela. Havia apenas um caminho para entrar e sair do estacionamento de trailers. Passei me arrastando pela lavanderia e fui até as caixas de correio que ficavam fixadas na parede, o que evitava que fossem arrombadas, e abri nossa caixa com meus dentes rangendo de ansiedade. Desde os 10 anos era eu quem pegava a correspondência, pois minha mãe nunca o fazia. Eu fui a portadora da má notícia nos três últimos despejos, e eu sempre esperava por aquele envelope grande, com tamanho ofício. Hoje não havia nenhum envelope, apenas propagandas, que joguei no lixo. Os melhores bairros de Heaven Beach tinham cestos de lixos recicláveis ao lado das latas de lixo. No estacionamento de trailers não fazíamos reciclagem.

Por favor, esteja em casa. Peguei um cigarro na bolsa e o acendi, relaxando logo na primeira tragada. Na cidade onde morávamos antes, meu namorado conseguia cigarros para mim. Agora eu tinha que comprá-los, e eles pesavam no meu orçamento. Tentei parar, mas fumar era a única coisa que eu tinha vontade de fazer todos os dias, além de observar aviões. *Por favor, esteja em casa.* Peguei o atalho escuro do bosque. Os cascalhos estalavam sob meus pés. Era possível ouvir música country vinda de um dos trailers, mesmo ele estando com todas as janelas fechadas. Pelo menos eu sabia que alguém estava em casa. Se Ben ou Aaron voltassem, eu tinha a quem pedir ajuda caso precisasse. É claro que minha mãe já pediu ajuda muitas vezes nos estacionamentos de trailers, e nunca ninguém apareceu. *Por favor, esteja em casa.*

Cheguei ao nosso trailer, contornei as palmeiras e logo parei. Um carro vermelho desbotado, com a porta do passageiro azul, mais velho do que eu, estava estacionado no pátio sujo. Minha mãe não tinha carro. Um homem sem camisa, grisalho, com um rabo-de-cavalo, saiu do trailer e pisou nos blocos de cimento bambos que serviam de escada, segurando uma ponta da TV que apareceu em casa logo depois de nos mudarmos, no mês passado. Estávamos sendo roubadas mais uma vez. A nicotina me afetou e me deixou zonza quando me virei para correr em direção ao trailer que tocava a música country.

Então o homem começou a descer os degraus e minha mãe apareceu na porta segurando a outra ponta da TV. Primeiro, não a reconheci. Ela estava loira na última vez em que a vi, alguns dias atrás. E agora ela estava ruiva. Eu soube que era ela pelo seu jeito de andar.

Soltei a fumaça pela boca. O homem devia ser o namorado de minha mãe. Ela havia me dito que íamos nos mudar para Heaven Beach porque ele ia arrumar um emprego para ela no restaurante onde trabalhava. Mas ela ainda não estava trabalhando, e ele ainda não tinha aparecido enquanto eu estava em casa. Começava a achar que ela inventara essa história de namorado. Algumas vezes nos mudávamos porque um namorado dizia que ia arrumar um emprego para ela. Algumas vezes isso era o que ela me dizia primeiro, mas depois eu acabava descobrindo que, na verdade, mudamos porque ela devia dinheiro para alguém.

Talvez dessa vez ela estivesse falando a verdade. A TV era a primeira coisa que ela pedia para seus namorados, pois sabia que eu adorava televisão. Ela me fazia companhia. E era também a primeira coisa que ela penhorava, pois valia muito dinheiro e era fácil de carregar. A geladeira foi penhorada apenas uma vez.

– Oi, querida! – minha mãe gritou para mim. – Abra a porta para o Billy, por favor?

Abri a porta do motorista e abaixei o banco para que eles pudessem colocar a TV na parte de trás. Foi difícil colocar a televisão lá, e eles se xingaram o tempo todo. A TV era quase do tamanho do banco de trás. Eles apoiaram um lado da TV dentro do carro e minha mãe ficou segurando enquanto Billy foi para o outro lado do carro. Enquanto ela estava agachada dava para perceber que seus shorts estavam muito apertados, mas ela ainda tinha uma ótima aparência para uma mãe. Ela *tinha* que ter, afinal, ela tinha apenas 30 anos.

Finalmente ela se levantou, deixou a porta escancarada para que Billy pudesse ir para o banco do motorista, e se virou para mim.

– Você está tão bonita hoje! Me dê um abraço.

Ao ser envolvida pelos braços dela senti meu corpo todo relaxar, como acontecia quando dava o primeiro trago num cigarro. Ao mesmo tempo, segurei o cigarro longe para não queimar os cabelos dela. Eu não estava tentando esconder o cigarro. Já havia superado o medo de que ela me visse fumando. Pensei que ela ficaria furiosa quando me visse com um cigarro, mas ela já me vira fumando algumas vezes e nunca disse nada.

Ela me deu um abraço apertado e depois me soltou.

– Lamento que tenhamos que levar a TV. Billy precisa pagar uma prestação do carro.

Aquilo só podia ser mentira ou uma bobagem. Quem pagaria prestações para um carro desses?

– Será apenas por algumas semanas – disse ela. – Só até ele receber o pagamento.

Outra mentira ou bobagem. Casas de penhores não funcionavam desta maneira. Eles pagariam a Billy um valor tão baixo pela TV e cobrariam juros tão altos para que ele a tivesse de volta que eu sabia que nunca mais veria aquele aparelho novamente. Além disso, se ele não tinha dinheiro para se manter hoje, isso não mudaria quando recebesse o salário. Já passei por situações como esta com minha mãe e seus namorados muitas vezes para saber como tudo isso acabaria. Mas eu nunca conseguia dizer se ela não sabia daquilo, se ela não se importava com aquilo ou se ela simplesmente não enxergava nenhuma outra saída.

Ela estremeceu e olhou para o céu quando um avião passou fazendo barulho em cima de sua cabeça. O estacionamento de trailers era no final da pista onde os aviões aterrissavam. A mata fechada protegia os trailers de parte do barulho, e então os aviões podiam deslocar-se daquela maneira. Aquele pedaço de máquina de repente apareceu sob nossas cabeças e pairou no céu como se fosse mágica, tão devagar que parecia que ia cair, e tão barulhento que fez os metais retorcidos dos trailers vibrarem. Adrenalina subiu pelas minhas veias como se fosse nicotina, mas ainda melhor.

– Meu Deus, detesto estes malditos aviões – disse minha mãe. – Billy vai me arrumar aquele emprego logo e nos mudaremos para algum lugar legal, eu prometo.

– Tudo bem – disse eu, sem muita emoção.

Ela dizia coisas assim o tempo todo. Às vezes ela realmente conseguia um emprego, mas o máximo de tempo que ela durou num emprego foi um mês. Fiquei observando o avião até ele desaparecer atrás dos pinheiros. Mesmo quando não via mais o avião ainda conseguia ouvir seu motor, e olhei na direção da pista para onde ele foi.

– Espera aí! – disse minha mãe. – *Você* tem um pouco de dinheiro que poderia dar para o Billy.

Meu cigarro chegara ao fim. Dei uma tragada mesmo assim, quando me virei para minha mãe, me concentrando para *não* olhar para o meu bolso, onde todo o meu dinheiro estava. Soltando a fumaça, perguntei como quem não quer nada:

– O dinheiro do aeroporto? Eu não ganho muito. Eles descontam impostos. E já pago a conta de luz e água.

A luz da tarde brilhava de um modo estranho na sombra dos olhos azuis de minha mãe enquanto ela me observava com ar desconfiado.

– Você trabalha lá todos os dias depois da escola e todos os finais de semana.

– Na verdade... – e fiquei horrorizada com a facilidade com que a mentira saiu de minha boca. – Na metade do tempo em que estou lá não estou trabalhando. Eles não me dão um número suficiente de horas. Meu namorado trabalha lá, e eu fico com ele.

– Sério? – disse minha mãe levantando as sobrancelhas.

– Como ele se chama?

Mark. Mark era a resposta óbvia, mas eu não poderia me permitir contar aquela mentira. Antes de eu me dar conta do que eu dizia, falei sem pensar.

– Grayson Hall. O pai dele é o dono dos aviões que carregam os banners de propagandas nas praias.

– Odeio aquelas coisas – disse ela.– Mas um garoto como esse, talvez fique na escola e vire alguém na vida.

– Talvez – disse sentindo-me enjoada.

– Sheryl! – Billy chamou de dentro do carro. – É pra este ano!

– Até mais, querida – disse minha mãe.

Ela me jogou um beijo, deu a volta no carro tirando a poeira do corpo e entrou do outro lado.

Acenando para o carro enquanto ele desaparecia na floresta me dei conta de que ainda estava segurando o cigarro apagado. Normalmente, eu teria entrado com o cigarro, me certificado de que ele estava apagado e jogado a bituca no lixo. Mas hoje eu joguei o cigarro no chão junto com as inúmeras outras bitucas jogadas pela minha mãe e por todas as outras pessoas que já moraram ali, então subi os blocos de cimento e entrei no trailer.

A parede onde a TV ficava parecia vazia, embora não estivesse. Antes da TV aparecer, minha mãe pendurou quadros com fotos minhas, aquelas tiradas na escola, quando eu estava na pré-escola, no primeiro e no segundo ano. Quando estava na terceira série, ela começou a dizer que a escola estava de brincadeira e que o valor das fotos era um roubo. Meus rostos sorridentes novamente expostos na parede me observavam enquanto eu passava pela cozinha conjugada com a saleta. Passei pelo corredor e cheguei ao meu quarto, abri minha cômoda onde peguei o contrato de aluguel do trailer. Como minha mãe costumava jogar papéis como estes fora, eu tentava tirá-los dela antes que isso acontecesse. Algumas vezes, o fato de ter a papelada ajudava quando o proprietário queria nos despejar. Desta vez, o contrato me ajudaria a falsificar a assinatura dela.

Tirei o formulário de autorização de dentro do meu bolso e o desdobrei. Para poder desamassá-lo peguei a revista que estava em cima da minha cômoda, a última edição de *Plane & Pilot*, que eu peguei emprestado no escritório do aeroporto. Eu nunca tinha pensado muito sobre isso. Eu gostava de ler os artigos da revista à noite, na cama. Eles me faziam companhia. Eu pretendia devolver a revista mas, de repente, me senti como uma ladra.

E eu ainda não havia terminado de ler. Observando a assinatura de minha mãe no contrato, copiei a letra *S*, de *Sheryl* no formulário de autorização. Não ficou perfeito, minha mão tremia. Mas Mr. Hall não tinha a assinatura dela guardada para comparar como faziam na escola. Copiei *heryl*. Ia me encrencar por causa disso. Eu sabia que esta travessura me atormentaria depois. Copiei o *J* em *Jones*. A alternativa era ficar em terra e nunca subir num avião. Copiei *ones*. Continuar em terra e entregar todo o meu dinheiro à minha mãe para que Billy e ela, ou quem quer que fosse seu namorado naquele mês, pudessem dar uma festa com meu dinheiro, para que ele comprasse uma nova vara de pescar e uma espingarda, para que eles pudessem penhorar tudo isso para conseguir dinheiro para comprar cerveja ou crack, se ele fosse um *daqueles* namorados, e para então eles tentarem recuperar o dinheiro de volta no cassino indiano na Carolina do Norte. Grifei *Sheryl Jones* da mesma maneira como ela, como se fosse uma aluna de sétima série ainda apaixonada por sua assinatura.

Guardei a autorização no meu bolso. Com a revista embaixo do braço, tranquei a porta do trailer e segui para o trabalho. Passei longe do alcance do pit bull de meu vizinho, que estava preso na coleira e começou a latir e a avançar alucinadamente em mim. Quando saí da floresta e alcancei a longa e ampla clareira o latido foi abafado pelo barulho do motor de um avião. O bimotor Stearman da Segunda Guerra Mundial que o tio de Mark usou no passado para pulverizar a colheita estava se preparando para pousar.

Mark me disse que seu tio, Sr. Simon, acabara de comprar três Air Tractors – um dos aviões mais feios que já vi, com nariz ridiculamente longo e ângulos pontudos, pintado de amarelo ovo. Agora que o Sr. Simon usava aquelas monstruosidades para pulverizar a colheita, ele transformou o bimotor novamente em um avião de passageiro para que um dos pilotos dos Air Tractors pudesse levar os turistas para um passeio em alta velocidade.

O bimotor era bonito, o imenso motor no nariz do avião era balançado pelas longas asas para cima e para baixo. Parecia que havia saído de uma máquina do tempo. Eu observava ele mergulhar no ar e segurava minha respiração esperando pelo desastre, pois para mim sempre parecia que os aviões iriam cair. Na verdade, eu nunca presenciei um acidente de avião. O bimotor fez um pouso suave e freou. Eu tropecei e fui parar fora da grama, no asfalto da pista.

Lá longe os homens que trabalhavam no aeroporto estavam sentados em cadeiras de balanço na varanda do escritório. Sr. Hall, o Almirante, na verdade um almirante aposentado que parecia qualquer outra coisa em suas bermudas cargo e camisas havaianas. Sr. Simon, que tinha a aparência exata de um dono de empresa de aviões agrícolas, com seu macacão e boné de beisebol com a marca de uma empresa fabricante de aviões. Um camarada aposentado da marinha – Heaven Beach era um lugar bastante procurado por eles para morar. O piloto do jatinho de um uma empresa local. À medida que eu me aproximava, vários deles se viraram para me observar.

Quando cheguei mais perto, *todos* me olharam, e ficaram completamente em silêncio. Eu tinha certeza de que eles estavam olhando para o exemplar da *Plane & Pilot* embaixo do meu braço. Torci para que meu cotovelo escondesse a etiqueta com o endereço do aeroporto. Passei por baixo do toldo.

Sr. Hall disse:

– Olá, Leah.

– Olá, Leah. Boa tarde, Leah. – Ouvi um coro de vozes.

Dei um sorriso amarelo, olhando para a pista enquanto eu entrava pela porta de vidro.

A prefeitura mandava um dos rapazes da manutenção, Leon, para tomar conta do aeroporto quando eu não estava lá. Ele sabia colocar as travas nas rodas dos aviões, mas ele não tinha muita habilidade com o telefone e eu o fiz prometer que nunca tocaria nos arquivos porque eu não tinha certeza de que ele sabia ler. Peguei as chaves e o telefone celular do aeroporto com ele. Depois que Leon foi embora escutei as mensagens gravadas na secretária eletrônica. Depois de ligar para um homem para falar sobre o aluguel de um hangar e conversar com ele sobre o contrato de locação, minha pele parecia estar pegando fogo. Se eu fosse pega falsificando a assinatura de minha mãe no formulário de autorização do Sr. Hall eu não poderia alegar que eu tinha apenas quatorze anos de idade e não conseguia entender o que era legal ou não na papelada.

Tentei esquecer essa história e bancar a recepcionista gentil do aeroporto ao cumprimentar um milionário que chegava para uma semana de férias com a família. Chamei o único serviço de limusine da cidade para buscá-los. Passei um café fresco na sala de descanso. Passei pano em todo o chão do escritório, até mesmo nas salas vazias. Depois que os senhores saíram da varanda e eu tinha certeza de que ninguém estava me observando devolvi o exemplar de *Plane & Pilot* na mesa da entrada.

Durante a uma hora e meia restante em que o escritório estava aberto sentei-me em uma cadeira de balanço na varanda, naquela tarde quente, observando o fraco tráfego aéreo. O escritório ficava um pouco à frente da linha reta dos hangares. Para frente dos cantos de tijolos do prédio nem sempre conseguia ver quem estava preparando um avião para voar. Eu adorava quando um motor de repente fazia barulho, me assustando, e o avião taxiava até o final da pista. Acionava o motor, acelerava em minha direção e subia sem nenhum barulho diferente, como um carro subindo um morro, a única diferença é que não havia nada embaixo, apenas a pista, a grama e depois as árvores, e então eu não conseguia mais ver para onde ia.

Faltando dois minutos para fechar o escritório, acendi um cigarro. A caminhonete de Sr. Hall ainda estava lá no hangar, mas ele poderia sair e ir embora a qualquer momento. Então, perderia mais uma noite de sono e passaria por todo esse calvário novamente amanhã. Eu disse a ele que voltaria hoje com o formulário de autorização assinado, mas talvez ele não tenha acreditado que minha mãe o assinaria. E ele estaria certo. *Por favor, não vá embora.*

Exatamente na hora de fechar apaguei meu cigarro no potinho de areia que ficava do lado de fora da porta do escritório e caminhei para o hangar da Hall Aviation. Aprendi ontem, da maneira mais difícil, a não bater na porta de fora, pois isso atormentava Sr. Hall, o barulho da porta se abrindo já era um sinal suficiente para ele. Entrei. Depois das sombras dos aviões era possível vê-lo olhando por cima de sua mesa dentro do seu escritório de vidro lá no canto, e passando a mão na cadeira vazia.

Peguei o dinheiro e o formulário de autorização no meu bolso, desdobrei-os e os entreguei a ele enquanto me sentava.

Ele colocou o papel e o dinheiro de lado sem olhar para eles.

– Você voltou.

– Sim, senhor.

Por que ele tinha colocado o dinheiro e o formulário de lado? Será que ele já sabia que a assinatura era falsa? Fiz esforço para me acalmar e me concentrar em seu rosto, como se eu realmente quisesse ter uma conversa com ele.

Ele tinha quase cinquenta anos, como os pais de jovens de 14 anos devem ter. Dava para ver que seu cabelo costumava ser loiro e cacheado, como o de Grayson, mas estava ficando branco, e ele cortava o cabelo tão curto que quase parecia ser liso. Também podia afirmar que ele foi bonito, como Grayson. Os traços do queixo forte e os ossos salientes da face ainda podiam ser vistos no seu rosto envelhecido, mas ele parecia ter engordado rapidamente. Seu rosto era deformado agora, sua barriga se sobressaía.

– Eu imaginei que você voltaria – disse ele.– O que está achando de seu trabalho no escritório?

Eu adorava meu trabalho. Era a melhor coisa que eu já fiz. Mas eu sabia que aquilo soaria estranho e exagerado. Basicamente tudo o que eu fazia era ficar sentada naquele escritório. Então eu disse:

– Está indo bem.

– O pessoal mais antigo do aeroporto conta uma piada sobre você.

Ele se referia aos homens que estavam sentados na varanda. Fiquei tensa tentando aceitar a ideia de que faziam piada sobre mim até ali no aeroporto, onde me sentia relativamente segura.

E ele continuou:

– Estávamos lembrando de algo que aconteceu 15 anos atrás e alguém disse "Pergunta para Leah". Entendeu? O seu trabalho é tão bom e você sabe tudo o que está acontecendo. Nunca tivemos alguém tão bom quanto você tomando conta do escritório antes.

– Ah, ha-há – eu ri.

A brincadeira não era engraçada, mas ele estava tentando me elogiar.E era um comentário ridículo, pois qualquer pessoa poderia ter feito o trabalho que eu fazia se realmente se importasse com ele. Mas, pensando bem, talvez se importar com o trabalho seja o ingrediente secreto.

– Por que você quer aprender a pilotar?

Abri minha boca. Isso era um teste e eu não poderia hesitar na resposta. A verdade era que eu não entendia a resposta. Eu estava ali apenas para uma aula. Apenas uma. Talvez nas minhas fantasias do último mês eu *tenha* me imaginado trabalhando como piloto de avião, num uniforme azul-escuro, com meus cabelos presos e com gel por baixo de um quepe alinhado, em pé em frente à porta da cabine do piloto e cumprimentando os passageiros enquanto embarcavam, todos me olhando de cima a baixo e estranhando uma pequena mulher como piloto de avião, mas decidindo me dar um voto de confiança por causa do meu uniforme e do enorme avião sob minha responsabilidade. Pelo menos era assim que eu imaginava o embarque de um voo de avião. Eu nunca voei antes. Só assisti a embarques na TV. Talvez minha fantasia fosse uma bobagem.

Então falei:

– Eu gosto de aviões.

Ele levantou suas sobrancelhas loiro-grisalhas para mim, não me ajudando em nada, esperando que eu continuasse.

Engoli seco e continuei.

– Sempre morei perto de aeroporto.

– Sério? – ele perguntou, franzindo a testa, confuso.

– Não deste aeroporto – esclareci. – Perto de outros aeroportos. Eu me mudo muito. O último aeroporto foi o da base da Força Aérea, e foi quando cheguei próximo como nunca de um avião. Não consigo parar de pensar nisso. – Isso ele entendeu, e balançou a cabeça devagar.

– Quando me mudei para cá consegui o trabalho no escritório. Agora não estou apenas ouvindo os aviões e vendo-os em cima de mim através das árvores. Observo-os decolar e pousar. Parece que eles não foram feitos para voar.

Ele riu. Embora tenha parado rapidamente, apertando os lábios, eu podia perceber que ele estava se segurando para não rir.

– Deixe-me lhe dizer uma coisa, Leah. Anos atrás, este lugar estava cheio de crianças querendo ser pilotos. Havia quatro pessoas fazendo o seu trabalho, duas no escritório e duas na pista. Aquele labirinto de salas pelas quais você é responsável era cheio de atividades. Mas desde os atentados de 11 de Setembro e a publicidade negativa sobre os aeroportos, e algumas recessões econômicas, quase ninguém quer fazer aulas de aviação.

Eu concordei com a cabeça. O escritório com todos aqueles móveis bonitos e sem ninguém dentro parecia já ter tido dias melhores no passado.

– Nós, os antigos, não apenas aqui, mas por todo o país, conversamos bastante sobre como fazer para que os jovens tenham vontade de aprender a voar novamente. E chegamos à conclusão de que a maioria das pessoas ouve um avião no céu e pensa, "Um avião", e voltam a fazer o que faziam. Alguns poucos procuram pelo avião, tentam imaginar que tipo de avião é, e o observam do momento em que o avistam até quando desaparecem no horizonte, talvez até mesmo depois disso. Estes poucos são os que se tornarão pilotos.

Ele apontou o dedo para mim.

– Eu sabia que você era uma dessas. Só estava esperando você aparecer.

Ele pegou meu formulário.

Estava me dizendo que eu era um tipo de Escolhida. E, ainda, expressava sua opinião com uma autossatisfação, com um ar de sabe tudo, que me irritava. De repente entendi porque, quando ele gritou com Grayson por ter entregue os banners errados no mês passado, Grayson gritou com ele de volta.

Sr. Hall me olhou por cima do papel, e então olhou novamente para o formulário. Esqueci minha chateação e o pânico tomou conta de mim quando percebi que ele estava examinando a falsificação.

Ele abaixou o formulário colocando-o na pilha de papéis em cima da mesa.

E disse:

– Eu lhe darei uma aula, mas sob uma condição.

Que eu volte para casa e traga o formulário realmente assinado pela minha mãe desta vez? Isso seria melhor do que ser presa por falsificação de identidade, ainda assim, nenhuma dessas era a resposta que eu queria. Meu estômago se revirava enquanto esperava que ele terminasse.

– Pare de fumar – disse ele.

Prendi a respiração, surpresa que ele se importasse com o fato de eu fumar, e até mesmo que ele soubesse que eu fumava – embora eu provavelmente cheirasse a cigarro. Minha mãe com certeza cheirava a cigarro depois de fumar.

E então fiquei aliviada por ele não ter mencionado a assinatura de minha mãe. E, depois, fiquei incomodada por ele estar se intrometendo na minha vida.

– *Estou* pagando *o senhor* – afirmei. – O senhor não pode me obrigar a parar de fumar.

– Você não pode me obrigar a ensiná-la a pilotar – ele sorriu para mim repetindo o que disse.

Então inclinou-se em minha direção como se estivesse me contando um segredo.

– Estou lhe fazendo um favor. Levei trinta anos para parar de fumar. Certo?

Eu concordei com a cabeça. Não tinha outra escolha.

– Então, vamos!

Ele pulou da cadeira como se fosse uma criança. Talvez ele *realmente* estivesse esperando que eu viesse.

Eu o segui enquanto ele passava entre os aviões estacionados no hangar como se fossem peças de um quebra-cabeça. Finalmente chegamos a um avião branco, maior que os outros, para quatro passageiros. Demos a volta na máquina enquanto Sr. Hall me mostrava o que poderia dar errado com ele e o que eu deveria saber antes de voar. Depois me fez subir uma escada com um bastão de vidro na mão para colocar na asa e conferir o nível de combustível da aeronave.

– Isto parece estupidamente arcaico – disse, resistente a estas tarefas burocráticas, como a tudo o que acontecia em minhas aulas no colégio. – Os aviões não têm um tanque de combustível na cabine?

– Têm sim – disse ele. – Eu acabei de mostrar várias coisas neste avião que podem quebrar. Você não acha que um tanque de gasolina pode quebrar?

– Acho que sim.

– Achar que sim pode matá-la.

Reconheci em sua voz o mesmo tom que ele usava para dar bronca em Grayson. Ele não precisava falar comigo daquela maneira. Virei na escada e olhei para ele lá embaixo.

Parecendo perceber que me deu bronca como se eu fosse alguém que ele amava levantou as duas mãos e começou a se explicar.

– Se o tanque de gasolina de seu carro estivesse quebrado e você inesperadamente ficasse sem gasolina o que você faria?

– Eu empurraria o carro.

Na verdade, eu não saberia o que fazer. Eu poderia tirar minha licença de aprendizagem quando fizesse 15 anos, em um mês e meio. Mas com minha mãe fora o tempo todo, duvidava que eu um dia aprenderia a dirigir.

– Isso mesmo – disse ele. E se o tanque de gasolina de seu avião estivesse quebrado e você inesperadamente ficasse sem gasolina o que você faria?

– Cairia?

Tentei fazer uma piada sarcástica, mas quando ele cruzou os braços percebi que isso era *exatamente* o que aconteceria.

Dali para frente, fiz tudo o que ele me disse sem reclamar e tentei me lembrar de tudo o que ele falava. Era muita informação, principalmente agora que eu percebia que minha vida estaria em jogo, assim como outras vidas também, se eu realmente me tornasse piloto. Minha fantasia de ficar acenando para os passageiros quando eles embarcassem na minha aeronave agora parecia ingênua.

Esconderia minhas dúvidas de Sr. Hall, faria esta aula e nunca mais voltaria.

Ele me ensinou a abrir as imensas portas da frente do hangar para deixar a brisa da tarde entrar. Então ele me pediu para ajudá-lo a empurrar o avião para fora do hangar. Achei que *ele* estava brincando comigo desta vez – nós dois empurrando este pesado avião para fora. Mas pensei melhor e me lembrei que já vi homens empurrando pequenos aviões na pista. Eles deviam ser mais leves do que pareciam. Empurrei por trás, Sr. Hall puxava uma engenhoca usada para girar a roda da frente, e o avião rolava por si só na pista. Subimos no avião, que não era tão luxuoso como eu imaginei, com o estofamento fino como o de um carro barato. Conectamos fones de ouvido no painel para podermos ouvir um ao outro quando falássemos nos microfones.

– Preparar! – ele gritou, com uma voz estridente.

Ele apertou um botão e a hélice começou a girar tão rápido que desapareceu. A vibração começou a balançar meu assento. Ele dirigiu o avião pela pista, passou pelos hangares e virou. O estacionamento de trailers estava exatamente atrás de nós. A outra ponta da pista estava bem longe. Meu coração acelerou.

– Agora conferimos os controles – disse ele, sua voz metálica em meus fones de ouvido.

– Não fique apenas olhando para estes mostradores. Assim seu cérebro vai continuar dormindo. Aperte cada botão para ter certeza de que eles estão funcionando.

Ele me fez tocar todos os círculos pretos no painel superior que se estendia em nossa frente. Então ele me mostrou como usar o volante – quando ele mexia o seu volante o meu se mexia da mesma maneira – e os pedais da parte de baixo. Olhamos pelas janelas para nos certificarmos de que as partes do avião obedeciam aos comandos. Senti enjoo e então meus fones de ouvido pareciam estar com estática. Algo muito errado aconteceu.

Sr. Hall tomou o controle da situação. Com seus dedos cheios de calo ele afastou meu microfone dos meus lábios. A estática era o barulho da minha própria respiração ofegante.

– Você já leu *Os Eleitos*? – perguntou ele. – Já ouviu falar de Chuck Yeager?

– Não – tentei falar naturalmente, mas parecia que eu estava sufocando.

– Chuck Yeager era um piloto de teste da Força Aérea. O primeiro homem a quebrar a barreira do som, em 1947. Os outros pilotos ficavam impressionados com a maneira como ele colocava sua vida em risco, e mais impressionados ainda com a maneira como ele ficava calmo enquanto fazia isso, pelo menos, era o que parecia. Os pilotos de aviões sempre usam a voz de Yeager quando falam com os passageiros pelo interfone, certo?

– Certo – eu não fazia a menor ideia.

– E usamos a voz de Yeager no rádio também, não importa o tipo de problema que estamos enfrentando. Entrar em pânico quando as pessoas podem ouvir você pode não ser um bom negócio. Use a voz de Yeager para repetir estas palavras.

Repeti as palavras dele, passando informação sobre o aeroporto e nosso avião para que os outros pilotos que estivessem na área não batessem em nós quando decolássemos. Nos meus próprios fones de ouvido eu parecia uma criança de 6 anos. A qualquer momento, pilotos e mecânicos viriam correndo para fora dos hangares como formigas para tirar aquela criança da cabine.

– Agora – disse Sr. Hall –, você estava me dizendo que gosta de observar os aviões, e que parece que eles nunca deveriam voar.

– Sim.

E eu já pensava isso mesmo antes de saber tudo o que sei agora.

Pelo canto dos olhos o vi se mexer, virando os ombros em minha direção. Também o encarei, pela primeira vez desde que entramos naquela cabine. Ele inclinou a cabeça para um lado, me observando, seu rosto envelhecido impossível de decifrar. Mas ele disse com voz simpática:

– Existem muitos erros que você pode cometer. Os pilotos os cometem, e morrem. Obstáculos podem matar. O tempo pode matar. Mas, como vou mostrar, o avião é seu amigo, ele só quer voar.

– Isso se tiver combustível – disse, secamente.

– O combustível é necessário para elevar a aeronave a cinquenta e cinco nós, aproximadamente cem quilômetros por hora, mas isso é tudo o que precisamos. Depois que temos o ar que se move tão rapidamente em cima e embaixo da asa, é o formato da asa cria o impulso. O avião é uma invenção incrível. Observe!

Ele olhou para frente. O motor roncou. Já estávamos correndo pela pista antes que eu percebesse que era tarde demais para desistir.

– Eu não estou fazendo nada – disse ele.

Observei que suas mãos estavam fora do volante, seus dedos abertos quando passamos pelo hangar Simon Air Agriculture e levantamos voo.

– Força de sustentação. Isso é tudo para a maneira como esta fantástica máquina foi construída.

Passamos por cima das árvores no final da pista e continuamos subindo. Eu não tinha noção de como a floresta era grande e contínua naquela direção até onde eu conseguia enxergar. O avião inclinou-se lentamente, demos a volta e sobrevoamos o aeroporto. Nunca percebi como meu caminho do escritório do aeroporto até o estacionamento de trailers era longo. Para mim o caminho era curto porque não havia árvores ou prédios demarcando meu lugar, apenas o último hangar, mas a mata uniforme enganava. Era um longo caminho.

Então sobrevoamos o estacionamento de trailers. As direções das estradas e os espaços estreitos entre os trailers pareciam diferentes ao serem observados de cima. Mas percebi que aquela era a visão verdadeira. A visão que tive minha vida inteira, da perspectiva do trailer, era uma perspectiva desorientadora. Consegui reconhecer meu próprio trailer pela posição do longo teto de metal em relação à palmeira escura localizada ao lado da janela de meu quarto, que era maior do que as outras árvores por ali. E no próximo segundo, quando o avião ganhou mais altitude, pude enxergar o oceano.

– Meu Deus!

Minha voz saiu alta demais nos meus próprios fones, a ponto de machucar meus ouvidos. Eu já tinha me esquecido de Chuck Yeager, que sempre falava calmamente. Achei que Sr. Hall ficaria bravo comigo, mas ele apenas riu enquanto eu olhava pela janela.

Heaven Beach era, afinal de contas, uma cidade praiana. Outros moradores iam à praia todos os dias. Eu sabia que o mar estava lá. Eu só não o via com muita frequência. E também devia ficar a uns cem mil quilômetros de distância de nosso trailer, e não três. E agora, ali estava ele, subindo para encontrar o céu, num azul-escuro cortado por ondas brancas. Eu conseguia enxergar ondas inteiras, se arrastando em câmera lenta até a praia.

– Agora segure o manche – disse Sr. Hall.

Manche. Não volante. Tirando minha cabeça da janela, coloquei minhas mãos no manche e apertei. Meus dedos tremiam.

– Você não vai nos matar – garantiu ele. – Meus controles imitam os seus, lembra? Se você cometer um erro, eu resolvo o problema. Apenas faça o que eu falar e você vai pilotar. Primeiro, por segurança, precisamos nos certificar que apenas um de nós está tentando pilotar esta máquina. Estou transferindo o controle para você. Eu digo: "O avião é seu". Você diz: "O avião é meu".

– Meu avião.

– Meu avião – sussurrei.

– Aperte o pedal do seu pé direito, comece devagar, para senti-lo. Isso vai nos fazer virar.

Fiz o que ele disse. O avião se afastou da praia. Eu estava voando. Eu via tudo pela primeira vez, e talvez pela última. Tudo isso de uma só vez era irresistível. Dei uma olhadinha para trás e vi o oceano, fascinada por aquele lindo pedaço de terra que todo mundo aproveitava, e que era tão perto de minha casa, mas tão longe de meu alcance.

Nós voamos – *eu voei* – sobre o colégio, sobre a loja de ponta de estoque na rodovia. Ambos eram muito parecidos, apenas um telhado plano e preto, um enorme retângulo com quadrados menores aparecendo aqui e ali onde ficavam o ginásio ou o jardim, e cubos prateados dos ares-condicionados industriais no topo. Não saberia distinguir o colégio da loja de descontos se não fosse pelas enormes placas na frente, que pareciam muito pequenas lá de cima.

Como Sr. Hall me disse para retornar, temi que o voo estivesse terminando. Mas, na verdade, ele me ensinou a desviar o avião para o leste, na direção do oceano, e depois para o norte. Sobrevoamos o litoral de pequenas cidades praianas onde eu nunca fui. Os sinais de civilização desapareceram e a natureza dominava a paisagem, com grandes rios atravessando os pântanos e chegando ao mar. Voamos até Cape Fear, na Carolina do Norte – esta foi a primeira vez na minha vida em que saí da Carolina do Sul. Os prédios do centro de Wilmington já podiam ser vistos no horizonte, quando Sr. Hall disse:

– Podíamos descer e ver meus garotos, mas não acho que eles ficariam felizes com a visita. É melhor voltarmos. Posso pilotar no escuro, mas você não pode. Essa é uma aula a ser dada bem mais para frente.

Segui suas instruções e virei o avião, provavelmente o maior giro possível para uma aeronave daquele tamanho. Quando estava voltando para o litoral novamente e enquanto relaxava minhas mãos, que estavam tensas no manche, perguntei a ele:

– Por que você não vê seus filhos com mais frequência?

– Eu só estava brincando – resmungou. – Alec e Grayson moram com a mãe, e Jake está na faculdade.

O ruído do motor tomou conta da cabine enquanto eu pensava no que realmente estava tentando perguntar a ele.

Por fim, eu disse:

– Parece que eles gostariam de ir para Heaven Beach sempre que pudessem, para voar com você.

– A culpa é minha – disse Sr. Hall rapidamente. – Eu cometi um erro.

Eu não deveria ter feito este comentário. Agora nossa conversa ficou estranha. Pensei em algo a dizer, alguma pergunta a fazer sobre pilotar ou sobre o aeroporto, ou alguma outra coisa para mudar de assunto e não falar mais sobre os seus filhos.

– Um erro muito grave – disse ele. – Tenho tentado consertar este erro, mas algumas coisas simplesmente não podem ser consertadas.

Ele se mexeu na cadeira e esticou os braços para cima, o que para ele deveria significar uma tentativa de esquecer as lembranças ruins que o assombravam, mas para mim significava que ele estava longe de nos salvar caso eu fizesse alguma manobra errada com o manche, e era melhor eu manter o avião estável.

– *Uau* – disse ele –, que dia lindo para voar.

Voei de volta para Heaven Beach. Ele me fez dizer de novo "O avião é seu", e então assumiu o controle. Ele conversou comigo durante toda a aterrissagem, explicando-me cada movimento que fazia e por quê. O avião pousou tão suavemente que eu percebi que estávamos no chão apenas porque ouvi um barulho diferente, o barulho das rodas na pista. Ele me deixou conduzir o avião até Hall Aviation – quero dizer, taxiar – e me mostrou como desligar a máquina.Colocamos o avião de volta no seu lugar no hangar.

Enquanto eu fechava a grande porta de metal, ouvi Sr. Hall dizer:

– Ei, olá!

Uma senhora de meia-idade entrou pela porta lateral. Ela usava um blazer fino, o cabelo impecavelmente penteado, bastante maquiagem e perfume floral, parecia que tinha acabado de sair do trabalho. Ele beijou-a no rosto e a trouxe até mim segurando em sua mão.

– Esta é Sofie! – disse ele. – Sofie, esta é minha nova aluna, Leah.

– Olá, Leah.

Sofie me estendeu a mão com as unhas pintadas de vermelho.

Eu não sabia muito bem o que fazer. Minha única experiência com adultos educados era trabalhar para eles no escritório no último mês, eles não estendiam as mãos para mim. Achei que devia apertar a mão dela, e assim o fiz.

Ela soltou minha mão e sorriu para mim.

– Veja esse sorriso! Você se divertiu lá em cima.

– Sim, senhora.

Engraçado, as pessoas sempre comentavam sobre meu rosto. Aparentemente, eu era bonita. Eu também conseguia fazer a expressão "vá para o inferno" de maneira bastante convincente. Mas nunca alguém mencionou meu sorriso.

– Mesmo horário na semana que vem? – perguntou Sr. Hall.

Senti meu sorriso se desfazer.

– Ãh?

Eu queria tanto voar novamente na próxima semana. Se ele deixasse eu voaria de novo amanhã. Ou melhor, agora mesmo. Mas eu demoraria mais de uma semana para conseguir economizar o dinheiro para uma segunda aula.

Quase imediatamente ele disse:

– Estamos na baixa temporada e o movimento está devagar. Estou dando duas aulas pelo preço de uma. Na semana que vem a aula não vai ser cobrada.

– Legal!

Eu sabia que aquilo não era uma promoção. Mas aceitei sem questionar.

– Estamos indo jantar – disse ele. – Quer vir com a gente?

Olhei para Sofie, que ainda sorria para mim. Ela não se importaria que eu atrapalhasse o encontro deles. Mas, eu me importava. Eu gastei quase todo meu dinheiro na aula, e não poderia deixar que eles pagassem pelo meu jantar. Seria muita caridade de uma só vez.

– Muito obrigada – disse –, mas minha mãe provavelmente está me esperando em casa com o jantar já servido.

Quase ri quando disse essa mentira tão deslavada – maior do que a história do meu namorado Grayson, mais terrível do que a falsificação – e saí apressada pela porta lateral.

Sob a luz do pôr do sol abri o escritório para pegar minha garrafa de água que estava no balcão da recepção. Nunca entendi por que alguém pagaria o preço de refrigerante para uma garrafa de água. Ou mesmo para um refrigerante. Eu comprei uma garrafa de água e a levava comigo para casa toda noite, lavava a garrafa e a enchia de água novamente e a trocava apenas quando o rótulo ficava gasto e ameaçava revelar meu segredo. Mas não hoje. Hoje comprei um pacote de bolachas na máquina da sala de descanso. Às vezes, quando minha mãe aparecia no trailer, ela enchia a geladeira para mim. Mas eu não achava que ela fez isso hoje, pois ela estava sem dinheiro e estava muito preocupada com a TV. Meu estômago roncou quando pensei no jantar com Sr. Hall que deixei para trás.

Quando passei pelo escuro hangar Simon Air Agriculture enfiei a primeira bolacha na boca. O que eu realmente desejava era um cigarro. Mas hoje eu me tornara uma piloto, e agora eu tinha um motivo real para ansiar pelo meu futuro.

Dois

Três anos depois, final de dezembro.

Minha tarde atrás do balcão no escritório do aeroporto estava estranhamente silenciosa. De repente, dei um pulo e as páginas de meu jornal saíram voando. O aplicativo da previsão do tempo no celular do escritório começou a apitar sem parar. Com um olho no telefone e outro no céu parei o alarme e liguei rapidamente para Hall Aviation.

Sr. Hall atendeu o telefone:

– Feliz Natal, Leah.

A má notícia que eu estava quase contando para ele ficou travada na minha boca. Ele ainda era meu instrutor de voo, e a partir de abril do próximo ano ele seria meu chefe. Estávamos totalmente envolvidos nos negócios. Mas Grayson e Alec o visitavam durante o recesso de Natal, e Jake estava em casa em licença da missão no Afeganistão. Quando cheguei no Hall Aviation para minhas aulas de voo na semana passada o hangar estava repleto de garotos se provocando e se empurrando e o clima era acolhedor. Ouvi a mesma voz acolhedora, nem um pouco característica, na voz de Sr. Hall ao telefone.

Eu não queria dar a notícia a ele, mas:

– O serviço de previsão do tempo acabou de soltar um alerta de ventania. Uma tempestade se aproxima. Grayson ainda está lá em cima? O senhor precisa trazê-lo de volta.

O telefone deu sinal de ocupado. Sr. Hall desligou na minha cara.

Eu usei o telefone para acompanhar a previsão do tempo. O radar mostrava uma tempestade enorme e terrível, vinda do Atlântico, e se aproximando rapidamente.

Deixando o telefone de lado, olhei através das grandes janelas e fiquei observando a pista. Grayson, Alec e eu fizemos 18 anos e tiramos nossas licenças de piloto comercial há alguns meses, e então Sr. Hall podia finalmente nos contratar, em vez de chamar pilotos que já frequentavam a faculdade para pilotar para ele durante a semana da primavera e o verão. Durante muitos dias, nos revezamos pilotando os aviões antigos, enquanto Sr. Hall nos ensinava a prender os longos banners de propagandas e a voar com eles até a praia e depois voltar. Eu voei no meu intervalo de almoço no escritório, e Grayson subiu no avião depois que eu desci. Daqui do balcão da recepção eu não o vi descer. Eu não o vi pousar.

A julgar pela maneira como Sr. Hall desligou o telefone, eu estava certa. Grayson ainda estava lá em cima.

Fiquei com o coração apertado, então juntei as folhas que voaram e voltei a ler o jornal, um luxo delicioso ao qual eu me dava o direito diariamente, ali na sala de espera, e o qual eu examinava entre os meus bicos caso eu já tivesse terminado de ler a edição de *Plane & Pilot* inteira. Nos últimos dois anos, me tornei amiga de uma aluna nova na escola chamada Molly. O lado bom de Molly era que ela não tinha vergonha de ser vista comigo, e graças a isso eu não era mais considerada uma completa rejeitada. O lado ruim é que ela era uma garota normal, com um lar normal e uma família normal. Ao comparar-me com ela eu percebia como eu estava totalmente fora da curva. Graças a minha amizade com ela eu ia descobrindo, aos poucos, como minha vida era diferente da dela, da vida de Grayson, e da vida da maioria das outras pessoas da minha idade. Minha mãe, por exemplo, nunca assinou uma revista ou jornal. Virei a página do jornal e chequei os obituários.

Algo brilhou pelas janelas. Fiquei aliviada. Grayson estava aterrissando. Eu não ouvira o motor, pois pequenos aviões eram difíceis de ser ouvidos lá de dentro, a esta distância da pista.

Mas quando deixei o jornal e caminhei até a janela para me certificar de que ele aterrissara com segurança percebi que aquele brilho não era de um avião. O clarão que eu vi era Alec e Jake correndo ao passar pelo escritório, se dirigindo para mais perto do fim da pista, onde Grayson pousaria. Sr. Hall apareceu, um pouco mais devagar, atrás deles.

Isto não era um bom sinal. Quando um de nós carregava um banner, um dos outros observava para se certificar de que a corda e o banner desenrolavam corretamente, que nada havia se enrolado, e que nenhuma parte caiu do avião. Mas, normalmente, não ficávamos observando quando um de nós decolava ou aterrissava. Se até Sr. Hall estava correndo para o final da pista para acompanhar o pouso de Grayson era porque ele estava com problemas.

Ajustei um botão na parede para que a frequência comum de alerta de tráfego fosse ouvida nos alto-falantes do lado de fora. Quando Grayson informasse, através do rádio, que estava se aproximando, todos poderíamos ouvi-lo. Então fechei minha jaqueta, o único agasalho que eu tinha. A jaqueta não me protegeria do frio que fazia hoje, mas eu precisava ver o que estava acontecendo. Coloquei o telefone do escritório no bolso e saí pela porta.

O vento gelado bateu no meu rosto e trouxe meus cabelos para dentro dos meus olhos, como se o elástico que os prendia em um rabo--de-cavalo nem estivessem ali. O céu azul ainda era visível, mas uma porção de nuvens cinzas se formava sobre as árvores. Algumas nuvens menores pairavam sobre nós, e suas sombras corriam pelo chão mais rápido do que um avião. De um lado do escritório o vento fazia a corda bater contra o mastro repetidas vezes, produzindo um barulho parecido com o de um sino de uma igreja. Eu deveria ter abaixado a bandeira no mastro antes de a tempestade chegar. A biruta laranja lá no alto do mastro ficava perpendicular à pista. O vento cruzado era forte e aterrorizante.

A vários metros dali, Sr. Hall e seus filhos estavam, um atrás do outro, olhando para o céu em diferentes direções, procurando por Grayson. Eu vinha encontrando Alec e Jake com frequência nos últimos dias, mas nunca os vi juntos, e fiquei impressionada com a semelhança entre eles agora que Alec completou 18 anos, mesmo Jake sendo 5 anos mais velho que ele. O mesmo corpo musculoso e o cabelo loiro brilhante, a única diferente era o corte de cabelo de Jake, bastante curto por causa do serviço militar. O mesmo rosto amigável e jeito tranquilo usando jeans velho e moletons, mãos no quadril, um lindo modelo mesmo sem fazer pose. Eles eram muito parecidos fisicamente com a mãe, pelo que vi em uma foto que Sr. Hall me mostrou.

Envergonhada a ponto de ficar com as bochechas vermelhas, caminhei até lá e fiquei em pé ao lado de Sr. Hall. Alec tinha a minha idade e eu deveria preferir ficar ao lado dele e não ao lado de seu pai de meia--idade. Mas a verdade era que, mesmo depois de 3 anos no aeroporto, eu ainda não conhecia muito bem nem Alec, nem Jake, nem Grayson. Eles vinham para Heaven Beach apenas no verão, nos feriados e em alguns finais de semana. Tudo o que eu sabia sobre eles era por observá-los, sentada na varanda do escritório, papeando do lado de fora do hangar da Hall Aviation. Eles competiam entre eles e brigavam o tempo todo. As brigas começavam de repente, com um dos meninos socando o outro e o terceiro irmão gritando para o pai vir separá-los. Essas espiadas que eu dava neles enchiam minha cabeça por dias seguidos. Eu daria tudo para me juntar a eles e me sentir parte de sua família durona e dramática. Mas eles eram reservados ao falar comigo, como se estivessem ressentidos por eu ficar me intrometendo na família deles.

Então, por volta desta época no ano passado, um pouco antes de Jake ser enviado para o Afeganistão, Sr. Hall me disse para vir para minhas aulas de voo, como de costume. Quando atravessei o asfalto e me aproximei da porta ao lado do hangar pude ouvir as vozes dos meninos lá dentro. Não quis irritá-los interrompendo a conversa deles, mas achei que era melhor eu entrar naturalmente, como sempre fiz. Então empurrei a porta e entrei sem bater.

Quando a porta estava se abrindo eu não consegui vê-los, mas reconheci a voz de Alec:

– Vocês acham que ele está saindo com ela?

– Meu Deus, não – disse Jake.

– É claro que está – disse Grayson. – Por que mais aquele pão duro daria aulas de voo de graça?

A porta abriu totalmente com o vento e bateu na parede de metal fazendo um barulho parecido com o de um tiro. Os três pularam e então viraram para mim. Alec esparramado numa cadeira, Jake com o nariz encostado no Piper vermelho e Grayson com as duas mãos no motor.

Fiquei ali parada por um momento, processando o que acabara de ouvir, tentando não tirar conclusões precipitadas. Talvez eles não quisessem dizer o que eu achei que eles queriam dizer. Talvez eles não estivessem falando de Sr. Hall. Talvez eles não estivessem falando de mim.

Sim, eles estavam, percebi isso no instante seguinte. Jake olhou para o chão de cimento e balançou a cabeça como se fosse uma grande pena eu ter ouvido a conversa deles, mas ele não se importava com isso. Alec, com os olhos bem abertos virados para mim, começou a levantar de sua cadeira. Grayson continuou me encarando lá do motor da aeronave, com o olhar frio, desafiando-me a negar o que acabei de ouvir.

Mas eu não neguei. Virei e saí pela porta aberta sem olhar para trás, nem mesmo depois de ter chegado ao escritório do aeroporto. Disse a Leon que ele poderia voltar aos seus afazeres porque eu não teria aula de voo naquele dia.

Durante todo o ano que se seguiu a este episódio eu nunca perdi outra aula. Voar era precioso demais. Mas eu evitava os filhos de Sr. Hall sempre que podia. Eles nunca agiram diferente com relação a mim. Jake estava no Afeganistão. Alec e Grayson me cumprimentavam com educação apenas quando não tinham saída, e abriam a porta do escritório do aeroporto para mim quando eu estava carregando alguma caixa de arquivos, como se fossem cavalheiros do sul, ou garotos do sul cujo pai lhes ameaçou de morte se não agissem como cavalheiros, aquela mesma história de sempre. Talvez eles tenham tido vontade de se desculpar, mas perderam o momento certo. E agora retomar aquele assunto seria pior do que apenas deixá-lo adormecido. Isso não teria importância, de qualquer maneira, se não tivesse importância para mim ou eu para eles.

Mas *eles* tinham importância *para mim*. Percebi isso enquanto Jake e Alec olhavam para o céu. Eles me viam como uma estranha, mas eu os via como meus heróis em um relacionamento não correspondido, como um drama da televisão pelo qual eu esperava toda semana e que eu perdia quando minha mãe sumia com a TV.

Meu coração apertou só de pensar que um deles estava prestes a tentar um pouso bastante arriscado.

– Eu não acredito nisso – murmurou Sr. Hall ao meu lado.

– Eu sei – disse eu.

– Eu chequei a previsão do tempo o dia todo. Nunca teria deixado ele subir se tivesse visto esta tempestade se aproximando tão rapidamente.

– Estamos no oceano, no inverno – lembrei-o. – Tempestades vão surgir do nada.

Não importava o que acontecesse a Grayson – meu estômago virou com este pensamento – eu não queria que Sr. Hall se sentisse culpado. Mas eu sabia que ele se sentiria culpado.

– Você está certa, Leah. – Sr. Hall concordou com a cabeça. – E isso é bom. Você precisa ser melhor do que eu.

Você precisa ser melhor do que eu era uma de suas frases favoritas e a que seus filhos mais falavam quando o imitavam pelas costas. Eu torcia para que Grayson realmente estivesse melhor do que seu pai, e melhor do que eu também. Eu duvidava que pudesse ter pousado com aquela ventania.

Ouvimos uma interferência no alto-falante, e então a voz calma de Grayson, serena como a de Chuck Yeager, anunciando a intenção de soltar o banner.

Sr. Hall deveria estar muito orgulhoso de Grayson, mas ele não demonstrou. Apenas cruzou os braços e examinou o céu.

– Lá está ele – mostrou Alec.

Agora podíamos ver o avião, um pontinho sobre as árvores, e também ouvir o barulho de seu motor, um zumbido baixo dominado pelo vento.

O rádio portátil de Sr. Hall fez um ruído e a voz calma de Grayson pôde ser ouvida novamente:

– O vento cruzado ainda está forte?

Embora esta não fosse a frequência do aeroporto e sim aquela que a Hall Aviation usava para se comunicar com os pilotos, ainda era pública, e Grayson ainda precisava se manter calmo. Em seu estado natural ele não era nem um pouco parecido com Alec e Jake. Não era nem um pouco calmo. Eu imaginava todos os palavrões que enchiam a cabine quando ele desligava o rádio.

Ou isso, ou ele gostava do perigo, da agitação. Grayson era assim.

Sr. Hall olhou para a biruta e então aproximou o rádio da boca:

– Afirmativo, ainda está forte.

Longos minutos se passaram enquanto observávamos o ponto no céu descer em direção à pista, podíamos ver agora o banner como um risco atrás do ponto. Ele chegou à base da pista e se anunciou calmamente no alto-falante, então desviou para fazer sua aproximação final e se anunciou mais uma vez, exatamente como Sr. Hall nos ensinou. O avião se aproximou, cada vez mais ruidoso.

Depois de três anos observando, ali do escritório do aeroporto, inúmeros banners serem retirados e deixados, eu ainda ficava impressionada com o tamanho do avião, pequeno perto do banner tão comprido, e com as letras, grandes e brilhantes. O banner que ele transportava, na verdade que Alec, ele e eu transportávamos durante a semana toda, era uma sobra do verão: PROMOÇÃO PÔR DO SOL: 2 PRATOS PELO PREÇO DE 1. Ficava preocupada que os caiçaras nos responsabilizassem caso os clientes pedissem por um prato especial que o restaurante não estivesse mais servindo desde setembro. Mas *não* havia clientes em dezembro, pelo menos ninguém veria o banner na praia deserta num dia de tempestade.

O banner: PROMOÇÃO PÔR DO SOL: 2 PRATOS PELO PREÇO DE 1, se aproximava cada vez mais de nós, fazendo o avião parecer cada vez menor. Grayson não precisava pousar. Ele precisava apenas chegar perto o suficiente do chão para soltar o banner com segurança, mas ele tinha problemas até para fazer isso. O nariz do avião apontava diagonalmente para nós, e não para a pista, para enfrentar o vento. A asa esquerda girou de repente, quando Grayson perdeu o controle. Nós quatro, ao vermos tudo aquilo, abafamos um grito.

Ele endireitou o avião que rugia para nós. Ele estava tão perto de nós que pude ver o chapéu de caubói que ele sempre usava, mas nada além disso, pelas janelas que refletiam as nuvens.

– Solte, solte, solte! – gritou Sr. Hall, não pelo o rádio, mas para o vento.

Na hora o avião arremeteu, subindo para uma altitude mais segura. O banner ainda ficou suspenso no ar por alguns segundos, e então, devagar, chegou ao chão. Pelo menos foi isso que pareceu à primeira vista. Nós quatro percebemos, ao mesmo tempo, que o banner vinha em nossa direção, exatamente como Grayson acabara de falar para Sr. Hall pelo rádio:

– Acho melhor todos vocês saírem daí.

Alec e Jake correram para o escritório do aeroporto. Eu corri para um lado e Sr. Hall para o outro. O banner de 2 m de altura vinha rapidamente em nossa direção como se fosse uma serpente, muito rápido para o seu tamanho, e a ponta do cabo de metal atingiu a porta de vidro do escritório.

Tremendo, contornei o prédio até chegar na frente novamente e examinei o vidro. Para minha surpresa, não estava quebrado. Agora a ponta do cabo riscava o chão de cimento da varanda, arrastado pelo banner que era agitado pelo vento. Alec e Jake estavam enrolando uma ponta do banner que se enroscou do outro lado do prédio.

– Isso é que é vento – gritou Jake.

Soube que Grayson estava em apuros quando vi Sr. Hall e seus filhos correndo. Mas se eu tivesse qualquer dúvida, isso resolvia a questão: o piloto de combate em licença, em casa após um ano voando em missões perigosas no Afeganistão, se preocupava com o vento.

– Ele poderia pousar em outro aeroporto – gritou Alec para o pai.

– Observei a tempestade no radar – disse para Sr. Hall. – É monstruosa. Grayson não vai conseguir passar por ela. Para ajudá-lo a pista precisaria estar em uma direção diferente. Desta maneira ele poderia pousar no sentido do vento, e não com o vento soprando contra o avião e tirando-o da rota. – Aeroportos comunitários surgiam na minha cabeça, campos de pouso para cima e para baixo da costa onde eu pratiquei pouso e decolagem repetidas vezes.

– Florence – Sr. Hall e eu dissemos ao mesmo tempo.

Ele trouxe o rádio para perto de sua boca mais uma vez.

– Florence tem algumas pistas com direções diferentes. Porque você não voa até lá? Iremos buscar você e amanhã voltamos para pegar o avião.

– Florence fica a vinte quilômetros daqui – disse Grayson. – Não tenho gasolina suficiente para chegar até lá.

– Roger – respondeu Sr. Hall.

Ele olhou mais uma vez para a biruta.

Alec e Jake enrolaram o banner em um grande rolo e o colocaram na varanda, atrás da cadeira de balanço, encostado na parede, onde não poderia voar novamente. Andamos até a pista novamente e observamos o avião voar paralelo à pista, e então virar. Grayson faria os mesmos movimentos que fez na primeira vez, mas desta vez ele pousaria.

Ou, tentaria.

Não estava certo ele enfrentar isso sozinho. Ele e eu não tínhamos nenhuma ligação, mas teria sido eu naquele avião e não ele se eu não tivesse subido primeiro. Levantando minha voz por causa da ventania, disse ao Sr. Hall:

– Será que não tem algum conselho que o senhor possa dar a ele?

Sr. Hall balançou a cabeça.

– Ensinei tudo direitinho a vocês. Se vocês aprenderam direito ou não, eu não sei. Aquele garoto nunca teve o menor juízo. Ele deve estar achando tudo isso divertido.

Era verdade. Grayson era o "ligado" da família, o viciado em adrenalina que adorava um desafio, aquele que se meteu em encrenca no último ano por fumar, beber, usar maconha, dirigir em alta velocidade, faltar na escola – Sr. Hall me contou tudo isso enquanto voávamos. Sr. Hall estava sempre preocupado achando que sua ex-mulher não daria conta de criar Grayson sozinha. Alec só se dava mal quando se recusava a entregar Grayson. Mas eu duvidava que até mesmo Grayson achasse divertido tentar pousar o avião no meio desta tempestade.

Preocupada como eu estava, o que Alec enfrentava devia ser dez vezes pior. Grayson e ele não eram nem um pouco parecidos, e nunca pareceram ser muito próximos. Alec era mais próximo de Jake, muito apegado a ele na verdade, e Grayson era mais sozinho, sempre envolvido em problemas. Mas Grayson e Alec eram irmãos, gêmeos. Não fiquei surpresa quando Alec cruzou um braço na altura do peito, apoiou o outro cotovelo naquele braço e colocou sua mão na boca.

O que me surpreendeu foi que Jake colocou seu braço em volta dos ombros de Alec.

Pelo alto-falante, Grayson calmamente anunciou sua aproximação. O avião vermelho despencou do céu, caindo para uns 6 m acima da pista, depois 3.

Eu olhava e me esforçava para ficar em pé naquela rajada de vento frio que trazia o som do motor do pequeno avião até nós. De repente, o motor começou a fazer um barulho mais alto enquanto o avião virou para a esquerda. Grayson estava usando a alavanca e os pedais do leme para enfrentar o vento. Eu também estava brigando com o vento, em solidariedade, com minhas mãos fechadas, meus braços tensos, meus dedos encolhidos dentro dos sapatos. E segurando minha respiração.

O avião fez várias outras manobras desesperadoras de um lado para o outro, as asas sacudindo e se estabilizando. Finalmente ficou a somente alguns centímetros da pista, e então pousou, de maneira tão precisa como se o vento estivesse calmo.

– Perfeito! – disse Sr. Hall.

O avião ainda estava rápido quando o vento o atingiu por baixo e jogou uma asa para cima, e a outra raspou no asfalto.

– Droga! – grunhiu Sr. Hall.

Eu também fiz um barulho, algo entre um grito e um grunhido, e Jake colocou a mão contra o peito de Alec para impedi-lo de correr pelo campo. Não havia nada que pudéssemos fazer por Grayson, e ele também não podia fazer mais nada. Sem ação, enquanto alguém gritava "não, não, não, não" nós assistíamos a asa subir o mais alto que podia sem virar o avião. O avião parecia estar afundando com a pressão do vento.

Foi quando uma rajada de vento atingiu a cauda do avião e o fez girar em um grande círculo, exatamente da maneira como todos nós tivemos medo que acontecesse, e exatamente o motivo pelo qual as pessoas não voavam mais nesse tipo de avião. O vento fez o avião girar de novo, agora para o outro lado, e então o lançou nas árvores.

Agora estávamos correndo. Jake e Alec me passaram num instante. Esperava que eles soubessem como ajudar Grayson quando chegassem até ele. Tudo o que eu conseguia ver era o avião vermelho pendurado num ângulo estranho contra a linha das árvores. Concentrei-me na pista abaixo dos meus pés, então no chão desnivelado onde a grama não foi cortada desde outubro, então na pista, com minha garrafinha de água sacudindo no bolso de minha jaqueta durante todo o caminho. Quando me aproximei, me lembrei que estava com o telefone no meu outro bolso. Peguei-o e disquei 190.

Mas os três garotos surgiram debaixo da asa. Primeiro Jake, depois Alec e então Grayson. Eles riam.

Parei de correr. Meus pulmões queimavam de dor e eu quase me inclinei e abracei meus joelhos, mas eu não queria fazer aquilo num lugar onde os meninos podiam me ver.

Virei para gritar para Sr. Hall que Grayson estava bem. Ele viu os meninos também, parou de correr e começou a andar. Colocou a mão no coração.

Depois de passar pela pequena subida onde o avião e os três estavam ouvi Jake dizer:

– Queria que o Almirante tivesse visto isso. Ele teria indicado você para trabalhar nos porta-aviões.

Jake adorava o Almirante por seu recorde em combate.

Grayson sabia como esse elogio era especial. Dava para perceber isso no seu sorriso.

– Ah, isso não foi nada. – Até seus olhos sorriam, o que pareceu estranho para mim. Eu raramente via Grayson sem os óculos aviadores e sem seu chapéu de caubói, deviam estar na cabine.

– Queria ter filmado – disse Alec. – Queria que você visse, Grayson. Realmente parecia que você não ia conseguir, foram o que, três, quatro tentativas?

– Seis ou sete tentativas – disse Jake

– Eu não preciso ver – disse Grayson. – Mas se conseguirmos tirar o avião da árvore com a ajuda do trator e o colocarmos de volta na pista, e se ele funcionar, eu subo de novo.

Jake e Alec deram gargalhadas. Alec disse:

– Era exatamente isto que eu pensava. "Grayson deve estar gostando disso".

– Isso era o que papai também pensava – disse Jake.

E começou a imitar Sr. Hall daquela maneira, como todos os três filhos faziam muito bem.

– Aquele garoto provavelmente pensa que isto é divertido. Ele nunca teve juízo.

Eles pararam de rir quando Sr. Hall passou por mim. Grayson ainda sorria, mas o riso não estava mais em seus olhos. Ele esperou pelo pronunciamento de seu pai.

Segurei minha respiração pela segunda vez naquela tarde. Quando alguma coisa dava errado na Hall Aviation, normalmente era culpa de Grayson, pois ele se esquecia de alguma coisa que deveria ter feito ou que fez errado. Mas Sr. Hall costumava culpá-lo mesmo quando o problema fora causado por Alec ou Jake, ou pelo próprio Sr. Hall, ou quando simplesmente não era culpa de ninguém. Já queria ter conversado sobre isso com Sr. Hall, mas isso não era da minha conta.

Sr. Hall bateu nos ombros de Grayson e então colocou a mão na sua nuca.

– E então, filho, aquilo foi um grande giro.

Todos caíram na gargalhada mais uma vez, inclusive Sr. Hall. Grayson disse sarcasticamente:

– Valeu pela observação, pai.

– Vamos ver o tamanho do estrago.

Sr. Hall andou pela ponta da asa que estava enfiada na grama, tentando chegar no nariz. Alec e Jake o seguiram, mas Grayson ficou onde estava. Agora que não estavam olhando para ele, suas loiras sobrancelhas se uniram. Ele olhou para o avião, então para o céu, e mordeu o lábio.

– Você está bem mesmo? – sussurrei.

Seus olhos se abriram para mim, como se ele não tivesse percebido minha presença ali até aquele momento.

– Na verdade, acho que vou arremeter – ele sussurrou de volta.

– Eu cubro você.

Ele me encarou por mais um tempo, como se não confiasse em mim. Então ele se virou e correu na direção das árvores.

Acompanhei Sr. Hall e os outros dois meninos em volta da asa e espiei por cima de seus ombros quando viravam a hélice, que aparentemente não estava danificada, e a testavam. Esperei até que percebessem que Grayson não estava ali.

– Grayson? Onde está Grayson? – chamou Sr. Hall.

Olhei de volta para a asa.

– Oh-oh, o tanque de combustível está danificado.

– O que? – berrou Sr. Hall. Alec, Jake e ele deixaram a hélice e foram para a asa.

Mostrei um arranhão como se eu pensasse que aquilo indicava um dano estrutural ao tanque. Eles cutucaram a asa, passaram as mãos por ela, procuraram rachaduras. Depois de alguns minutos, Sr. Hall olhou para mim como se eu estivesse maluca.

Senti a presença de Grayson atrás de mim.

– Acho que não – disse.

Os três se levantaram e discutiram cada um dizendo o que achava. Grayson chegou perto deles sem dizer nada, como se tivesse ficado o tempo todo do outro lado do avião. Concluíram que o avião não sofrera grandes danos, mas eles gostariam de rebocá-lo até o hangar, onde poderiam analisar melhor os estragos, antes que a chuva caísse. Sem olhar para Grayson entreguei a ele minha garrafa de água. Ele tomou um gole enquanto os outros conversavam e depois cuspiu na grama.

Todos viraram e caminharam de volta para o hangar. A risada deles chegava até mim através do vento gelado. Eu não poderia dizer que os meninos me esqueceram, pois eu nunca fui parte da família deles mesmo. Eu não era nada para ser lembrada por eles. Mas Sr. Hall me esqueceu completamente, como se eu não tivesse ficado em pé ao lado dele enquanto assistíamos ao acidente.

Mas tudo estava apenas se encaixando. Os três filhos dele estavam finalmente com ele. E aquilo dificilmente voltaria a acontecer. Era Natal. E Grayson estava bem.

Sem diminuir seu ritmo Grayson olhou para mim e sussurrou:

– *Obrigado.*

E se virou novamente, sem esperar pela minha resposta.

Um mês depois, de volta ao Afeganistão, Jake morreu num acidente aéreo. E o coração de Sr. Hall não suportou tamanha tristeza. Um mês depois da morte de Jake ele foi atrás dele. Então, no fim, eu estava feliz por eles terem tido esta última tarde em família, juntos, e por eu não ter ficado perambulando pelo hangar da Hall Aviation, perturbando-os.

O telefone tocou ali no meu bolso. Ainda observando a família ir embora, trouxe o telefone até meu ouvido.

– Aeroporto de Heaven Beach.

Minha voz tremia. Segurei o telefone de lado e respirei profundamente. E então comecei de novo. Falei ao telefone, com a voz muito melhor agora:

– Aqui é Leah, em que posso ajudar?

Três

Abril

A voz calma do Almirante podia ser ouvida no rádio pelo alto-falante, anunciando aos outros pilotos da região que ele se aproximava do aeroporto. O barulho do motor do avião chegava até mim através da brisa, mas a aeronave ainda estava muito distante para ser vista.

Sentei em uma das cadeiras de balanço na varanda do escritório do aeroporto, pronta para correr pela pista e colocar as travas nas rodas do avião depois que o Almirante pousasse. Mas, na verdade, o que eu estava realmente preocupada em fazer era observar além do jornal, além das bombas de gasolina e além do mastro, em direção ao hangar da Hall Aviation. Esta era a primeira vez, desde que Sr. Hall faleceu, que eu via a caminhonete de Grayson e o carro de Alec estacionados ali. Eles deviam estar no início da semana da primavera, do último ano do colegial, assim como eu.

Eles passariam a semana de folga examinando as coisas de Sr. Hall, seus papéis, aparelhos, invenções, equipamentos e os quatro aviões, preparando-se para vendê-los e embolsar o dinheiro. Eles não precisariam mais trabalhar para guardar o dinheiro da faculdade. Eles podiam pegar tudo e ir embora.

Este meu pensamento não era bom. Devia ser difícil para eles ficar remexendo nos pertences do pai, devia ser difícil até mesmo ficar no hangar sem Jake ou ele por perto. Mais de uma vez durante aquele longo sábado de trabalho eu pensei em ir até lá e perguntar se havia alguma coisa que eu poderia fazer para ajudá-los.

Mas as lembranças do velório de Sr. Hall me detiveram. O almirante e sua esposa me levaram com eles até o local da cerimônia. A esposa do Almirante provavelmente disse a ele para me convidar para ir com eles. Embora eu detestasse aceitar favores, se eu não tivesse ido com eles não teria conseguido ir. Molly tinha um encontro. Não pediria para que ela o desmarcasse por minha causa.

Na capela do velório, e depois no túmulo, fiquei perto da esposa do Almirante como se fôssemos da mesma família. O almirante sentou-se na frente porque Sr. Hall e ele eram amigos muito próximos, e tinha sido ele quem encontrou o corpo. Por isso ele estava ao lado de Alec e Grayson, e nenhum dos dois jamais olhou para mim.

Eles deveriam ter olhado. Poderiam ter vindo até mim e perguntado, mais cedo no dia de hoje, sobre o ridículo sistema de formulários de Sr. Hall. Isso lhes teria poupado horas de trabalho. Mas eles não me pediriam e eu também não ofereceria ajuda. Eu tive um momento amigável com Grayson quatro meses antes quando ele bateu o Piper. Aquilo não importava agora. Eu não conseguia tirar da minha cabeça aquele dia, há mais de um ano, em que ele disse:

– Por que mais aquele pão duro daria aulas de voo de graça?

Se eu entrasse no hangar eles pensariam que eu queria alguma coisa.

Enquanto eu observava a pista, Grayson abriu a porta lateral do hangar. Embora Alec e ele fossem gêmeos, não era possível confundir um com o outro. Alec era bonito, sorridente, fácil de lidar. Grayson era alto, musculoso, e superconfuso. Uma versão de Sr. Hall aos 18 anos.

Quando Sr. Hall morreu ele estava uns 20 quilos acima do peso, com praticamente todo o cabelo branco, como o do Almirante, e seu rosto marcado pela vida. Mas durante todos os 3 anos e meio que vinha trabalhando no aeroporto, uma foto de Sr. Hall como um elegante piloto de caça ficava no canto de cima do quadro de avisos no seu escritório. Suas mãos ficavam dentro do bolso do traje de piloto. Um lado de sua boca ameaçava um sorriso. Ele estava inclinado para frente como se a qualquer momento fosse perder a paciência com o rapaz que tirou a foto.

Neste dia quente de primavera, Grayson vestia uma camiseta, bermudas cargo, chinelos, seu chapéu de caubói e os óculos aviadores, mas seu jeito impaciente era o mesmo que o de seu pai. Ele espalhava uma energia triste pela pista, embora estivesse apenas abrindo a porta do hangar e tirando alguma coisa de sua caminhonete. Ou então, depois de uma hora de trabalho, ele estava encerrando o expediente. Mais tarde, Alec reclamaria por ter trabalhado duro enquanto Grayson ficou na folga. A discussão poderia terminar numa briga que eu assistiria da varanda. Pelo menos alguma coisa nesta família ainda seria normal.

Errado. Grayson passou pela caminhonete e continuou caminhando em minha direção. Ou talvez ele não estivesse vindo em *minha* direção, mas sim em direção ao prédio em frente ao qual eu estava sentada. Talvez ele quisesse os registros do aluguel do hangar ou dos planos de voo que ficavam no escritório. Mas ele teria que passar por mim para entrar no prédio. Teria que me cumprimentar ou fingir que eu não estava ali, neste nosso primeiro encontro desde o funeral de Sr. Hall. Meus dedos chegaram a doer tamanha a força com que apertei as bordas do jornal, um sentimento estranho de raiva que eu nunca senti na minha vida até este momento.

Grayson e Alec nunca estiveram ao lado do pai. Pelo menos nos últimos três anos e meio eles não formaram uma família com ele, e também não o confortaram depois da morte de Jake. Eu estava aqui quando eles não estavam. Eu estava aqui, *pois* eles não estavam. Não por ser a namorada de Sr. Hall, mas talvez por me considerar um pouco sua filha, ele me deixou pilotar seus aviões. Desde sua morte não pude mais pilotar sem pagar. Eu teria que trabalhar vinte horas no aeroporto para ganhar o suficiente para pagar uma hora de aluguel de um avião. Nos dois primeiros meses desde que ele morreu eu estava tão desanimada quanto no dia em que minha mãe me arrastou para morar aqui em Heaven Beach. E agora Grayson e Alec venderiam os aviões de Sr. Hall.

No momento em que aquela ideia me passou pela cabeça senti uma tristeza enorme, e meu estômago parecia dar um nó. Eu não sabia por quê, mas Sr. Hall era legal e engraçado comigo, e por isso eu gostava dele, não porque ele me dava algo que eu queria. Eu me sentia culpada por sentir a mesma tristeza por sua morte e pelas aulas de voo que eu não teria mais. O sentimento de culpa fez meus olhos encherem-se de lágrimas.

Então eu percebi que Grayson, que estava a apenas uns vinte passos de mim, pensaria que eu estava fingindo luto pelo seu pai. Esfreguei meus olhos para que ele não visse minhas lágrimas.

Mas eu não deveria me preocupar com o que Grayson veria quando olhasse para mim. Minha cadeira de balanço estava bem perto da porta do escritório do aeroporto, e mesmo assim ele não olhou em minha direção. Ele conseguiu fazer uma barulheira ao abrir a porta e entrar no prédio, como de costume, embora não dissesse nada e também não levasse nada nas mãos. A porta bateu automaticamente, fechando-se atrás dele. O único barulho deixado para trás era o da brisa morna do Atlântico balançando o mato que se alinhava à única pista de pouso, e a corda batendo contra o mastro.

Mas eu esperava algo dele. Mesmo que fosse um confronto. Ser ignorada era o mesmo que uma frase sem um ponto final.

Como a morte de Sr. Hall, inesperada.

Grayson abriu a porta com força novamente, assustando-me. Cheguei até a rasgar o jornal que estava em minhas mãos e torci para que ele não tivesse ouvido.

Mas também, se tivesse ouvido, quem se importava? Ele voltaria pela pista a caminho em direção ao hangar sem olhar para trás, estivesse eu olhando para ele ou não.

Mais uma vez ele me surpreendeu ao sentar-se na cadeira de balanço ao meu lado entregando-me uma garrafa de água da máquina que ficava na sala de descanso. Temi que ele tivesse visto minha garrafa velha no balcão e estivesse me dando a dica de que eu precisava de uma garrafa nova – mais da minha paranoia sobre ser pobre eu ainda podia, pelo menos, dizer quando eu estava sendo paranoica. Ele estava me devolvendo a garrafa que eu dei a ele no dia do acidente. Ou então estava apenas sendo gentil.

Ele relaxou na cadeira e cruzou suas longas pernas, com os chinelos pendurados nos seus dedos. Com os cotovelos para cima e as mãos atrás da cabeça ele parecia o Almirante e os outros pilotos que se sentavam nestas cadeiras à tarde e observavam os aviões decolarem e pousarem contando piadas sujas e interrompendo o assunto quando eu me aproximava. Fiquei imaginando se ele estava tentando imitá-los intencionalmente.

Pelo alto-falante, o Almirante fez o último anúncio de sua chegada.

Por força do hábito, Grayson e eu olhamos além dos aviões de dois e quatro passageiros estacionados na pista, além da grama agitada pela brisa da primavera, para o final da pista. Agora já podíamos ver o avião do almirante, mergulhando rapidamente sobre o estacionamento de trailers.

– E aí, Leah? – disse Grayson.

Com cuidado dobrei o jornal. Não tinha como Grayson saber como eu me sentia envergonhada em falar com ele. Eu estava exagerando. Coloquei o jornal embaixo da minha perna e disse:

– E aí, Grayson.

– Eu sei que meu pai disse que a contrataria para pilotar para ele a partir desta semana – disse Grayson. – Nada mudou desde que ele morreu.

Deixei minha cabeça se encostar na cadeira e fiquei observando-o, não demonstrando nenhum sentimento por trás das lentes de meus óculos aviadores, enquanto tentava entender o que ele dizia. *Tudo* mudou desde a morte de Sr. Hall.

De repente, entendi o que Grayson queria dizer. Apoiando meus cotovelos nos meus joelhos, perguntei:

– Você vai tentar tocar o negócio? Você quer que eu pilote para *você*?

– Eu não vou tentar – disse Grayson pausadamente. – Eu *vou* tocar o negócio. E, sim, você tinha um acordo com a Hall Aviation e eu espero que você o cumpra.

A palavra cumprir fez o meu sangue ferver. Eu não cumpria? Não podiam confiar em mim?

Mas ele não parecia maldoso. Ele me olhou nos olhos – pelo menos eu achei que olhou, pois havia dois pares de óculos de sol aviadores entre nós. Balançando devagar em sua cadeira ele me observou olhando para ele. Sem enxergar seus olhos não podia ler nada em seu rosto. Não havia nada para interpretar a partir de seu queixo coberto com uma barba rala, loira, há alguns dias sem fazer; ou a partir de seu nariz ou de seu chapéu de caubói que eu quase nunca o vi sem. Tive a impressão de que ele estava fazendo exatamente o que eu fazia, permanecendo calmo como um piloto profissional, esperando que eu fizesse um comentário para que ele pudesse formar uma opinião sobre mim e redirecionar seus argumentos.

Por alguma razão, ele realmente queria que eu voasse para ele.

Olhei para o final da pista, onde Almirante acabava de pousar, no momento exato para me livrar desta conversa desconfortável. Quando o Beechcraft branco tocou o chão e correu pelo asfalto, ondas de calor faziam o avião parecer se enrugar. Dispensei Grayson dizendo:

– Já tenho um emprego. Não durante esta semana, mas no verão.

– Não – disse Grayson. – Você deve trabalhar para mim nesta semana *e* no verão.

A voz dele foi ficando cada vez mais alta à medida que Almirante taxiava o avião ali bem perto.

– Trabalhar para o seu pai – eu o corrigi. – Eu não achei que você reabriria o negócio. Você nunca falou nada comigo antes. O que eu deveria fazer? Esperar por você só para o caso de você precisar de mim?

– Você poderia ter pego o meu número de telefone e me ligado – gritou ele mais ainda por causa do barulho.

– Mesmo que você me oferecesse um emprego, isso não significaria que você realmente assumiria o negócio – gritei de volta. – Você vai pilotar por uma semana, mudar de ideia e então vai largar tudo e vai embora surfar. Como você sempre fez.

Almirante desligou o motor do avião. *Como você sempre fez* ecoou na parede de tijolos atrás de nós. Assustei-me com a altura de minhas próprias palavras.

Por sorte, eu tinha como escapar. Deixando o jornal rasgado na minha cadeira, como se não me importasse com ele e não tivesse a intenção de levá-lo para casa comigo no final do dia, me dirigi até o avião de Almirante. Peguei três conjuntos de travas de roda pesadas numa prateleira atrás da varanda.

– Desta vez é diferente – Grayson gritou para mim.

Meu braço esquerdo podia segurar um conjunto de travas de roda, mas eu coloquei dois conjuntos na minha mão direita para não precisar voltar até a prateleira e encarar Grayson novamente. Eu podia destroncar o meu braço direito com aquele peso. Torci para que, até eu acabar de mexer no avião de Almirante, Grayson já houvesse desistido desta ideia ridícula e tivesse voltado para o hangar. Eu sabia que Grayson estava em luto e eu não queria aborrecê-lo, mas não tinha como eu desistir do trabalho de piloto que eu arrumei para o verão para fazer este trabalho que ele estava inventando para mim.

Tentei não suspirar aliviada quando coloquei o primeiro conjunto de travas na roda dianteira do avião e chutei os blocos de madeira para que se encaixassem em volta do pneu. As hélices do avião zuniam, ainda girando, quando Almirante abriu a porta.

– Fez um bom voo? – gritei com minha simpática voz de funcionária do aeroporto.

– Lindo voo.

Almirante desceu do avião e foi até mim enquanto eu colocava o segundo conjunto de travas.

– Perfeito. Com bastante teto. Lindo dia para voar.

Senti uma ponta de inveja por ele poder voar e por eu ter ficado em terra há dois meses, seguida pela dor da perda de Sr. Hall, que adorava dizer:

– *Cara, que dia lindo para voar.*

Mas eu apenas entreguei o conjunto de travas para o Almirante e continuei com a conversa educada como se não me importasse com aquilo.

– Onde o senhor foi?

– Dei uma passada em Darlington, e depois em Orangebur.

Assenti com a cabeça, coloquei as travas em volta da terceira roda e prendi um cabo na lateral do avião para mantê-lo preso na pista. Quando fiquei em pé Almirante estava olhando para Grayson, que ainda estava sentado na cadeira de balanço na varanda.

– O que Grayson está fazendo aqui? – perguntou Almirante em voz baixa.

– De acordo com ele, reabrindo o negócio dos banners.

– Sério?

Almirante não usou o tom de incredulidade que eu esperava. Ele soou mais como... admirado. Ele deu mais alguns passos em direção à varanda e então virou para mim e disse:

– Obrigado, Leah.

Acenei para ele, dei a volta no avião e me curvei para prendê-lo à pista pelo outro lado. Mas fiquei atenta para ouvir o que o almirante diria para Grayson, e os observei de longe. Esperava que Grayson continuasse balançando na cadeira, emburrado, e que Almirante chegasse até ele e dissesse algumas palavras de apoio que eu não conseguiria ouvir. Mas Grayson ficou em pé com as mãos estendidas para apertar as mãos de Almirante antes mesmo de ele chegar até ele.

Almirante apertou a mão de Grayson e deu tapinhas em suas costas.

– É bom vê-lo de volta.

– Obrigado, senhor – disse Grayson.

Podia até ser que ele estivesse olhando nos olhos de Almirante, como um dono de um negócio no aeroporto e não apenas como filho do dono.

A voz de Almirante ficou mais baixa, ele parecia querer falar mais em particular, e quase me senti culpada por escutar o final de sua fala: "... bons homens".

– Obrigado, senhor – disse Grayson novamente.

– Se precisar de ajuda é só me procurar.

Almirante desapareceu pela porta de vidro do escritório. Depois de usar o banheiro e comprar um pacote de M&M, que sua mulher não deixava que ele tivesse em casa, pois ela estava sempre de regime, entrou em seu carro, estacionado ao lado do prédio e partiu para o condomínio onde moravam, na parte nobre de Heaven Beach, onde dariam um passeio à beira-mar antes do jantar. Aquilo me parecia tão exótico. Não conseguia imaginar o que era ser aposentado. Ou o que era ter dinheiro suficiente para fazer o que eu quisesse.

Grayson balança devagar em sua cadeira mais uma vez, esperando que eu terminasse de prender o avião.

Demorei bastante para encaixar um gancho de metal a um aro preso no asfalto. Caminhei de volta em direção a Grayson, mas se eu tinha alguma intenção de passar por ele e entrar no escritório sem continuar aquela conversa, ele acabou com meus planos.

– Quem é o seu chefe no outro emprego? – perguntou ele, colocando-se à minha frente.

Ele não tinha nada a ver com isso, mas eu me sentia mal com aquele meu comentário *Como você sempre fez*. E me sentia pior ainda agora que Almirante foi tão legal com Grayson. Tentava me livrar de Grayson da maneira mais educada possível. Sem parar, passei pelo lado dele e abri a porta.

– Vou pilotar um avião agrícola para o Sr. Simon – disse antes de entrar no escritório. Eu esperava que agora Grayson aceitasse meu não como resposta, e não me seguisse para dentro do escritório.

Mas, ele estava logo atrás de mim.

– Leah. – Ele me seguiu pela entrada, pelo corredor até a porta aberta que levava até o balcão da recepção.

Virando para trás quando cheguei à sala, tirei meus óculos de sol, coloquei-os no balcão e olhei para ele. Ele parecia entender a mensagem de que a área atrás da porta era meu território particular. Ele voltou pelo corredor até a entrada.

Mas, em vez de ir embora, ele se inclinou sobre o balcão apoiando seus cotovelos como se fosse começar uma longa discussão.

– Leah – disse ele em tom carinhoso –, para que você quer este emprego? Você vai renegar toda fruta orgânica que você já comprou e comeu na vida sempre que passar espalhando produtos químicos por um campo.

Até onde eu sabia, nunca comi fruta orgânica, com exceção, talvez, no café dos pais de Molly. Fiquei imaginando se tinham um sabor diferente e se eu seria capaz de perceber. Certamente eu nunca comprei uma fruta orgânica. Minha mãe teria um ataque se eu pagasse tudo aquilo por uma banana. Grayson e eu éramos de mundos diferentes.

– Você vai passar o dia todo, todos os dias, respirando aquele veneno – disse ele. – Você não se preocupa com sua saúde?

Eu ri.

– Sim. E é por isso que eu prefiro passar meu verão pilotando um avião construído neste século.

Ele me olhou com reprovação.

– Nós fazemos a manutenção em nossos aviões. Nós temos que fazer. Você sabe que a Administração Federal de Aviação (FAA) diz que qualquer avião deve voar como voava quando foi fabricado.

– O seu foi fabricado nos anos 50.

– Foi uma década muito boa para aviões. E você nunca se importou com isso antes. Você foi treinada para pilotar aviões que transportam banners. Você não pagou nada para aprender a pilotar. Simon não está fazendo você pagar para aprender? Muitos daqueles pilotos imbecis de aviões agrícolas vão cobrar para ensiná-la a pilotar. Vão prometer segurar o emprego para você. Você vai gastar milhares de dólares em treinamento e então o emprego vai misteriosamente desaparecer.

Olhei para ele como se fosse um ser totalmente estranho. Em que planeta uma garota de 18 anos, que mora num estacionamento de trailers, teria milhares de dólares para gastar em *qualquer* coisa, quanto mais em um treinamento para pilotar avião agrícola?

– Não, eu não vou pagar pelo treinamento – disse eu.

Uma das sobrancelhas de Grayson se levantou atrás de seus óculos escuros.

– Como você conseguiu *esse* acordo?

Achei que ele estava usando um tom meio agressivo, mas não quis comprar a briga antes de ter certeza do que estava acontecendo. Perguntei de maneira inocente:

– O que você quer dizer? Não é estranho. Eu paguei seu pai para ter aulas de voo e aluguei o avião dele por um longo período. O aluguel e as aulas tiveram um preço especial, mas eu *paguei* por eles. Provavelmente, Sr. Hall sabia que, se não fosse a promoção, eu não conseguiria pagar pelas aulas. Ele só me deixou voar de graça quando concordei em carregar os banners para ele. Os pilotos ajudam uns aos outros.

– Não, meu *pai* ajudou *você* – corrigiu-me Grayson.

Eu também pensava assim. O pai dele foi gentil comigo porque sentia falta dos três filhos que não moravam mais com ele há anos. E eu estava quase falando tudo isso para Grayson se ele não me deixasse em paz. Eu não queria fazer isso. Eu tinha muito respeito pelo pai dele para fazer isso. Mas eu não deixaria, de maneira alguma, que Grayson me fizesse me sentir culpada para trabalhar para ele, apenas para fechar o negócio mais tarde e me abandonar quando fosse tarde demais para eu conseguir outro emprego de piloto de avião neste verão.

Irritada, perguntei:

– Por que você quer que *eu* trabalhe para você? Haverá vários rapazes universitários por aí no começo do verão, implorando para que você os contrate.

– Não posso esperar até lá – disse Grayson. – Temos contratos a cumprir. Meu pai agendou transportes de banners para esta semana porque ele sabia que Alec, você e eu estaríamos na semana da primavera. Preciso de você amanhã.

Coloquei minhas mãos na cintura.

– Você está me avisando muito em cima da hora, Grayson.

Ele abriu as duas mãos. Pela primeira vez ele se parecia com o Grayson que eu conhecia, a distância, há 3 anos e meio; aquele que tentava se safar dos problemas.

– Decidimos reabrir o negócio apenas alguns dias atrás.

– Exatamente – disse eu. – Você está começando o negócio por capricho, e é assim que ele vai acabar. Não posso trabalhar por um capricho. Caso você ainda não tenha percebido, eu preciso de um emprego *de verdade*.

– Certo.

Ele cruzou os braços sobre sua camiseta desbotada. Ele era alto e magro, e era em momentos como este que eu percebia como ele era musculoso. Seus bíceps ficavam marcados nas mangas de sua camiseta. Mas essa não era hora de admirar seu corpo. Sua linguagem corporal me fez entender que ele realmente voltou a ser o Grayson que eu conhecia. Ele se sentiu encurralado, como se seu pai estivesse gritando com ele. Em seguida, veio um contra-ataque.

– Conte mais sobre seu *verdadeiro* trabalho – disse Grayson. – Você conversou com Sr. Simon sobre isso, certo?

– Não, eu conversei com Mark – disse, desconfiada.

Grayson tramava alguma coisa. Admito que eu sabia que Mark não era a pessoa que tomava as decisões na Simon Air Agriculture, mas ele não teria me oferecido o emprego durante o verão sem ter confirmado se estava tudo bem. Teria?

Grayson balançou a cabeça.

– Mark me contou hoje pela manhã que está morando com você.

Coloquei a mão na boca na tentativa de fazê-lo ficar em silêncio e também de esconder o meu espanto.

Ouvi um barulho de descarga e depois um chiado mais forte quando Almirante abriu a porta do banheiro. Fiquei ali parada com a mão na boca, observando Grayson em pé na minha frente com sua própria boca fechada. Queria que Almirante não tivesse escutado o que Grayson disse. Almirante e eu não éramos próximos, mas eu sempre achei que ele pensava que eu era uma menina legal. Grayson *não* pensava assim, percebi. Ouvi Almirante enquanto tentava entender o que estava acontecendo.

Mark estava na praia com seus amigos neste momento, mas ele voou num avião agrícola naquela manhã. (Era possível ouvir os passos de Almirante desde o banheiro até a sala de descanso.) A caminhonete de Grayson também estava estacionada no hangar da Hall Aviation naquela manhã. (Almirante colocou moedas na máquina.) A Hall Aviation e a empresa de aviação agrícola de Sr. Simon usavam o mesmo mecânico. (O pacote de M&M de Almirante caiu no compartimento fazendo um barulho.) Era possível que Grayson e Mark tivessem se encontrado e conversado.

– Até amanhã, Leah – disse Almirante com sua voz normal, não com tom de quem tivesse acabado de ouvir o que Grayson disse.

– Sim, senhor – respondi.

Enquanto a porta da frente do escritório se abriu e se fechou atrás de mim, continuei a observar Grayson e a pensar. *Não* era possível que Mark tivesse ido até Grayson e dito que estávamos morando juntos.

– Ele *disse* isso? – perguntei a Grayson desconfiada.

– Sim.

– Ele *falou* isso com estas palavras?

Depois do choque inicial de constatar que Grayson sabia mais da minha vida do que eu queria que ele soubesse, percebi que não precisava perguntar. Era claro que Mark disse aquilo daquela maneira, pois Mark se revelava um imbecil.

Eu só esperava que aquilo fosse *tudo* que Grayson sabia, porque havia muito mais coisa nesta história. Por muitos anos, mantive minha posição de evitar Mark e garotos como ele. Isso ficou mais fácil quando Mark fez 16 anos e parou de pegar o ônibus, e mais fácil ainda quando ele terminou o colégio em dezembro do ano passado, com um semestre de atraso. Ele trabalhava no aeroporto todos os dias, mas principalmente pelas manhãs e no início das tardes, quando eu ainda estava na escola. Algumas vezes, eu o ouvia se anunciar pela frequência do aeroporto e observava-o pousando um Air Tractor horroroso, mas nossos caminhos raramente se cruzavam.

Na semana passada, ele veio até o escritório à procura de alguns registros para seu tio. Mencionei que não estava mais trabalhando para o Sr. Hall e perguntei se por acaso o tio de Mark não estava contratando pilotos para seus aviões agrícolas. Não queria ter que trabalhar com Mark todos os dias, mas eu suportaria o sacrifício por um emprego de piloto. Para minha surpresa, ele disse que sim. Fiquei muito feliz e extremamente aliviada.

Então ele me convidou para sair. A princípio eu hesitei, mas depois de alguns minutos de paquera eu disse sim para isso também. Eu tive um namorado quando eu tinha 14 anos, mas eu nunca fui convidada para um encontro. Embora meu relacionamento com Sr. Hall não tenha sido nem um pouco romântico, sua ausência deixou um buraco no meu coração que eu estava louca para preencher. E um Mark gorduchinho aos 15 anos de idade tornou-se um rapaz realmente sexy aos 19, um tanto nervosinho.

Minha mãe estava em casa quando ele me trouxe de volta naquela noite. Geralmente eu ficava tão feliz em vê-la, até o momento em que ela levava embora a TV ou alguma comida ou uma pilha de roupas, como se usasse o trailer apenas como depósito. Desta vez, fiquei morrendo de medo de que ele contasse para ela que eu era uma piloto, ou que eu estava trabalhando no aeroporto o dia todo e não saindo com meu namorado de mentirinha, Grayson Hall. E não confiava muito no Mark a ponto de pedir a ele para não contar nada a ela.

Então quase fiquei aliviada com o rumo que a conversa tomou. Mark contou para minha mãe que a mãe dele o expulsou de casa. Ele não tinha me contado isso antes. Minha mãe ofereceu para que ele ficasse com a gente – e com isso ela queria dizer que ele podia ficar *comigo* – por alguns dias até ele encontrar outro lugar para morar, desde que ele a ajudasse com o aluguel. Eu já a ajudava com o aluguel, uma das principais despesas da minha lista. Basicamente, ela tentava fazer com que nós dois pagássemos o aluguel para ela. Talvez ele não concordasse com esse acordo se ele soubesse que naquela noite ela iria embora levando a TV. Ela me disse que iria penhorar a TV para conseguir dinheiro para apostar no cassino indiano na Carolina do Norte. E esta foi a última notícia que eu tive dela.

Tecnicamente, Mark e eu *estávamos* morando juntos. Mas isso significava que nós estávamos dormindo juntos, quando, na verdade, não estávamos. Na verdade, eu desejei Mark no começo. Eu estava afastada dos garotos há muito tempo, e a mudança que eu via nele era nova e excitante. Mas naquela noite, quando minha mãe saiu e Mark trouxe suas coisas para dentro do trailer ele também trouxe cerveja. E ele bebeu demais e não conseguimos namorar. Todas as outras noites ele estava sempre muito bêbado ou saía até tarde com seus amigos. E agora que ele estava morando comigo há uma semana, pensar nele até me dava um pouco de náusea. Mas Grayson não tinha *nada* a ver com isso.

Eu ainda não conseguia ler a expressão de Grayson com seus olhos escondidos atrás daquelas lentes. Ele não tirou os óculos quando entrou no escritório. Mas quando perguntei a ele como Mark disse sobre nós estarmos morando juntos, Grayson ergueu uma sobrancelha mais uma vez.

– Eu não sei onde você quer chegar – disse. – Não, eu ainda não falei com Sr. Simon sobre o emprego, porque é Mark quem vai me levar para voar no Stearman todos os dias nesta semana. Ele vai me mostrar os cabos e vai me dar uma noção do que eu vou fazer sozinha no verão. Eu pedi uma folga do trabalho no aeroporto e tudo o mais.

– No Stearman?

A sobrancelha de Grayson continuou levantada.

– Sim – respondi. – Não podemos ir em um dos Air Tractors. Eles acomodam apenas um passageiro.

– Eu mesmo já ouvi Sr. Simon dizer a meu pai que ele nunca deixaria Mark levar ninguém para voar num Stearman.

Eu não duvidava disso, pois Mark era bastante agitado. Mas, eu disse com cuidado:

– Você ouviu isso na varanda do escritório? Muita besteira é falada na varanda.

Sr. Hall também disse muitas coisas ruins sobre Grayson naquela varanda.

Grayson me entendeu. Ele baixou a sobrancelha. E então perguntou diretamente:

– Mark vai levá-la para voar todos os dias dessa semana? Mas hoje não?

– Hoje não – respondi impacientemente. – A partir de amanhã.

– A que horas, amanhã? – ele pressionou. – Vocês marcaram um horário?

Não marcamos um horário e, para ser sincera, estava começando a me preocupar. Mark me prometeu, quando falamos sobre isso pela primeira vez, que começaríamos a voar juntos na segunda pela manhã, mas aqui estávamos nós no domingo à tarde e ele não tocou mais no assunto. Ele estava se embebedando na praia. E eu fiquei com medo de tocar no assunto – com medo de que se eu dissesse algo errado para Mark o emprego simplesmente não existisse mais.

E era bem isso que Grayson me dizia. Mark me contou uma mentira para poder morar comigo.

Eu estava com medo. Mas eu não podia deixar Grayson perceber isso, então tentei parecer furiosa:

– Por que isso não pode ser uma negociação entre pilotos? Por que você precisa pensar que é algo sujo?

– Diga isso você – disse Grayson com amargura, retirando os cotovelos do balcão e endireitando o corpo. – É assim que você trabalha. Eu costumava invejar as raras pessoas para quem você sorria quando abastecia o combustível de seu avião, como se eles tivessem feito algo especial e merecessem uma recompensa. Mas agora percebo que você sorria para eles porque eles lhe deram algo que você queria. Uma boa gorjeta, um horário para voar. Você não sorriria para alguém sem ter uma boa razão para isso.

Eu nunca pensei que ele prestaria atenção se eu sorrisse para ele ou não.

Existia uma possibilidade aqui. Uma pequena possibilidade. Eu sempre pensei nele como a ovelha negra da família, extremamente legal e bom demais para mim, muita areia para o meu caminhãozinho. Finalmente, aqui estava uma pista de reciprocidade do interesse que eu me esforçava para fingir que não tinha por ele desde os meus 14 anos.

Não. Mark não teria me feito de boba. E eu não deixaria Grayson me fazer de boba também. Com o rosto vermelho de raiva eu disse:

– Grayson Hall. No segundo em que você se sente ameaçado você perde as estribeiras e diz qualquer coisa que vem à sua cabeça. Você sempre resolveu seus problemas, e talvez ainda resolva muitos, mas esta não é uma boa técnica de entrevista para potenciais funcionários. Se *havia* alguma chance de eu voar para você, você acabou com ela no momento em que começou a pensar besteiras.

Desabafei. Meus dedos doeram por apertar o balcão. As lentes espelhadas dos óculos de Grayson ainda me encaravam como se não houvesse nada por trás delas.

Então ele mordeu o lábio.

– Eu preciso de você – disse ele com a voz mais doce que ele já havia pronunciado até aquele momento. – Menina difícil.

Ele colocou a mão no balcão. De leve. Bem *ali*. Fechou-a com força e depois a deixou relaxar.

Ele respirou longa e profundamente. Seus largos ombros levantaram e depois baixaram com a respiração.

E então, sem dizer mais nada, ele virou e saiu do escritório. Atravessou a varanda e desapareceu na direção do hangar Hall Aviation, onde eu não conseguia mais enxergá-lo pelas janelas da entrada.

Toda a tensão desapareceu da sala junto com ele. E agora não havia mais nenhum motivo para eu ficar ali em pé. Caí na minha cadeira e respirei fundo algumas vezes. Senti que ia morrer, mas Grayson devia estar em algum lugar lá fora. Talvez Alec. Talvez Sr. Simon. Eu não podia morrer aqui no aeroporto. Eu precisava ir para casa.

Tranquei o escritório, desliguei a conexão entre o rádio e o alto-falante do lado de fora, e guardei o telefone celular na gaveta. Quando comecei a trabalhar aqui ficava até oito horas algumas noites, pois preferia ficar sozinha no aeroporto do que ficar sozinha em casa. Meu supervisor, que trabalha na prefeitura, me mandou parar de ficar até tarde porque o valor da conta de luz estava aumentando. Ele não sabia que eu precisava de um abrigo, e eu não contaria isso para ele.

Ao trancar a porta da varanda pelo lado de fora não consegui resistir a dar uma olhadinha para o hangar da Hall Aviation. A caminhonete de Grayson e o carro de Alec ainda estavam ali, e eles abriram totalmente a porta da frente para a pista como se realmente pretendessem sair com um avião. Eu não me importei. Nem morta eu voaria para Grayson Hall.

Quatro

Virei de costas para o hangar de Sr. Hall, com a garrafa de água na mão e o jornal debaixo do braço. Carregando meu tesouro, andei por quase todo o aeroporto até o gramado no final da pista. Na virada da cerca de arame levantei a ponta solta dos arames e passei por baixo, pegando a trilha aberta entre as árvores.

A maioria dos bairros da cidade estaria movimentada a essa hora do dia com muitos pais chegando do trabalho e encontrando seus filhos. O movimento no estacionamento de trailers começaria mais tarde, na hora das festas. Neste momento estava silencioso. Poucas pessoas aqui tinham um trabalho fixo. Algumas ainda estavam dormindo depois da farra da noite passada. Pela primeira vez, beber até cair não me parecia uma má ideia.

Passei longe do pit bull. Já no meu trailer os blocos de cimento balançavam sob meus pés enquanto eu destrancava a porta de alumínio que já fora chutada quatro vezes desde que nos mudamos para cá, três vezes por ladrões e uma vez pelo ex-namorado de minha mãe, Billy.

Após trancar a porta por dentro, caminhei pela sala, cujo piso rangia, andando cada vez mais devagar como se iniciasse o processo de pouso de um avião, e caí na minha cama.

Pude ouvir o barulho de um dos Pipers de Sr. Hall no céu. Com o passar dos anos eu comecei a amar o barulho dos aviões se aproximando da pista e quase tocando os topos das árvores bem acima de nosso trailer. Eu me orgulhava por ser capaz de identificar o tipo de avião sem olhar para ele, apenas pelo barulho. Hoje me sentia como minha mãe, me encolhendo e xingando aquela barulheira e enfiando minha cabeça nos travesseiros.

Ouvi o barulho do jornal embaixo de mim quando me curvei e abracei meus joelhos. Talvez Grayson estivesse certo e eu realmente não tivesse conseguido um emprego com Sr. Simon. Quando Mark me disse que eu poderia voar para seu tio senti como se um peso fosse tirado do meu peito. Sr. Simon poderia me ensinar as técnicas dos aviões agrícolas. Não queria pilotar um avião agrícola a vida toda, mas poderia pagar pela faculdade e estudar durante o período de entressafra e pilotar durante o período do crescimento das sementes – e ainda acumularia uma grande parte das horas de voo necessárias para a minha próxima certificação. Isso nunca me passou pela cabeça até Grayson levantar a suspeita de que Mark estava mentindo.

Mas é claro que ele estava mentindo. Levantei da cama e me arrastei até a pequena copa e cozinha. Um cobertor estava jogado no sofá onde Mark dormiu na noite passada. Todos os seus pertences estavam empilhados no canto onde ele os jogou quando minha mãe disse que ele poderia ficar conosco: sacos de lixo cheios de roupas, vários rifles, e uma lâmpada de estufa para o cultivo de maconha dentro de casa. Ele não *contou* que cultivava maconha, mas garotos daquela idade não costumavam plantar tomates. Mark me disse o que eu queria ouvir em troca da possibilidade de fazer sexo comigo e de ter um lugar para morar de graça. Ele ainda não trouxe nem um centavo para ajudar com o aluguel, e eu começava a duvidar que ele tivesse essa intenção.

Com as duas mãos pressionando a minha boca tentei não entrar em pânico. Eu conhecia o aeroporto de cabo a rabo e sabia que não existiam outros empregos.

O lado bom é que eu terminaria o colegial em um mês e meio. Eu estava um passo à frente de minha mãe. E eu não fiquei grávida. Dois passos à frente de minha mãe. E eu tinha uma licença para pilotar aviões comerciais.

Mas nunca trabalhei como piloto comercial. E a minha única referência concreta estava morta.

Senti falta de Molly. Mesmo que eu tivesse um telefone, não ligaria para ela. Recusava-me a ser aquela amiga carente. Quero dizer, eu *era* aquela amiga carente, mas com certeza eu não ficaria chorando minhas mágoas para ela pelo telefone para piorar ainda mais as coisas. Ainda que algumas vezes ela passasse em casa e me levasse para dar uma volta. Então eu ouvia ela falar sobre seus problemas, e, às vezes depois de um tempo, quando não haveria como eu ser acusada de receber, receber e receber, sem dar nada em troca, talvez eu mencionasse algum dos *meus* problemas. Mas isso não aconteceria esta noite. Molly e suas amigas ricas estavam num show organizado para celebrar o início da semana da primavera. Mesmo se eu pudesse pagar por esse show, não teria ido. As amigas dela não gostavam de mim.

Com Molly ou sem Molly, ficar me lamentando não me faria bem. A coisa que mais me irritava sobre minha mãe era que, sempre que algo dava errado, ela continuava fazendo as mesmas coisas esperando que o resultado fosse diferente. Eu precisava pensar grande.

Mas minha cabeça estava totalmente sem ideias, e meu estômago vazio a ponto de me deixar nauseada. No café da manhã, eu comi um salgado que comprei na máquina da sala de descanso do aeroporto. No almoço, comi um pacote de bolachas. No fundo, no fundo eu achei que Mark já teria voltado da praia quando eu chegasse em casa. Mas mesmo que ele aparecesse logo eu não pediria para ele me levar ao supermercado agora. Não depois do que Grayson me contou. E o supermercado mais próximo ficava a três quilômetros dali, o que eu normalmente não achava longe, mas hoje parecia tão distante quanto a China.

Abri todos os armários da cozinha e encontrei sal, pimenta-de--caiena, e um salame vencido há dois anos. Deve ter vindo conosco na última mudança. O fato de o salame estar vencido era um sinal muito ruim, pois ele foi fabricado para durar uma eternidade. Na geladeira, encontrei ketchup, maionese e uma caixa fechada de cerveja que Mark guardou lá quando chegou na noite passada.

Optei pela cerveja. Sentei no sofá, na verdade no buraco da almofada do sofá, feito por um dos namorados mais pesados que minha mãe já teve, e fiquei olhando para a parede onde nossa última grande TV de alta definição ficava até o começo desta semana. Minhas fotos da escola me olhavam de volta.

A cerveja tinha cheiro de vinagre e gosto de poeira. Senti-me muito melhor depois de tomá-la, e por isso tomei mais uma.

Estava na minha terceira cerveja e me sentindo muito melhor quando a caminhonete de Mark fez a volta na rodovia e entrou na estrada de cascalhos, dirigindo-se para o estacionamento de trailers. Eu não tinha uma excelente audição. Mas as paredes do trailer eram finas e era possível escutar todos os barulhos. Eu sabia que era ele pois podia ouvir o som de sua banda country favorita saindo pelas janelas abertas da caminhonete. Meu olhar se virou de minhas fotos da escola na parede para a pilha de lixo deixada por Mark no chão.

De repente, enxergava tudo pelos olhos de Grayson, ou de Molly. Havia um motivo para eu nunca ter deixado Molly entrar no trailer.

Eu também não queria Mark aqui dentro junto comigo. Mas ele *morava aqui.* As paredes da copa/cozinha desabaram à minha volta como se fossem o papel de embrulho amassado que Sr. Hall usava para guardar aparelhos e ferramentas.

Dei um pulo e abri a porta com tudo. O sol estava baixo atrás das árvores, mas o céu ainda estava claro comparado ao trailer sombrio. Coloquei meus óculos, que estavam na gola da minha camiseta e comecei a descer as escadas.

Nunca bebi tanto. Eu não queria acabar do mesmo jeito que todas as pessoas ao meu redor. Duas cervejas e meia eram demais para mim – isso era óbvio, ou eu não teria me esquecido que ainda estava segurando uma – e fiquei preocupada com a minha tontura enquanto descia pelos blocos de cimento. Senti meu rosto ficar vermelho ao imaginar como Grayson ficaria chocado ao ver uma escada, feita com blocos de cimento empilhados, do lado de fora de uma casa móvel.

Então me senti envergonhada por estar ficando obcecada por Grayson. Mark veria meu rosto enrubescido e pensaria que eu estava ainda mais bêbada, talvez tentasse tirar algum proveito de mim. Ainda bem que eu usava óculos escuros e ele não conseguiria enxergar meus olhos.

A música estava cada vez mais próxima, o que irritava o pit bull. E então a caminhonete enorme de Mark, com barras estabilizadoras e faróis de neblina, surgiu na estrada de cascalhos e parou bem na minha frente. Alguns garotos da escola, sem camisas, acenaram para mim de dentro do carro. Acenei de volta, meio sem vontade.

Mark desceu pelo lado do motorista. Seu amigo Patrick estava no banco do passageiro. Patrick não combinava com os garotos. Pelo menos ele estava usando uma camisa, e elas tinham as duas mangas. Às vezes eu me perguntava por que ele andava com Mark. Pela maconha, acho que era um bom chute.

Uma garota estava sentada no meio. Os cabelos dela eram tingidos de loiro com raízes escuras. Nem toda garota ficava bem loira. Aprendi isso observando minha mãe. A garota usava uma das camisas xadrez de Mark, amarrada logo abaixo dos seios em um minúsculo biquíni. A julgar pelo que vi na escola antes de Mark se formar, ela era exatamente o tipo de garota que ele gostava. E isso não era, necessariamente, um elogio. E isso não significava muito para mim, também.

– Leah – disse ele, rondando o capô da caminhonete, cambaleando um pouco.

Eu não deveria ter me preocupado que ele percebesse o quanto eu estava zonza. *Ele* estava mais bêbado do que *eu*.

– O que você está fazendo em casa? – perguntou ele, com a voz arrastada.

A maneira como ele usou a palavra *casa* me envergonhou. Sua pergunta também me deixou muito brava.

– Esse é o horário em que eu sempre saio do trabalho – respondi. Ele saberia disso se não ficasse fora até tarde todos os dias.

Mas olhei para a garota no banco da frente. Ela se afastou de Patrick agora que tinha mais espaço. O que significava que não era com Patrick que ela estava. E Mark não queria que eu o visse com ela. Ele achou que eu não estaria em casa.

Mas, era incrível, eu não me importava. As coisas nunca foram maravilhosas entre Mark e eu, mas eu estava surpresa com o alívio que senti ao ver aquela garota usando a camisa dele. Algumas garotas na escola descobriram que ele estava ficando na minha casa. E me disseram como eu era sortuda por minha mãe deixar meu namorado morar com a gente. Elas não tinham a menor ideia.

Morar com Mark não era nem um pouco divertido. Eu me sentia invadida. Eu receava voltar para casa à noite. Eu queria que ele me levasse para comprar o jantar hoje porque eu estava com fome, mas também porque esta era uma desculpa para não me aproximar dele novamente no longo espaço de tempo até a hora de ir dormir. Ele saía para as festas mas sempre voltava. Ele nunca ia embora de uma vez.

O mais estranho de tudo é que, embora Grayson não tenha atravessado a cerca de arame para chegar ao estacionamento de trailers, e provavelmente nunca faria isso, seu olhar me seguiu. Eu via tudo através de seus olhos agora. Eu não tinha nenhuma chance com um rapaz como Grayson, mas ele destruiu Mark para mim.

Mark estava olhando para a lata na minha mão.

– Você não mexeu na minha cerveja, mexeu? Eu comprei ontem à noite. Foi por isso que passamos aqui.

Isso me deixou envergonhada, provavelmente porque não havia mais nenhuma cerveja na geladeira.

– Quando você se mudou para cá você disse para minha mãe que ajudaria com o aluguel. Você não trouxe nem um centavo para cá até hoje, por isso peguei três cervejas e agora estamos quites.

Minhas palavras me deixaram ainda mais brava e me deram coragem para acrescentar:

– E eu quero que você vá embora daqui.

– O quê? – Mark olhou para a garota na caminhonete e então se virou para mim. – Por quê?

Ele estava muito bêbado. Não havia como negar. Ele começou a ir para trás.

– Ah, Leah, vem aqui.

E me abraçou.

Fiquei um pouco nos braços dele, relaxando com meu rosto no seu ombro quente e bronzeado. Não me dei conta do quanto eu precisava de um abraço.

A garota começou a gargalhar mais alto do que a música country e o barulho da caminhonete ligada.

Afastei-me.

– Quero que você vá embora daqui – repeti.

– Mas sua mãe disse que eu podia ficar!

– Minha mãe não está aqui.

Ele revirou os olhos.

– É por causa do voo? Você acha que eu estava mentindo porque não falamos mais sobre isso. Eu vou levar você para voar.

Será que eu deixaria ele continuar morando comigo se ele prometesse que eu ainda poderia ter o emprego de piloto de avião agrícola? Eu não tinha tanta certeza.

– Quando? – pressionei-o.

Ele franziu a testa para mim.

– Quando, o quê?

– Quando você vai me levar para voar? Na semana passada você disse que seria amanhã.

Ele balançou a cabeça e então piscou algumas vezes, como se balançar a cabeça o tivesse desorientado.

– Amanhã não é um bom dia.

– Terça-feira então – insisti.

– Terça também não é um bom dia. Mas, mais para frente, durante a semana.

Ele colocou a mão no meu braço.

– Sei que você está brava e que você bebeu um pouco.

Ele olhou para a lata de cerveja na minha mão.

– Vou passar a noite na casa de Patrick – e com isso ele queria dizer que ia passar a noite com sua nova namorada – e podemos conversar sobre isso amanhã.

– Não – disse eu. – Não vamos falar sobre isso amanhã. Você não pode sair com aquela vadia e querer continuar aqui. Ponto final.

Ele olhou para mim indignado.

– Estou aqui com você há uma semana, Leah, e você não quis nada comigo. A maioria das garotas entendem que se você não quer nada com o cara, tudo bem, mas ele vai procurar em outro lugar.

Coloquei a mão no meu queixo e fiquei batendo meu dedo como se ele fosse um gato selvagem, e eu uma bióloga realmente perplexa com seu comportamento.

– Não – resmunguei –, eu não entendo isso. Sinto muito.

Ele apontou para a caminhonete.

– Estou dizendo que ela não significa nada. Foi só por hoje.

– Como isso melhora as coisas?

Eu não sabia por que eu estava perguntando aquilo. A ideia de que um homem estava saindo com uma garota apenas por uma noite e que não tinha um caso com ela funcionava para algumas mulheres, inclusive para minha mãe.

– Leah, por favor.

Ele se aproximou. Eu não devia ter olhado nos seus olhos escuros, mas olhei. Eles quase me derreteram. A brisa quente lançou uma mecha de seu cabelo escuro que ficou balançando para frente e para trás na testa dele enquanto dizia:

– Faz tanto tempo que quero ficar com você. Desde que éramos crianças e pegávamos o mesmo ônibus, eu sonhava com você. Você não me dava nenhuma chance. Estou tão feliz por estarmos juntos agora. Não quero perdê-la por causa de uma coisa como essa.

Sua mão tocou a minha.

– Certo?

Seus cílios eram longos e seus olhos eram quentes. Ele ficava encantador quando falava com doçura. Seria tão fácil dizer a ele que poderia ficar. Ele colocaria um fim naquele dia com os amigos (e com aquela garota) e viria para casa comigo.

E isso parecia a vida de minha mãe em miniatura. O namorado dela não teve a intenção quando dormiu com aquela outra mulher. Certamente eu não poderia deixar isso acontecer de novo.

– Não – disse eu. – Saia.

Agora eu estava gritando, e isso também era mais uma cena parecida com a vida de minha mãe. Começar uma briga aos berros com um homem do lado de fora do trailer, enquanto a caminhonete estava ligada no estacionamento. Não havia outra saída para mim. O álcool agora realmente me afetou. O céu entre as palmeiras adquiriu uma cor engraçada.

– Querida – Mark resmungou passando a mão pelos meus ombros.

Empurrei o braço dele.

– Por que as pessoas não podem aceitar um não como resposta? Pegue suas coisas e vá embora. Qualquer coisa que você deixar aqui eu vou jogar no lixo.

É claro que eu não faria isso. Era ilegal. Minha mãe e eu já fomos despejadas o suficiente para eu conhecer a lei.

Talvez Mark também conhecesse a lei, mas seus olhos se reviravam lentamente. Mesmo que eu não jogasse os pertences dele fora, eu poderia revirar tudo enquanto estivesse brava, e havia algo no meio das coisas que ele não queria que eu encontrasse. Fumo ou algo pior.

– Tudo bem.

Ele começou a caminhar pelo estacionamento em direção ao trailer. Os passos eram tão pesados que uma nuvem de poeira levantava de seus pés. Subiu nos blocos de cimento, dois degraus por vez. A nuvem de poeira me alcançou e eu virei o rosto para não respirá-la.

– Leah – consegui ouvir Patrick apesar da música, do barulho do motor e do latido do pit bull.

Ele me chamou com o dedo. Fui até lá e me debrucei sobre a porta do passageiro, olhando para a garota, e um tanto curiosa. Ela devia ter uma marca de biquíni no seio esquerdo antes de ter passado o dia no sol. Agora não tinha mais e mostrava apenas um coelhinho branco da Playboy no meio do seu corpo bronzeado.

– Por que a demora? – Patrick perguntou.

– Estou expulsando Mark de casa.

As sobrancelhas de Patrick se ergueram. Não apenas uma sobrancelha, como na expressão de incredulidade de Grayson. As duas.

– Por quê?

Mudei o tom da minha voz para o da voz de estacionamento de trailers. Aquela voz educada do aeroporto desapareceu. O Almirante não me reconheceria.

– Mark trouxe esta vadia para cá e pensou que eu não descobriria que ele estava dormindo com ela. Ele não pode ficar aqui. O trailer é programado para se autodestruir quando percebe a presença de um Q.I. tão baixo.

Isso não era verdade, a considerar alguns dos namorados de minha mãe.

A garota virou-se para mim.

– Do que você me chamou?

Eu estava quase respondendo a pergunta dela quando Patrick me interrompeu.

– Meninas, meninas.

Normalmente, garotos como Patrick incentivavam uma boa briga, mas ele estava sentado no meio de nós e provavelmente tinha medo de sair arranhado dali. Para mudar o assunto ele me perguntou:

– Onde está a cerveja?

Ele olhou para a lata em minha mão.

– Você bebeu tudo?

Coloquei meus óculos de sol na cabeça e olhei para dentro dos olhos dele.

– Se você falar dessa cerveja de novo eu vou pegá-la no esconderijo superssecreto e vou jogar a caixa toda, lata por lata, no seu traseiro.

Mark abriu a porta do trailer com um chute tão forte que ela bateu contra a parede de metal. Ele desceu os blocos de cimento com a caixa de cerveja nos ombros, os sacos de lixo com suas coisas na outra mão, e os rifles embaixo do braço.

Patrick inclinou-se para perto de mim como se tivesse um segredo para me contar. Inclinei minha cabeça para ouvi-lo, ficamos tão próximos que a brisa fez meu cabelo bater no seu rosto.

–Mark gosta mesmo de você – disse Patrick em tom conspiratório.

– Ele tem um jeito muito engraçado de demonstrar isso – disse no mesmo tom, zombando dele.

– É sério – sussurrou Patrick –, talvez não seja tão fácil se livrar dele.

– Não fale com ela.

Mark entregou a caixa de cerveja para um dos meninos e então colocou os sacos de lixo lá dentro sem pedir para que o outro desse lugar para eles.

– Ei – o garoto reclamou. Cambaleante ajeitou-se no banco.

Mark apontou o dedo para mim e disse:

– Pode dar adeus para aquele emprego com meu tio.

Eu dei de ombros. Agora eu concordava inteiramente com Grayson. Provavelmente, nunca existiu um emprego. Mesmo que tivesse existido uma vaga, Mark não teria o poder de decidir quem iria ocupá-la. Sua mãe o expulsou de casa e seu tio não o acolheu. E essa era a proximidade de Mark com sua família. Engraçado era o fato de eu ter acreditado que este emprego de verão estava esperando por mim apenas pelo fato de querer muito o emprego.

Ele passou por trás da caminhonete. Quando se sentou atrás do volante a garota gritou para mim:

– Bem feito. Você precisa aprender a tratar bem um homem.

– Se algum dia vê-la de novo – gritei –, vou lhe dar uma surra.

Eu não era mais violenta ou difícil do que outras pessoas, mas falar assim assustava a maioria das pessoas como se eu estivesse espancando--as. Aprendi isso por tentativa e erro na escola. Acreditei ter sido clara, pois os olhos dela se arregalaram antes de ela lembrar de me olhar de cara feia.

Mas Patrick apenas piscou para mim. Então, Mark acelerou o motor. A música foi aumentada para um nível ensurdecedor até mesmo para o estacionamento de trailers. A caminhonete foi para frente, para trás, para frente e então para trás novamente, guiada por um bêbado impossibilitado de dirigi-la. Já havia levantado poeira suficiente para me cobrir quando finalmente acelerou e entrou na estrada estreita entre as árvores. O pit bull latia o mais alto que conseguia para dar o alarme.

Atravessei a poeira e me sentei em uma cadeira de plástica perto da janela de meu quarto, embaixo da palmeira mais alta. Havia duas cadeiras. Um toco entre elas servia de mesa. Nesta mesa de centro estilosa estava uma pequena embalagem de margarina cheia de bitucas de cigarro e água da chuva. Eu nunca deixaria esta sujeira ali se soubesse que tinha sido minha mãe ou Mark os responsáveis por ela. Eu não ficava muito no pátio por causa do pit bull.

Mas isso não me incomodou como de costume. Alonguei o pescoço, sacudi meus ombros, tomei um longo gole da deliciosa cerveja barata, e relaxei na cadeira de plástico. Olhei para minha casa de metal. Estava estacionada ali há tanto tempo que palmitos já brotavam embaixo dela, e era coberta por uma película verde, fina, de musgo ou algo parecido. O que quer que fosse, brotou muito melhor no trailer do que no pátio imundo. Ouvi o som do pit bull. Coloquei minha cerveja no toco, cruzei as pernas como se estivesse num chá da tarde, e comecei a pensar sobre o fato de os garotos que eu conhecia terem tudo e eu não ter nada.

Um avião rugiu lá no alto, era um dos Pipers de Sr. Hall. Olhei para cima a tempo de ver o avião amarelo passar numa ponta de céu azul entre as árvores. Grayson devia estar pilotando, ou Alec, ou algum piloto novo que contrataram no meu lugar. Um banner de propaganda se esticava atrás do avião, mas lá debaixo eu não conseguia ler o que estava escrito nele.

Quando o barulho do motor desapareceu, o latido do pit bull preencheu o espaço vazio. Dessa vez, o cachorro tinha um motivo para latir. Alguém bateu na porta do trailer onde ficava o pit bull. E então ouvi a voz de Grayson gritando mais alto que os latidos, perguntando ao dono do trailer onde Leah Jones morava.

Esperei a adrenalina baixar. Era melhor continuar sentada do que tentar fugir para dentro do trailer. Se Grayson se virasse ele veria meu movimento entre as palmeiras e me alcançaria antes que eu conseguisse entrar. Mesmo que eu fizesse isso pela porta que ele não via, ele acabaria me encontrando. E quando eu abrisse a porta ele veria o trailer por dentro. O lado de fora já era ruim o suficiente.

Então coloquei meus óculos de sol novamente para esconder meus olhos, segurei minha respiração, e agradeci por Grayson ter chegado alguns minutos depois de Mark e sua turma terem ido embora. Grayson ainda não havia me visto, mas eu me sentia envergonhada pelo o que ele via.

Talvez ele não me visse, pensei quando ele desistiu do dono do pit bull e bateu na porta de um outro trailer. Boa sorte com isso. O estacionamento de trailers não era conhecido por seus encontros sociais. Como moradoras daqui há três anos e meio, minha mãe e eu éramos as vizinhas mais antigas do lugar, e ainda assim eu duvidava que alguém aqui soubesse o meu nome, a não ser os meninos, aqueles que eu passei longos anos torcendo para que me deixassem em paz no ônibus. Mas, como era a semana da primavera, eles deviam estar na praia. Se eu ficasse sentada aqui em silêncio, talvez Grayson batesse em mais algumas portas e acabasse desistindo e indo embora.

Mas, pela nossa conversa há algumas horas, eu sabia que Grayson queria que eu trabalhasse para ele. E ele queria muito isso, por alguma razão. Ele não iria embora até resolver esse assunto comigo. No ano passado, tive um desentendimento com Ben Reynolds quando ele desceu do ônibus comigo, me seguiu até em casa, e não ia embora. Eu não o deixei entrar, e então ele encontrou um galho pesado na mata e ficou dando voltas no trailer, batendo o galho contra as paredes de metal, dando voltas e mais voltas até eu achar que ia enlouquecer. E eu não tinha como pedir ajuda. Minha mãe deixou de pagar a conta de telefone várias vezes e por isso não podíamos ter um telefone.

– Leah Jones – disse Grayson a um homem do outro lado da estrada.

– O nome da mãe dela é Patsy? – perguntou o homem.

– Não – disse Grayson –, é Sheryl.

O fato de Grayson saber o nome de minha mãe me deixou alarmada, mas eu não sabia o que isso significava. Fiquei apenas escutando o barulho entre as árvores enquanto Grayson se aproximava da fila de trailers. Ninguém sabia de mim. Na quarta ou quinta tentativa ele ficou esperto. Agora eu não era apenas Leah Jones. Eu era Leah Jones, aquela que caminhava para o aeroporto todos os dias, uma garota baixinha de 18 anos de idade, "com o cabelo escuro assim". Imaginei o movimento que ele fez com as mãos para demonstrar os cachos de meu cabelo, mais cacheados ainda com aquela umidade do oceano.

– Ah, eu sei de que garota você está falando – disse uma mulher. – Ela mora ali.

Por trinta segundos esperei Grayson passar pelas palmeiras na beira da estrada e entrar no meu pátio. Mas eu ainda dei um pulo quando ele apareceu porque a presença dele ali era tão estranha, tão fora de contexto. Ele atravessou a poeira até chegar na minha cadeira, arrastando os chinelos, e parou na minha frente.

Olhei para ele. Ele parecia muito mais alto.

Ele ficou me encarando como se fosse um policial, com os olhos impenetráveis atrás dos óculos escuros. Seu chapéu de caubói espremia seus cachos loiros na cabeça, e uma gota de suor escorreu pelo seu rosto.

– Podemos conversar?

Educadamente inclinei minha cabeça, convidando-o para sentar na outra cadeira de plástico. Por trás dos meus próprios óculos de sol, pelo canto dos olhos, dei outra olhada naquele cinzeiro improvisado e desejei um cigarro, qualquer distração para me acalmar.

Ele se sentou e deu um tapa num mosquito que estava no seu braço.

– Sua mãe sabe que você pilota aviões?

Parecia uma pergunta inocente, uma maneira amigável de começar uma conversa. Mas eu era esperta. Depois de três anos e meio basicamente fingindo que eu não existia, Grayson não viria até aqui me procurar apenas para bater papo.

– É claro que ela sabe – menti, olhando agora para onde ele estava apontando. Ele tirou uma folha de papel do bolso e desdobrou em cima de sua perna. A assinatura perfeita de minha mãe, sublinhada com uma caneta fluorescente, estava na parte de baixo do formulário que Sr. Hall me pediu para que ela assinasse quando começou a me ensinar a pilotar.

Grayson batia o dedo no papel, amassando a assinatura, que parecia mais frágil a cada batida, como se fosse a batida de um martelo, até que entendi o que ele queria dizer. Eu falsifiquei a assinatura de minha mãe naquela formulário e ele descobriu.

Tentei agarrar o formulário.

Antes que conseguisse tocá-lo ele o tirou de meu alcance e o segurou acima da cabeça.

– Tenho cópias – disse ele. – Na verdade, enviei uma por correio para Wilmington, por isso, não se preocupe com este.

Devagar sentei novamente na minha cadeira plástica e tentei não demonstrar nenhuma emoção, fosse de surpresa, medo, horror ou pânico.

Ele também relaxou. Ele colocou o formulário de volta na perna e esticou com a palma das mãos o papel amassado como se fosse a Declaração da Independência original.

– Tenho certeza que esta assinatura é muito parecida com a assinatura de sua mãe. Você assinou com cuidado. Tenho muita experiência em falsificar o nome de minha mãe nos boletins, e mesmo eu não teria percebido isso se meu pai não houvesse marcado a assinatura com uma anotação. – Com seu polegar e dedo médio ele apontou para o quadrado amarelo pendurado em um lado do formulário. Uma seta desenhada na nota mostrava a falsificação. – Como se ele houvesse suspeitado do que você fez, mas resolveu deixar para lá.

– Você não tem como provar isso – disse rapidamente. – Você teria que pagar um especialista em caligrafia ou algo assim, e a Administração Federal de Aviação não se importa. Ninguém se importa muito comigo.

– *Eu* me importo com você, Leah – disse ele com sarcasmo. – Mas, por sorte, eu não preciso contratar um especialista em caligrafia *ou* fazer uma denúncia para a Administração Federal de Aviação. Tudo o que eu preciso fazer é mostrar isso para sua mãe.

Cinco

Prendi a respiração. Então percebi que ao prender minha respiração eu mostrava para Grayson que ele estava certo, e que eu *não* queria que ele envolvesse minha mãe nesse assunto.

– Ela não está na cidade – disse da maneira mais calma possível. – Boa sorte para encontrá-la.

– Ela vai voltar – previu ele. – Mas, se não voltar... Meu pai acabou de morrer. No momento, estou cheio de dinheiro. Vou contratar um detetive particular para encontrá-la.

Pisquei para Grayson. Ele era tão bonito, e estava sentado ali tão perto de mim naquela cadeira, meu coração disparou. Pisquei novamente e ele se transformou no diabo, enviado para encontrar toda a minha esperança e acabar com ela, todo o meu medo e torná-lo realidade. Nunca encontrei minha mãe quando ela sumia, mas também nunca procurei por ela. Achei que seria fácil para um profissional encontrá-la. Um detetive particular poderia ter conhecidos na polícia, e os namorados de minha mãe normalmente estavam em liberdade condicional.

– O que ela faria se descobrisse que você falsificou a assinatura dela para ter aulas de voo ainda tão jovem? – perguntou Grayson.

Ela me expulsaria do trailer por falsificar a assinatura dela e – mais importante para ela – por mentir sobre onde estava gastando meu dinheiro. O trailer não era lá essas coisas, mas eu ainda tinha um mês e meio de aula, e nenhum outro lugar para ir. Molly ofereceria para que eu ficasse na casa dela. Mas seus pais não entenderiam. Pais ricos não expulsam seus filhos de casa. Os pais de Molly concluiriam que fiz algo realmente ruim e que eu era uma má influência para a filha deles. Eles afastariam Molly de mim, e este seria o fim de nossa amizade. E então:

– Sua mãe processaria o escritório do aeroporto? – Grayson me provocou. – Meu pai está morto. Não tem ninguém que ela possa processar. Ela sabe disso? Aposto que ela tentaria jogar a culpa em alguém. Todo o pessoal do aeroporto estaria envolvido nisso, todos que ainda estão vivos e que poderiam escrever cartas de recomendação para você conseguir empregos e para frequentar escolas de aviação e a faculdade nos próximos meses. Você *estava* planejando ir para a faculdade, certo? Você teria que fazer faculdade se quisesse um emprego como piloto em uma companhia aérea.

Então ele me pegou. A faculdade não era uma opção para mim neste momento. Cada centavo que eu não dei para minha mãe, eu gastei com as aulas de voo. Eu estava contando com o emprego com Sr. Simon para economizar dinheiro para pagar a faculdade. Depois de alguns semestres, usaria minhas excelentes notas e as ótimas recomendações de Sr. Simon e Almirante e de quem mais eu conhecesse no aeroporto, para conseguir uma bolsa de estudos em uma faculdade decente que oferecesse graduação em aviação. Mas, se Grayson arruinasse estas indicações...

– Você sabe do que mais você precisa para conseguir aquele emprego de piloto? – Grayson perguntou. – De bom caráter.

Ele conseguiu o que queria: me chantagear. Ele estava citando as regras da Administração Federal de Aviação para a concessão de licença para pilotos. Eu nunca soube o que "bom caráter" significava, mas sabia muito bem que ter falsificado a assinatura de minha mãe para ter aulas de aviação me deixavam fora desta condição.

– Tudo bem – falei através de minha mão, que eu coloquei na boca em algum momento enquanto ele falava.

– Tudo bem, o quê? – perguntou ele.

– Tudo bem, vou trabalhar para você.

– Ótimo – disse ele calmamente, como se não achasse que aquilo era uma boa notícia. Ele apenas dobrou todo meu futuro, com a nota de Sr. Hall e tudo o mais, e guardou de volta no seu bolso.

– Por quanto tempo? – perguntei meio sem coragem.

Ele encolheu os ombros como se não tivesse pensado nisso. Mas suas palavras o traíram. Ele pensou muito sobre isso.

– Com certeza esta semana da primavera inteira. E quase todos os finais de semana depois, pois Alec e eu viremos de Wilmington para voar também. Mas não no próximo final de semana, depois da semana da primavera. Neste final de semana será nosso baile de formatura. Meu pai não agendou nenhum trabalho com os banners porque achou que Alec e eu iríamos querer ir ao baile.

Ele virou a cabeça em direção à estrada como se estivesse ouvindo alguma coisa, mas o pit bull tinha parado de latir.

Grayson continuou:

– E quando chegarem as férias de verão, iremos reavaliar.

Tomei um gole de cerveja, analisando a proposta. Grayson arruinaria o negócio antes do final das aulas. Por isso, eu voaria para ele esta semana. Ele voltaria para Wilmington e, no próximo final de semana o pai dele já havia arrumado a desculpa para que ele não voasse, o baile de formatura. Não haveria mais desculpas depois disso. Grayson e Alec não viriam novamente para Heaven Beach, pelo menos não para voar. Eles ficariam em Wilmington e esqueceriam de tudo por aqui, e seria como se nada disso jamais tivesse acontecido.

Nesse meio-tempo eu poderia começar a procurar outro emprego como piloto. Eu não esperava que o emprego pilotando aviões agrícolas caísse no meu colo. Aquele emprego imaginário. Talvez um emprego de verdade aparecesse também. Minhas perspectivas pareciam melhores agora do que uma hora atrás, quando enfiei minha cabeça nos travesseiros. Honestamente eu não queria trabalhar para Grayson, mas meus ânimos se *elevaram* com a ideia de que eu pilotaria um avião de novo. Ou talvez fosse a cerveja. Tomei mais um longo gole e coloquei a lata no toco.

– Quero que você me pague no final de cada dia de trabalho – avisei.

As sobrancelhas de Grayson se abaixaram por trás das lentes de seus óculos.

– Por quê?

– Esta é uma atividade diária. Eu não quero chegar lá numa manhã e descobrir que você empacotou suas coisas e voltou para Wilmington sem me pagar.

– Isso não vai acontecer – disse Grayson de maneira tão firme que quase acreditei nele. – Mas, com certeza, se é assim que você quer, vou pagar todo dia. E tem mais uma coisa. – Ele abriu e fechou a mão. – Preciso que você saia com Alec esta semana.

Dei uma risada. O álcool subiu para minha cabeça e atingiu minha pele naquela noite quente. Eu não conseguia entender o que Grayson estava dizendo.

– Você quer que eu faça o quê?

– Saia com Alec.

– *Sair com Alec?*

Durante todo o dia eu lutei contra minha antiga queda por Grayson. A ideia de sair com Alec, que era tão diferente de Grayson, era uma mudança radical, e me senti zonza com a troca.

– Eu nunca mais vi Alec desde o enter... – mesmo bêbada, fui capaz de parar de falar, ou quase.

– Venha trabalhar amanhã de manhã – disse Grayson como se eu não tivesse falado nada. – Paquere Alec. Ele vai chamá-la para sair. Você é daqui e é a semana da primavera, então vai ser fácil para você mostrar lugares legais para ele.

– Grayson, isso é loucura!

Eu estava gritando agora e o pit bull latia em resposta. Baixei minha voz.

– Por que você quer que eu saia com seu irmão?

– Eu não posso dizer – disse Grayson.

– Então, eu não vou sair com ele – respondi com a mesma calma que ele.

– Então vou contratar alguém para entregar esta falsificação para sua mãe quando você não estiver por perto para atrapalhar. Ele se inclinou para levantar.

– Não! – gritei. – Sente-se.

Ele parecia estar me observando enquanto se acomodava novamente na cadeira.

– Eu vou sair com ele – disse –, mas você precisa me dizer por quê.

– Não.

– Grayson!

Quando disse o nome dele o pit bull começou a latir novamente. Sussurrei:

– É alguma coisa ilegal?

– Não.

– Ou alguma outra coisa que vai me prejudicar para obter minha habilitação de piloto comercial?

– Não é nada disso – ele assegurou. – Vai *livrá-la* de problemas, pois vou devolver este formulário e todas as cópias que fiz dele.

E eu os queimaria.

– Por que você acha que Alec vai me chamar para sair pelo simples fato de eu paquerá-lo? – Ele mal me conhece.

– Mas *eu o* conheço – disse Grayson

Balancei minha cabeça.

– Alec nunca sairia comigo. – Ele pode nunca ter visto meu trailer, mas ele sabia. Todos no aeroporto sabiam.

– Ele vai chamá-la para sair sim – disse Grayson. – Já vi você em ação. Aquela história de *ah, você é um homem tão forte*. Faça isso.

Já estava cansada de Grayson ficar praticamente me chamando de vadia.

– Por que você insiste em me dizer que tenho que dormir com as pessoas para conseguir um emprego? Este é o sonho de um menino de 14 anos sobre como o mundo dos negócios funciona. Cresça!

Embora eu não conseguisse enxergar os olhos dele eu podia dizer que minhas palavras finalmente o atingiram. Ele se virou na cadeira como se eu tivesse dado um tapa nele.

Então percebi de onde eu tirei a palavra "cresça". Do próprio Sr. Hall. Era a palavra que ele mais usava ao gritar com Grayson quando ele se esquecia de trancar a porta do hangar ou quando deixava um banner do lado de fora, na chuva. Sr. Hall não se importava em gritar pela pista para Almirante, os outros pilotos e eu ouvirmos. *Cresça, filho.*

– Eu disse que quero que você saia com ele, não que você durma com ele – retrucou Grayson. – Se você assume que vai dormir com todo mundo que a chama para sair, isso já é problema seu.

A palmeira acima de nós balançou violentamente com o vento, e meus pés doeram, duas coisas que não deveriam acontecer ao mesmo tempo. Eu estava flexionando meus pés nas minhas sandálias como se estivesse apertando os pedais de um avião, estabilizando-o contra as rajadas de vento.

– E – agora sua voz era suave – você é uma garota bonita. Se você demonstrar qualquer interesse por Alec, ele vai querer sair com você. Eu sei que vai.

Fiquei arrepiada, um arrepio na noite quente de abril. Minha cabeça sabia que Grayson não tinha uma queda por mim, como eu imaginei quando ele ficou bravo comigo no aeroporto naquela tarde. Ele não me pediria para sair com seu irmão se estivesse interessado em mim. Mas meu corpo não sabia disso, ou não ligava para isso.

– Diga por que você quer que eu faça isso – disse eu, em voz baixa desta vez.

– É para o próprio bem dele.

Eu ri, era ridículo Grayson dizer aquilo. Grayson e Alec eram gêmeos, tinham *exatamente* a mesma idade, e ainda assim Grayson falava como se fosse o pai dele.

Grayson não riu. E enquanto eu olhava para ele, ele mordeu os lábios, nervoso, abriu e fechou a mão, quase perdendo o controle. Me convencer a sair com Alec era importante para Grayson. Muito importante. Quase como se ele *tentasse* fazer algo para o próprio bem de Alec, de uma vez por todas. Como se alguém precisasse preencher aquele espaço agora que o pai e o irmão mais velho não estavam mais aqui.

Eu entendi por que Grayson me queria para este emprego e não Alec, e por que o Grayson irresponsável parecia estar no comando. Por algum motivo relacionado ao negócio e à morte de seu pai, Grayson estava manipulando Alec.

Se eu conseguisse descobrir o porquê, eu poderia chantagear Grayson de volta.

Engoli seco:

– Então você está dizendo que *eu sou* o bem de Alec.

Grayson me olhou de cima a baixo. Ele moveu a cabeça o suficiente para que eu notasse o movimento de seu chapéu e não perdesse a provocação por trás dele.

– Por mais ridículo que isso pareça, sim. Acredite em mim. Tenho um excelente motivo. Você confia em mim, não confia, Leah?

– Eu achei que tinha deixado bem claro que *não* confio em você.

– E Alec não pode saber que eu falei isso. Se ele descobrir vou infernizar sua vida.

Não se *eu* infernizasse a vida dele antes. Soltei um suspiro de frustração.

– Tudo isso é por que eu não disse sim para sua oferta de emprego na primeira vez que você me ofereceu?

– Não. Eu já ia pedir para fazer isso. Mas quando você não disse sim quando ofereci o emprego você me deixou bravo, e eu fui atrás e descobri algo para segurar você comigo. Agora eu não estou pedindo. Eu estou mandando você fazer. – Ele tirou seu chapéu de caubói. Eu via tão pouco o cabelo dele que sempre ficava surpresa quando percebia como era loiro, quase tão claro quanto o cabelo de Alec, e cacheado, enquanto o de Alec era liso. O cabelo de Grayson me fazia lembrar de como ele era jovem, embora agisse como um patrão, manipulador, deus.

Ele passou a parte de trás do pulso na testa suada e colocou o chapéu de volta.

– Você mandou Mark embora, não mandou?

Franzi a testa para Grayson.

– O quê? Por quê?

– Porque você estava aqui fora tomando cerveja. Deixe-me adivinhar: você perguntou para Mark sobre o trabalho como piloto de avião agrícola e descobriu que ele inventou o emprego, como eu disse. Então você terminou com ele. Foi isso o que aconteceu?

Cerrei os dentes e esfreguei os olhos por trás das lentes para não chorar na frente de Grayson.

– Ei, Leah, agora é sério. – A voz dele era suave e doce como o vento da primavera. – Ele não ameaçou bater em você ou algo parecido, ameaçou?

Coloquei uma mão na minha têmpora, que começava a doer.

– Não, mas obrigada por perguntar.

Grayson balançou a cabeça.

– Conversamos um pouco sobre você esta manhã, achei que ele estava mentindo para você sobre o emprego, mas não acho que ele estivesse fingindo sobre a maneira como se sente com relação a você.

Mordi a isca:

– O que ele sente por mim?

– Algo muito forte.

Torci o nariz com desgosto.

– Eu acho que ele poderia fingir, sim – murmurei. – Mas, de qualquer maneira, ele estava me traindo.

– Não dê bola para Mark – disse Grayson. – Minha mãe sempre me alertou sobre garotas do seu tipo.

Dei um longo suspiro.

– Garotas de que tipo, Grayson?

– Garotas com namorados malucos. Ela diz que garotas do seu tipo não são legais e eu preciso descobrir se você é ou não legal. Eu quero que meu irmão se apaixone por você, mas não quero que ele acabe morto.

Minha nuca arrepiou com o perigo, algo que o pit bull não tinha percebido desta vez, pois ele estava em silêncio. Esta era a segunda vez hoje que me alertava sobre Mark. Na verdade, eu não o conhecia muito bem. Ele não foi violento quando foi embora. Mas eu sabia que ele reprovara no último semestre do colegial porque foi suspenso muitas vezes durante o ano por estar envolvido em brigas.

– No ano passado, jogamos uma partida de basquete no hangar – disse Grayson – e eu venci. Depois, naquela tarde, quando estávamos os dois tentando pousar, ele me fechou.

– No *ar?* – perguntei.

– Sim, sem avisar que estava se aproximando. Ele simplesmente apareceu embaixo de mim. Algo ruim poderia ter acontecido comigo. Claro, ninguém estava vendo. Eu devia ter falado para o meu pai, mas ele teria jogado a culpa em mim e teria me dito para crescer.

Ele fechou o punho e bateu no joelho.

– Eu queria que você trabalhasse para mim, Leah, mas eu também não queria que você trabalhasse no mesmo lugar que aquele cara.

– Mas você disse que *não existia* um emprego lá.

– E não existe – continuou Grayson – e se você quiser confirmar com Sr. Simon essa informação você vai acabar envergonhada. De qualquer maneira, agora você tem um emprego.

Ele aproximou sua cadeira da minha e ficou em pé acima de mim mais uma vez.

– Amanhã de manhã, às sete.

Meu estômago dava voltas. Estiquei o braço para pegar a cerveja no toco.

Ele foi mais rápido e pegou a lata antes de mim e derrubou o resto nas folhas mortas da palmeira atrás da minha cadeira.

– Ei – protestei.

Ele amassou a lata com a mão e então atravessou o pátio, subiu as escadas de blocos de cimento, e entrou pela porta de alumínio.

– Grayson! – gritei. Mas não fui para o trailer atrás dele. A única coisa pior do que ele espiando lá dentro era observá-lo enquanto ele fazia isso e ver a expressão de pena no rosto dele. Mantive os olhos na porta, e esperei e desejei aquela cerveja de volta.

Ele apareceu na porta.

– Onde está o resto da cerveja?

– Acabou – respondi.

Foi levada para a praia, para a festa, para a casa do irmão de Patrick, onde Mark e aquela garota devem estar bebendo no porão e onde provavelmente estão se divertindo bem mais que eu agora.

Grayson desceu os degraus e andou rapidamente através da poeira parando na minha frente com as mãos na cintura.

– Chega de bebida por hoje.

Abri as mãos para mostrar a ele que estavam vazias.

– Sério, sem ressaca. Disse isso para Alec também. Nós não vamos derrubar aviões esta semana. – Ele se agachou na frente de minha cadeira e ficamos da mesma altura enquanto nos encarávamos. – Vou embora agora. Você vai ficar bem?

Eu não sabia o que dizer. Não conseguia mais nem pensar. Minha cabeça estava cheia demais com Grayson, agindo como ele mesmo, mas um milhão de vezes pior, pois me arrastava para suas péssimas ideias impulsivas desta vez. E Grayson sendo protetor como um pai.

Como fiquei quieta, ele chegou para frente e colocou sua mão no meu joelho.

A eletricidade subiu pelas minhas pernas e fez meu coração bater dolorosamente.

Talvez Grayson tenha sentido isso também. Ele tirou sua mão. Eu podia ver minha própria sombra refletida nos seus óculos escuros, meus cachos escuros balançando no meu rosto por causa do vento, meu olhar sério.

Finalmente respondi:

– Sim. Vou ficar bem.

Satisfeito com minha resposta ele ficou em pé.

– Vejo você amanhã bem cedo – disse ele atravessando a estrada de cascalho e desaparecendo pela trilha. O pit bull latiu insanamente.

Não fiquei sentada lá por muito tempo. Ou talvez tenha ficado sentada lá por muito tempo. Eu estava bêbada. O crepúsculo caiu sobre as árvores. Meu coração acelerou. Embora Grayson já tivesse deixado o estacionamento de trailers, seu olhar permaneceu ali. Eu via tudo através de seus olhos mais uma vez. Eu me vi sentada sozinha no escuro, com meus joelhos contra o peito na cadeira de plástico, observando a poeira levantar e baixar devagar na escuridão, ouvindo o pit bull puxar a corrente na qual estava preso.

Voltei pelo pátio, entrei no trailer e tranquei a porta, abafando, mas não silenciando o pit bull.

Lá dentro, peguei meu jornal e me sentei no sofá deformado, olhando para a parede onde a TV costumava ficar. Torci para dormir e então o dia realmente teria terminado, e eu não teria tempo, entre agora e às sete da manhã, para me preocupar sobre o que aconteceria com Alec e Grayson. Mas neste momento meu estômago roncou. A caminhada até a loja de conveniência não parecia tão longa agora. Eu nunca me atrevia a andar até lá à noite. Heaven Beach tinha um lado com resorts de luxo e outro lado com pousadas mais simples. O estacionamento de trailers ficava no lado mais pobre, e sempre que eu andava na rodovia depois que escurecia, homens paravam seus caminhões para me perguntar se eu estava trabalhando. Como os rapazes pareciam não querer aceitar um não como resposta hoje, resolvi não brincar com a sorte. Meu estômago roncou mais uma vez em protesto.

Depois de um tempo, dei um pulo e derrubei o jornal no chão com o susto que levei com a batida na porta de alumínio.

– Quem é? – gritei.

– Entrega.

Isso era demais. Uma entrega errada na minha porta quando eu estava morrendo de fome. Atravessei o trailer e abri a porta.

Assustado, um garoto chinês deu um passo para trás no bloco de cimento, quase caiu, e subiu no degrau novamente. Ele segurava um grande saco branco em sua frente como se fosse um escudo, com letras chinesas impressas nele.

– Entrega – repetiu.

Senti o agradável cheiro do tempero chinês antes de dizer:

– Não é minha. – Comecei a fechar a porta.

– Com os cumprimentos da Hall Aviation.

Empurrou o saco para mim e pulou para fora dos blocos de cimento.

– Não se esqueça! Esteja lá às sete em ponto!

Fiquei observando o carro desaparecer na estrada de cascalhos. Então fiquei olhando através da poeira onde o carro foi estacionado, para além do pátio com o pit bull aos berros, para o caminho através das árvores que levava até o aeroporto. Eu tinha me esquecido o que minha mãe me ensinou enquanto eu dizia palavras feias para Grayson ou chutava Mark para fora do trailer, e também enquanto ameaçava jogar latas de cerveja no traseiro de Patrick. Quando eu era uma garotinha minha mãe sempre me dizia para ser gentil com todas as pessoas, não importava como elas se parecessem ou como elas me tratassem, porque eu nunca saberia quem poderia ser um anjo disfarçado enviado por Deus à Terra.

Apesar do fato de Molly morar no lado nobre da cidade, ela se dignou a ser minha amiga. Ela não se importava com o fato de eu viver em um estacionamento de trailers. Mas ela não parecia considerar aquele lugar um verdadeiro lar, e nem parecia acreditar que outras pessoas moravam ali. Por volta das onze horas, reconheci o ritmo de uma música de rock tocando alto, vindo de dentro do carro elétrico dela.

Ou seja, ela não *ligava* para o fato de eu viver em um estacionamento de trailers, mas ela se *importava*. Ela poderia até querer me tirar dali. Seus pais tinham um escritório de arquitetura e design de interiores em Atlanta. Agora eles estavam "aposentados" e vivendo na praia (eles eram muito jovens para se aposentar, deviam ter quarenta e poucos anos, como todos os outros pais menos minha mãe, embaraçosamente jovem) e abriram um café que foi construído em estilo rústico para atrair turistas para o lado rico da cidade. Desde os adesivos de paz e amor na janela ao cardápio orgânico, o café atraía os alternativos. Eles ensinaram Molly a não julgar as pessoas e a valorizar a diferença.

E Molly aprendeu direitinho. Assim que se mudou para a cidade, há dois anos, ela se tornou a ativista de nossa escola, incentivando a cantina a oferecer comida vegetariana, organizando equipes de limpeza para manter o habitat dos pássaros livre do lixo. Mas, ela também não era uma garota fácil. Quando ela achou que eu estava tentando roubar o namorado dela, ela me encontrou no corredor durante o intervalo e, na frente de todos, me disse o que pensava sobre a vagabunda da escola.

Mas foi quando ela viu a maneira como as outras garotas se juntavam para me provocar que ela, ironicamente, tornou-se minha amiga. Então, de certa maneira, ela estava me usando. Eu era a amiga *diferente* dela. E ela ganhou alguns pontinhos por andar comigo. Mas ela não se via desta maneira. E eu não disse nada a ela porque não seria uma tarefa fácil. Eu fiquei feliz por ela ter me escolhido para sua experiência intercultural e não outra pessoa do estacionamento de trailers, como Aaron Traynor, que a teria convencido a experimentar uma droga "apenas uma vez" ou Ben Reynolds, que teria transado com ela.

Coloquei algumas roupas para me proteger da noite fria da primavera, tranquei a porta e fui até ela. Estava tão feliz em vê-la que quase a abracei pelo banco da frente do carro, mas eu não queria acabar com nossa amizade com uma demonstração exagerada de carinho. Nossa ligação começou graças a nosso respeito mútuo pela dureza, senso de humor e absoluta falta de sentimentalismo uma com a outra, e era assim que deveria continuar.

– E aí, sua vaca – disse.

– Meu Deus, você me dá nojo. Parece que você acabou de sair da cama e juro que você está mais bonita do que eu, mesmo com toda minha produção.

Ela desceu a mão pelo corpo mostrando parte de seu modelito – o top curto, talvez ou a minissaia ou os sapatos plataforma. Ela não era nem mais nem menos bonita do que qualquer garota rica de nossa escola.

– Acho que é meu cabelo – disse.

– Você sempre acha que é o seu cabelo.

Ela olhou sobre os ombros e deu marcha a ré no meu pátio, e não hesitou quando o para-choque bateu em uma das cadeiras de plástico, derrubando-a. Ela virou para frente novamente e arrancou para fora do estacionamento de trailers a oitenta quilômetros por hora.

– O show foi bom? – perguntei.

– Por favor. Eu não via a hora de sair de perto daquelas meninas que foram comigo. Estava louca para falar com você. No café da manhã finalmente encontrei com o cara mais legal do mundo, lá no café.

– Se ele é tão legal, por que você está comigo e não com ele?

– Espertinha. Eu tinha o show. Você sabe que eu nunca falto a um compromisso. E ele vai trabalhar muito cedo amanhã.

Ela pisou no freio na entrada da rodovia e olhou para os dois lados antes de entrar no trânsito, pelo menos isso.

– Mas me diga o que você precisa me dizer primeiro.

– Não, fala você primeiro.

Ela pisou no acelerador e o carro se dirigiu para a cidade em sua velocidade mais alta, que, por sorte, não era tão rápida ou nós duas já estaríamos mortas quando uma de nós tirasse a carteira de motorista. Então ela olhou para mim.

– Não, fala *você*. Algo importante aconteceu. Parece que você vai desmaiar.

Contei para ela tudo o que aconteceu com Grayson, Mark, Grayson de novo, sem mencionar a comida chinesa porque aquilo pareceria que eu estava mendigando. Molly não podia entrar no trailer e ela nunca abriu a geladeira, que estava sempre vazia.

Ela falou "Espera um pouco" várias vezes.

– Você está falando dos filhos de seu amigo, Sr. Hall? Gêmeos são tão sensuais! – e "Ele quer que você faça *o que*?" e "aquele imbecil!", que ela se referia tanto a Mark quanto a Grayson.

Embora eu já devesse estar acostumada com isso agora, era muito estranho ouvir aquela linguagem suja da boca dela. Ela era naturalmente iluminada, e rica, e parecia inocente – muito parecida com Alec, na verdade – e ela estava usando maquiagem pesada para ir ao show, o que ela acreditava que tinha feito ela parecer mais velha, mas, na verdade, fazia com que ela parecesse uma menina de 12 anos usando grandes olhos de personagem de desenho animado.

– Eu sei – disse eu. – Eu não entendo como Grayson fez isso. Comecei nossa conversa me imaginando uma piloto. E de repente me tornei a vadia do aeroporto.

Molly riu tanto que eu pensei que ela sairia da estrada, só porque eu disse a palavra "vadia". Molly se divertia facilmente com obscenidades. Por isso nossas conversas eram sempre muito sujas. Eu gostava de ouvi-la rir.

Quando ela parou de gargalhar, eu disse:

– Você sabe que eu não sou uma vadia.

Na verdade, estava realmente checando. Eu tinha uma má reputação na escola, mas isso era porque a garota nova na escola era sempre um alvo fácil. Depois de três anos e meio morando aqui eu ainda era considerada a garota nova. Molly também não morava aqui há tanto tempo, mas ela se misturou melhor. A garota nova que morava em um estacionamento de trailers era uma presa mais fácil.

Molly olhou para mim com o canto dos olhos.

– Eu sei que você não é uma vadia *praticante*. Mas Mark Simon morando com você? Mesmo que tenha sido apenas por uma semana... Estou feliz que você tenha se livrado dele.

– Eu também – disse.

– Você acabou dormindo com ele?

– Não.

– Ah – disse Molly. – Estou tão aliviada. Tentei ficar feliz pensando que você finalmente tinha arrumado alguém, mas Mark Simon não é a pessoa que eu escolheria para você. As meninas estavam falando sobre você. Quero dizer, falando mais do que o normal. Que você estava lá, morando com um rapaz, com apenas 18 anos e sem ainda nem ter se formado.

Não era bem assim, quase disse a ela. Mas toda semana eu dizia a ela que *não era bem assim*. Eu parecia minha mãe tentando explicar sobre alguns dos namorados militares dela para mim.

– *Por que você fica com ele se ele bate em você, mamãe?*

– *Você não entende. Não é bem assim.*

– Você acha que passei uma ideia errada para Mark sem ter a intenção de fazer isso? – perguntei. – Eu nunca dei a entender que transaria com ele em troca de um emprego. Você acha que Grayson está certo, que eu vou olhar para Alec e ele vai cair aos meus pés?

O que eu realmente queria perguntar era se Sr. Hall se aproximou de mim com intenção errada, como Grayson disse um ano atrás no hangar, o que parecia há uma eternidade agora. Mas não perguntei. Eu não queria saber a resposta.

Ela respirou profundamente, pensando.

– Eu acho que você se transforma numa pessoa muito sexy perto dos homens quando você precisa de alguma coisa, e talvez você não perceba que faz isso. É óbvio que você não percebe isso, já que está me perguntando.

– Me dê um exemplo.

– Ryan.

Ryan era o namorado sobre quem Molly e eu discutimos quando nos conhecemos.

Eu detestava quando ela trazia Ryan para a conversa. Ela não sabia toda a verdade sobre o que aconteceu. O fato de eu ter escondido a verdade dela fazia meu estômago virar até hoje. Mas a minha mentira me trouxe esta querida amiga. Eu não deixaria ela ir embora. Por isso eu continuava com o meu jeito durão que ela tanto gostava.

– Ah, com certeza eu percebi que eu estava seduzindo Ryan – disse.

Ela riu de nossa piada mais antiga.

– Certo, vou dar outro exemplo. Você já se envolveu em um milhão de brigas na escola, e já foi chamada mais um milhão de vezes na sala do diretor, mas nunca foi suspensa.

– Mas isso é porque não sou eu quem começo as brigas – respondi com hipocrisia.

– Talvez não comece – disse Molly –, mas não é isso que aquelas garotas e suas amigas contam para o diretor, e mesmo assim elas são suspensas e você não.

– Então você acha *mesmo* que eu sou uma vadia – disse com raiva.

– Não. Você não está saindo com o diretor. Os boatos não são verdadeiros, mas também não aparecem do nada. Pense um pouco. Por acaso você tem uma camiseta que não seja decotada?

Coloquei minhas mãos no decote da minha gola V.

– E então Mark começa a morar com você – disse ela. – Você não é uma vadia e sim uma garota que cresceu sem privilégios e aprendeu a usar o que tem. Você não faz de propósito, faz parte de você. Você age como se fosse uma menininha desamparada e os homens pensam que você é inofensiva. – Engoli seco. – Leah, parece que você vai desmaiar de novo. Não estou ajudando.

– Claro que está – respondi com animação. – Você é uma luz na minha vida.

Eu queria que ela risse com esse meu comentário, mas ela ficou olhando para o para-brisa batendo um dedo no volante, nervosa.

– Bom, e esses irmãos gêmeos. Você está apaixonada por Alec?

– O quê? Não.

Eu disse isso ao passarmos pela loja de conveniência. Eu ficava sempre impressionada com a rapidez como chegávamos até lá de carro enquanto levava uma vida inteira para eu andar até ali.

– Você está apaixonada pelo irmão que pensa que você é uma vadia? – ela perguntou.

Eu ri da maneira como ela falou. Então percebi que eu não deveria ficar surpresa, pois a maneira como ela falou era bastante sensata.

– Grayson. Não. – Minha pele formigou quando disse o nome dele, o que era uma bobagem.

– Não sei por quem exatamente, mas você está apaixonada por alguém.

Comecei a mexer na bolsa dela que estava no meu pé, encontrei um cigarro de cravo e acendi.

– Eu os tenho observado já há bastante tempo. Os gêmeos e o pai deles, que morreu, e também o irmão mais velho, que também morreu. Acho que acabei me apaixonando um pouquinho por cada um deles. – Uma tragada e o cigarro estava me deixando enjoada. Sr. Hall parecia estar me olhando por trás de meus ombros e me dizendo para jogar aquele lixo fora. Apaguei o cigarro com cuidado em um copo de papelão vazio que estava no suporte de copo do carro dela.

– Então você está nostálgica pela família perdida e sente pena deste rapaz. Você está criando desculpas para si mesma para justificar o péssimo comportamento social dele. Mas você não pode se esquecer que ele a está chantageando para que você saia com o irmão dele. Pior ainda, ele a está chantageando para que você aceite este emprego perigoso de piloto de avião.

– Bem, eu não sei o que é um emprego perigoso. Antes de Sr. Hall morrer eu realmente queria aquele emprego.

– Quando Sr. Hall estava no comando eu queria muito, mas agora ele não está mais. Com este rapaz inexperiente tomando conta do negócio, aceitar este emprego é ainda mais parecido com um suicídio do que era antes.

– Eu não chamaria isso de suicídio.

– Você descreveu ele para mim, Leah. Você está pilotando esta lata de sardinha que você chama de avião, carregando o banner pesado, que não foi feito para ser puxado por um avião. E você briga com os controles o tempo todo para evitar que o avião perca a sustentação e mergulhe para a morte.

– Tecnicamente tudo isso é verdade, mas um piloto nunca diria isso de maneira tão dramática. Se disséssemos não seríamos pilotos por muito tempo porque isso parece loucura.

– Exatamente. E você disse que eles tiraram todos os instrumentos daqueles pequenos aviões para que ele ficasse leve o bastante para carregar os banners. Você voa sem instrumentos e isto não é perigoso?

– Eles não tiraram *todos* os instrumentos. Tiraram apenas aqueles que só são necessários quando está nublado ou escuro. Quero dizer, sim, seria bom ter estes instrumentos, mas eles não são *necessários.*

Molly olhou para mim boquiaberta.

Percebi que o que eu estava falando *realmente* parecia besteira.

– Sim, eu estou me ouvindo – disse. – Era essa a sua próxima pergunta?

– Sim. Bem – disse ela –, já que você ama tanto estes rapazes e como você jura que este trabalho não é suicida – ela tirou as mãos do volante para fazer sinal de aspas com os dedos – não sei qual é o problema. Quero dizer, eu entendo sua preocupação sobre a questão da boa moral e sobre sua mãe descobrir que você falsificou a assinatura dela. Você está apenas tentando ficar longe de problemas até poder ir embora de Heaven Beach.

– Isso mesmo.

Passamos pelo supermercado. Nas poucas vezes em que eu vim até aqui fazer compras, as sacolas pesadas destroncaram meus braços enquanto voltava para casa, assim como aconteceu com as travas pesadas na pista. Mas se eu pudesse dirigir até aqui teria colocado as sacolas no porta-malas e me esquecido delas até chegar em casa. Sim, eu ficava impressionada com esta invenção miraculosa chamada *carro.* Em quase todos os passeios de carro que fiz com Molly tive vontade de pedir a ela para parar para que eu comprasse algumas coisas. Mas eu nunca pedi e nunca passou pela cabeça dela fazer isso.

– E talvez você tenha um pequeno problema com autoridade – disse Molly.

– Quem, eu?

– O fato de Grayson ficar lhe dizendo o que fazer deixa você com os nervos à flor da pele, principalmente quando está relacionado com sua reputação.

– É verdade.

– Mas se o negócio dele não vai durar muito, como você diz, você não pode simplesmente não pilotar e então voltar para seu trabalho no escritório do aeroporto, em terra mesmo? Não consigo entender por que você está tão chateada por ter perdido o emprego como piloto de aviões agrícolas que aquele imbecil ofereceu. Você já voou outras vezes, mas você nunca teve um *emprego* de piloto. Por que você precisa disso agora?

– Por que todo tipo de licença para pilotar tem uma idade mínima necessária, além de um número de horas de voo.

– E um maldito pré-requisito de bom caráter.

– Isto é apenas para licença para pilotos de companhia aérea. Mas, sim, é atrás disso que estou. Para obter minha licença de piloto comercial preciso fazer dezoito anos e ter acumulado duzentas e cinquenta horas de voo. Primeiro eu precisei alugar o avião de Sr. Hall para conseguir voar aquelas horas. O aluguel de um avião não é barato. Se ele não tivesse começado a me deixar pilotar de graça hoje eu não teria a licença.

– Entendo.

Agora estávamos passando pela biblioteca. Eu sempre pegava um ou dois livros quando ia até lá para que não fosse muito pesado carregá-los até em casa. Então eu sempre formava uma pilha de livros. Eu já tinha visto Molly devolver uma pilha inteira de livros, todos de uma só vez, e colocá-los no carro.

– Para a licença de piloto de companhia aérea – disse – preciso ter vinte e três anos de idade, e mil e quinhentas horas de voo. Agora que não tenho mais Sr. Hall, são outras mil duzentos e cinquenta horas de aluguel de avião. Além disso, para que alguma companhia aérea considere me contratar, preciso de um diploma universitário. Como vou conseguir pagar por tudo isso nos próximos cinco anos, Molly?

– E como é que eu vou saber?

– Eu vou arrumar um emprego de piloto. Assim posso voar sem precisar pagar. Vou voar *muito* e acumular muitas horas. E vou receber mais do que um salário mínimo.

– Mas se você *não* conseguir um emprego de piloto – disse ela –, talvez você continue no trabalho no escritório do aeroporto, trabalhando algumas horas e fazendo a faculdade, mas faça de maneira mais devagar, enquanto vai economizando dinheiro. Você não *precisa* conseguir essa licença no dia em que fizer vinte e três anos.

– É verdade. Mas se eu não conseguir a licença aos vinte e três eu nunca mais conseguirei. Aquela vida era muito difícil, sempre olhando para o futuro e nunca vivendo o agora, economizando para um objetivo impossível. Trinta anos depois eu *ainda* estaria trabalhando no escritório do aeroporto e recebendo um salário mínimo. Haveria boatos de que eu fora uma piloto um dia, mas a maioria das pessoas nunca acreditaria nisso ao olhar para mim.

– Agora estou entendendo – disse Molly.

– Sério?

– Talvez e empresa de Alec e Grayson não dê tão errado quanto você prevê – disse ela – e você possa continuar trabalhando com eles por um bom tempo.

– E posso continuar sendo a vadia do aeroporto.

– É um trabalho sujo, mas alguém tem que fazê-lo.

Chegamos no começo da rua dos hotéis. Como ainda estávamos na parte pobre de Heaven Beach, as placas na frente dos estabelecimentos anunciavam quartos a preços muito baixos e as piscinas eram pequenas, sujas e verdes.

– Conte-me o resto de sua história, que não chega nem um pouco perto de ser tão interessante quanto a minha. Você finalmente se encontrou com um rapaz no café, e ele teve que ir dormir. Oh.

– Oh. – Ela vez um biquinho.

– Você vai vê-lo de novo?

Ela respirou devagar antes de falar, como se estivesse pensando na resposta, o que não era típico dela.

– Acho que ele vai estar bastante ocupado nesta semana.

– Mas você estava toda animada com ele alguns minutos atrás. Você veio até minha mansão às onze horas da noite para me contar sobre ele. – Enquanto eu falava aquelas palavras percebi que provavelmente elas não eram verdadeiras. Talvez o garoto nem mesmo existisse. Molly sempre tinha uma desculpa como essa, ela *tinha* que me ver para que pudesse me contar sobre um menino bonitinho, ou sobre alguma coisa idiota que sua mãe tivesse feito, ou sobre algo que ela tinha visto na TV, mas muitas vezes, quando ela vinha atrás de mim, ela estava, na verdade, vendo se eu estava bem ou me tirando um pouco do trailer. Ou então, como quem não quer nada, me levava até o café para que eu me alimentasse, como se eu não soubesse o que ela estava fazendo. E eu entrava no jogo.

– Eu *estava* animada com ele – disse ela –, mas ele não chega aos pés de sua história de vadia.

– Ah, não chega mesmo. Vamos trocar de lugares. – Agora era *eu* quem estava falando antes de pensar. Eu parecia ingrata, ciumenta e amarga. Eu realmente era isso, mas ninguém queria ouvir aquilo. Abri minha boca com muito cuidado, pensando em uma maneira de pedir desculpa.

Ela abriu o console que estava entre nós, pegou um saco branco e colocou no meu colo.

– Croissant quente de chocolate.

– Ah! – O meu grito e excitação à frente de um doce foi tão sincero e genuíno que comecei a gargalhar.

Ela olhou para mim com as sobrancelhas levantadas como se ela estivesse preocupada com a minha sanidade mental.

– Cala a boca. – Parti um grande pedaço do croissant, recheado com chocolate derretido e enfiei na boca dela, espalhando propositalmente no seu rosto. – Hum – foi tudo o que ela disse. Sua boca estava cheia e os croissants de chocolate do pai dela eram realmente muito bons.

E nós estávamos certíssimas em ficar em silêncio por estarmos comendo. Era melhor do que nunca pedir desculpa uma para a outra. Assim estávamos admitindo que estávamos erradas e devíamos alguma coisa uma para a outra. Era aí que as pessoas se metiam em problemas.

– Olha lá, vadias de verdade. – Ela apontou com a cabeça para duas adolescentes que estavam atravessando a rua na nossa frente, as duas com cabelos maltingidos de loiro, com a roupa mal-arrumada e vestidos decotados mostrando tatuagens nos peitos, que poderiam ser verdadeiras ou falsas. Uma das meninas usava sapatos de salto alto baratos, e a outra estava descalça.

– Como é que se chega nesse ponto? – Molly perguntou para mim, não para elas.

Eu não sabia se elas realmente eram vadias. Havia *muitas* prostitutas nesta parte da cidade. Mas também havia muitas garotas de estacionamentos de trailers de outros lugares, passando férias na praia. Aquelas garotas e as prostitutas pareciam iguais. Olhando para as meninas decidi que elas eram turistas, pois pareciam estar felizes.

Quando Molly entrou no cruzamento mudei de ideia. As garotas chegaram na esquina e estavam gritando para os carros.

E por falar em trocar de lugar, eu não estaria nem falando em trocar se eu estivesse no lugar daquelas garotas. Estaria dando um passo bem pequeno. Uma garota terminava daquela maneira sendo criada com eu fui. Ela cometia o erro de se enrolar com outras pessoas que a cercavam. E ela nunca atravessou aquela cerca até o aeroporto.

Não que isso parecesse estar me fazendo muito bem neste momento. Eu tinha me recusado a trabalhar para Grayson. Eu estava assustada por estar sendo chantageada. Eu estava ofendida por ter que me atirar nos braços de Alec. E, no fim, eu cedi, não é? Eu não era muito melhor do que aquelas garotas de rua.

Mas a ideia de ter que me apresentar ao hangar Hall Aviation pela manhã me deixou arrepiada. Eu voaria novamente, pela primeira vez depois de dois meses. Quanta adrenalina! Eu me envolveria no jogo de Grayson e Alec. Era como participar de um *reality show* na TV, onde eu provavelmente seria humilhada publicamente – mas isso era melhor do que assistir ao programa na TV em casa, ou não poder assistir ao programa quando a TV desaparecesse e o trailer ficasse em silêncio.

E eu veria Grayson de novo. Ele precisava de mim. Ele estava me usando. Ele não tinha uma queda por mim, mas eu ainda podia sentir a mão dele no meu joelho. Vendo as prostitutas diminuírem nos espelhos retrovisores enquanto Molly acelerava pela rua, coloquei minha própria mão no meu joelho e o acariciei com meu polegar, para frente e para trás, sentindo toda aquela agitação novamente.

Seis

Concentrei-me naquela excitação contando com ela para me levar para frente, passo a passo, pelo caminho entre o estacionamento de trailers em meio à luz alaranjada do sol do início da manhã, através da grama longa e molhada que arranhava meus tornozelos. Eu veria Grayson. Eu pilotaria um avião. Estes eram os motivos para continuar andando em direção à Hall Aviation e ao início de minha farsa com Alec.

Eu me preocupei com o que vestir. Seria melhor algo inocente, será que Alec gostaria? Ele provavelmente saía com líderes de torcida que vestiam roupa pink e dormiam com ursinhos de pelúcia. Ou algo mais ousado para provocar Grayson? Depois de 15 minutos experimentando roupas e então ficando em pé no vaso sanitário para conseguir enxergar no espelho que ficava em cima da pia, decidi que era melhor não correr o risco de deixar Grayson irritado, fazendo com que ele contasse tudo para minha mãe. Eu vesti o que eu vestiria quando tudo estava normal, quando todos ainda estavam vivos, e quando eu trabalhava para Sr. Hall e não para o filho dele. Mas, eu tinha que admitir, aquela roupa era realmente um pouco ousada. Shorts curtos com uma camiseta decotada e cortada para ficar mais solta, que eu tirava no avião ficando só com a parte de cima do biquíni que estava por baixo. O avião não tinha ar condicionado, e a cabine chegava a aproximadamente 40 °C quando estávamos próximos do Sol.

No início da pista passei para o asfalto para sair da grama fria. Era possível ver enormes hangares à minha esquerda, e um deles era do Sr. Simon. Passei por ele cautelosamente, olhando através da imensa porta tentando não deixar que percebessem que eu estava olhando. Não queria outra discussão com Mark nesta manhã – ou melhor, nunca mais. Vários homens se movimentavam dentro do hangar, mas não reconheci os movimentos rápidos de Mark. Duvidei que ele estivesse lá tão cedo se ele tivesse continuado naquele ritmo de ontem à noite.

Relembrando tudo o que passei com ele na última semana, em uma troca de sexo por voo que eu não entendi, decidi que não poderia passar por tudo isso novamente com Grayson e Alec. Ainda assim continuei caminhando, meus chinelos deixando um rastro de orvalho no asfalto coberto por conchas brancas. Eu precisava me livrar deste pé frio antes de chegar ao hangar da Hall Aviation. Eu não queria paquerar Alec, ele era lindo, mas eu nunca me senti atraída por ele como eu me sentia por Grayson, e a ideia de dar em cima dele fazia meu estômago doer. Lembrei que não voava havia dois meses, e todo o meu futuro como piloto estava em jogo.

Ao passar pelo escritório do aeroporto comecei a andar mais rápido. O Piper amarelo já estava na pista em frente à Hall Aviation. A pequena porta lateral e a enorme porta do hangar já estavam abertas para o início dos trabalhos da manhã, e a estranha batida de rock alternativo saía de lá. Eu sempre deixava meus olhos e ouvidos em alerta quando entrava no hangar e os meninos estavam lá. Eles tocavam músicas interessantes, usavam camisetas de bandas das quais eu nunca ouvi falar, e liam livros que circulavam pela escola, mas nunca viajavam para nenhum lugar além de Heaven Beach. Senti-me boba por ficar apreciando os garotos. Eles eram de Wilmington, não de Nova York. Já eu era do fim do mundo da indústria do turismo, e tudo isso precisava ser levado em consideração. Eu ficava sempre com olhos e ouvidos em alerta quando estava perto de Molly, basicamente pelo mesmo motivo. Os antigos amigos dela, em Atlanta, estavam sempre contando novidades para ela. Mas ela ainda não era tão descolada quanto estes garotos.

Entrei pela porta do lado, totalmente em alerta. Mas os meninos estavam sentados em cadeiras de praia na frente do Piper vermelho, tomando o café da manhã. Senti uma pontada de ciúme misturada com fome, tudo a mesma coisa para mim, pois eu não tinha tomado café da manhã. Com a perspectiva de Alec me convidar para sair hoje à noite, mas sem planos concretos de sair para jantar ou para dar uma volta pela cidade, guardei com bastante cuidado o que sobrou da comida chinesa da noite anterior. E não quis desperdiçar o que sobrou comendo no café da manhã.

– Eeeeii!

Chamei como se fosse uma garota que não estava sendo chantageada e que era sempre doce e não dava a mínima para as outras pessoas. Caminhei até Alec e abri os braços.

Assustado, ele colocou seu café da manhã de lado, em um bancada de ferramentas, e se levantou para me abraçar. Ele continuava tão bonito quanto eu me lembrava, com seus cabelos loiros brilhantes, com o rosto redondo e amigável. Na verdade, ele não sorriu para mim, mas a expressão normal de seu rosto era um meio sorriso que ele dirigiu para mim.

– Ei, Leah! – disse ele me envolvendo em seus braços, apertando levemente. – Há quanto tempo não nos vemos.

Então me virei para Grayson, que usava seus óculos escuros e chapéu de caubói sob a luz suave da manhã. Eu não queria abraçá-lo ou tocá-lo. Estava brava com ele por me manipular. Mas naquele momento pareceu estranho abraçar Alec e não abraçar Grayson, principalmente porque Alec devia saber que Grayson e eu conversamos recentemente. Se não, como Grayson teria me contratado? Olhei para Grayson e disse:

– Eeeei!

Ele olhou para cima em minha direção sem mexer a cabeça. Por um segundo, ele me encarou através de seus óculos escuros.

Então ele também deixou seu café da manhã de lado e se levantou.

– Eeeii! – respondeu em uma imitação sem entusiasmo, de maneira mais resignada do que sarcástica.

Ele veio para receber um abraço e colocou a mão bem devagar na minha cintura nua, onde minha camiseta subia.

A mão dele deixava um rastro de calor ali que parecia durar para sempre, embora ele ter tocado minha pele tenha sido apenas o corpo dele se aproximando para o abraço. Seu outro braço se curvou nas minhas costas, e ele me apertou com seus braços por uma fração de segundo antes de me soltar. Ele sentou novamente na sua cadeira e pegou o café da manhã.

Como se tivesse se lembrado disso depois, ele pegou outra caixa que estava na mesa, me entregou e fez um gesto para que eu me sentasse no sofá.

E eu ainda estava ali em pé, assombrada, tentando diferenciar o abraço de Grayson do abraço de Alec, e lutando contra minha atração pelo rapaz que pretendia me sabotar.

Sentei com bastante cuidado no sofá. Eu sempre tinha muito cuidado quando sentava ali porque a poeira se levantava dele sempre que alguém o tocava. Os rapazes e o Sr. Hall nunca pareceram se importar muito com o sofá, provavelmente porque há 15 anos, bem antes do divórcio, quando todos moravam juntos em Heaven Beach, ficava na casa deles. Só depois de ter me sentado é que notei o logo na embalagem.

– Ah! É do café dos pais de minha amiga Molly. Vocês conhecem a Molly?

Grayson balançou a cabeça sem olhar para mim.

– Alta, ruiva, talvez usando muita maquiagem às sete da manhã?

Alec balançou a cabeça sem olhar para mim. Desisti e abri a caixa, e *oh*, um pãozinho com presunto e ovos, um copo de suco gelado e um croissant de chocolate quente esperavam por mim. Eu estava com tanta fome e tão desolada enquanto caminhava na pista, e agora era presenteada com o croissant quente de chocolate do pai de Molly, não tão quente quanto o que comi no carro dela ontem, mas ainda assim folheado e cremoso... Era tudo tão bom que eu tinha certeza que algo ruim estava para acontecer.

Olhei para Grayson em sua cadeira de praia e tentei encontrar os olhos dele para agradecê-lo pela comida, mas ele estava concentrado no seu próprio croissant.

Comecei a comer o meu café da manhã antes que minha cerimônia ficasse estranha, como se eu estivesse em uma igreja.

– Estou tão animada em voar! – disse, entre mordidas. – Já faz algum tempo que não piloto um avião.

Os dois rapazes pararam de mastigar e olharam para mim. Eu não tinha mencionado a morte de Sr. Hall, mas não era preciso. Nos últimos dois meses eu me acostumei a andar no meu próprio espaço, onde eu era a única pessoa que tinha conhecido Sr. Hall e que sentia falta dele. Mas quando entrei no hangar encontrei um universo alternativo onde as pessoas pensavam exatamente como eu.

Se a intenção ali era que Alec se convenceria a me chamar para sair, eu precisava de ajuda para sair desta situação. Pensei que Grayson fosse me ajudar – fazer algum comentário, alguma coisa. Mas ele apenas se levantou e caminhou para o pequeno escritório de Sr. Hall, ali no canto.

Depois de mastigar e engolir Alec finalmente disse:

– Eu também não tenho voado há algum tempo. Peguei um dos Pipers ontem à noite e fiz algumas manobras carregando alguns banners só para ter certeza de que eu ainda conseguia fazer isso.

– Eu ouvi o barulho do avião – comentei.

Então eu me arrependi de ter dito isso, pois fez com que ele se lembrasse que eu morava no estacionamento de trailers.

Desta vez Grayson me salvou. Ele voltou do escritório, me entregou uma prancheta com formulário, sentou em sua cadeira de praia e deu um longo gole de café de um copo de papel, com os olhos fechados.

Olhei para o formulário W-4.

– Você está descontando os impostos?

Não consegui esconder a decepção em minha voz. Como piloto eu ganharia três vezes mais por hora do que eu ganhava quando trabalhava no escritório do aeroporto. Na minha cabeça, já estava contando com todo aquele dinheiro sem deixar um quarto do valor para pagar impostos.

– Surpresa. É a lei – disse Grayson pegando o saco de comida novamente.

– Eu sei – disse. – Eu só...

– Não imaginou que eu era esperto o suficiente para descobrir como recolher os impostos?

Eu não podia acreditar que ele estava começando uma briga comigo quando ele disse que queria que eu saísse com Alec. Mas ele estava olhando para mim intencionalmente com acusações bravas em seus olhos cinza.

– Não achei que você fosse se importar com isso – resmunguei.

Cortei um grande pedaço do meu croissant de chocolate e enfiei na minha boca, com um pouco de medo de que ele levasse meu café da manhã embora.

Desta vez, Alec tentou aliviar a tensão.

– Grayson está estudando os impostos, está lendo um livro sobre direito tributário escrito para idiotas. Os dois formam um belo par. – E Alec deu tapinhas nas costas de Grayson.

Grayson fez uma careta. Primeiro pensei que Alec bateu tão forte nas costas de Grayson que ele sentiu dor – mas mesmo que tivesse sentido, Grayson não demonstraria a dor. Estes garotos não brincavam daquele jeito.

Então, percebi que Grayson *estava* sentindo certa dor. Não foi o tapa nas costas, mas as palavras de Alec que o machucaram. Alec insinuou que Grayson era idiota e irresponsável. Grayson teria abraçado esta caracterização 5 meses atrás se ela o tivesse livrado de alguma tarefa com Sr. Hall. E agora doía.

Como Grayson não riu ou bateu de volta em Alec ele inclinou-se para frente e olhou para o rosto de Grayson, tentando encontrar seus olhos. De repente, Alec desistiu.

– Vou perguntar a Zeke se ele precisa de ajuda com os banners e então vou começar a trabalhar. – Levantou de sua cadeira de praia com a expressão de sorriso no rosto. – Vejo vocês no intervalo.

Minha boca estava cheia. Engoli rapidamente e disse:

– Tchau, Alec.

Mas ele já desaparecera pela porta que levava à pista. Virei-me para Grayson.

– Isso não foi produtivo – disse rapidamente. – Você não está ajudando.

Ele olhou para mim.

– Você quer que eu faça o quê? Arrume um quarto para vocês?

Eu estava a ponto de me levantar, jogar a metade de meu café da manhã no lixo, e sair do hangar. Para o inferno com Grayson, com Alec, com minha carreira de piloto e com a comida. Eu podia engolir muitos insultos, mas não diretamente na minha cara. Aquilo era parecido demais com uma ameaça, e pedia uma reação imediata, como quando alguém chutava a porta do meu trailer.

Vendo meu olhar ele abriu seus olhos cinza para mim.

– Desculpe. Eu não devia ter dito isso. Não dormi muito a noite passada.

– Então você precisa dormir mais – disse – e parar de me xingar por fazer *o que você está me obrigando a fazer*.

– Você está certa – ele resmungou. – O que eu quero dizer é que eu não espero que ele pule no seu colo na primeira vez que você entrar no hangar. Pode levar alguns dias para que ele a chame para sair. Pelo menos algumas horas. Provavelmente em um lugar mais romântico, que não tenha esse cheiro forte de gasolina.

Ele deu outra mordida, provando que o cheiro de combustível não o incomodava mais do que incomodava a mim, e então apontou para o meu café da manhã com a cabeça.

– Depois que você terminar você pode subir com o Piper laranja. Voe por umas duas horas e então volte para um intervalo.

– Talvez eu não precise de um intervalo tão cedo – disse.

Eu não estava tomando tanto café como Grayson estava, e eu costumava passar horas em um avião sem precisar ir ao banheiro.

– Mas faça um intervalo de qualquer maneira.

A voz Grayson ficou alta como se ele estivesse bravo comigo por ter respondido a ele.

Engoli meu ressentimento junto com meu pãozinho. Sr. Hall também estaria me controlando de perto se eu estivesse trabalhando para ele. Mas Grayson não era o Sr. Hall. Grayson não conhecia este serviço muito mais do que eu.

– Lembre-se – disse ele –, em uma emergência, solte o banner sobre uma área despovoada. O mais importante – ele continuou tocando o polegar – são as outras pessoas – e tocou seu indicador –, e você.

– Depois o avião e, por último, o banner – terminei para ele. – Eu sei, Grayson. Você e eu aprendemos isso juntos. Você não precisa repetir para mim.

Ele esfregou os braços da cadeira de praia com tanta força que suas articulações ficaram brancas.

– Se eu não repetir para você, quem vai fazer isso?

O hangar não estava vazio. Continha as cadeiras de praia, o sofá, vários fichários, mesas de trabalho e equipamentos, o Piper vermelho, o Piper laranja e o Cessna branco para quatro pessoas. Mas o lugar parecia enorme e vazio quando a voz de Grayson tocava as paredes de metal. Em qualquer outro momento nos últimos 3 anos e meio eu saberia que ele estava imitando Sr. Hall. Mas agora ele não estava. Enquanto minha pele esfriava eu imaginava se ele percebia o quanto ele soava como seu falecido pai.

Um motor deu partida do lado de fora do hangar, era Alec e o Piper amarelo taxiando para partir. O alto ronco do motor anulou a voz de Grayson. Grayson falava mais alto do que o barulho.

– Ninguém pode cair esta semana, você entende? Se alguém bater, todo esse trabalho terá sido em vão. Você pode reclamar, Leah, mas em certo momento, ou melhor, *neste* momento, *eu* estou no comando, *eu* estou chantageando *você*, e por isso *cale a boca.*

Seus olhos cinzentos estavam semicerrados e sua boca estava fechada. Ele voltou atrás e se desculpou comigo depois daquela história de me arrumar um quarto. Desta vez ele não estava voltando atrás.

Ficou em pé.

– Pronta?

Ele não estava me perguntando se eu estava pronta. Ele estava me dizendo que eu estava pronta. Enfiei o resto do pãozinho na boca, joguei o saco fora e o segui até o Piper laranja. Automaticamente assumi minha posição na asa, como fiz um milhão de vezes com Sr. Hall. Quando vi que Grayson estava no controle da guia na roda traseira, empurrei a escora. Um bom empurrão fez o avião movimentar-se para fora do hangar, e não foi preciso muita força para levá-lo até a pista.

Ao longe, Alec estava decolando. Uma figura solitária no gramado entre as pistas lutava com um gancho preso em uma corda entre mastros verticais. Um banner comprido esticava-se atrás dele e se agitava com o vento da manhã. Zeke, Alec tinha dito, mas eu não conhecia esta pessoa. Eu não queria perguntar sobre ele para Grayson com esse clima ruim entre nós, mas eu tinha o direito de saber quem montaria os banners pelos quais eu arriscaria minha vida puxando-os com um avião.

– Quem é Zeke?

– Alguém enviado pela agência de recolocação – gritou Grayson de trás da cauda.

A sua voz não denunciava o sentimento que tínhamos deixado escapar alguns minutos atrás.

– Não confio muito nele.

– Isso não é tranquilizador – disse. – Mas, caramba, você descobriu como contratar alguém pela agência de recolocação? Você realmente *está* tocando o negócio.

Grayson virou-se um pouco para o meu lado, um aviso, sem saber se eu estava brincando com ele. Eu também não sabia.

– Só dei um telefonema – murmurou ele.

Então ele passou a mão na cauda do avião com carinho.

– Verifique bem este avião antes de levantar voo. Ainda não voamos com ele, então ele não foi usado desde que... meu pai morreu.

Apenas uma pequena hesitação me deixou perceber que ele sentia uma pontada de dor ao pronunciar estas palavras. Eu também sentia a pontada e torci para que ele não terminasse a frase. E fiquei impressionada por ele ter ido até o fim.

Ele voltou para as sombras do hangar.

Com um suspiro, virei para o meu avião. E imediatamente me animei. Eu estava quase voando novamente.

Mas primeiro tinha muitas coisas para verificar. Dei a volta por todo o avião, passando minha mão pela fuselagem, procurando alguma parte quebrada. Chequei o óleo. Puxei a barra de reboque que ficava atrás do avião, chequei as cordas e os ganchos para carregar os banners, e trouxe os ganchos para a cabine para que eu pudesse lançá-los para fora da janela no momento certo. Voltei para o hangar, meus olhos cegaram no escuro depois de sair da luz brilhante do sol, e procurei por uma vareta na caixa de ferramentas. Grayson estava num canto distante do hangar, mexendo no Piper vermelho, e não disse nada. Voltei e verifiquei o combustível. Então pulei para o banco e dei a partida no motor – meu pulso acelerou com o ronco – e taxiei até as bombas de gasolina.

Um dos Air Tractors de Sr. Simon já estava estacionado ali. Torci para que Mark não estivesse nele. Mas é claro que ele estaria. Aquela era a minha sorte. Quando me aproximei, vi que estava certa. Mark saiu da cabine bem devagar, como se estivesse de ressaca. Isso também não era nenhuma surpresa.

Ele olhou para o meu avião. Eu olhei para o sol e torci para que ele não tivesse me visto por trás do brilho do para-brisa. Talvez ele não soubesse que eu ia pilotar para Grayson. Eu podia me encolher por trás dos controles e esperar que ele abastecesse e fosse embora para só depois descer, evitando qualquer confusão que pudesse acontecer.

Sentada esperando, tirei minha camisa e abri uma das janelas para que o ar circulasse dentro da cabine, que já estava bem quente. Mesmo ainda estando na metade de abril, era verão.

As árvores que circundavam a pista estavam repletas de folhas. A grama onde Zeke lutava com o banner estava verde e alta, balançando com o vento como se estivesse batendo o pé, esperando por alguém acordar de uma longa soneca de inverno e cortá-la. Na verdade, aqui o verão durava pelo menos de abril até outubro. Era estranho que a cidade tivesse tantos turistas em março, quando o tempo era tão instável, quente em um dia e frio no outro. E era estranho que a cidade ficasse vazia durante os meses quentes de setembro e outubro, quando a maré cinza cobria a praia sob um céu azul, livre de estudantes universitários bêbados, crianças perigosamente bronzeadas e obesos exibicionistas tatuados. Mas o verão em Heaven Beach acontecia quer as pessoas o notassem ou não.

Abri a outra janela. Junto com o ar quente, o cheiro forte de madressilva entrou pela janela, e também o ronco do avião de Alec. Ele caiu do céu e mergulhou baixo sobre a grama para pegar o banner entre os mastros. A visão era assustadora. Parecia que ele estava devagar demais para permanecer no ar. Mas, pela minha experiência, eu sabia que era assim que se pegava o banner, e não havia como o olho humano se acostumar com isso. O nariz do avião levantou bruscamente. O motor roncou. O avião diminuiu ainda mais a velocidade, perigosamente perto para perder altura e cair como uma pedra. O banner, que estava bem visível na grama, parecia não ter gostado de ter sido levantado. Ele se contorceu e se agitou e, finalmente, quando não pôde mais resistir, se esticou por completo em uma linha diagonal atrás do avião de Alec que subia, com os dizeres: $ 4 dólares coqueteus muzica vivo bar do capitã Frank.

Uau, Zeke não sabia escrever. Se aquele episódio no hangar fora uma mostra de como Grayson agiria até o final da semana – muito parecido com o pai – ele ia surtar quando visse aquilo.

Virei para Mark, que estava batendo a cabeça repetidamente contra a bomba de gasolina. Alguma coisa estava errada – alguma coisa além de Mark. Eu já tinha abastecido aviões o suficiente para saber. E então percebi o que era. Pulei para fora da cabine.

– Mark, ei, ei, ei!

Ele continuou com a testa na bomba de gasolina, mas virou para olhar para mim.

– De volta tão cedo? Eu sabia que você mudaria de ideia.

Parei a bomba de gasolina e com cuidado tirei a mangueira pesada do tanque do avião de Mark. Então apertei o botão para o motor elétrico recolher a mangueira. Rapidamente procurei por faíscas, pequenos focos de incêndio ou alguma outra coisa incomum. Enquanto Mark observava, desenrolei a pinça de aterramento, puxei-a pelo asfalto e a prendi no escapamento do avião agrícola.

– O seu tio não ensinou a nunca abastecer sem aterrar o avião antes? Você podia causar uma faísca e ter explodido todo esse lugar.

– Isso nunca acontece – disse ele.

E isso era verdade. Mas nunca acontecia porque todos sempre aterravam seus aviões antes de abastecê-lo, exceto ele.

– Você entende o que estou dizendo? – insisti. – Uma faísca que entrasse no tanque de combustível no subsolo levaria metade deste aeroporto com ela.

Ele sorriu e encolheu os ombros.

– É uma maneira de morrer. Bum! Pelo menos não sentiria dor.

Ele inclinou a cabeça para um lado, então fechou o olho como se o movimento da cabeça tivesse causado dor. Ele voltou a cabeça para a posição normal.

– O que você está fazendo no avião daquele cara que morreu?

O confronto era inevitável agora. E era melhor que acontecesse sem que ninguém visse.

– Estou pilotando para Hall Aviation.

– Não – ele gritou.

Encolhi com a violência de sua reação.

No segundo seguinte a violência desaparecera e ele me deu um sorriso charmoso.

– Venha voar para o meu tio! Eu a levo pra cima...

– Quando? – pressionei-o.

– Logo. Patrick vai dar uma festa hoje à noite. Venha comigo e conversamos sobre isso.

– Leve aquela sua amiga loira com você.

Fiz sinal de aspas quando falei do cabelo loiro falso dela, com raízes escuras.

– Preciso começar a trabalhar.

Ele devia estar encrencado com seu tio, e bastante atrasado, pois me olhou de cima a baixo apenas algumas vezes e taxiou de volta para o hangar de Sr. Simon.

Em pé na porta da cabine e puxando a mangueira sobre a asa, abasteci meu avião na conta da Hall Aviation e, com cuidado, recolhi a mangueira e o cabo de aterramento. Meu coração batia cada vez mais forte enquanto eu acelerava o motor novamente, colocava os fones de ouvido e taxiava para o final da pista. Então, parei, pensando na lista de Sr. Hall. Os controles manuais e os pedais moviam os freios e o leme da maneira como deveriam. Verifiquei com meus dedos todos os botões do painel de instrumentos, um de cada vez, para ter certeza de que tudo estava funcionando. O medidor confirmava que o tanque estava cheio. O altímetro funcionava. Por fim, acelerei os motores e verifiquei os magnetos. O avião vibrou como se fosse se desmontar em pedaços, mas todos os três Pipers eram assim. Não havia muito mais a fazer para verificar se o avião não estava funcionando apropriadamente e se ele cairia.

Apertando o botão para me comunicar pelo rádio, anunciei minha partida pelo microfone que estava na minha boca. A voz infantil que ouvia nos meus próprios fones sempre me surpreendia. Eu não parecia uma piloto.

Lembrando do que Grayson disse sobre o pouso vingativo de Mark depois de um jogo de basquete, procurei por ele. Ele estacionou o avião agrícola na frente do hangar de Sr. Simon. O restante do aeroporto estava vazio. O céu estava claro.

Olhei mais uma vez, pois as únicas pessoas que poderiam impedir que eu batesse em outro avião eram o outro piloto ou eu mesma.

Virei da pista de taxiamento para a pista de decolagem pela primeira vez desde o dia da morte de Sr. Hall. O vento estava calmo. Decolar não seria difícil. Já fiz isso milhares de vezes e o frio que eu sentia na barriga não era por medo, e sim por ansiedade.

Os pelos dos meus braços se arrepiaram. Apertei os controles para me preparar, assim eu não tremeria por causa da impaciência. Pessoas normais se sentiam assim quando paravam de fumar. Eu também já me senti assim.

Mas, pessoas normais não se sentiam assim quando encaravam o perigo.

Chegou a hora. Acelerei o avião pela pista. Tudo o que eu tinha que fazer era mantê-lo em alta velocidade e em linha reta. O formato das asas, a velocidade do vento e a física fariam o resto. O avião queria voar.

De repente ele decolou. A vista pelo para-brisa mudava gradualmente, e então era difícil perceber o quão alto eu estava. Mas olhando pela janela lateral, o avião se separava de sua sombra no asfalto como gêmeos siameses são separados um do outro. A terra ficava para trás. As árvores, antes tão altas e estruturadas, achatavam-se em copas uniformes como se fosse um campo gramado. Quando virei o avião, o oceano, há três quilômetros, brilhava à minha vista. Desta vez não pude conter o arrepio de prazer.

Comuniquei pelo microfone que pegaria o banner, encolhendo-me com o som de minha voz de bebê. Não me surpreendia o fato de os meninos fazerem piadas a meu respeito e de Mark nunca ter me levado a sério. Eu também não contrataria uma piloto com a minha voz. Minha raiva fez com que eu acelerasse o avião mais do que o necessário para mergulhar na parte gramada ao lado da pista. Alinhando-me com os mastros onde estava o banner, voei bem perto do chão, com o avião quase encontrando sua sombra gêmea novamente.

No hangar Hall Aviation, Grayson estava em pé, com os braços cruzados, me observando.

No hangar da Simon Air Agriculture, Mark estava em pé ao lado de seu avião, com as mãos na cintura, torcendo para que eu fracassasse.

Joguei meu primeiro gancho pela janela.

Mantive a altitude.

Confiei nos meus próprios instintos e na sensação que captava do avião, como Sr. Hall me ensinou, tentando não me preocupar. Apenas sentir.

Os mastros passaram por baixo de mim. Eu não tinha como saber se o gancho pendurado no meu avião prendeu no cabo na ponta do banner. Ainda não. Esperei sentir o gancho se enroscando no cabo, me recusando a perder minha diversão só porque dois rapazes que nunca acreditaram em mim me observavam.

Quando o avião se distanciou dos mastros – aparentemente, quando se distanciou muito – eu senti. O motor roncou mais alto e o avião todo resistiu a ir mais adiante, como se fosse uma raquete de paddleball, com a bolinha presa na ponta de um elástico, se movendo para frente e para trás. Desacelerei para dar mais potência ao avião para puxar o banner. Puxei os controles para apontar o nariz da aeronave para o céu, uma subida íngreme o suficiente para estolar. O banner me puxou para o chão com seu peso. O avião estremeceu como se fosse se partir ao meio.

Sete

O motor roncou. Mas continuei a subir. A sombra do avião desaparecia na grama. Uma mão invisível me deu um empurrão quando a ponta do banner deixou o chão, como se cortar aquela última ligação com a terra fosse tudo o que precisássemos para nos lançar para frente e para cima. Olhei para Grayson lá embaixo, agora minúsculo lá no chão.

Ele não estava mais em pé com as mãos na cintura e sim com as mãos na cabeça, como se algo tivesse dado errado. Ele pôs uma mão para baixo e então trouxe algo escuro para a boca – o rádio de Sr. Hall. Sua voz veio atrás da frequência que a Hall Aviation usava.

– Leah, Zeke não sabe escrever.

– Afirmativo – disse, no microfone. – Ele também não escreveu corretamente no banner de Alec.

– Filho da... – Grayson desligou o rádio antes de começar a falar palavrões pelas ondas públicas do rádio.

Mas ele ainda falava agitado consigo mesmo no chão. Ele recuou com uma mão como se fosse jogar o rádio na pista. *Não jogue o rádio, Grayson.*

Eu já estava voando bastante alto e não conseguia mais enxergá-lo quando voltei a ouvir sua voz na frequência.

– Leah e Alec, os dois, desçam e joguem seus banners para que possamos arrumá-los. Fiquem de olho um no outro.

Quando fiz a volta no final do aeroporto pude ver Grayson novamente, olhando para Mark do outro lado da pista. Mark estava falando alguma coisa com as mãos fechadas em forma de concha.

Concentrei-me novamente no meu voo. Todo voo pode ser o último, agora que a Hall Aviation e o meu emprego estavam precariamente equilibrados. Dei a volta no aeroporto, joguei meu banner, e continuei dando voltas no aeroporto por mais um tempo enquanto observava Alec, tomando cuidado para não bater nele, e ao sinal de Grayson mergulhei novamente e peguei o banner, agora escrito corretamente, sob a supervisão dele. Fui em direção ao mar.

Embora a cabine estivesse quente com o sol escaldante, e o ar estivesse pesado com o cheiro do meu protetor solar, meu peito dilatou e finalmente senti que podia respirar enquanto voava sobre o oceano. O Atlântico banhava a terra tão perto do meu trailer. Eu podia sempre senti-lo lá, pulsando e limpando a três quilômetros de mim. Mas eu raramente o via agora que não voava mais. Eu dava uma olhadinha no mar apenas quando pegava uma carona para algum lugar e se passasse por lá durante o dia. Agora aqui estava ele, estendido para mim até onde eu conseguia enxergar em três direções. Eu não conseguia nem mesmo identificar sua cor verdadeira, pois a luz do sol brilhava forte a cada onda, como se toda sua extensão fosse feita de ouro derretido.

Quando já havia alcançado uma distância segura da costa, virei e voei paralelo à praia. Banhistas não se aventuravam a chegar tão longe, por isso, se eu derrubasse o banner ou batesse o avião na água, não os mataria. Mas eu estava a uma distância suficiente da praia para que os turistas que estavam na areia pudessem ler o banner.

Passei pela parte mais humilde da praia primeiro. Aqui, hotéis altos com cores berrantes se amontoavam uns aos outros. As pousadas mais simples ficavam do outro lado da rodovia da praia, onde eu não conseguia vê-las, e não tinham vista para a praia. Eu não podia descrever os detalhes de cada pessoa, mas, por experiência eu podia dizer que estas pessoas na praia eram as vadias, as garotas que moravam nos estacionamentos de trailer no interior, que podiam facilmente ser confundidas com vadias; os exibicionistas tatuados, os soldados do Exército com suas imensas famílias de jovens, crianças demais para um homem sustentar com salário tão baixo. Aqui o cheiro de fermentação da cerveja e da fumaça do cigarro e, algumas vezes de maconha, pairava no ar, mesmo com tantas crianças por ali, e até mesmo às oito horas da manhã. Para estas pessoas, a festa começava cedo e durava o dia todo já que eles só podiam pagar por uma ou duas noites em um hotel, e então precisavam voltar para casa. As poucas vezes em que passei o dia na praia foi para lá que fui levada.

Quando voei em direção ao lado mais agradável da cidade, as pessoas na areia diminuíam. Os hotéis de cores exuberantes transformaram-se em pequenos hotéis de tijolos espaçados, e então diminuíram mais ainda tornando-se condomínios com piscinas compartilhadas, e então mansões onde cada família tinha sua própria piscina. Esta parte da praia continuava sendo a maior. Provavelmente, havia um turista aqui para cada cem turistas no lado mais humilde. E eu podia descrever essas pessoas. Elas andavam pela praia a grandes distâncias umas das outras. Ou levavam suas crianças para a praia pela manhã, bem cedo, para que não ficassem queimadas ao serem expostas ao sol quente durante o dia, e observavam-nas com atenção para que nada acontecesse com elas. Diferente das crianças do lado mais simples, estas não tinham que tomar conta de si mesmas.

Durante todo o tempo eu fiquei atenta a outros aviões. A base do exército às vezes enviava helicópteros Chinook que passavam bem perto da água e assustavam os turistas. A base da Força Aérea enviava caças F-16. Algumas vezes um avião ou um helicóptero da Guarda Costeira passava em alta velocidade para salvar alguém ou apenas para atravessar a praia, assim como eu.

E ainda tinha Alec e Grayson, voando no mesmo padrão que eu. Ouvi Alec comunicar pelo rádio que jogaria o banner, daria a volta e pegaria o banner escrito corretamente. E então Mark decolou para pulverizar as lavouras. Surpreendi-me ao ouvi-lo comunicar sua decolagem de acordo com o protocolo, ainda pensando no que Grayson contou sobre Mark usar seu avião como se fosse uma arma. Então Grayson decolou e deu a volta para pegar seu banner.

Grayson, Alec e eu sabíamos a sequência de cor, pois Sr. Hall plantou isso em nós. Voamos em direção ao oceano e fizemos uma volta devagar a uma distância segura da costa, sempre atentos às outras pessoas. Íamos do lado mais humilde da cidade para o lado mais nobre. Lá onde a população diminuía a ponto de ter mais pássaros do que banhistas e onde quase ninguém veria os banners, fazíamos uma volta, aberta, lenta e cautelosa, sempre atentos ao banner pesado que o avião não foi feito para carregar.

Voávamos de volta para a praia pelo caminho por onde viemos, até mais longe da costa agora para evitar uma batida de um com outro. Parecia impossível, mas não tínhamos radar, não tínhamos nada para nos informar se outro avião se aproximava a não ser nossos próprios olhos, e aviões não eram tão visíveis de frente quanto de lado. Quando a parte comercial da praia terminava em uma reserva natural e as pessoas desapareciam, fazíamos outra volta lenta para retornar ao lado nobre da cidade. Aquele era o serviço, até voltarmos para o aeroporto para um fazer intervalo, almoçar ou pegar outro banner.

Sempre que eu passava pelo avião de Alec, pensava em como poderia falar com ele no intervalo, por volta das dez. Pensava em desculpas que eu poderia usar para começar uma conversa com ele. Eu não acreditava muito que poderia arrumar um encontro com ele como Grayson queria. Mas desde que parecesse que eu me esforçava, percebi que Grayson não teria do que reclamar, e ele me deixaria em paz até que o negócio falisse e ele fosse embora.

Sempre que eu passava pelo avião de Grayson, pensava algo totalmente diferente. Primeiro, sentia raiva. Então compaixão pelo turbilhão de emoções que ele obviamente estava passando, todas elas negativas. Pela minha experiência, Grayson estava errado na maioria das vezes. Mas ele sentia muito profundamente e eu acho que era por isso que eu sempre o observava. Ele disse e fez o que eu queria dizer e fazer, mas não podia porque eu sabia qual era o meu lugar ou sabia mais do que ele. Minha compaixão por ele não desapareceu apenas porque ele estava me usando.

Na maioria das vezes, os aviões deles ficavam muito longe e eu conseguia ver apenas pontinhos no céu. Estava concentrada em voar. Observava alguns instrumentos procurando algum problema. Ouvia o motor, pois uma mudança no tom do seu zumbido era o primeiro sinal de que algo estava errado com o avião ou com o banner. Eu relaxava com a agitação do voo, meus dedos das mãos e dos pés formigavam com a adrenalina em saber que nada além da sustentação me mantinha a mil pés de altitude, e nada abaixo de mim poderia amortecer minha queda.

Mas a verdade era que este avião não era meu. Eu estava amarrada ao aeroporto tanto quanto o pit bull estava acorrentado ao trailer de seu dono. Mas se um dia eu quisesse, mesmo que por pouco tempo, enfrentar as sérias consequências de tal prisão, eu poderia tomar a direção do Atlântico. Ir para a Flórida, ou para Nova York. Ir para onde eu quisesse. Eu não faria isso, mas pensar que eu *poderia* fazer me fez sorrir.

Por volta das dez, Alec comunicou pelo rádio que soltaria seu banner no aeroporto e então pousaria o avião. Esperei alguns minutos para não atrapalhá-lo e então fui atrás dele. Pousar era bem mais difícil do que decolar. O avião queria voar. Ele não queria aterrissar. O asfalto correndo ao encontro do avião era potencialmente uma situação mais violenta do que o asfalto ficando para trás debaixo dele. Meus olhos nunca paravam de se mexer, olhando para os instrumentos, por todo o céu a minha volta, para o chão, me certificando de que Zeke não estava na parte gramada antes que eu passasse roncando por ele para soltar o banner. Ele não sabia escrever nada que prestasse e talvez também não tivesse a noção de que deveria sair do meu caminho.

A pista estava livre. Perdi altitude exatamente como se estivesse pousando, mas sem diminuir a velocidade. Era importante que eu chegasse o mais perto possível do chão antes de soltar o banner para que ele não voasse com o vento e se enrolasse em algum equipamento caro ou batesse o mastro pesado na cabeça de alguém, como aconteceu na porta de vidro do escritório do aeroporto em dezembro. Eu não precisava de ajuda com isso. Eu já fiz isso uma centena de vezes para praticar e conseguia sentir a hora certa. Ainda assim, ouvi Sr. Hall gritando na minha cabeça: *solta, solta, solta.*

Soltei o banner e subi com o avião para uma altura segura, diferente da perigosa subida quase estolando para apanhar o banner. Sem pressa, eu daria a volta no aeroporto e então pousaria. O vento estava calmo, o tempo estava aberto. Não havia motivos para ficar agitada. O fantasma de Sr. Hall não estava na cabine sentado ao meu lado. Eu não ouvi a voz dele na minha cabeça, ouvi apenas o que eu guardava de sua voz na minha memória. Ainda assim minhas mãos tremeram nos controles.

Eu esperava ter essa reação se um dia eu pilotasse um Cessna novamente, pois Sr. Hall o pilotou muitas vezes ao meu lado, me ensinando. Mas nunca achei que reagiria desta maneira em um dos Pipers. Embora ele pudesse ter me ensinado a pilotá-lo sentado no banco de trás, isso teria deixado o aviãozinho muito pesado para carregar um banner. Ele me ensinou a pilotar este tipo de avião do chão, pelo rádio. Principalmente a jogar o banner.

E, indispensavelmente, aterrissar o leve Piper, que tinha tendência a rodar na pista. Ao comunicar minha aproximação final pelo rádio com minha voz de bebê, ele estaria em pé na pista com seu rádio. E lá estava ele.

Não, aquele era Zeke, o garoto do banner que não sabia escrever. Ele estava em pé na pista observando meu pouso. Espantei aquela nova e indesejada sobrecarga de adrenalina. Não importava o quão ideais eram as condições, pilotar nunca era seguro, e eu precisava me concentrar em aterrissar este avião. Tirei Sr. Hall e a visão assustadora de Zeke de minha cabeça enquanto descia o avião no asfalto e sentia o encontro suave da pista com as rodas de borracha através dos pedais.

O avião reduziu a velocidade e movimentava-se devagar pela pista. Eu o virei e taxiei até o hangar, procurando a todo o tempo Grayson aterrissando atrás de mim, ou Mark. Acidentes aconteciam na pista de taxiamento tanto quanto no ar. Mas a pista estava livre. Zeke foi para a grama, onde lutava com o banner que eu joguei. Estacionei o avião do lado de fora do hangar, ao lado do Piper amarelo de Alec, e desliguei o motor. As hélices à minha frente se transformaram de um borrão circular em hélices novamente. A cabine ficou em silêncio.

Estremeci com a emoção repentina que agora a adrenalina me causava, e fechei os olhos para não chorar. Eu não podia chorar dentro de um avião aqui fora na pista. Tirando os fones de ouvido das orelhas e do meu cabelo, abri a porta da cabine e desci para o asfalto.

Enquanto passava rapidamente pelo hangar escuro, Alec gritou de um canto:

– Como foi? Eu não conseguia enxergar por causa da forte luz do sol lá de fora e também pelas lágrimas que enchiam meus olhos.

– Foi bom – respondi, ainda caminhando em direção ao banheiro lá no fundo. Se Alec estava no hangar, Zeke na pista e Grayson ainda no ar, o banheiro deveria estar vazio. Mas como eu era uma pessoa de sorte, ele provavelmente estaria ocupado. E se este fosse o caso, eu não saberia onde esconder minhas lágrimas.

Eu mal conseguia enxergar a maçaneta da porta no escuro. Virei a maçaneta e entrei na sala escura, acendi a luz e tranquei a porta atrás de mim, e então desabei atrás da porta. Eu não podia fazer barulho. Esfreguei meu punho nos meus olhos e gritei silenciosamente por tudo o que eu perdi.

Por que Sr. Hall não podia estar aqui esta semana, tocando seu negócio como sempre? Sua vida foi simples – café, sanduíches de carne em conserva, porque ele tinha crescido na Pensilvânia e ainda gostava de comida ianque, voar –, mas sua vida foi boa, e eu tive o prazer de fazer parte dela. Não era justo ele ter perdido um filho e então ter morrido sozinho na sua casa e ter esperado meio dia para que um amigo o encontrasse.

Aquele pensamento abafou o barulho que eu fazia. Passei meus dois braços pela minha cintura e soltei o ar para fora do meu peito para que não restasse nada dentro de mim para gritar. Eu queria que Sr. Hall estivesse aqui. Eu queria que eu nunca tivesse sentido que eu precisava deixar Mark entrar na minha vida. Eu queria que Grayson não estivesse me forçando a fingir meus sentimentos por Alec. Eu queria poder voar sem precisar depender de ninguém. Ou melhor, depender apenas de Sr. Hall. Ah, se eu pudesse ter isso de volta. Eu sentia falta de sua voz rouca, de suas palavras gentis, de seu perfume com cheiro de talco que eu sentia quando ele estava na cabine comigo. Atordoada com o desespero, apoiei minha cabeça na porta.

Alguém bateu. Senti como se tivesse levado um tiro na cabeça. Pulei mais alto ainda do que pulei quando o entregador bateu na porta do meu trailer na noite anterior.

– Leah – Alec chamou. – Abra a porta.

– Só um segundo.

Olhando no espelho acima da pia vi que não tinha como disfarçar que eu estava chorando. Mesmo assim, enchi minhas mãos de água e lavei meu rosto.

– Vamos lá, Leah – disse Alec. – Eu também me sinto assim.

Parei com a toalha de papel quase no meu rosto e olhei para os meus olhos vermelhos. Eu não o convenceria a me chamar para sair com um rosto daqueles, mas eu não dava a menor bola para isso agora, quando estava me sentindo tão triste. Destranquei e abri a porta e fui para os braços dele.

– Shhh – disse ele, acariciando meu cabelo enquanto eu soluçava em sua camiseta. – Eu chorei ontem, quando voei pela primeira vez. Grayson saiu para conversar com você sobre o emprego. Eu estava sozinho, então foi tudo bem.

Ele me apertou gentilmente.

– Você consegue ouvir meu pai gritando com você, não consegue?

Balancei a cabeça na camiseta dele.

– Desculpe. Estou molhando você todo.

Ele já se sentia mal o bastante sobre o seu pai. Eu não queria piorar as coisas para ele. A última coisa que ele precisava era confortar outra pessoa. Coloquei minhas duas mãos no peito dele e o empurrei.

– Não, provavelmente eu molhei *você* com o meu suor. Está muito quente.

Ele deu um passo para trás e tirou a camiseta.

A parte de trás do hangar estava escura com a luz do sol e a claridade do banheiro, e meus olhos pareciam saltar na escuridão, incapazes de focar completamente em sua pele lisa, seu peito e braços musculosos, e seu corpo firme.

– Vou lá fora fumar um cigarro – disse ele. – Quer vir?

Eu queria. Seria uma ótima maneira de começar a criar um vínculo com ele e dar um passo à frente no meu plano para que ele me convidasse para sair. Mas eu não podia. Eu prometi para o pai dele que pararia de fumar. Eu *tinha* parado, e eu não queria cair em tentação agora, quando me sentia fraca.

– Não, obrigada – resmunguei. – É melhor eu ficar por aqui e me acalmar.

Ele esticou o braço e me acariciou algumas vezes, suavemente. Na luz escura, ele era monocromático, sua pele e seu cabelo loiro tinham a mesma cor.

Segui-o até a parte principal do hangar. Enquanto ele continuou em direção à porta que levava para a pista eu parei em frente a um ventilador elétrico e deixei o vento soprar no meu estômago vazio. O suor por baixo da parte de cima do meu biquíni ficou frio.

– Bom trabalho, Leah – gritou Grayson. – Bela encenação.

Eu estava atordoada, machucada e zangada demais para falar, mas não para olhar para ele. Ele estava no minúsculo escritório de Sr. Hall, digitando no teclado do computador, olhando para a tela. Ele não dava a mínima para a expressão que eu estampasse em meu rosto.

As palavras *me demito* estavam na ponta da minha língua. E também: *Você é cruel.* Respirei para dizê-las a ele.

Uma música de rock alternativo, com som estranho e metálico, saía do escritório dele. Ele pegou o telefone e continuou olhando para a tela do computador por alguns segundo como se ele achasse que ela poderia mudar.

– O que foi? – perguntei.

Eu não queria me importar, mas ele ficou pálido, como se mais alguém tivesse morrido.

Ele olhou para mim surpreso. Ele tinha esquecido que eu estava ali, embora ele tivesse me insultado há dez segundos. A pessoa que estava ligando tinha toda a sua atenção. Ele balançou a cabeça de maneira quase imperceptível – para mim, talvez, mas eu não tinha certeza. Ele finalmente colocou o telefone no ouvido e disse:

– Oi, Mãe! – e soava muito mais carinhoso do que aparentava.

Virei meu corpo para que o ventilador refrescasse minhas costas. Meus ouvidos não estavam no vento, então eu consegui ouvi-lo ao dizer:

– Não, está tudo bem. O plano é bom. Ele não está facilitando as coisas, mas está fazendo o que eu disse para ele fazer.

Despreocupadamente, virei minha cabeça na escuridão para que eu pudesse ver Grayson no escritório iluminado. Normalmente ele agia de maneira confortável com seu corpo alto. Ele ocupava bastante lugar quando ficava em pé. Sentado ele se espalhava sobre uma cadeira e a área em volta dela. Mas quando ele sentava na cadeira atrás da mesa do escritório, parecia ter a metade do tamanho, com as pernas fechadas, tornozelos cruzados no chão, abraçando-se com um dos braços, a cabeça para baixo apoiada na mão que segurava o telefone.

– Alec disse isso? – ele perguntou.

Eu não queria me meter nos assuntos dele. Quanto mais eu me intrometia mais ele entrava na minha cabeça, e foi assim que acabei entrando nesta confusão. Mas fiquei tão assustada com a expressão dele que o observei descaradamente agora, esperando por um ângulo diferente para que eu pudesse captar alguma informação sobre o que tinha dado tão errado para ele ficar daquele jeito.

Ele olhou para mim e achei que tinha sido flagrada.

Mas ele não conseguia me ver muito bem, lá no hangar escuro. Quase na mesma hora em que ele olhou para cima ele olhou para baixo novamente, envolvido na conversa, como se eu não estivesse ali.

– Estou fazendo tudo o que posso. Estou fazendo outras coisas que você não sabe.

Para fazer com que Grayson parasse de me chantagear eu estava esperando uma oportunidade para chantageá-lo de volta. Aqui estava ela. O que quer que fosse que Grayson tentava obrigar Alec a fazer, a mãe deles estava envolvida. Eu tinha certeza que eu era a parte do plano que Grayson não contou para ela. Afinal, ela era uma mãe de classe média. Ela já foi casada com Sr. Hall. Eu não poderia imaginar que ela aprovaria que Grayson me forçasse a namorar Alec, por qualquer que fosse a razão. Tudo o que eu precisava fazer era ameaçar Grayson dizendo que eu contaria tudo para ela, assim como ele ameaçou contar tudo para a minha mãe.

Mas enquanto eu pensava nisso, percebi que havia grandes falhas no meu plano. Eu não tinha como ir até Wilmington para falar com esta senhora. Eu poderia roubar o telefone de Grayson, procurar na agenda telefônica o nome *Mãe* e ligar para ela. Então eu, uma garota que ela não conhecia, ligaria para ela para dizer que o filho de classe média dela estava me chantageando para que eu namorasse o outro filho de classe média dela, meses após a morte do pai e do irmão deles. Ela ligaria para a polícia. Quando os policiais chegassem no meu endereço e vissem onde eu morava eles me prenderiam por extorsão. Eu morava em um trailer e as pessoas pensavam as piores coisas a meu respeito.

– Também te amo. Tchau.

Ele desligou e ficou olhando por alguns minutos para o telefone em sua mão. Olhou para o relógio. Foi para trás da cadeira com um chocalho de rodas antigas na mão e saiu do escritório. Parou brevemente quando me viu parada ali.

Enquanto ele estava no telefone ele esqueceu, *mais uma vez*, que eu estava ali. Ele esqueceu que me insultou profundamente.

Ele percebeu que eu escutei a conversa dele com a mãe ao telefone. E ficou com receio de ter revelado o motivo para querer que eu saísse com Alec.

Começou a pensar no que disse, refletindo se estava ou não seguro.

Consegui ver tudo isso em seu rosto, surpreendentemente fácil de ler quando ele não estava usando óculos escuros – o que era provavelmente a razão para usar óculos escuros com tanta frequência, como se a vida toda dele fosse um jogo de pôquer e ele tentasse evitar mostrar suas cartas. Eu apenas desejei ter realmente ouvido alguma coisa que revelasse seu segredo. Mas eu ainda não tinha uma pista.

Coloquei meus chinelos e fui para o outro lado do hangar para encher minha garrafa de água no bebedouro, torcendo o tempo todo para que ele não atirasse outra pedra em mim. Eu não sabia se conseguiria suportar. E então escapei pelos fundos de volta para o meu avião.

Oito

Grayson pediu almoço por telefone para comermos no hangar. Minha geladeira vazia deve tê-lo deixado chocado, e ele queria cuidar para que eu não desmaiasse durante o voo e derrubasse o avião.

– *Não vamos derrubar nenhum avião esta semana.*

Enquanto comíamos, tentei mais uma vez paquerar Alec para que Grayson pudesse ver. Alec era simpático, como sempre, mas uma pessoa difícil de paquerar. Tentei conversar com ele sobre a música de rock alternativo que eu tanto gostava e que vinha de um aparelho de som que estava num canto. Ele disse que a música era de Grayson. Alec tentou me explicar que ele preferia música country, mas seu aparelho de som não era compatível com o dispositivo eletrônico que eles usavam no hangar. Logo eu teria que admitir que eu nunca tive um dispositivo eletrônico, um aparelho de som ou um computador e que eu não fazia a menor ideia de como baixar música. Grayson passou a maior parte do tempo do almoço no escritório de Sr. Hall, analisando os livros de contabilidade.

No fim da tarde, esperei que Grayson e Alec pousassem antes de mim, torcendo para que eles quisessem se organizar para ir embora e para que não percebessem a minha presença. Quando cheguei para o meu pouso, examinando a pista, fiquei surpresa ao ver alguém cruzando-a. Pensei primeiro no Sr. Hall – o mesmo choque desorientador que sofri naquela manhã. Depois pensei em Zeke. Mas Grayson o mandou para casa depois que pegamos nossos últimos banners. Como estava pensando em Grayson e Alec, pensei que poderia ser um dos dois. Quando me aproximei, porém, vi que era Leon, que estava cuidando do escritório do aeroporto durante esta semana enquanto eu estava voando. Ele segurava o telefone celular do aeroporto.

Eu não recebia ligações telefônicas. Minha cabeça rodou com a única possibilidade: minha mãe estava com problemas. Ela já se meteu em encrenca antes. Mas quando isso aconteceu ela não me ligou no aeroporto porque eu não tinha como ajudá-la. Eu só fui avisada por um amigo da época, ou por um namorado com má vontade, que passou pelo trailer dizendo que ela não viria para casa por mais alguns dias.

Taxiei meu avião até o hangar e desliguei o motor. Eu não queria atender o telefone. Mas ficar sentada na cabine me escondendo do telefone era, no mínimo, estranho. Abri a porta e peguei o aparelho.

– Obrigada. Eu levo de volta para você – disse para Leon, que já estava voltando.

– Deus me livre – respondeu ele sobre os ombros, como se a conversa que ele teve com a pessoa do outro lado da linha não tivesse sido muito agradável.

Olhei para a tela. Número local.

– Alô?

– Nossa, o que ele precisou fazer? Enviar o telefone por correio? – Molly reclamou. – Estou esperando há cinco horas. Meu Deus! E aí, Alec já te chamou para sair?

– Não – disse, aliviada que a ligação era de Molly e que ninguém estava na cadeia. – Tudo está bem quando acaba bem.

– Nada disso, eu tive uma ideia. Por que Alec e você não trazem aquele bundão, como é mesmo o nome dele? – Eu ri.

– Grayson.

– Isso mesmo. Traga o Sr. Feliz e vamos todos para a balada no clube hoje à noite. Assim você e eu aproveitamos um pouco a semana da primavera. Grayson vai ver que você está realmente tentando ficar com o irmão dele. Eu estarei lá para fazer companhia e me certificar de que nada ruim irá acontecer e para protegê-la desses pervertidos.

A ideia parecia boa na teoria. Na verdade, só de pensar que eu teria o apoio de Molly durante a noite já fazia com que eu me sentisse melhor. Nada que esses garotos jogassem na minha cara poderia ser tão ruim se Molly estivesse por perto.

Neste momento, Grayson saiu do hangar. Seu último voo deve ter sido escaldante. Assim como Alec, ele tirou a camiseta. Seus músculos estavam bronzeados e endurecidos – não pelo trabalho duro, mas talvez por se divertir muito, como Sr. Hall me contou. Escalando montanhas com os amigos sempre que conseguia dar uma escapadinha. Jogando basquete pela escola sempre que não estava no banco por ter discutido com o treinador. Seu cabelo loiro ondulado ficava quase branco na luz do sol, um pouco mais escuro em volta das orelhas onde estava molhado de suor e ainda mais cacheado.

Ele esqueceu de colocar os óculos escuros quando saiu, e por isso fechou os olhos quando olhou para mim e tropeçou em algo enquanto vinha para o meu avião. Era estranho, mas eu senti que, de repente, eu o estava vendo mais claro do que nunca, agora que ele não podia me ver. Piscando ele abriu a porta da cabine, me entregou alguma coisa, fechou a porta e se dirigiu para o hangar. Sua pele brilhava com o suor.

– Hum – disse, novamente ao telefone. Uma visão catastrófica se formou em minha cabeça de Grayson e Molly no clube, ficando juntos.

Mas Molly estava se divertindo e me tirando de uma saia justa, como sempre. Ela não tinha nenhum interesse em Grayson.

Mas, claro, ela ainda não o viu.

– Hum.

– Você já disse isso – disse ela interrompendo meus pensamentos. – Apenas diga sim. Não é melhor do que sair sozinha com Alec, se ele convidar? E se ele for um safado? Ele já acha que você é a vadia do aeroporto, então aonde isso vai levar? Para a cama, senhorita.

Então eu ri. Talvez este encontro funcionasse, no final das contas. Era difícil me sentir deprimida com minha situação enquanto falava com Molly, que não podia imaginar o que era ter problemas como os meus.

– Sim. Mas eu não sei como apresentar a ideia deste encontro para os rapazes.

– Passe o telefone para o mais lúcido, Alec. Eu cuido disso. Vou convencê-lo de que sou uma cabeça de vento animada e de que ele tem que seguir meus esquemas.

– Não se afaste muito de sua zona de conforto.

– Tá.

– E, ouça – disse eu. – Você não pode deixar Grayson perceber que você sabe o que ele está fazendo comigo. Ele está levando isso muito a sério. E eu respeito sua capacidade de me ferrar.

– Sim, senhora.

– Espere um pouco. – Saí da cabine e segui Grayson pela faixa de luz branca do sol em direção ao hangar escuro. Eu não conseguia enxergar, mas ouvi o barulho de água. À medida que eu me aproximava do hangar, conseguia ver Alec mais claramente, debruçado sobre a pia industrial, lavando sua cabeça com uma mangueira. – Alec?

– Oi. – Ele tentou pegar uma toalha que estava ali perto e eu a entreguei para ele, ele endireitou o corpo enquanto secava o cabelo. – E aí?

– Isso é difícil de explicar, mas minha amiga, Molly, está no telefone e ela quer falar com você. O que eu quero dizer é que tudo a respeito de minha amiga é difícil de explicar. Aqui está.

Ele já estava sorrindo. Seus olhos sorriam também quando ele pegou o telefone e colocou no ouvido.

– Alô, Molly, amiga de Leah.

Eu queria ouvir o que ele diria, mas parecia estranho ficar ali em pé ouvindo. Enquanto eu vagava pelo hangar, olhei para baixo e vi que estava segurando algo com minha outra mão o tempo todo. Quando eu estava no meu avião conversando com Molly, Grayson veio entregar um cheque para pagar pelo meu primeiro dia de trabalho.

Ele estava novamente no escritório de Sr. Hall, com a luz do teto se espalhando pelo hangar cada vez mais escuro. Eu não queria ir até lá falar com ele, mas eu precisava fazer isso. Arrastei-me até a porta e bati com cuidado no batente.

Ele tirou os olhos do computador e olhou para mim, mas não fez nenhum gesto para que eu entrasse. Entrei mesmo assim e me sentei na cadeira vazia.

– Obrigada pelo pagamento. Você poderia descontá-lo para mim?

– Descontá-lo para você – disse ele, e não era nem mesmo uma pergunta, só uma repetição da minha frase, que ele achou ridícula.

– O aeroporto desconta os cheques para mim – me defendi. – Eu não consigo ir ao banco com muita frequência. Mesmo quando minha mãe passava algum tempo no trailer com um namorado que tinha carro e ele podia fazer favores eu não pedia para que me levassem ao banco. Eu não gostava de lembrar minha mãe que eu ganhava dinheiro. Se não eu nunca veria a cor daquele dinheiro.

Sem dizer mais nada ele pegou uma caneta que estava dentro de um copo em cima da mesa e a entregou para mim. Endossei o cheque e devolvi a ele. Ele abriu a gaveta da mesa onde ficava o caixa com dinheiro. Enquanto ele contava o dinheiro para me pagar perguntou:

– O que você faz com o seu dinheiro enquanto não vai ao banco? Esconde embaixo do colchão?

– Eu tenho um lugar melhor que esse para esconder, mas não posso contar onde – respondi. – Você pode acabar contando para o Mark, já que vocês dois são tão amiguinhos.

Uma de suas sobrancelhas se ergueu. Agora que ele não estava usando óculos escuros eu conseguia ver o significado completo da expressão em seu rosto. Desprezo por lixo.

– Você tem medo que ele roube seu dinheiro, e mesmo assim você namorava ele?

– Já namorei por menos – disse, incisivamente. – Ou pelo menos tentei fazer um rapaz me chamar para sair. Eu não entendo porque não é suficiente para você apenas me chantagear. Você continua me tratando mal também. Eu *tenho* um limite, Grayson, e você está tentando de todas as maneiras chegar nele.

Ele me entregou as notas e completou com algumas moedas.

– Vi você falando com Mark hoje pela manhã.

Coloquei o dinheiro no bolso antes que Grayson pudesse pegá-lo de volta.

– Agora eu também não posso falar com o Mark? Ele não tinha aterrado o avião quando estava abastecendo. Ele quase explodiu o aeroporto.

– Então parece que você agiu corretamente. – Grayson me encarava por trás do computador como se esperasse que eu saísse dali.

Procurando por Alec, olhei através do hangar escuro para a luz do sol brilhando nos aviões do lado de fora.

– Seu irmão está no telefone com minha amiga, Molly. Vamos a uma balada no centro de Heaven Beach hoje à noite.

Grayson franziu a testa para mim como se tivesse cinquenta e dois anos de idade.

– Eles servem bebida alcoólica nessa balada?

– Sim, é necessário ter dezoito anos para entrar e vinte e um para beber.

– Você tem uma identidade falsa? Você e Alec não podem beber – disse ele rapidamente.

– Você é quem pensa.

– Você não pode voar de ressaca – continuou como se eu não tivesse falado nada. – E vocês não podem ficar na rua até tarde. Começamos a trabalhar às sete amanhã novamente.

– Molly já sabe disso.

Ele mordeu os lábios e olhou ansiosamente para o seu computador como se preferisse passar a noite com ele do que sair. E então ele disse:

– Eu vou com vocês.

– Já imaginávamos que você viria conosco como num encontro de dois casais. Molly acha que somos duas garotas saindo com dois rapazes legais. Ela não faz a menor ideia de que nós nos odiamos.

Grayson prendeu a respiração, olhando para mim como se fosse dizer alguma coisa.

Ele soltou a respiração num acesso de raiva.

– Venha me ajudar a guardar os aviões.

Alec estava desligando o telefone em meio a uma longa risada. Nós três empurramos os Pipers para dentro do hangar, arrumando um ao lado do outro. O hangar parecia enorme com apenas um Cessna nele, mas apertado quando os quatro aviões estavam ali.

Depois de me despedir de Alec (mas não de Grayson), parei no escritório do aeroporto para devolver o telefone para Leon, e então caminhei de volta para o trailer. Tomei outro banho e fiquei em pé no banheiro mais uma vez, ficando na ponta dos pés para enxergar no espelho o único vestido de noite que eu tinha. Eu queria que Grayson soubesse que eu estava tentando parecer bonita para Alec.

Ao examinar minha maquiagem borrada e meu vestido barato, a inveja de Molly voltou para os meus pensamentos. Ela estaria usando um vestido de noite sexy que a mãe dela teria comprado em uma loja em uma viagem de compras a Atlanta. Grayson se apaixonar por ela seria a pior coisa que poderia acontecer. Eu adorava Molly e, embora eu estivesse muito brava com Grayson novamente pela maneira como ele me tratou quando conversamos sobre descontar o cheque, algo me fazia prestar atenção nele, querer saber onde ele estava, e desejar o melhor para ele. Talvez eu devesse desejar que ele ficasse com Molly.

Mas meu estômago me lembrou que eu ainda não tinha comido desde a hora do almoço e ficou todo virado quando pensei em Grayson inesperadamente se apaixonando por Molly hoje à noite. Não importava o quanto eu os queria bem, eu não os queria juntos.

Desviei meu olhar da minha maquiagem para o meu cabelo, com os cachos molhados. Secá-lo cacheado com o difusor, como eu fazia normalmente, levaria dez minutos. Fazer uma escova nele e depois passar a chapinha levaria quarenta e cinco minutos – motivo pelo qual eu nunca fiz isso, embora o cabelo liso fosse a moda na escola.

Mas eu ainda tinha quarenta e cinco minutos até os garotos virem me pegar. Pensando no primeiro olhar de Grayson para Molly com seu cabelo ruivo, comprido e macio brilhando ao sol, procurei por minha escova redonda embaixo da pia.

Com os braços doendo por segurar a escova e o secador sobre a cabeça eu estava sentada em uma das cadeiras de plástico, do lado de fora do trailer, quando Alec chegou no seu carro. Não queria ficar toda empoeirada, ou ficar sentada ouvindo o pit bull enquanto eu esperava. Mas esperar do lado de fora era melhor do que ele ter que subir pelos blocos de cimento e bater na porta. Cruzei minhas pernas e deixei minha saia subir até minhas coxas, torcendo para que isso o distraísse e ele não ficasse olhando para o musgo que cobria o trailer. Então levantei e pulei os cascalhos antes que ele pudesse desligar o carro.

Grayson, olhando para baixo e mexendo no seu telefone, saiu do banco do passageiro. Ele olhou para mim e endireitou os ombros prestando atenção em mim por mais tempo do que pretendia.

Embora obviamente eu tenha chamado sua atenção, ele não fez nenhum comentário sobre meu cabelo. Na verdade, ele não disse nem uma palavra. Deixou a porta do carro aberta para que eu entrasse e sentou no banco de trás.

Tudo bem. Sentei no banco da frente que ele deixou para mim e cumprimentei Alec:

– Oi!

– Oi – Alec respondeu com um sorriso. – Uau, seu cabelo está tão diferente! Você está linda.

– Obrigada! – Eu não queria que ele prestasse muita atenção na vizinhança enquanto virava o carro, mas não consegui pensar em mais nada para dizer. Depois de passar o dia todo no mesmo emprego arriscado, ainda não parecia que tínhamos muita coisa em comum. Acomodei-me para puxar minha saia para baixo – só um pouquinho – chamando atenção para minhas coxas. Então joguei meu cabelo estranhamente liso para um lado para que ele não escondesse meu decote. Como uma idiota, baixei o para-sol e olhei no espelho para ver se minha maquiagem ainda estava perfeita. Eu me vi sorrir e olhei para ele.

Ele estava olhando para o meu decote. Ponto! Então, parando num ponto da rodovia para esperar o tráfego passar ele olhou em volta e fez o único comentário em que poderia pensar.

– Ei, uma lavanderia de verdade! Eu não sabia que elas ainda existiam. Talvez eu venha aqui algum dia depois do aeroporto para lavar algumas roupas.

Seu idiota. Interrompi sua lamentável tentativa de iniciar uma conversa com a garota do estacionamento de trailers antes que ele ficasse ainda mais envergonhado.

– Está quebrada. Todas as secadoras já estavam quebradas há algum tempo. A última lavadora que ainda funcionava quebrou na semana passada.

– Por que vocês não pedem para o dono consertá-las? – ele perguntou no tom lógico de alguém que nunca pagou um aluguel.

– O dono não se preocupa com isso – expliquei pacientemente. – Eu sou a única pessoa que ainda lavo as minhas roupas aqui. Todos os outros vão para a lavanderia perto da cidade, ao lado da biblioteca.

– E por que você não vai até lá também?

– Porque eu não tenho carro.

Ele inclinou sua cabeça para trás, mexendo um pouco para o lado, pensando. Abaixou o queixo outra vez e perguntou:

– Mas por que *eles* vão até lá, se esta aqui é tão mais perto?

– Porque todas as lavadoras e secadoras daqui estão quebradas. – Não sei por que eu estava achando esta conversa tão irritante. Eu tinha algumas conversas como esta com os instrutores, e mais frequentemente com Molly, e minha explicação do porquê eu fazer as coisas de uma certa maneira sempre saía um pouco amarga. E as pessoas ricas não queriam ouvir histórias amargas.

Alec entrou na rodovia. Olhei para fora da janela enquanto passávamos por Heaven Beach. Eu via a praia tão raramente que eu nunca me cansava de olhar para ela, mesmo estando no lado mais humilde da cidade. O horário estava tarde para os banhistas e cedo para os baladeiros. Mas era a semana da primavera, por isso as calçadas estavam cheias de pessoas bronzeadas, tatuadas e seminuas tomando coquetéis gelados em enormes copos de plástico. O cheiro de fritura entrou pelas janelas, junto com o odor de bronzeador de coco, que apenas as pessoas que nunca ouviram falar em câncer usariam.

O telefone de Grayson fez um barulho bem atrás de mim. Provavelmente ele estava recebendo uma mensagem de uma garota que ele não estava chantageando.

De vez em quando, Alec fazia algum comentário. Ao contrário de Grayson, ele sabia como não ser grosseiro. Mas quando estávamos na metade do caminho da casa de Molly, até mesmo ele estava ficando sem palavras. Ele esticou o braço e aumentou o volume do rádio do carro, que estava sintonizado na estação que tocava música country.

Logo chegamos no lado bonito da praia. Eu já estive ali, na maior parte das vezes para comer com Molly no café ou para passar algumas horas na casa dela. Mas eu não me acostumava com aquilo. Parecia com as cidades praianas da TV, não da vida real. Se eu não tivesse andado de carro por apenas vinte minutos eu poderia imaginar que chegamos em outro país. As palmeiras eram da mesma espécie, mas espalhadas, alinhadas, plantadas com a intenção de embelezar. Os prédios não eram feitos de metal retorcido. Eram feitos de pedra e estuque com fundações espessas, construídos para suportar furacões. Havia grama e ela era verde. Os irrigadores estavam funcionando em vários condomínios pelos quais passamos. Mas não estavam sempre direcionados corretamente. A água jorrava pelas amplas calçadas e pela rua.

O barulho da água batendo no capô do carro assustou Grayson. Ouvimos um *tum* atrás do banco de Alec. Grayson se inclinou, sua camiseta levantada mostrava suas costas bronzeadas, tateando à procura de seu telefone.

– Aquela é sua amiga? – me perguntou Alec enquanto entrava no estacionamento do café de Molly. Lá estava ela, com seu cabelo comprido e brilhante, mas não tão comprido e brilhante quanto o meu. Mas o vestido dela era decotado e obviamente custou caro. É difícil explicar a aparência do caro, mas havia algo no caimento do tecido que ficava perfeito. Ela não era bonita como uma modelo, mas parecia uma modelo em seu vestido chique, em pé, do lado de fora do caro café, construído para se parecer com uma antiga cabana de praia. Pelo menos ela parecia com uma modelo enquanto fazia uma expressão pensativa, protegendo os olhos para nos procurar na estrada. Então ela me reconheceu no carro e acenou freneticamente, como se eu não conseguisse vê-la ali. Seus peitos balançavam.

Não me atrevi a olhar para trás para ver se Grayson estava olhando para isso.

– Em carne e osso – respondi secamente para Alec.

Ele entendeu a brincadeira, eu imaginei, e riu.

Ela foi até o lado do motorista, com seus sapatos de salto alto, e bateu na janela de Alec até que ele a abrisse.

– Oi! Eu sou Molly! – Ela apertou a mão dele.

– Eu sou Alec. – Ouvi ele dizer. Não conseguia ver seu rosto, mas parecia que ele estava sorrindo, e ela certamente estava sorrindo para ele de volta.

Então ela abriu a porta de trás e pulou no banco.

– Oi! Eu sou Molly! – E esticou a mão para Grayson.

Eu não queria ver isso, então olhei para frente enquanto Alec voltava para a estrada. Mas ouvi quando Grayson disse:

– É um prazer conhecê-la, Molly. Eu sou Grayson. – E parecia que ele também estava sorrindo.

– O chefão – disse ela.

Grayson deu uma gargalhada. Era a primeira vez que eu ouvia aquele som em meses.

– Oi! Eu sou Molly! – disse ela mais uma vez. Senti um tapinha no meu ombro. Percebi que ela estava falando comigo.

– Ouvi dizer – disse, apertando a mão dela sobre o banco. Mas eu sorri para ela e tentei telegrafar uma mensagem: *Estou feliz por você estar aqui.*

– Você deve ser a Rapunzel. Meu Deus, menina, o seu cabelo está mais comprido que o da Francie.

Puxei minha mão. Ela me insultou sem perceber ao me comparar a sua amiga rica que era a pessoa que mais me odiava neste mundo. Eu já não estava mais tão orgulhosa do que fiz com meu cabelo.

Distraída, Molly se virou para Grayson novamente.

– Você sabe que esse clube tem uma regra para os trajes. Pilotos sem tomar banho não entram.

Grayson e Alec caíram na gargalhada. Era impressionante como eles riam de maneira tão parecida.

– Estou cheirando mal? – Grayson perguntou.

– Você não tem cheiro – respondeu Molly –, mas parece que você passou a última semana na rua.

– Parece que acabei de molhar a minha cabeça com uma mangueira? – perguntou Alec observando-a no espelho retrovisor. Eu queria pedir para ele manter os olhos na estrada, mas apenas sorri com a diversão deles.

– Talvez – respondeu Molly com uma voz engraçada tentando imitar alguma coisa.

– Vamos tomar banho e nos trocar se isso a fizer se sentir melhor – respondeu Alec.

– Você vai tomar banho por mim – disse Molly –, mas você não tomaria banho por Leah? Acho que todos sabem a garota suja que ela é.

Atrás de mim, Grayson limpou a garganta.

Alec olhou para mim e sorriu.

– Sério?

Balancei minha cabeça e abri e fechei minha mão como se fosse a boca grande de Molly. Na verdade, eu estava muito feliz por ela estar falando sem parar, me comparando à sua amiga Francie, e até mesmo fazendo piada com a minha cara. Era melhor do que a rádio de música country e do que o silêncio.

– E aqui estamos nós. – Alec estacionou o carro em uma linda casa em um condomínio, com estuque branco e ladrilho mexicano cercada de grama verde e palmeiras. – Vou levar apenas um segundo para tomar banho e me trocar. – E me perguntou: – Você quer entrar?

– Esta é... – hesitei.

– A casa onde meu pai morava – disse Alec confirmando o que eu estava pensando.

E onde ele morreu. Eu não poderia entrar. Mas eu não queria ser grosseira com Alec, ou que Grayson achasse que eu não estava seguindo as instruções.

– Vou esperar por você – respondi com um grande sorriso.

Alec franziu a testa mas tudo o que disse foi:

– Volto logo. – Ele deixou o motor ligado e o ar condicionado funcionando quando saiu do carro e correu até a casa.

– O que foi isso? – Grayson me perguntou do banco de trás. – Não me diga que você nunca esteve aqui antes.

Nove

Olhei para ele sobre meus ombros e não respondi absolutamente nada.

Molly olhou para mim de trás da poltrona de Alec.

– Meu Deus, Grayson, o que isso significa? Ela nunca olhou para mim desse jeito desde que nos conhecemos há dois anos. E quando nos conhecemos *não foi tão bom assim.*

Quase ri, mas não podia. As palavras de Grayson derrubaram meu rosto, e todo o meu cérebro.

Finalmente ele disse:

– Enquanto estamos esperando, acho que também vou entrar e me trocar. Estou logo ali. Ele abriu a porta.

– O que você quer dizer com estou logo ali? – perguntou Molly. – Não tem nada ali além da praia e cabanas.

Ele sorriu para ela.

– Eu estou em uma cabana.

– Você *está*? – gritou Molly. – Eu quero ver!

– Tudo bem, venha.

Molly e ele desceram do carro. Eu não tinha certeza se eu deveria descer com eles ou esperar por Alec. Talvez Grayson ficasse bravo comigo se eu não esperasse. Talvez ele pudesse me insultar mais uma vez. Mas eu queria ir. Parecia um pouco fácil demais naquele momento para Grayson e Molly saírem juntos e terem um momento sozinhos na cabana dele. Aquele pensamento fez meu estômago doer mais do que quando pensava em beijar Alec.

Molly olhou para mim pelo para-brisa e mexeu a cabeça me fazendo um sinal para segui-la.

Ao mesmo tempo, Grayson me assustou ao abrir minha porta.

– Venha, Leah. Alec vai saber onde estamos. Traga a chave.

Com cuidado, desliguei o motor – percebi que isso funcionava da mesma maneira em um carro e em um avião – e saí atrás deles.

Atravessamos a rua, mas Molly parou no meio para olhar para o céu.

– Uau, olhem o pôr do sol!

Não era um pôr do sol bonito. As cores eram as mesmas de sempre. Nuvens violeta, laranja brilhante e rosa por baixo, contra o céu azul. Mas as nuvens eram altas e ralas, cruzadas por caças F-16, uma confusão de cores brilhantes.

– Parece que Deus vomitou um arco-íris – disse eu.

– Que romântica – murmurou Grayson.

Molly soltou uma gargalhada.

– Encantadora. – Balançando sua bolsa deslumbrante pela alça longa ela bateu com ela na minha bunda. – Então, Grayson, por que você tem uma casa *e* uma cabana?

– Esta propriedade pertence à minha família há bastante tempo – disse ele. – A estrada segue a trilha original dos nativos americanos. – Ele apontou para o norte, onde a estrada desaparecia sobre os ramos largos dos carvalhos. – Este lado aqui é tão próximo do oceano que não é permitido construir uma casa no lado da praia, mas pode-se construir uma cabana. Meus avós se mudaram da Pensilvânia para cá quando a propriedade de frente para a praia era bem mais barata.

E eles compraram uma cabana e uma casa. Mais tarde eles venderam a casa, que foi demolida para a construção do condomínio. Eles ficaram com uma casa e mantiveram a cabana.

– Que bonitinho! – disse Molly. – Você deve ter bastante dinheiro.

Eu não conseguia acreditar nos comentários que Molly fazia algumas vezes. Talvez fosse o seu jeito franco. Ou talvez, nesse caso, Grayson gostasse dela.

Qualquer que fosse a razão, ele apenas sorriu para ela, quase timidamente sob as luzes da rua.

– Não mais. Meu pai usou quase todo o dinheiro no negócio dele. Carregar banners não dá tanto dinheiro assim.

– Se sua família é daqui – disse Molly –, você morava aqui antes de seus pais se separarem?

Encolhi-me. Eu acho que, em algum momento nesses dois anos em que Molly e eu éramos amigas e eu tinha uma queda pelos meninos, eu comentei com ela sobre a situação familiar deles. Eu não queria que Grayson soubesse disso.

Mas ele não pareceu perceber. Mais uma vez, Molly teve a resposta para sua pergunta intrometida.

– Sim – disse ele –, morávamos aqui.

– Você deve conhecer várias pessoas de nossa escola – disse Molly. – Provavelmente vamos encontrá-las quando sairmos essa semana. Vai ser tão estranho, como se fosse um encontro de turma!

Eu ainda tentava entender a ideia de que nós sairíamos juntos a semana toda – ou talvez Molly quisesse dizer apenas Grayson e ela – quando ele caiu na gargalhada.

– Eu não conhecia *você* até hoje.

– Mudei para cá há dois anos – disse Molly. – Meu objetivo na vida é manter garotas invejosas longe de Leah.

– Garotas invejosas não gostam de Leah? – perguntou Grayson olhando para mim.

– Deve ser o meu cabelo – disse eu.

– Você *sempre* acha que é o seu cabelo – respondeu Molly.

– É tudo o que eu tenho.

Grayson olhou para mim novamente. Dessa vez, seu olhou foi de meu cabelo para baixo, e ele me deixou ver que estava me olhando. O que ele queria dizer com isso é que ele me achava bonita, *não* era apenas meu cabelo, e que não devíamos deixar nosso amor verdadeiro se perder pelo simples detalhe de ele estar me chantageando para sair com o irmão dele.

– Isso mesmo. – Fiquei para trás e deixei que Molly e ele caminhassem juntos até a rampa de madeira que levava à cabana. Eu nunca teria uma chance com Grayson mesmo. Tudo o que eu queria era voar. Eu precisava me lembrar disso ou iria me meter em encrenca ainda maior.

A cabana era tão pequena que eu achava que Molly e eu devíamos esperar por Grayson do lado de fora. Mas Molly o seguiu para dentro do lugar dizendo:

– Isso é o máximo! Dá para ouvir o barulho do mar. Quando você acorda pela manhã, ele está *exatamente aqui*. – Ela deve ter pensado que eu ficaria esperando do lado de fora, pois ela ficou em pé na porta, com a mão nas costas, e balançando os dedos para mim, me chamando para entrar. Eu não queria fazer drama ou parecer estranha, por isso entrei na cabana atrás dela.

– É bem legal – Grayson concordou, olhando por todos os lados. A cabana tinha tábuas lisas e desgastadas no telhado, nas paredes e no piso. Um futon tomava uma parede inteira, uma prancha de surf ficava na outra e uma *mountain bike* ficava pendurada no teto. Um aparelho de ar-condicionado ocupava metade de uma janela, mas estava desligado, e o barulho do oceano enchia a sala minúscula.

– Acho que a casa tem algumas coisas que você não tem aqui – disse Molly. – Como um cozinha, por exemplo. Por que você foi morar em um lugar e seu irmão em outro? Parece que vocês gostariam de viver juntos, em qualquer lugar que fosse. Vocês não estão se dando bem?

– É, acho que podemos dizer isso. – Grayson abriu suas mãos. – Como você sabe, nosso pai morreu há pouco tempo. – Desta vez ele não hesitou quando disse isso.

Molly balançou a cabeça, esquecendo-se de como aquele assunto ainda era dolorido. Ela soava como uma pessoa consolando um vizinho idoso pela morte de seu pai, ainda mais idoso, um fim natural e esperado, dizendo:

– Leah me contou. Sinto muito.

– E nosso irmão mais velho morreu – disse Grayson. – Já passamos por momentos difíceis antes, mas nunca sem o nosso irmão. Ele era... – Grayson esticou seus dedos e olhou para o teto de madeira como se procurasse por uma explicação no céu. – ... o líder. O apaziguador. Alec e eu só percebemos isso quando começamos a conversar sobre administrar este negócio juntos. Não temos a menor ideia de como nos entender. Não conseguimos nem pedir uma pizza sem gritar um com o outro.

Grayson mudou enquanto dizia isso, passou de um rapaz bravo e provocador para um jovem simpático com um problema terrível. Ele parecia mais alto naquela pequena sala. A lâmpada projetava sombras escuras embaixo de seus olhos.

Molly foi capaz de extrair esses sentimentos e a verdade dele. Eu já o conhecia há três anos e meio. Molly o conhecia há cinco minutos.

Ela fez uma brincadeira com isso.

– Que bom que Alec e você estão vivendo separados nessa semana, então. E eu, na minha infinita sabedoria, insisti para que saíssemos juntos.

– Está tudo bem. – Ele descartou o problema com um aceno para que ela se sentisse melhor, algo que ele *nunca* teria feito por mim. E disse a ela: – Não temos Jake, mas pelo menos temos alguém entre nós e então não precisamos falar um com o outro. Temos você. E você. – Ele finalmente olhou para mim.

Sua expressão ficou apreensiva quando olhou para o meu rosto. Não sei o que ele viu – meu ciúme estúpido de Molly, talvez, ou minha constatação de que ele me traiu confiando todo esse sentimento a ela e não a mim, já que ele e eu nunca fomos amigos desde que nos conhecemos.

Ele apontou o polegar sobre o ombro.

– Volto em um minuto. Sintam-se em casa. Ou, tentem. – E desapareceu em um banheiro que ficava no canto.

– Vamos lá. – Sentindo-me claustrofóbica na sala minúscula, empurrei Molly pela cabana até chegarmos em outra porta que dava em uma varanda.

Escadas desgastadas conduziam a uns cem metros de areia limpa com sinais de pés. E depois disso lá estava o escuro oceano.

– Quer andar até lá? – perguntei a ela.

– Meu Deus, não. Passei o dia todo na praia. Estou cansada do mar. – Ela afundou em uma cadeira de madeira atrás de mim e fechou os olhos. Esperei para que ela me desse sua opinião sobre os rapazes. Era a primeira vez que ela os encontrava e eles eram bonitos. O sofrimento os deixava ainda mais encantadores. Ela ia me dizer isso e brigar comigo por mantê-los escondidos por todo esse tempo. Mas ela não disse uma palavra. Ela devia estar muito cansada de seu longo e difícil dia descansando na praia.

Virei para o oceano novamente, respirando o aroma limpo dele. Apoiei meus braços na grade da varanda, encostei meu queixo nos meus braços e observei as ondas brancas chegando lentamente na praia. Como tudo, o oceano parecia completamente diferente visto de perto do que de cima. Hipnotizada por sua beleza, esqueci de onde estava e por que estava ali. Dei um pulo quando Alec colocou sua mão no meu ombro e perguntou:

– Pronta?

A insistência de Grayson para que saíssemos cedo funcionou bem. Quando chegamos na balada ainda conseguimos entrar, mas o lugar já estava bem cheio. Repleto de estranhos, muitos deles decadentes e alguns veteranos de minha escola, todos bêbados.

Eu estava com o espírito de quebrar a minha regra de não beber, mais uma vez, por causa do estresse daquele dia e daquela situação com os meninos. Mas Grayson ficou plantado em um pilar todo pixado observando como nos comportávamos. Então Molly e eu dançamos com a batida pulsante, sob as luzes coloridas. Alec dançou conosco sem inibição. Molly chamou Grayson para dançar por três vezes. Ele recusou. Ela me mandou chamá-lo, mas eu não fui. Estava me divertindo bastante dançando com Molly e Alec, que estava agindo como um amigo não muito interessado, algo que eu nunca tive antes. Eu não queria estragar isso arrastando Grayson para cá – ou fazendo com que ele me deixasse para baixo.

Finalmente paramos um pouco. Grayson pediu comida para todos. Abri minha carteira para pagá-lo pela comida, mas Alec franziu a testa para mim e balançou a cabeça. Encontramos uma mesa vazia no deck, do lado de fora, com vista para o mar, de onde um grupo de pessoas acabara de sair, Molly voltou para dentro para pegar um daiquiri de morango com o RG falso de sua prima. Alec sussurrou dizendo que ia pegar um refrigerante para mim.

E assim Grayson e eu ficamos sozinhos na mesa, se é que se pode dizer que estávamos sozinhos, rodeados por quatrocentas e cinquenta pessoas. Eu esperava que ele me xingasse por causa do barulho. Mas ele ficou observando a multidão com um pequeno sorriso no rosto, bastante parecido com o sorriso que Alec estampava o tempo todo no rosto. Em Alec aquele sorriso era padrão. Em Grayson significava que ele estava feliz.

Debrucei sobre a mesa e disse:

– Você está de volta.

– O quê? – Ele virou a cabeça para mim, surpreso por eu ter falado, perdendo parte do sorriso.

– Você se parece com você novamente – expliquei. – Da maneira como você vinha agindo, pensei que o velho Grayson fora embora para sempre.

Ele balançou a cabeça.

– Acho que ele pode – disse ele devagar. – Quero dizer, se eu for do tipo de pessoa que fala sobre si mesmo na terceira pessoa. Acho que ele pode.

– Você acha que ele pode ter ido embora para sempre? – perguntei. – Ou você acha que ele pode ter voltado?

– Ido embora.

Aquela palavra me atingiu como se fosse um balde de água fria. Percebi mais uma vez como ele estava cansado, como estava afundado no banquinho, como seus ombros largos estavam afundados, como tinha olheiras sob seus olhos cinza. Senti-me perdida por ele. Senti-me perdida por mim. Enquanto trocamos um olhar de entendimento, os bêbados e as luzes coloridas desapareceram por um momento. Eu tinha mais consciência da escuridão do céu e do oceano que nos cercava, que nós sabíamos que estavam lá mesmo que não conseguíssemos ver.

– Sinto muito sobre Jake – soltei.

Grayson não tirou os olhos de mim. Sua única reação foi um pequeno movimento com a mandíbula.

– Conversei com seu pai todos os dias sobre o que aconteceu com Jake, mas nunca contei. Acho que nunca mais vi você até o dia do funeral de seu pai. E... – Podia sentir minhas bochechas queimando, mas agora que eu comecei, não poderia parar até que tivesse falado tudo. – ... Sinto muito por você e por Alec. Eu gostaria que você me contasse o que realmente está acontecendo entre vocês e por que eu tenho que sair com ele. Você contou toda essa história para Molly tendo acabado de conhecê-la, mas eu sempre estive aqui e você *me* trata como uma estranha. Menos que uma estranha. Como uma inimiga. O que você quis dizer quando agiu como se não acreditasse que eu nunca estive na casa de seu pai?

Grayson abriu a boca. Ele me observou por um momento até encontrar as palavras. Quando falou, sua voz era tão baixa que eu mal conseguia ouvi-lo por causa da música.

– Eu estava falando para *você* sobre Alec e Jake.

– Você estava olhando para Molly – respondi.

– Eu estava falando para você. – Ele olhou para sua comida. – Às vezes é difícil para mim olhar para você. Assim como é difícil para mim estar aqui. Na cabana, na casa, no hangar.

Agora eu entendia. Ele me associava com a tragédia de sua família. Ele tiraria tudo o que precisasse de mim para salvar Alec. Era para isso que eu servia.

Molly gargalhou em algum lugar na multidão. Eu não conseguia entender o que ela dizia. Quando ela e Alec surgiram da multidão, a primeira palavra que entendi foi:

– Coqueteus!

– Estava contando para Molly sobre Zeke ter perdido o curso de ortografia hoje – explicou Alec me entregando um refrigerante e sentando no banquinho ao meu lado.

Sorri para ele. Se eu me concentrasse o bastante para participar da conversa leve dele com Molly, talvez a tensão entre mim e Grayson diminuísse e eu conseguisse respirar novamente.

– Eu posso imaginar os turistas na praia – disse Molly – tentando ler o banner. Coqueteus. Eles provavelmente pensaram que aquilo era de verdade. Alguma bebida nova criada por esses bares à beira-mar para atrair turistas. Teriam gosto de chiclete! E para enfeitar viriam com um pedaço de chiclete em vez de limão, espetado em um palito.

– Você está falando como filha de donos de restaurante – disse, tentando entrar na brincadeira.

– Aqueles banners com a escrita errada nos custaram muito dinheiro – resmungou Grayson.

Percebi que ele não ria. Os contratos que Sr. Hall fez com essas empresas especificavam que voaríamos puxando os banners um determinado número de horas por dia. Quando Alec e eu jogamos nossos banners, circulamos sobre o aeroporto, esperando que Zeke escrevesse tudo corretamente. Então pegamos os banners novamente, mas tivemos que adicionar esses minutos ao final de nosso voo. Grayson pagou hora-extra para mim. Eu não tinha me importado, mas Grayson se importou, e muito.

– Você conversou com Zeke sobre isso? – perguntei a Grayson, embora eu não achasse que fosse adiantar muita coisa falar com ele.

Uma pessoa que escreve mal é uma pessoa que escreve mal. Não é possível conferir a escrita dos banners, é necessário saber escrever.

– Eu o demiti – disse Grayson. – Eu mesmo posso fazer isso.

– E não voar? – Alec parou de rir pela primeira vez desde que se sentou. – Você tem contratos para três aviões no ar.

Fiquei intrigada com Alec falando aquilo daquela maneira: *Você* tem contratos, e não *Nós* temos contratos. O negócio agora era dos dois.

Grayson parecia não perceber a maneira como Alec falou.

– Vou trabalhar um pouco mais entre meus voos para deixar os banners prontos – disse ele. – Depois que vocês dois estiverem voando eu vou. Vou ter que voar por mais tempo para recuperar aquele período. Voar por mais tempo e trabalhar por mais tempo. – Ele estava falando sobre suas oito horas diárias de trabalho se prolongarem para dez, provavelmente até mais, pois agora ele fazia o trabalho do escritório também.

A voz de Molly interrompeu meus pensamentos.

– Quem era o responsável pelos banners quando seu pai ainda era vivo?

Observei Grayson e Alec para ver a reação dos dois, a contração do rosto dos rapazes sempre que alguém mencionava o pai deles. Eu a vi rápido em Grayson, mesmo com as luzes coloridas e piscantes que vinham do bar.

Alec não hesitou. Ele se inclinou para a frente e disse para Molly:

– Grayson e eu éramos responsáveis pelos banners. Não podíamos tirar nossas licenças de piloto comercial até fazermos dezoito anos, em outubro passado, por isso só começamos a receber para voar agora.

Eu completei:

– Vocês também observavam as decolagens para se certificarem de que nada caía dos aviões quando eles pegavam os banners. Se Alec e eu já estivermos voando, quem fará isso para você, Grayson?

Grayson olhou para mim sem nenhuma expressão no rosto.

– Me contrate – Molly gritou.

– Sim! – Alec respondeu ao mesmo tempo em que Grayson perguntou:

– O quê? – E disse: – Não.

– Eu sei escrever – disse Molly. – Eu posso carregar esses banners se eles não forem muito pesados, certo?

– Está contratada – disse Grayson.

Olhei para Molly, mas não consegui encontrar seus olhos. Não saber o que ela planejava me deixava muito nervosa. Ela ajudava os pais no café apenas se, por acaso, acordasse cedo e estivesse cansada de não fazer nada. Ela certamente poderia trabalhar no aeroporto e não no café, se quisesse. Mas por que ela iria querer? O trabalho seria empoeirado, quente e com muita fumaça. Eu não conseguia imaginar o que ela poderia querer com esse trabalho, a não ser que ela estivesse pretendendo se meter no meu negócio com os garotos. E eu não podia deixá-la fazer isso. Minha carreira de piloto era importante demais. Eu não podia permitir que ela deixasse escapar o meu segredo para Alec, acidentalmente ou de outra maneira.

– Espere um pouco – entrei na conversa. – Grayson, não acho que isso seja uma boa ideia. Você acabou de conhecer Molly. Existem coisas nesse trabalho com as quais ela não está acostumada.

– Como o quê? – ela perguntou.

– Como trabalho – disse.

– Ah – disse ela com uma risada ameaçadora –, vou acabar com você.

Dei um chute nela por debaixo da mesa, alertando-a de que ela estava me fazendo parecer estranha e sem graça para Alec.

– Não na frente das crianças.

– Você está contratada – Grayson disse novamente para Molly. – Mas qualquer coisa que aconteça no chão não pode afetar o que está acontecendo no céu. Os aviões da Hall Aviation não caem. Isso significa que não pode haver ressacas. Não pode haver bebida. – Ele puxou o daiquiri de Molly para o centro da mesa.

– Ei – ela reclamou. – É a semana da primavera! Só uma bebida?

– Nenhuma – disse Grayson com firmeza.

– Mas eu não vou voar – ela choramingou.

– Você precisa alinhar os banners corretamente – disse ele. – Você precisa observar os aviões para se certificar de que nada caiu. Você precisa escrever.

Ela fez um biquinho e agitou os cílios para ele.

Ele riu.

– Você pode tomar *um*. – E devolveu o daiquiri para ela.

– Obrigada, chefe. Quer um gole? Para relaxar um pouco.

– Obrigado. Essa noite eu não quero relaxar. Eu não me envolvo com meus funcionários.

Eu estava ouvindo toda essa conversa com horror. Primeiro eles pareciam estar se paquerando. Mas duvido que ele teria feito esse comentário sobre seus funcionários tão diretamente se ele quisesse alguma coisa com ela.

Ela não estava ofendida. Ela deu gargalhada disso tudo.

– Por que você é o chefe desse negócio e não o Alec? Você é mais velho?

– Somos gêmeos – Grayson e Alec responderam ao mesmo tempo.

– Eu sabia disso! – respondeu Molly. Mas tinha me esquecido por completo. Vocês são tão diferentes.

– Sim, eles são – disse. Isso não era verdade, mas eu estava me sentindo no comando outra vez. Molly se deu tão melhor com os garotos do que eu, e ela nem se importava com eles.

– Não, não somos – responderam ao mesmo tempo. Eles se entreolharam. Grayson sorriu e Alec deu uma gargalhada. Tive a sensação de que eles não riam juntos há algum tempo.

– Como você e Leah se tornaram amigas? – Grayson perguntou para Molly, fazendo sinal de aspas com os dedos.

Eu sorri para ele e falei:

– Eu roubei o namorado dela.

– Você *tentou*. – Ela se esticou pela mesa e me deu um tapinha no braço.

– O que realmente aconteceu? – Grayson perguntou.

Olhei para Molly para responder essa pergunta. Ela não sabia o que realmente aconteceu. Eu sabia, mas eu não ia contar para ela. Éramos amigas agora e isso era tudo o que eu queria. A honestidade não valia a pena.

– Eu tinha acabado de me mudar para cá, há dois anos – disse ela. – E peguei o cara mais gostoso do colégio, certo? E só o que eu sei é que essas garotas vieram me falar que era melhor eu prestar atenção porque Leah Jones estava correndo atrás dele.

Alec riu. Grayson disse secamente:

– Ela é mesmo esse tipo de garota?

– Parece que sim – disse Molly olhando para mim rapidamente como sempre fazia quando mencionava Ryan. Ela ainda ficava chateada por causa dele. – Se eu estivesse na minha escola antiga, em Atlanta, talvez eu tivesse deixado passar e ficasse observando o que ia acontecer. Mas eu estava em uma escola nova e senti que precisava estabelecer as regras para que as garotas não mexessem no que era meu. – Ela mexeu o dedo no ar enquanto dizia isso imitando algum gesto das gangues, o que era ainda mais engraçado junto com a sombra que ela usava no olho, azul com glitter. – Então eu fui falar com ela.

– Briga de garotas! – disse Alec.

Eu ri porque Alec era engraçado. Patrick dizendo a mesma coisa do lado de fora do meu trailer ontem à noite não foi nem um pouco engraçado, provavelmente porque ele estava bem mais próximo da verdade.

Grayson olhou para mim sem rir.

– E o que Leah fez quando você foi falar com ela? – perguntou ele para Molly.

– Ela foi *engraçada* – respondeu Molly. – Dá para acreditar nisso? Tudo o que eu disse para ela, Leah respondeu de volta. E eu percebi que eu queria mais ser amiga dela do que sair com aquele pedaço de mau caminho.

Não foi isso o que aconteceu com Ryan. Mas eu deixei que ela pensasse assim, pois ela gostava de me ver como uma garota durona. Se eu contasse a verdade, talvez ela não quisesse ser minha amiga.

Entretanto, eu não gostei da maneira como ela contou a história, como se ela tivesse decidido que seríamos amigas e por isso éramos. Como se ela tivesse me escolhido no lugar de Ryan. Como se ela tivesse adotado um gatinho abandonado. Com certeza eu me sentia assim quando ela me levava ao café de seus pais para jantar, mas eu detestava a maneira como soava agora quando estes rapazes estavam ouvindo.

– Então você sempre foi uma destruidora de corações – disse Alec no meu ombro, baixo o suficiente para que Grayson e Molly não ouvissem, e perto o suficiente para que eu sentisse sua respiração na minha pele. Virei para ele. Ele me observava com aquele meio sorriso no rosto, olhando nos meus olhos.

Pela primeira vez naquela noite, tive a sensação de que éramos mais do que amigos. Grayson pode ter construído uma parede entre ele e Molly, mas Alec não construiu nada entre mim e ele. Prendi o olhar dele, dei meu sorriso mais "sexy" e tentei não entrar em pânico.

Por ordem de Grayson, para que todos dormíssemos bem, fomos embora logo depois. Primeiro dirigimos por portões cobertos de videiras tropicais floridas e deixamos Molly em casa. Se havia alguma dúvida se Grayson queria alguma coisa com ela além de amizade, a resposta estava aqui. Alec esperou até que ela entrasse em casa para sair com o carro, mas Grayson ficou dentro do carro.

Depois me levaram para casa. Alec me explicou que Grayson ficaria no hangar porque ainda tinha trabalho a fazer. Alec o deixaria lá e ele voltaria para a cabana mais tarde, na sua caminhonete. Fiquei imaginando se isso era realmente verdade ou se Grayson armou esta situação como desculpa para ficar nos observando do banco de trás do carro, para ter certeza de que eu levaria nosso plano até o fim.

Alec era tão lindo, e tão doce, um cara superlegal. Fiquei pensando nisso enquanto o carro se aproximava do estacionamento de trailers. A dor no meu estômago piorava, embora eu tivesse comido na danceteria e não estivesse com um pingo de fome. Não tinha como escapar do que estava por vir, mas eu tentei mesmo assim. Quando ele virou na estrada de cascalho e a poeira se levantou nos feixes de luz do farol eu disse:

– Você não precisa me levar até a porta.

Ele não respondeu. O silêncio virou constrangimento, e o telefone de Grayson não fez sequer um barulhinho para quebrá-lo.

Por fim, Alec perguntou:

– Por que não?

Eu não tinha uma resposta para aquela pergunta, mas inventei uma desculpa:

– Não é bem uma porta...

– Claro que é uma porta, e eu vou levar você até ela. – Ele estacionou o carro, desligou o motor e as luzes e desceu.

Ele deu a volta no carro para abrir a porta para mim. Eu não tinha muito tempo. Virei para trás e disse:

– Boa noite, Grayson.

Ele já estava olhando para mim quando me virei.

– Boa noite – respondeu ele sem nenhuma expressão em seu rosto sombrio ou em sua voz.

Eu não sabia exatamente que tipo de reação eu queria dele. Que ele sentisse ciúme? Talvez que ele dissesse: *Não, Leah, não faça isso! Estou acabando com essa história toda!* Não sei o que eu queria, mas com certeza não era aquilo.

– Gosto mais de seu cabelo cacheado – disse ele sem alterar a voz.

Antes que eu tivesse tempo de perguntar a ele o que ele queria dizer com isso – *ele* gosta mais do meu cabelo cacheado ou *Alec?* – Alec abriu a porta.

Com o coração disparado desci do carro e ouvi o latido do pit bull. Alec me seguiu pelo pátio e subiu os blocos de cimento atrás de mim. Eu não queria beijá-lo, mas parecia não haver nenhuma outra saída agora. Encontrei seu olhar e tentei passar para ele a mensagem de que, sim, eu queria beijá-lo, mas o irmão dele estava nos observando do carro. E, além disso, o latido do pit bull estava acabando com o clima.

Mas, Alec não parecia me entender. Tive medo de ter estragado as coisas acidentalmente dando a entender que eu não queria beijá-lo de maneira alguma. Quase expliquei tudo a ele: *Não quero beijar você do lado de fora do trailer com um pit bull latindo na minha orelha. É tudo parecido demais com meus pesadelos sobre meu casamento.*

Mas ele entendeu. Ele me deu um meio sorriso.

– Amanhã à noite vamos sair sozinhos.

Haveria um amanhã à noite? Isso era bom – Grayson não poderia reclamar que eu não estava cumprindo meu papel no acordo – ainda assim meu rosto queimava com esta possibilidade. Senti medo que Alec quisesse fazer mais do que eu queria fazer.

Ele se inclinou em minha direção. Fiquei parada, esperando seu beijo, e tentei relaxar. Talvez ele tenha percebido minha reação, ou quem sabe ele não quisesse me beijar também. Por qualquer que fosse o motivo, ele hesitou, e engoliu.

Então ele chegou mais perto de mim, colocou as duas mãos no meu cabelo. E seus lábios encontraram os meus.

Ele estava me beijando. Mas não de forma muito dinâmica. O beijo foi muito casto para um casal maior de idade numa semana da primavera. Eu não queria que ele me achasse uma puritana, mas também não queria encorajá-lo. Ou, talvez eu o tivesse encorajado, mas apenas para Grayson ver que eu estava fazendo isso.

E para Grayson morrer de inveja.

Então passei minha mão no cabelo de Alec e o puxei mais para perto.

Ele interrompeu o beijo e começou de novo. Senti sua língua nos meus lábios, mas ele não pressionou para entrar. Foi como beijar um garoto do colégio que já tinha ouvido falar sobre o que era beijar, mas que nunca tinha beijado.

Eu não o corrigi.

Ele foi para trás e tirou as mãos do meu cabelo, ou pelo menos tentou. Um dedo enroscou numa parte de baixo do cabelo que tinha enrolado por causa da umidade da noite, desafiando a chapinha.

– Ai! – eu gritei.

Nós dois rimos.

– Desculpe. Espere um minuto. Ele olhou para o meu cabelo sob a luz da lua e usou sua outra mão para desenroscar o dedo que estava preso. Quando ele me soltou olhei para a mão que ficou presa e vi que ele usava o anel da Força Aérea de Sr. Hall.

– Boa noite – disse, rápido demais. – Obrigada. Eu me diverti. – Coloquei a chave na fechadura e entrei pela porta, fechando-a atrás de mim antes que pudéssemos entrar em outra enrascada. E antes que eu pudesse olhar para ele no pátio, conferindo para ver se Grayson assistiu tudo de perto.

O cheiro de bolor me atingiu em cheio e me fez respirar de maneira superficial. Eu nunca percebia aquele cheiro a não ser quando passava um bom tempo fora. O trailer estava apodrecendo por baixo, onde eu não conseguia alcançar, e não havia nada que eu pudesse fazer.

Ali, em pé, de costas para a porta, ouvindo através do alumínio o pit bull latir e o carro de Alec ser ligado, fui tomada por um cansaço enorme. Eu não tinha certeza se conseguiria passar mais uma noite com Alec me beijando e Grayson olhando.

Mas Molly estaria no aeroporto amanhã. Molly facilitava as coisas para mim, só por falar tudo sem pensar.

E eu voaria novamente. Sempre que essa farsa parecesse não valer a pena, nos próximos dias, eu devia me lembrar que eu fazia aquilo para manter minhas asas e voar.

Dez

Enquanto eu andava em direção ao aeroporto pela manhã, fiquei atenta ao hangar do Sr. Simon. Eu não queria resolver nada com Mark. Se eu pudesse apenas evitá-lo durante o resto de minha vida seria perfeito. E tive sorte, pelo menos uma vez na vida. Não era possível enxergar o avião dele através das altas portas do hangar. Ele chegou bem mais cedo hoje do que ontem – provavelmente porque o seu tio reclamou no dia anterior – e ele já estava voando.

Alec taxiou o Piper amarelo passando por mim e acenando de dentro da cabine. Acenei de volta. Então me virei para Molly, que estava em pé na grama entre as duas pistas, lutando para dobrar as enormes letras vermelhas do banner no cabo de tecido que as mantinha no lugar durante o voo. A brisa da manhã trazia o cheiro dela, protetor solar e repelente. Ao me aproximar, percebi que, embora ela estivesse quimicamente preparada para este emprego, ela definitivamente não estava vestida para ele. Ela usava seus óculos de sol com pedrarias, um chapéu de palha elegante, brincos de argolas com diamantes – e os diamantes provavelmente eram verdadeiros – e roupas de praia bonitas. As luvas de trabalho pesadas que Grayson deve ter dado a ela faziam com que suas mãos parecessem garras de robôs.

Ela também não gostou do que eu vestia. Com uma mão mecânica, apontou para minha camiseta desleixada que estava sobre a parte de cima de meu biquíni.

– Vejo que você está produzida para trabalhar.

– E como vai o trabalho? – brinquei.

– Trabalhoso. – Ela limpou a testa com o pulso e colocou as duas mãos na cintura como se já estivesse sem fôlego. Ela não riu como deveria. Fiquei imaginando se ela se ofendeu com meu comentário de ontem à noite sobre ela trabalhar. Aquilo não fazia sentido porque Molly nunca se ofendia com nada.

Mas eu não conseguia pedir desculpas. Não era assim que funcionávamos. Então eu apenas perguntei:

– Por que você quer este emprego?

– Para cuidar de você e protegê-la desses animais, claro.

Aquilo também não fazia sentido. Ela deveria estar toda agitada agora e me dizendo como aqueles rapazes eram bonitos e que eu era louca de não ficar com os dois de uma vez ali mesmo no hangar.

– Você teve que beijar Alec na noite passada? – ela perguntou.

– Sim. – Tentei não parecer desconfiada quando perguntei: – Ele contou isso? – Duvidava que ele tivesse contado para ela hoje de manhã, no hangar, sobre o que aconteceu conosco ontem à noite.

– Eu só imaginei – disse ela. Tenho um plano para hoje à noite que pode ser mais uma distração para conseguirmos mantê-lo longe de você. Eu já combinei com os meninos. Vamos jantar no meu café. Se começarmos a noite por lá é menos provável que meus pais fiquem fazendo perguntas demais sobre a noite de bebedeira que teremos depois. Os pais de Francie Mahoney estão na Disney com o irmão mais novo dela. Alec e Grayson costumavam morar aqui na cidade e por isso vão conhecer muitas pessoas que estarão na festa. Talvez Alec se encontre com um antigo amor e saia de cima de você.

– Meu Deus, não. – Minhas palavras foram abafadas por um motor. Alec passou rapidamente por nós na pista, com o Piper amarelo ganhando o céu.

Quando o barulho parou eu disse:

– Qualquer coisa menos isso. – A maioria das pessoas do colégio me odiava sem razão. Algumas meninas esnobes atravessariam o corredor só para fazer alguma observação desagradável sobre meu cabelo cacheado, se conseguissem pensar num comentário bem maldoso e se tivesse outra amiga para acompanhá-las como testemunha e guarda-costas. Francie era uma dessas garotas. Já tentei alertar Molly sobre isso várias vezes, mas ela não acreditava em mim. Elas me tratavam muito bem quando ela estava por perto. E me xingavam no exato momento em que Molly saía. E Molly não fazia aula de Educação Física com a gente.

– Você não quer que Alec saia do seu pé? – perguntou Molly bruscamente.

– É claro que eu quero – respondi –, desde que Grayson não se incomode com isso.

Ela se virou e soprou a franja para tirá-la dos olhos com um grande suspiro.

– Estou tentando fazer o possível para ajudá-la, mas o problema não é *sempre* você. É *minha* semana de folga também, e este é o *meu* último ano na escola também, e talvez *eu* queira ir a esta festa.

E talvez *eu* não tivesse que ir só porque *ela* iria. Quase disse isso a ela. Mas ela já combinou tudo com os meninos. Eu não podia voltar atrás agora, deixar Alec na mão, e Grayson bravo. Eu teria que ir.

Ela sabia por que eu não queria ir. Mas ela sabia que eu tinha que ir assim mesmo. Sua compreensão e simpatia por minha situação durou até ela se cansar e virar de costas para mim.

O que não era justo. Éramos amigas há dois anos e eu não conseguia me lembrar de ela já ter feito isso comigo antes. É claro que nunca teve garotos envolvidos, pelo menos não desde Ryan e o começo de nossa amizade. Eu nunca fui chantageada para namorar alguém. Estávamos num território novo e todas as cartas estavam lançadas.

– Olha, falamos sobre isso depois, tá? – disse ela. E com isso ela queria dizer que nós *não* falaríamos mais sobre isso e iríamos à festa naquela noite. – Alec já está voando. Tenho que enganchar o banner dele. Vá tomar seu café da manhã. Meu pai fez um pão dinamarquês de morango para você, daquele com açúcar havaiano por cima.

Aquilo fez com que eu me encaminhasse para o hangar novamente, e só depois que eu já estava quase lá é que percebi que ela me disse aonde ir usando o alimento como isca, como se eu fosse um cachorrinho. Eu não sabia o que pensar sobre essa garota que eu pensava conhecer tão bem, de repente tomando conta deste lugar que eu conhecia tão bem, e agindo como se ele fosse dela e não meu, e como se esses rapazes também fossem dela.

Mas Grayson não era dela. Ele deixou isso bem claro ontem à noite. E lá estava ele, em pé do lado de fora do hangar, olhando para o telefone e para o canto sudoeste do céu azul-claro. Quando virou em minha direção e me viu chegando ele me encarou, ou me *fez pensar* que estava me encarando, pois seus olhos estavam escondidos atrás da lente dos óculos escuros. Embora a manhã estivesse fresca, eu senti o suor escorrer pela minha pele, estivesse ele me encarando ou não.

Mas quando finalmente cheguei perto dele, ele agia naturalmente.

– Cuidado com o tempo hoje.

Tentei me livrar dos arrepios que ele provocou em mim e agir como uma piloto profissional.

– Você está se referindo à tempestade vinda do Golfo? Ontem, quando falei com Molly ao telefone, eu notei a presença da tempestade no aplicativo do clima. A tempestade era forte, e seus tornados já atingiram algumas cidades no Mississipi. – A tempestade ainda não está perto de nós. Provavelmente só chegará por aqui hoje à noite. Provavelmente ainda nem chegou em um cassino nas montanhas, onde talvez esteja minha mãe.

– No último Natal, papai passou o dia todo observando a tempestade – disse Grayson – e, de repente, recebemos um alerta de vento forte muito antes do que esperávamos. Não quero que ninguém seja pego pela tempestade. Avise pelo rádio se você passar por alguma turbulência não esperada. E se você vir nuvens escuras, não espere pelo meu aviso. Desça.

Eu dei de ombros. Eu era cautelosa, mas ele estava sendo um pouco ridículo. Ele devia estar traumatizado por causa de seu acidente, pensei.

– Seu café da manhã está lá dentro – disse ele, apontando o hangar com a cabeça. – Quando você terminar de comer, antes de verificar seu avião e subir, será que você poderia pegar minha caminhonete e levar um banner para Molly? Isso vai poupar algum tempo a ela. Ela sabe escrever, mas ela vai ter problemas para pegar o ritmo agora no começo. – Ele me entregou as chaves do carro.

– Não posso fazer isso – disse.

– Estou mandando você fazer – disse ele –, apenas faça isso antes de voar. Estou controlando suas horas e pagarei hora-extra se você trabalhar por mais tempo. Não tem problema.

– Eu não sei dirigir – respondi.

Surpreso, ele puxou as mãos de volta, as chaves tilintando.

– Como assim, você não sabe dirigir?

Eu queria dizer que ninguém nunca me ensinou a dirigir. E, na verdade, isso não tinha a menor importância porque eu não tinha carro. Mas eu não queria passar por tudo aquilo de novo. Eu ainda estava chateada por ter tentado explicar para Alec sobre a lavanderia na noite passada.

– Você quer dizer que sabe pilotar um avião mas não sabe dirigir um carro? – Grayson perguntou. – Isso é loucura.

Fingi estar cortando minha garganta com minha mão. Era assim que Sr. Hall costumava fazer para nos mandar desligar o motor. E, com aquele gesto, eu queria dizer para Grayson parar de se intrometer na minha vida pessoal. Eu já estava cansada.

Ele fechou o punho e apertou até que suas mãos ficassem brancas.

– Tudo bem – disse ele com um suspiro. – Desculpe. Vá comer alguma coisa. – Ele virou na esquina do hangar e ligou a caminhonete.

Andei no escuro e, agora que ninguém estava olhando, me fartei com o pão dinamarquês de morango, ovos e presunto, enfiando a comida na boca como se fosse um cachorro faminto. A partir daí, o dia foi ficando cada vez melhor. Não errei nenhuma vez ao pegar os banners, e fiz três longas viagens sobre a praia ensolarada. Na terceira vez, o vento me pegou, mas a tempestade ainda estava bem longe, não havia nada com que me preocupar ainda.

Sr. Hall teria achado tudo isso muito bonito. Numa explosão ao estilo de Grayson, teria dito:

– Cara, que dia lindo para voar! – E então teria se acomodado na cabine para me acompanhar no voo. Desta vez, eu quase não chorei pensando nele. Pensar nele me deixou feliz.

Meu intervalo da manhã não coincidiu com o de Molly porque ela fez o intervalo dela enquanto eu voava e arrumou as letras de meu novo banner enquanto eu descansava. Mas ela almoçou com os rapazes e comigo. Nada parecia estranho entre nós agora, como pareceu quando conversei com ela sozinha pela manhã. Como na noite passada, ela conduziu a conversa e tirou boa parte da pressão de cima dos meus ombros. Por fim, entendi que não tinha nada errado com ela. Talvez hoje pela manhã bem cedo ela estivesse apenas sobrecarregada com o trabalho, ou desorientada por ter acordado antes das dez da manhã em pleno feriado escolar.

Não fiz o meu intervalo da tarde com ela. Quando taxiei em direção ao hangar, Alec estava sentado do lado de fora com as costas viradas para a parede de metal corrugado do prédio, fumando e observando Molly lutando com o banner que Grayson acabara de jogar no campo. Eu não queria sentar lá fora e me sentir tentada a fumar, mas achei que deveria ser sociável já que, aparentemente, Alec e eu tínhamos outro encontro esta noite.

– Bem-vinda – disse ele enquanto eu caminhava em sua direção. Ele deu um tapinha no asfalto ao lado dele como se fosse uma cadeira de pelúcia. Rindo, eu me sentei. Ele me ofereceu um cigarro e eu balancei a cabeça dizendo que não.

Ele soltou a fumaça longe de mim.

– Lindo dia para voar – disse ele, olhando para o céu. – Grayson já está preocupadíssimo com a previsão do tempo.

– Acho que ele fica nervoso com o vento por causa do acidente que ele sofreu em dezembro – considerei.

– Você acha que é isso? – perguntou Alec. – Achei que ele estava apenas sendo um idiota arrogante.

Aquilo foi estranho, mas eu quis defender Grayson. Ele *estava* sendo um idiota arrogante, e não só com relação à previsão do tempo. Mas, de certa forma, enquanto eu podia pensar assim, Alec não podia falar isso.

Antes que eu pudesse abrir minha boca o telefone de Alec tocou. Ele pegou o telefone no bolso, olhou para a tela e sorriu.

– Minha mãe.

Coloquei minhas mãos atrás de mim no asfalto quente para conseguir me levantar.

– Você quer que eu...

– Imagina, claro que não, sente-se. – Ele apertou um botão no telefone. – Aqui fala o seu filho preferido. Como posso ajudá-la?

Mesmo depois de ele ter me dito que não precisava de privacidade, me senti desconfortável ao ouvir a conversa dele com a mãe. Eu sabia que Jake e ele eram parecidos com ela, mas a foto que eu vi dela era bem antiga. Da maneira como eu a imaginava agora, ela era uma mulher gordinha que usava roupas de algodão que pareciam sacos e o mesmo corte de cabelo desde a época da escola porque era fácil de cuidar e não tinha mais porquê ela se preocupar com ele, já que seu filho mais velho e seu marido partiram. O marido que a traiu e a quem ela sempre amou.

Esse meu achismo era baseado em nada. Ela poderia ser esguia e elegante, uma profissional, uma advogada, sofrendo a perda de seu filho e sentindo a perda de seu ex, mas já tocando a vida para frente porque sua vida também era importante. De qualquer forma, isso não era da minha conta. Eu nunca a conheceria. Eu estava banalizando o luto dessa senhora com minhas reflexões intrometidas. Tentei relaxar e calar meus pensamentos, mas quando me encostei no prédio de metal corrugado me queimei com o calor e me endireitei.

Alec olhava para mim enquanto falava.

– Não, está tudo ótimo. – Ele girou o telefone para que continuasse ouvindo, mas deixou sua boca livre para dar mais uma tragada no cigarro. Ele trouxe o telefone de volta e disse: – Sim, de verdade. – A fumaça saiu de sua boca e ficou contornando seus lábios. Ele mexeu o telefone novamente e soltou a fumaça rapidamente para que sua mãe não ouvisse. E então disse ao telefone: – Mãe. Mãe. Mã-ãe. Por que você não acredita em mim?

Grayson estava pousando seu avião. Uma rajada de vento inflou a biruta na torre e desviou Grayson um pouco de seu curso, mas ele conseguiu endireitar a máquina a tempo de pousar. Perfeito.

Alec riu ao telefone. E mesmo que ele estivesse claramente mentindo para sua mãe sobre a maneira como estavam as coisas, seu riso pareceu sincero. Começou como um ronco viril baixo e terminou em uma gargalhada alta como se fosse um menino, rindo sem se importar porque a piada era mesmo bastante engraçada.

Enquanto ria, tirou o telefone da boca mais uma vez para que não machucasse os ouvidos da mãe do outro lado da linha. E ele aproveitou para dar mais uma rápida tragada no cigarro antes de dizer a ela da maneira mais sombria:

– Isso é problema do Grayson. Você precisa perguntar para *ele* sobre isso.

Eles conversaram por mais alguns minutos aparentemente sobre o tempo, sobre a temperatura do oceano, sobre a praia estar lotada, e enquanto isso Grayson taxiava o avião cada vez mais perto de nós.

Por fim Alec disse:

– Eu vou. Também te amo. Tchau. – E guardou o telefone no bolso.

– Sua mãe ligou para saber como você está? – perguntei. – Isso é tão bonitinho – disse isso como se estivesse brincando com ele, mas eu realmente achava que aquilo era bonitinho. Minha mãe não ligava para saber como eu estava.

Alec balançou a cabeça indicando o Piper vermelho que se aproximava.

– Ligou para saber do Grayson. Tem alguma coisa errada com ele.

– É claro que tem – disse. – Vocês dois passaram por muitas coisas nos últimos meses.

Alec engoliu a fumaça e a soltou pelo nariz.

– É verdade. Papai e Jake morreram, mas eu ainda sou a mesma pessoa que eu era no Natal. Grayson não. Ele precisou fazer terapia quando éramos crianças para aprender a controlar seus impulsos. Eles o ensinaram a fechar os punhos bem forte quando tivesse vontade de fazer ou dizer alguma coisa da qual ele se arrependeria depois. Desse jeito. – E Alec fechou e apertou os punhos até que sua mão ficasse branca, da mesma maneira como Grayson fazia. – Mamãe e papai o obrigavam a fazer à mesa do jantar quando ele interrompia a conversa ou tentava comer todos os pãezinhos. Ele *nunca* fazia isso, só quando eles o mandavam fazer. E, nove anos depois, você já reparou como ele tem feito isso com frequência?

Ele gritou estas últimas palavras enquanto Grayson estacionava seu avião ao lado dos nossos. Ele desligou o motor. Grayson pulou da cabine e atravessou a pista em nossa direção.

– Jogue esse lixo fora – disse ele para Alec, soando exatamente como Sr. Hall. Não sua imitação de Sr. Hall, mas o próprio Sr. Hall, aborrecimento e superioridade entre aquelas palavras rudes.

– Você é tão hipócrita. – O comentário de Alec foi áspero, mas seu tom foi suave. Enquanto dizia isso, apagou o cigarro no asfalto e ficou em pé. Ele jogou a bituca na lata de lixo no canto do hangar, e então caminhou de volta até mim. – Vejo você do outro lado. – Fizemos um toque de mãos e ele correu até o Piper amarelo sem dizer nenhuma outra palavra para Grayson.

Grayson se sentou ao meu lado, no lugar onde Alec estava.

– *Você não está fumando, está?* – ele resmungou.

– Não mais. Seu pai me fez parar.

– Sério? – Grayson parecia surpreso. – Por quê?

Alec ligou o motor. Esperei que ele virasse seu avião e taxiasse em direção ao final da pista para que o barulho do motor diminuísse antes de explicar.

– Seu pai disse que levou trinta anos para parar de fumar e que me livraria deste problema. Isso foi quando eu ainda pagava pelas minhas aulas. Eu disse a ele que ele não podia me dizer o que fazer e ele se recusou a me levar para voar se eu não parasse de fumar.

Grayson disse intencionalmente:

– Você poderia ter fingido que parou.

– Ele teria sentido o cheiro – disse. – Meu cabelo é comprido e teria cheiro de cigarro. – Para enfatizar o que estava dizendo passei uma mão nos meus cachos, que tinham voltado ao normal. Grayson não teria acreditado no verdadeiro motivo de eu ter parado de fumar. Eu tinha feito uma promessa ao Sr. Hall, e por isso eu mantive minha palavra.

– Você já quis um cigarro? – Grayson perguntou.

– Não. Às vezes eu acho que quero, e até começo a fumar um, mas já faz mais de três anos que eu não fumo um cigarro inteiro. Eu não queria me sentar aqui e ficar vendo Alec fumar, mas... não, eu não quero um cigarro.

Algo no tom ansioso de Grayson me fez perguntar a ele:

– E você?

– Sim. Eu sou tipo... – Ele inspirou profundamente pelo nariz. – Ahhh, um fumante passivo.

– Quando você parou de fumar?

– Sábado.

– Meu Deus – exclamei. – Agora entendo por que você tem agido dessa maneira.

Pequenininho do outro lado da pista, Alec levantou voo. Molly perdeu a ponta do banner e saiu correndo atrás dele pela grama. O vento anunciava a tempestade que se aproximava.

Por fim Grayson disse:

– Alec e eu estávamos fumando mais por causa do estresse, eu acho, e acabamos perdendo o controle. Concordamos em parar de fumar porque ter sido fumante por trinta anos foi um dos motivos de meu pai ter morrido. Está sendo mais difícil para Alec do que para mim.

– Estranho – disse. – Eu diria que *você* está sofrendo mais.

– Por quê? – perguntou ele, sem rodeios.

– Alec diz que há algo errado com você. Que você está mudado.

Um novo motor começou a funcionar. Em frente ao escritório do aeroporto o Almirante se preparava para seu voo da tarde.

Grayson disse baixinho:

– Eu mudei naquele dia do acidente, em dezembro. Eu nunca tive medo antes. Nunca. E desde então eu tenho medo. – Ele soou tão diferente que me virei para ele.

Ele não olhou para mim, mas continuou:

– Agora entendo o sentido de causa e consequência. A vida era mais divertida quando eu não entendia, mas não tenho como mudar isso.

No outro lado da pista, Almirante terminou o aquecimento dos motores. Ele acelerou e ganhou altura, passando sobre nós e então indo em direção ao sol.

– Mas, tem algo errado com Alec – disse Grayson. – Estou fazendo todo o trabalho intelectual deste negócio. É como se ele estivesse livre das preocupações, mas não parece que ele confia em mim.

O telefone tocou dentro de seu bolso. Ele pegou o telefone e olhou para a tela, e então atendeu.

– Alô, este é o seu filho predileto. Como posso ajudá-la? – Sua imitação de Alec era perfeita, tanto as palavras quanto o tom de brincadeira de sua voz.

Não me ofereci para sair de perto e dar privacidade para Grayson falar com sua mãe ao telefone, como fiz com Alec. Esta conversa eu queria ouvir.

Seu tom voltou ao normal: uma voz agradável. Uma voz de locutor de rádio, como se fosse um DJ e não um piloto, não tão alta ou profunda, amigável com uma pontinha de sarcasmo.

– Está tudo ótimo – disse ele. Ele não tinha um cigarro para brincar, como aconteceu com Alec, mas eu o ouvi brincando com uma pedra, batendo-a no piche duro ao lado dele. – Não, isso não tem sido um problema porque eu já planejei isso antes, lembra? – A pedra batia mais rápido enquanto ela dizia coisas que ele não queria ouvir.

Finalmente ele tentou interrompê-la. E mais uma vez ele imitava Alec.

– Mãe. Mãe. Mãe. Mã-ãe. O negócio está indo tão bem como quando papai estava aqui.

Olhei para ele sem acreditar, antes de perceber o que eu estava fazendo.

Seus olhos passaram pelos meus e então se desviaram. Ele recuou e arremessou a pequena pedra com a qual estava brincando. Segui sua trajetória através da pista ensolarada. Ela voou por um tempo, saltou no asfalto e depois continuou. Eu não consegui ver para onde foi.

– Certo – disse ele. – Também te amo. Tchau. – No instante seguinte, apertou o botão para desligar a ligação, virou-se para mim e disse com raiva: – *Está* indo tão bem como quando meu pai cuidava daqui, porque quando meu pai fazia isso, as coisas não iam bem de jeito nenhum.

Provavelmente ele suspeitou, mais uma vez, que eu descobri seu segredo enquanto ouvia sua conversa com sua mãe. Mas eu não descobri. Tudo o que pude ouvir foi o quanto ela estava preocupada. Sobre o que, eu não fazia a menor ideia.

– Eu não disse nada. – Fiquei em pé para entrar no hangar e pegar uma bebida antes de meu último voo da tarde. – Aliás, obrigada por me alimentar hoje. E ontem... – Parei. – E domingo à noite.

Ele encolheu os ombros.

– Só estou fazendo o que meu pai teria feito.

– Ele alimentava os pilotos?

– Sim, porque eles estavam de ressaca.

Alec e eu *não* estávamos de ressaca. Grayson tinha certeza disso. Ele só estava garantindo que eu comesse depois de ter olhado dentro de minha geladeira vazia. Eu não queria mais falar sobre isso assim como eu não queria ter dito a ele que não sabia dirigir. Mas também não queria que ele pensasse que eu era ingênua. Eu estava quase falando para ele que sabia por que ele estava nos alimentando.

Ele inclinou a cabeça para um lado, os cachos loiros por baixo de seu chapéu de caubói movendo-se sobre seus ombros.

– Você estava realmente bonita a noite passada. Eu gosto mais de seu cabelo agora, cacheado, mas estava bonito ontem à noite também.

– Ah, ha-ha – eu ri.

– E você fica sexy quando dança.

Coloquei minhas mãos na cintura. Ele provavelmente achou que eu estava tentando parecer mais sexy ainda. Coloquei as mãos para baixo.

– Eu disse ontem. Já basta você me forçar a namorar o Alec. Você não pode ficar me insultando também.

Ele ficou boquiaberto.

– Não estou insultando. Como isso pode ser um insulto?

– Você está sendo sarcástico. – Eu não tinha certeza se isso era verdade.

– Eu *não* estou sendo sarcástico.

– Bem, você pode me forçar a sair com Alec e então pode me elogiar também – disse.

– Não é um elogio. É um fato. Você estava bonita ontem à noite, e você fica incrível dançando.

Foi assim que tudo começou com Mark algumas semanas atrás. Estávamos conversando no escritório do aeroporto sobre um emprego de piloto com o tio dele e, de repente, ele me convidou para sair.

A diferença é que Mark não estava me chantageando.

E quando Mark me disse que eu era bonita, me senti lisonjeada. Eu ainda não experimentara esta sensação de prazer pelo meu corpo, meu rosto vermelho, minha pele formigando como queimadura de sol no calor. Eu não tinha caído na lábia de Mark como eu estava caindo na de Grayson. Eu não tinha me sentido estúpida.

– Você está dando em cima de mim? – perguntei na cara dura.

Ele baixou as lentes dos óculos até o nariz e olhou para mim, seus grandes olhos cinza estavam sérios.

– A considerar sua reação, acho que *não.*

– Você não pode dar em cima de mim e me obrigar a namorar Alec.

Ele colocou os óculos novamente para esconder seus olhos.

– Eu preciso fazer você namorar Alec.

– Então pare de falar comigo.

– Certo. – Ele respirou profundamente e bateu seu punho contra a boca.

O aeroporto estava assustadoramente silencioso, sem barulhos de aviões, sem barulho de trânsito a essa distância da cidade, apenas insetos gritando na grama alta.

Por fim, eu disse:

– Expire.

Ele soltou a respiração em um longo suspiro, seus ombros largos se curvando com isso.

– Você está passando por um momento difícil – disse, com gentileza.

Ele balançou a cabeça, olhando para o céu.

– Sinto muito. – Dei dois passos para perto dele e coloquei minha mão no seu ombro. Como ele não se esquivou ou se encolheu, acariciei seu ombro. Eu *queria* que aquele gesto fosse reconfortante, mas eu me distraí reparando o quão rígido e musculoso era o ombro dele. E então percebi os arrepios em sua pele.

Eu estava tão confusa com as intenções dele. Mas duvido que ele tivesse me dado uma resposta direta se eu tivesse pedido a ele. Ele mesmo estava confuso.

Era hora de eu voar, e não havia espaço para confusão na cabine de um avião. Tirando minha mão de seu ombro largo, peguei minha bebida no hangar e então caminhei para o Piper laranja. Grayson ficou lá sentado observando até que eu decolasse.

Onze

Desta vez não me preocupei em ir até o banheiro para olhar meu rosto no espelho sobre a pia. Minha simpatia por Grayson desaparecera. Agora eu estava apenas chateada com ele por dar em cima de mim, mas me obrigar a sair com seu irmão. Chateada com Alec por entrar no jogo. Chateada com Molly por me arrastar para essa festa. Além disso, eu já usei o meu único vestido de noite e já o lavei na pia, mas ele ainda não estava seco. Qualquer coisa que eu vestisse agora não seria apropriado para a ocasião. Se Molly ia me forçar a ir a uma festa onde as garotas me chamariam de lixo, e se Grayson me trataria como um lixo, eu me vestiria como tal.

Escolhi um shorts que já era muito curto há uns dois anos, e agora era obsceno, pois eu cresci um pouco mais. Molly, que tinha bom gosto para moda, com exceção ao glitter, teria me dito que se eu ia mostrar tanta perna o meu top deveria ser mais decente para que o visual final não ficasse exagerado. Escolhi o exagero vestindo uma camiseta justa e curta. Aventurei-me a procurar um par de sapatos de salto alto no closet catastrófico de minha mãe.

Dessa vez eu não esperei pelos meninos do lado de fora do trailer. Ouvi o barulho do carro de Alec e então fiz minha entrada triunfal descendo as escadas de blocos de cimento, observando as expressões deles. Na verdade eu não conseguia lê-las. Os dois me encaravam boquiabertos. Alec disse algo sem tirar os olhos de mim. Grayson respondeu alguma coisa. Ele pulou do banco da frente, deixou a porta aberta e se acomodou no banco de trás. Normalmente ele teria olhado para o seu telefone imediatamente, mas, dessa vez, ele ficou me observando atravessar o pátio.

Entrei no carro e me sentei ao lado de Alec. Meus shorts se levantaram ainda mais nas minhas coxas. *De nada.*

Eu estava tão chateada com todos que nem tinha pensado sobre a noite que viria pela frente. Mas quando entrei com os rapazes no café, de repente me senti envergonhada. O pai e a mãe de Molly me abraçaram tão carinhosamente como sempre. A julgar pela reação deles eu poderia muito bem estar usando pijamas de flanelas. Mas fiquei envergonhada mesmo assim. Era quase o mesmo que me vestir assim para uma aula de voo com Sr. Hall, o que eu *nunca* teria feito.

E, então, quando Molly veio da cozinha ela gritou.

– Jesus Cristo, menina, você realmente *não* quer ir a esta festa.

– Como assim? – Grayson perguntou a ela.

Fiquei com medo que ela usasse as palavras *vadia do aeroporto*. Mas ela deixou quieto e começou a pressionar a todos para fazer o pedido para o jantar. Pelo menos fiquei feliz porque ela entendeu minha mensagem. Se ela ia me arrastar para a festa de menina rica dela, eu faria com que ela se arrependesse disso.

Comemos nossa comida orgânica gourmet, que era sempre muito mais gostosa do que parecia, do lado de fora, sentindo a brisa do oceano. O deck estava vazio porque a maioria dos turistas já havia comido. Se estivéssemos no lado mais humilde da cidade, a praia ainda estaria cheia de turistas, muitos deles cambaleantes e queimados de sol a ponto de precisarem ser hospitalizados. Esse tipo de situação não acontecia aqui, no lado das celebridades. Apenas os maçaricos andavam pela praia. Uma criança sozinha os perseguia. Logo atrás vinha sua mãe, observando-o neste ambiente seguro, sem nem um pingo de medo de que o filho encontrasse uma bituca de cigarro e colocasse na boca, por exemplo.

No início, o barulho de um avião era difícil de ser distinguido do barulho das ondas, aumentando e desaparecendo com o vento. Mas o rugido do motor ficou mais alto. Lá no horizonte consegui reconhecer o Super-Hércules da Guarda Costeira, que vinha da base na Carolina do Norte. Ele passou por mim enquanto eu voava hoje mais cedo. Eu me anunciei pelo rádio pois ele estava vindo muito rápido e eu não queria que ele me derrubasse ou que suas hélices se enroscassem no meu banner.

Voltando em minha direção agora, materializando-se do nada, o avião era maravilhoso e clássico: laranja e branco com quatro hélices e uma cauda enorme. Voava tão baixo sobre a praia, e sua envergadura era tão grande que parecia uma espaçonave alienígena pairando sobre o planeta, algo que não deveria ser capaz de voar utilizando apenas tecnologia humana. Passou bem perto de nós e coloquei minhas mãos nos meus ouvidos. Virei para observar. Foi embora rapidamente, e desapareceu no teto de uma mansão quando a praia fazia uma pequena volta. Mas eu ainda conseguia ouvi-lo.

Desapontada por não conseguir mais enxergá-lo, virei para a mesa. Alec se virou ao mesmo tempo. Os olhos de Grayson continuavam olhando para onde o avião desapareceu. Molly estava concentrada em seu prato, mastigando a salada, sem perceber que estávamos prestando atenção em outra coisa.

Lembrei do que Sr. Hall me disse na primeira vez em que pedi para que ele me desse aula:

– *As crianças que observam os aviões são destinadas a se tornar pilotos.*

E eu invejava Molly. Ela ouvia um avião e pensava, *Hum, um avião*, e voltava a comer sem ao menos processar a informação, e não ficava olhando desesperadamente esperando que ele aparecesse no céu. Ela não sonhava com uma vida que estava fora de seu alcance.

Mas sentir inveja de Molly era um caminho perigoso para mim. Eu sabia muito bem disso. Virei para Alec e abri minha boca para mudar de assunto.

– Por que você resolveu aprender a voar? – Molly falou antes de mim, olhando para Grayson. Então quer dizer que ela *tinha* percebido que estávamos observando o avião.

Grayson olhou para ela por um momento como se não tivesse percebido que ela estava falando com ele. Não deveria ter sido uma pergunta pessoal, e Molly não foi rude ao perguntar, mas *era* uma pergunta pessoal para Grayson.

Por fim ele respondeu:

– É uma adrenalina tão grande. Quero dizer, é exatamente o tipo de coisa que eu amo fazer.

– Ele é viciado em adrenalina – interrompeu Alec tentando explicar Grayson para Molly.

Grayson continuou falando como se Alec não tivesse se pronunciado.

– Voar é totalmente seguro se você fizer tudo certo. Mas, se você cometer um erro, você pode facilmente morrer. Já cometi muitos erros em minha vida.

Alec riu.

– Por isso não pude acreditar quando meu pai me deixou fazer isso, e me senti sortudo. – Enquanto dizia isso, Grayson olhou para o céu novamente, para onde o Super-Hércules desapareceu. E então olhou de volta para Molly. – E ainda me sinto.

Ela balançou a cabeça rapidamente e se virou para Alec.

– E você?

Alec encolheu os ombros.

– Eu sempre estive cercado por aviões. Não consigo me lembrar um único dia em que meu pai não estivesse voando, ou em que Jake não quisesse voar. Grayson e eu estávamos sempre junto com Jake, queríamos sempre fazer o que ele fazia e brigávamos para ver quem conseguia fazer primeiro.

Era principalmente Alec, não Grayson, que queria ser como Jake. Eu olhei para Grayson para avaliar sua reação. Ele estava olhando para o céu de novo.

– Mas assim parece que você não queria realmente voar – disse Molly para Alec. – Parece que você entrou nesse negócio por acaso e, se você tivesse se envolvido com alguma outra coisa seria aquilo que você teria feito.

Alec franziu a testa para ela.

– E isso não é verdade em qualquer empresa familiar? Quero dizer, o cara que herda a fábrica de sapato está pensando *Este é o meu lugar e este é o caminho para o qual minha personalidade e meus talentos estão me guiando?* Ou será a sorte do acaso? Eu não consigo me imaginar fazendo qualquer outra coisa. – Ele se virou para mim. – E você? Por que você quis aprender a voar?

Uma rajada de vento repentina espalhou uma pilha de guardanapos de papel reciclado na mesa. Coloquei minha mão em cima deles para que não voassem pelo deck e sujassem a areia. As pessoas se preocupavam muito com estas coisas nesse lado da praia.

E comecei a pensar sobre o que Alec queria saber a meu respeito. Molly perguntou a Grayson por que ele queria voar. Ela perguntou a

Alec. Todos estavam falando, cada um em sua vez, mas ainda assim eu esperava ser deixada de fora.

– Não por causa da família – disse Alec para mim –, mas talvez por causa da localização, já que você mora perto do aeroporto. É conveniente para você, assim como é conveniente para mim.

– Não é conveniente para mim. – Tentei impedir que as minhas palavras soassem ásperas. Eu estava nesse encontro com Alec neste exato momento porque eu queria muito voar. Isso não era o que eu chamaria de conveniente.

– Então por quê? – perguntou Molly.

– A conveniência me levou até o aeroporto – reconheci. – Existia um emprego disponível perto do lugar onde eu morava. A curiosidade me levou à minha primeira aula de voo. E então fiquei presa.

– Mas por quê? – Alec parecia realmente curioso.

Parei de falar, olhando diretamente para seus olhos azuis – na verdade, por engano. Estava acostumada a encarar Grayson e a ver nada além das lentes dos óculos de sol, com minhas próprias lentes escondendo meus olhos para que ele não reparasse que eu estava olhando. Duas pessoas não poderiam fazer aquilo quando uma delas trabalhava para a outra, ou quando uma delas era chantageada pela outra. Duas pessoas não poderiam fazer aquilo quando estavam num encontro. Alec e eu deveríamos estar estabelecendo um contato, olhando um para o outro propositalmente.

E vi suas expectativas inocentes ali. Ele estava fazendo uma pergunta simples. Estávamos nos conhecendo. Era isso o que adolescentes normais faziam.

– Foi a primeira vez na minha vida que me senti no controle – respondi. Parei de falar, como se ele fosse entender de maneira profunda aquela afirmação.

Ele não entendeu. Apenas balançou a cabeça para que eu continuasse. Mas seu olhar azul era um pouco cauteloso. Em um encontro as pessoas trocavam pensamentos profundos umas com as outras, mas não *tão* profundos. Estávamos comendo sanduíches, pelo amor de Deus.

Eu não podia parar. Eu nunca tinha realmente analisado isso, e agora que estava pensando a respeito, estava descobrindo algo sobre mim mesma.

– Eu podia ver – comecei. – Pela primeira vez, eu podia ver o que a maioria das pessoas nunca viu. Eu podia ver a cidade toda, e como eu me encaixava nela, e a distância que eu teria que percorrer para sair dali. Senti uma adrenalina tão grande vendo isso. E até estar no avião eu não tinha percebido como eu me senti para baixo por anos, pois eu não tive altura para comparar com isso. – Minha voz terminou em um tom alto, mostrando como eu me sentia desesperada, como eu me sentia com medo, hoje, de nunca mais voar de novo.

Encontrei meu garfo e comecei a mexer minha salada. Sem olhar para cima eu disse:

– Então, Molly. Por que *você* ama voar? – Os dois rapazes caíram na risada, graças a Deus. O papo esquisito terminou.

– Voar me deixa, você sabe – disse Molly.

– O que sua mãe acha de você pilotar avião, Leah? – Alec insistiu. – Ela tem orgulho de você?

Mastiguei um pedaço de alface e engoli.

– Ela não sabe que sou piloto.

Alec franziu as sobrancelhas.

– Como pode ela não saber disso?

– Ela fica muito tempo fora de casa – respondi apenas isso deixando que ele mesmo tirasse suas próprias conclusões. Talvez ela estivesse trabalhando. Imagina! Ou ela estivesse cuidando de uma amiga doente. Joguei a frase na mesa e torci para que ele a deixasse lá também.

Mas Molly se intrometeu para que o assunto não fosse encerrado dessa maneira.

– Somos melhores amigas desde que tínhamos dezesseis anos de idade, e eu nunca conheci a mãe dela – soltou Molly.

– Sério? – perguntou Alec, surpreso. – Como isso é possível?

– Ela, literalmente, nunca está em casa – respondeu Molly.

– Ela está lá às vezes – disse, em defesa de minha mãe. Quando Molly me olhou com cara de dúvida, respondi: – Está certo, ela não fica muito em casa, mas isso é minha culpa. Ela costumava me levar com ela quando ia na casa dos namorados, ou os convidava para vir até nossa casa. Mas quando eu tinha dez anos nós morávamos perto da base do exército. Ela saía com um cara que combateu no Iraque e tinha problemas. Ele batia nela. Ele batia no filho, que tinha quinze anos e morava com ele. Em uma certa noite o filho dele bateu *em mim*, e então eu dei um basta. – Os três estavam olhando para mim.

Era isso o que conseguiam por ficarem me fazendo perguntas durante o jantar.

– Não foi tão ruim – recuei. – Eu disse a minha mãe que não queria mais ir à casa de seus namorados. Eu ficaria em casa sozinha e ela poderia ir para onde quisesse. Quando eu disse isso, sabia que ela ficaria bastante tempo fora de casa. Mas eu não imaginei que ela estaria quase sempre fora de casa. – Mastiguei um pedaço de batata assada.

Ignorando o olhar deles para mim, olhei para a água.

Na TV diziam que é necessário ignorar os engraçadinhos para que eles parem de mexer com você. Algumas vezes funcionava, e outras não. Da mesma maneira podia-se acreditar que crianças ricas parariam de atormentar sua amiga pobre quando ela não ficava chateada ao falar sobre sua vida particular. Mas quanto mais eu respondia com calma, mais eles continuavam me fazendo perguntas.

– E seus avós? – perguntou Alec.

– O que tem eles? – respondi. – Você quer saber por que eu não fui morar com eles?

Ele balançou a cabeça, mas seus olhos estavam ficando cada vez maiores. Ele iria me interromper e dizer que era informação demais para uma noite.

Eu até que gostei de dizer a eles:

– Meus avós expulsaram minha mãe de casa quando ela engravidou, aos 15 anos. Ela teve que abandonar os estudos para arrumar um emprego. Às vezes penso que aquela experiência a afetou de alguma forma, ser expulsa de casa para viver por conta própria daquela maneira, pois hoje ela faz qualquer coisa para não conseguir um emprego.

– Isso aconteceu há 18 anos – disse Molly.

Ressenti-me com o tom de desafio em sua voz. Como ousa esta menina riquinha questionar a minha história?

– E? – perguntei a ela.

– E, sua mãe devia ter superado isso – respondeu Molly.

– Algumas pessoas têm problemas – disse. – Quando algo muito ruim acontece, algumas pessoas ficam paralisadas.

Pelo canto do olho pude ver Grayson se mexendo. Ele estava tão quieto que quase me esqueci que ele estava sentado ali, ouvindo toda essa história triste. Virei para ele para lançar minha expressão especial "vá para o inferno".

Mas ele estava me olhando com uma expressão chocada – não um chocado ruim, como Alec, como se estivesse horrorizado com a história de minha vida, mas um chocado bom, como se ele tivesse tido uma epifania.

– Isso explica porque ela não arruma um emprego – disse Molly. – Que parte do problema de sua mãe faz com que ela deixe você sozinha o tempo todo?

Eu ainda estava tão surpresa com a maneira com que Grayson me olhava que levei alguns segundos até perceber que Molly estava realmente ofendendo minha mãe. O orgulho tomou conta de mim quando me virei para Molly.

– Eu tenho 18 anos – respondi. – Eu não preciso de minha mãe ao meu lado o tempo todo. Por que você está insistindo nisso?

– Porque as pessoas merecem ser tratadas com respeito – respondeu Molly com arrogância. – As crianças devem receber cuidados. Amigos e parentes não devem mentir uns para os outros. E quando eu vejo isso acontecendo eu vou dar nome aos bois.

Minha pele queimava tanto que olhei para o pôr do sol para me certificar de que seu feixe luminoso não estava sobre mim. Molly estava falando sobre Grayson estar me chantageando para sair com Alec. Por que ela estava falando sobre isso? Ela não precisava explicar isso para *mim*. Ela sabia que Grayson me tinha em suas mãos. Se ela fizesse Alec perceber que era enganado, ou mesmo se Grayson percebesse que eu contei para ela sobre nosso acordo, Grayson ficaria tão bravo que contaria toda minha farsa para minha mãe e para todos no aeroporto.

Mas não me atrevi a passar essa mensagem para Molly apenas com meu olhar. Olhando de lado para Grayson percebi que ele ainda me observava, extasiado, como se me visse pela primeira vez. Fiquei quase aliviada quando Alec continuou com suas perguntas.

– Você nunca tentou entrar em contato com seus avós? – perguntou Alec. – Talvez seus sentimentos tenham mudado.

Isso mesmo. Como se tivessem decidido começar a fazer doações para caridade: sendo eu a caridade.

– Entrar em contato com eles? Como, Alec? – perguntei. – Eles moram em algum lugar na Carolina do Sul e o último nome deles é Jones.

Pode começar a pesquisa.

– E os seus outros avós? – perguntou ele.

– Também nunca os conheci.

– E seu pai? Onde ele está?

– Eu não sei.

Senti um leve baque quando alguém chutou Alec por baixo da mesa. Mas ele não entendeu a mensagem e disse:

– Não estou perguntando onde ele está neste momento. Eu quero dizer em geral.

Respirei fundo. Esse encontro falso estava me desgastando. Eu precisava pensar melhor em tudo isso, planejar e inventar algum tipo de pessoa sem cérebro que pudesse sair com Alec sem ficar expondo seu coração ao perigo. Compartilhar a história de minha vida estava além do combinado aqui e eu não queria mais fazer isso. Por fim, respondi com um suspiro:

– Também não sei a resposta para essa pergunta. Não sei quem é meu pai.

O próprio pai de Alec não tinha morado com ele por vários anos, mas mesmo assim Alec sabia quem era seu pai. Seu pai pagou pensão e dividiu a guarda dos filhos, pelo menos no papel. Alec, que morava em sua casa no subúrbio de Wilmington, num bairro de estradas e calçadas pavimentadas, com uma TV em cada quarto, não conseguia entender o fato de não saber quem era meu pai.

– Não quero ser rude – disse ele suavemente. – Só queria conhecê-la melhor. – E levantou sua mão até meu rosto.

– Não, você não foi – disse. Seus questionamentos realmente tinham como intenção obter mais informações sobre mim. Ou isso ou eu estava brava agora. O resultado era o mesmo. Eu estava cansada disso tudo. Eu me afastei dele no banco. Um pouco, não o suficiente para fugir dele se ele quisesse me tocar, mas o suficiente para que ele percebesse que eu não queria ficar perto.

Foi um gesto que ele entendeu perfeitamente. Ele inclinou a cabeça para mim, confuso e magoado, exatamente como deveria estar já que sua companhia se afastou dele quando ele estava apenas tentando ajudar. Seu instinto foi o de consolar uma garota chateada. E ele estava aprendendo rapidamente a não fazer isso comigo. Era tão frustrante perceber que, de vez em quando, eu tinha emoções verdadeiras que se enrolavam com as falsas.

– Tudo bem – disse ele, se entregando. – Na verdade, o que me deixa curioso sobre você desde o começo é que meu pai sempre disse que você tem um grande caráter, além de um grande senso de direção para se tornar uma piloto.

– Um dia, há um ano e meio, passei por você e Grayson, que estavam discutindo meu senso de direção para me tornar piloto. Estou falando da brincadeira de que eu estava dormindo com Sr. Hall.

Ele sabia exatamente do que eu estava falando. Suas bochechas ficaram vermelhas. Mas, bem típico, ele fingiu não saber do que eu falava. E continuou:

– Fico imaginando de onde vem seu senso de direção.

Eu concordei com a cabeça.

– Certamente não herdei de minha mãe, pois ela é uma perdida.

– Ah – disse Molly em advertência.

Alec olhou para mim por um momento, e então disse:

– Eu *nunca* disse...

Eu o interrompi:

– A única explicação é que meu pai é um físico nuclear. Ou eu herdei esse senso de direção geneticamente do lado dele da família, ou apenas o fato de saber que ele é físico nuclear já me dá a motivação de me orientar e conseguir sair sozinha do estacionamento de trailers. Eu não posso simplesmente ter nascido assim. Eu não posso simplesmente olhar para os lados e dizer para mim mesma: "Não é divertido ficar sentada esperando enquanto ouço os alertas de tornado, sem ter um carro para me levar para um abrigo seguro como eles sempre diziam para as pessoas que moravam em lugares sem proteção fazerem. Não é divertido não ter comida na geladeira, ou não ter um carro para ir comprá-la. Acho que vou me esforçar para conseguir um emprego". Não, eu não poderia ter chegado a essa conclusão sozinha.

Ele levantou repentinamente. Assustei-me com o barulho quando o banco rangeu embaixo de mim no deck. Ele ainda estava com o rosto vermelho, mas suas bochechas vermelhas de vergonha se tornaram dois pequenos pontos vermelhos expressando chateação.

– Vou pegar mais refrigerante – murmurou. Então, como se só tivesse pensado nisso um pouco depois, olhou para mim e perguntou: – Você quer alguma coisa?

Balancei minha cabeça, séria, mas também envergonhada.

Ele pegou o copo, atravessou o deck e entrou pela porta do café.

Comecei a mexer na salada com meu garfo mais uma vez. Dois dias me alimentando regularmente me fizeram bem. Já não estava mais faminta. Não conseguia comer mais nada. Esperei pelo comentário de Molly, que dessa vez seria ainda mais cruel porque ela o faria na frente de Grayson.

Mas o que ela disse me surpreendeu:

– Leah, Alec não é como Grayson.

– Ah, obrigado – protestou Grayson. – O que você quer dizer com isso? Eu sou uma pessoa legal.

Ela virou e segurou o rosto dele com as duas mãos. Eu nunca me atreveria a fazer uma coisa daquelas com Grayson, mas Molly se saiu bem. E disse a ele:

– Você *não* é uma pessoa legal. Cala a boca.

E se virou para mim dizendo:

– Você não pode ser tão cruel assim com Alec. Ele é um cavalheiro e está tratando você da maneira como gostaria de ser tratado. Ele não entendeu que estava mexendo numa caixa de marimbondos ao mencionar seu pai.

Pelo amor de Deus.

Coloquei meu garfo na mesa.

– Olha quem fala, Sra. Educada.

– Eu observo e adapto – disse Molly. – Estou tratando você da maneira como você quer ser tratada, mas, ao contrário de você, não consigo ser tão cruel. Observe e aprenda. – Ela se virou, levantando suas longas pernas sobre o banco e atravessou o deck seguindo Alec para dentro.

Eu precisava encontrar mais alguma coisa no meu prato com o que brincar, mas Grayson prendeu meu olhar antes que eu me virasse para baixo.

– Molly está certa – disse ele. – Achei que você faria bem o seu papel, mas você está fazendo a sua parte muito mal porque você é muito sensível. Se eu tivesse mandado Molly paquerar Alec com certeza o resultado seria melhor do que esse.

– Se você acha Molly tão boa por que não usa ela, sem nem mesmo precisar usá-la? – perguntei. – Por que ela não pode ser a namorada por quem Alec se apaixona durante a semana da primavera?

Eu esperava que ele fizesse uma lista mal-humorada de motivos para não fazer isso. Mas, ao contrário, ele parecia estar considerando minha sugestão. Ele franziu suas sobrancelhas loiras. Deu um longo gole na sua bebida, observando-me sobre a borda de seu copo. Depois de colocar o copo de volta na mesa continuou me encarando, como se estivesse procurando uma resposta no meu rosto.

Por fim perguntou:

– Onde ela vai fazer faculdade?

– Na SCAD. – Quando ele me lançou um olhar questionador me lembrei que a SCAD era bem mais próxima da minha escola do que da dele. Talvez ele nunca tenha ouvido falar dela, mesmo que as pessoas de minha escola achassem que esta era uma das faculdades mais legais que existiam. – Savannah College of Art and Design (Faculdade de Arte e Design de Savannah).

– Então, não – disse ele balançando a cabeça. – Heaven Beach fica a duas horas e meia, de carro, de Charleston. Savannah fica perto de Charleston. Preciso que ele fique *longe* de Charleston.

Minha próxima pergunta era óbvia:

– Qual é o grande problema de Alec ir para Charleston? – Essa era a solução para todo o quebra-cabeça. E ainda, porque claramente eu era muito esperta, perguntei: – Como você sabe que *eu* não vou para a faculdade em algum outro lugar no próximo ano?

– Porque você não vai.

– Não posso acreditar! – disse Molly. Alec e ela estavam saindo pela porta. Rindo ela se inclinou para mim. Quando eles saíram para fora ela olhou e ergueu as sobrancelhas para mim: *É assim que se faz.*

Ah, é? Se todos estavam me empurrando para esse rapaz sem noção, *eu* mostraria a *eles* como isso seria feito. Levantei da mesa e andei pelo deck com um balanço no meu passo, ajudada pelos sapatos de salto alto. Ignorando o fato de que a Molly ainda estava tocando nele, coloquei minha mão no seu ombro.

– Alec – sussurrei com a voz rouca –,desculpe por ter sido grossa com você. Você mexeu na minha ferida. – Olhei para ele.

Pelo canto do olho observei Molly retirar sua mão dele, me encarando com admiração e novo respeito.

– Ah! – Vermelho como uma beterraba, Alec olhou para baixo com seus grandes olhos azuis, hipnotizado por mim. Ele esqueceu completamente que estava em pé em um deck do lado de fora de um restaurante, com duas outras pessoas, segurando uma bebida. – Não, *eu* sinto muito. – Ele olhou para o meu decote.

Eu o puxei pelo braço pela escada do deck, em direção ao carro. Enquanto caminhávamos, olhei para trás e pus minha língua para fora. Molly estava nos olhando boquiaberta.

Mas o meu grande triunfo me chocou, e eu não tinha a menor ideia se aquilo era realmente um triunfo. Grayson também estava nos encarando. Suas sobrancelhas loiras estavam para baixo. Seu rosto estava pálido, apesar do bronzeado. Logo embaixo, ao lado dele, Grayson apertou seu punho.

Doze

Assim que chegamos na festa, foi como se meu triunfo nunca tivesse existido. Andando em direção à porta da mansão dos pais de Francie Mahoney, Molly alcançou Alec e perguntou de que colegas de classe dela ele se lembrava. Ela deve ter suposto, e provavelmente estava correta, que Alec se lembraria dessas pessoas, enquanto Grayson não se lembraria de ninguém, ou não admitiria que se lembrava.

– Ela conhece a escola toda? – perguntou Grayson baixinho quando fiquei para trás dela e de Alec.

– Sim – respondi. – Molly é tão popular que nem se preocupa em ser popular. Eu nunca vi uma pessoa popular antes que não tentasse o tempo todo ser popular. Mas ela é rica, esperta e interessante, *e*, ela não está nem aí para isso.

– Ela parece perfeita.

– Ela *é* perfeita – respondi. – Eu quero ser ela. Não quero ser *como* ela, mas quero *ser* ela, como num filme assustador sobre companheiras de quarto.

Ele caiu na gargalhada, aquela gargalhada relaxada e natural que eu já ouvi algumas vezes.

– Eu não conheço todo mundo. E eu também não conhecia quando morava aqui.

– E o Alec, conhecia?

– Sim – respondeu ele enquanto passávamos pela porta enorme para entrar na festa.

Na mesma hora, Molly foi rodeada por suas amigas, que gritaram ao vê-la e queriam conhecer quem ela trouxe para a festa. Ela apresentou Alec – elas não se lembravam dele? *Não se lembravam?* Sim, se lembravam!

Será que elas também não se lembravam de Grayson? Talvez não. Mas ele estava sendo bastante educado e então as garotas que não conseguiam entrar na rodinha que se formou em volta de Alec entraram na rodinha que se formou em volta de Grayson. As amigas de Molly mal me notaram, o que era bom. Talvez elas tenham passado os olhos por mim, mas não se atreveram a me atacar ou, pior ainda, a me apontar olhando-me de cima a baixo. Pelo menos não com Molly ao meu lado. Elas voltaram a falar com Grayson.

Eu queria uma bebida. Na verdade, eu não queria ficar bêbada. Eu realmente não queria estar de ressaca para pilotar o avião no dia seguinte. Grayson estava certo com relação a isso. Mas, ao ser forçada a ficar aqui com estas pessoas, eu preferia ficar num canto, com uma lata de cerveja, conversando com algum nerd da aula de história que eu mal conhecia, que estivesse bêbado. Era mais fácil causar boa impressão em pessoas bêbadas. Mas, lá estava eu em pé na mesma roda que Grayson, ou algumas vezes com Alec, ouvindo o que estas garotas bêbadas tinham para dizer a eles. Eu sorria para não parecer infeliz.

Depois de muito tempo, cheguei por trás de Molly e sussurrei que ia procurar um refrigerante. Eu estava desidratada depois de meus voos longos e quentes daquele dia.

– Vem comigo? – perguntei torcendo para que a resposta fosse sim.

– Não, estou bem – respondeu ela antes de se virar de volta para Alec e para as meninas. Alec nem olhou para mim. Mas, Grayson olhou, sobre a cabeça das várias garotas que o rodeavam. Ele provavelmente achou que eu me perderia. E eu decidi deixá-lo preocupado.

Andei pela multidão que estava em pé naquele piso de madeira caro, além daqueles que descansavam seus pés nos sofás brancos. Eu estava quase alcançando uma porta que eu pensei que levasse para a cozinha quando a própria Francie Mahoney me alcançou. Ela era uns 30 centímetros mais alta do que eu mesmo eu estando com sapatos de salto alto, e ela estava com uma amiga alta também. Quando ela me puxou pelo ombro e bruscamente me colocou contra a parede eu precisei me controlar para não sair correndo, passando pelo meio das longas pernas dela como se fosse um coelhinho encurralado por cachorros.

– Você está aqui com Alec? – perguntou Francie. – O bonitinho?

Senti minha expressão de decepção, abismada por ela achar que Alec era o bonitinho. Achei que tinha entendido o porquê de ela pensar isso. Alec parecia um anjo. Uma menina podia achar que ele era mais sexy que Grayson se nunca tivesse visto Grayson se movimentar, andando quase sem energia pela pista.

– Sim – respondi.

– Mas eu ouvi dizer que você estava saindo com Mark Simon – disse ela.

Fiquei me perguntando como ela ficou sabendo disso. Mark estava longe de ser popular, e a turma dela não se relacionava com a turma dele. Só com sua própria turma.

– Não – disse.

– Sim – insistiu ela. – Ouvi dizer que ele estava morando com você no trailer. – Ela sorriu para mim, com seus dentes grandes e brancos, usava batom vermelho, suas palavras eram sarcásticas. Era difícil dizer que parte deste cenário tinha mais escárnio para ela: *morando comigo* ou *trailer.*

Meninas como ela transavam com garotos. Eles até passavam a noite inteira juntos quando tinham uma desculpa para dar. Mas elas e seus namorados ficavam em casa com mamãe e papai até estarem instalados com segurança em um dormitório de faculdade. E garotas como ela não moravam em trailers.

Na escola, eu evitava estas garotas chegando tarde no ônibus, assim eu não precisava ficar com ninguém antes da aula começar, e logo pegava o ônibus de volta para que eu não precisasse ficar com ninguém depois da aula. E não almoçava por lá. Não foi intencional, mas foi sorte eu ter me esquecido de entregar minha lição de casa durante alguns anos e por isso ter frequentado a classe dos alunos com dificuldade, assim eu nunca me encontrava com estas garotas e não participava da busca delas por uma faculdade. Quando eu tinha o infortúnio de me encontrar com elas, por acaso, no banheiro feminino, me fingia de surda.

Mas, na escola elas me odiavam apenas pelo fato de eu existir. E agora elas queriam me derrubar. Eu estava com o menino loiro lindo que roubou o coração delas vários anos atrás e se mudou de cidade. Elas não gostavam disso.

E eu não podia lhes contar a verdade.

– Sim, eu me envolvi com Mark Simon e agora estou saindo com o Sr. Popular de outra escola. – Mesmo o "Sim, eu me envolvi com Mark Simon mas agora ele já se mudou" parecia uma desculpa esfarrapada, e "Não é da sua conta" mostraria a elas que eu tinha alguma coisa a esconder. Até considerei dizer a elas "Vocês são umas vacas", mas estas garotas contariam para todo mundo do que eu as chamei sem explicar a provocação que fizeram, o que faria com que eu parecesse, se fosse possível, *um lixo maior ainda.*

Então eu olhei para Francie e disse:

– Não quero ser grosseira, mas o que você estava comendo? Tem uma sujeira no seu dente.

Ela piscou para mim, se endireitou e colocou uma de suas unhas pintadas entre seus dentes da frente.

– Deixe-me ver – disse a amiga dela, que, eu achava, se chamava Tara. A única interação que eu já tive com ela foi quando ela tentou fazer com que eu tropeçasse em sua raquete de tênis no vestiário, numa aula de Educação Física.

– Olhe no espelho – disse para Francie. – Parece cartilagem. E então consegui passar por ela facilmente agora que ela se encaminhava para o banheiro. Ela deve ter suspeitado que eu estava mentindo, mas ela não ficaria passeando pela festa sem confirmar isso.

– Seu batom parece sangue – gritou Tara para mim.

Eu respondi alguma coisa para ela que era uma comparação entre a cor de seu próprio batom e seu pentelho. Molly teria ficado orgulhosa de mim.

– Ei. – Francie falou tão alto que parei, assim como todo mundo mais que estava em nossa volta na imensa sala.

– Não entre naquela cozinha – disse ela. – As bebidas são apenas para os convidados. As duas começaram a gargalhar e continuaram a caminho do banheiro.

Fiquei ali em pé na passagem com oito pessoas olhando para mim. Não podia continuar a caminho da cozinha, pois uma dessas pessoas podia ser amigar de Francie, ou apenas um idiota que iria atrás dela para contar que não obedeci sua ordem. E então seria um grande barraco. Mas eu também não podia ficar no pé de Molly. Indecisa, estufei meu peito, e então percebi que estava estufando meu peito.

Eu tinha apenas mais seis semanas de aula, disse para mim mesma. Mais seis semanas. Mais seis semanas.

E depois o que eu faria? Se o colégio deveria ter sido a melhor época de minha vida, o que eu poderia esperar do futuro?

– Meu Deus, o que você fez agora? – Molly gritou me pegando pelo braço e me arrastando para a cozinha com ela. – Não posso levá-la a lugar nenhum. – Ela atravessou a sala como se fosse a dona da casa. Na pia ela colocou gelo num copo de plástico, colocou refrigerante e entregou para mim. E então ela jogou o líquido de seu próprio copo de plástico que alguém deve ter trazido para ela. E se serviu de refrigerante. Olhando pela cozinha, provavelmente procurando por Grayson, ela colocou no refrigerante uma generosa dose de uísque.

– Coloca um pouco – disse ela. – Grayson me contou que Francie viu você sair e foi atrás de você. Ele disse que parecia um confronto do Velho Oeste.

Contei a ela o que aconteceu esperando que ela me parabenizasse pela minha resposta sobre o batom.

Em vez disso ela colocou as mãos na cintura e disse:

– Não entendo por que você está chateada. Daqui dez anos você vai ser uma piloto de avião.

Sem nem pensar bati na madeira para ter sorte.

Molly não parou de falar.

– Daqui dez anos você sabe o que Francie vai ser?

– Uma candidata a presidente?

Ela apontou o dedo para mim.

– Uma ignorante, assustadora? Boa! Mas não. Com essa atitude arrogante e com seu nível de crueldade ela só pode se tornar uma coisa: mulher de pastor. – Gargalhei.

– Em uma igreja *enorme* – continuou Molly –, por isso não sei do que você está rindo como se você fosse grande coisa com essa sua história de piloto de avião.

Balancei a cabeça concordando com ela, pois Molly não gostava de ouvir que eu não acreditava nela.

– Preciso ir embora. A festa é da Francie e não sou bem-vinda por aqui.

– Por que você simplesmente não fica lá fora? – Molly disse isso distraidamente enquanto olhava sobre minha cabeça, acenava para uma amiga e caminhava naquela direção. Eu não sabia dizer se ela estava apenas tentando se livrar de mim, sua companheira chorona naquela festa divertida, ou se ela entendia quem sentava do lado de fora em festas como esta. Só as pessoas consideradas lixo ficam do lado de fora. Os garotos convidados pelas garotas populares porque talvez trouxessem maconha. Talvez Molly estivesse me dizendo para ir lá fora com o lixo e encontrar meu grupo.

Molly já pegara sua bebida e ia abraçar sua amiga. Saí por uma porta lateral da cozinha para que não precisasse atravessar a casa e encarar Francie novamente. Com cuidado, pisei no gramado exuberante que era mantido artificialmente por um caro sistema de irrigação. A grama crescia até um banco de areia, não era uma caminhada muito confortável para quem estava usando sapatos de salto alto. Deveria ter prestado atenção no chão enquanto caminhava até o outro lado da casa, mas mantive minha cabeça erguida caso alguém estivesse olhando pela janela. A tempestade que se aproximava e que deixou Grayson preocupado o dia todo estava perto agora. O vento balançava o topo das palmeiras.

Embora uma rajada começasse fria, terminava morna nos meus braços e pernas. Esperava que tivéssemos apenas a chuva, e não os tornados que apareceram no mapa durante todo o dia.

Entre os carros estacionados de qualquer maneira na entrada da garagem e no pátio, embaixo das palmeiras, um grupo de caminhonetes e o cheiro do cigarro e da maconha me mostraram onde o lixo estava. Dois garotos sentados no capô dos carros assobiaram para mim quando passei. Sorri para eles. Ao me aproximar das caminhonetes reconheci Patrick em cima de uma traseira. Nunca imaginei que me sentiria tão aliviada em ver Patrick. Alguém com quem conversar! Torci para que ele não guardasse nenhuma mágoa por eu ter ameaçado jogar latas de cerveja no seu traseiro.

Aparentemente não.

– Ei, menina – disse ele enquanto me aproximava. – Você está liiiinnnnnda.

– Ha-há – respondi, sentando-me na traseira da caminhonete ao lado dele.

– Baseado? – ele perguntou.

– Não, obrigada.

– Cigarro?

– Sim – respondi aliviada. Peguei o cigarro que ele tirou de seu maço e deixei que ele o acendesse para mim.

Depois de uma tragada eu já sabia que não fumaria o cigarro inteiro. Senti enjoo e podia ouvir Sr. Hall me repreendendo. Eu prometi a ele.

– Você está famosa esta noite – disse Patrick. – Ouvi dizer que você está aqui com aquele garoto bonito, Alec Hall.

Aquilo soou correto.

– Você o conhece? – perguntei.

– Joguei bola com ele muito tempo atrás – disse Patrick. – Ele não é o seu tipo.

– Sério? – Eu ri. – Quem é meu tipo, Patrick?

– O irmão dele – respondeu Patrick. – Grayson? Costumávamos ser bons amigos. Gostávamos de brincar com fogo por algum motivo.

– Hum. – Segurei meu cigarro por tanto tempo sem tragar que o fogo já havia apagado e o vento soprou as cinzas para longe. Joguei a longa bituca no copo que Patrick estava usando como cinzeiro. Num segundo momento, desejei ter jogado a bituca na entrada da garagem de Francie para que os pais dela a encontrassem. Eles provavelmente se importariam se ela fumasse.

– Grayson e Mark são um pouco parecidos – disse Patrick. – É como se eles não tivessem um botão de desligar, sabe? É engraçado observar aquela fogueira, desde que você não acabe se queimando.

– Não acho Grayson e Mark nem um pouco parecidos – respondi observando Mark que surgia da cabine de sua caminhonete numa nuvem de fumaça de maconha.

Seguindo meu olhar Patrick disse prestativamente:

– Ah, aí está o Mark. Sabe de uma coisa? Ele ainda está chateado sobre toda aquela situação com você, e então quando soube que você estava aqui com Alec... uau. Talvez você devesse...

Eu já estava pulando da traseira da caminhonete, com meus saltos afundando na areia. Isso atrapalhou minha saída. Em dois passos Mark chegou até mim. Ele segurou a parte de cima de meu braço, me levou de volta pelo caminho que ele veio, e me empurrou para dentro da cabine de sua caminhonete.

Eu me mexi sem parar. Escorreguei para o outro lado da cabine tentando alcançar a maçaneta para abrir a porta.

Ele me segurou pelo braço mais uma vez e me puxou de volta na direção dele para que eu não conseguisse tocar a maçaneta.

– Leah, vamos lá. Eu só quero conversar com você.

Parei de me contorcer porque tentar me afastar dele era o que me machucava. Sentei direito e respirei profundamente. Eu estava mais brava com ele por ter me jogado dentro do carro do que com medo do que ele pudesse fazer comigo. Ele nunca me machucou – além de ter me agarrado – ou me forçou a fazer algo que eu não quisesse. Já vi homens tratarem minha mãe bem pior do que isso centenas de vezes, e tentei me lembrar o que ela fez nessa situação.

E ela voltou a namorar com eles, era isso que ela fazia.

– Ouça. – Mark colocou sua mão no meu joelho nu e acariciou toda a minha perna até chegar no meu shorts. – Tenho pensado muito sobre o que você disse. Agora vejo que você estava certa sobre Brenda. Terminei com ela, e nunca mais vou fazer isso de novo se você me deixar voltar. Vou falar com meu tio sobre deixar você voar para ele também.

Eu não deveria ter levado essa oferta em consideração. Não quando ele me arrastou para sua caminhonete. Mas ele estava chapado. Ele não percebeu que me machucou.

E quanto mais eu pensava sobre a oferta de emprego de Sr. Simon nos últimos dias, mas eu ficava imaginando se Grayson me disse que Mark armou tudo aquilo apenas para que Grayson conseguisse me fazer trabalhar para ele. Quando a questão era encontrar um empregado barato, não acho que Grayson desceria tão baixo. Agora que eu sabia que Grayson precisava de ajuda para manter Alec na cidade, qualquer que fosse o motivo dele, eu tinha *certeza* que Grayson desceria tão baixo. O que poderia significar que a oferta de emprego de Sr. Simon foi verdadeira.

– Você não pode voltar a morar comigo – disse. Essa foi a pior parte de estar com ele. Em primeiro lugar, eu não teria ficado tão brava com ele se não estivéssemos convivendo tanto.

– Não vou morar com você. Estou arrumando um lugar para mim. – Ele apertou meu joelho. – Apenas venha até o hangar amanhã pela manhã.

– Não posso ir até lá amanhã – respondi. – Tenho outro emprego.

– Certo – disse ele –, com aqueles Hall idiotas, durante a semana da primavera. Que tipo de emprego é esse, Leah? Meu tio diz que eles vão durar uma semana ou duas agora que o velho não está mais aí. Meu tio vai contratá-la permanentemente.

Ele deveria ter parado enquanto era tempo. Agora eu estava pensando sobre trabalhar para Sr. Simon permanentemente. Trabalhar com Mark. Ser treinada por Mark. Namorar Mark sob a constante ameaça de perder meu emprego se fizesse algo que ele não gostasse. Eu toparia dar uma nova chance para esse emprego logo que conseguisse me livrar desse rolo com Alec e Grayson, mas agora eu estava começando a pensar melhor.

– Vamos lá, Leah – Mark sussurrou. Seus olhos eram escuros. Ele estava *ali*, enquanto os outros rapazes estavam dentro da casa com Molly e se esqueceram de mim. Ele se aproximou de mim para me beijar. Talvez eu até tivesse deixado ele me beijar, mas ele estava apertando meu braço com muita força.

A porta do motorista abriu. Mark puxou meu joelho para poder se apoiar enquanto era arrastado para fora. Ele bateu na cabine da caminhonete estacionada ao lado da dele e ricocheteou com os pulsos já armados, quase perdendo o alvo, Grayson, que lhe deu um soco no queixo. Rapazes que estavam nas caminhonetes vizinhas gritaram e correram para ver a briga.

– Ei – gritei, escalando o banco. Eu não queria que os dois brigassem. Então não sobraria ninguém para me empregar. – Grayson, Mark não quis me machucar. Ele só estava...

– Saia da caminhonete, Leah – Grayson ordenou sem olhar para mim. Ele estava olhando para Mark. Sua mão estava fechada e seu punho estava branco. – Volte para a casa.

– Vá se ferrar, Hall – Mark gritou, limpando o sangue da boca com uma mão. – Leah, você fica bem aí.

Passos apressados foram ouvidos atrás da caminhonete.

– Grayson! – Alec gritou a certa distância.

Grayson também não virou para olhar para Alec, mas um segundo depois Alec e Patrick apareceram entre a roda de garotos que se formou para assistir a briga. Eles entraram no meio de Grayson e Mark. Alec segurou por trás dos dois braços de Grayson, o virou e o empurrou em direção a casa. A roda de rapazes se abriu para que Grayson pudesse passar. Patrick colocou uma mão em Mark, que estava largado na cabine.

Agora que Grayson foi embora, Mark se apoiou em Patrick e mandou Alec se ferrar. Alec ficou ali em pé com seus braços musculosos cruzados no peito. Ele não parecia mais um rapaz bonito. Patrick o chamou assim e eu concordei... mas diante de Mark chamando-o de todos os nomes que ele poderia pensar, Alec parecia sombrio e não se deixava afetar.

Alec se virou para mim e disse severamente:

– Vá atrás de Grayson. Certifique-se de que ele vá para o carro e me espere lá. Você deveria muito bem saber disso. Você deve mantê-lo longe desse tipo de coisa ou ele vai acabar preso. Eu vou brigar com Mark se for preciso, mas Grayson vai matá-lo.

Treze

Alec não deveria ter se preocupado. Grayson estava em pé, atrás da caminhonete de Mark, com as mãos na cintura, ofegante. Quando me viu veio em minha direção como se estivesse esperando por mim. Ele pegou no meu braço para me levar para longe daquela confusão.

Fiquei parada no mesmo lugar.

– Ei – disse.

Eu não tive que explicar o porquê. Assim que falei percebi que ele estava segurando meu braço exatamente no mesmo lugar que Mark segurou. Patrick deve ter contado a Grayson o que aconteceu. Patrick deve até mesmo ter ido atrás dele na festa. Grayson me soltou imediatamente e esticou os dedos como se, conscientemente, *não* quisesse fechar os punhos. Mas disse:

– Continue andando.

Quando chegamos no carro de Alec, Alec já estava bem atrás de nós.

– Você resolveu tudo? – Grayson perguntou.

– Patrick o acalmou. – Alec se virou para mim. – Você está bem?

– Claro. – Eu estava esfregando meu braço sem nem perceber. Coloquei as mãos para baixo.

Alec passou os dedos pelo cabelo, bagunçando-o como eu nunca o vi fazer antes, a não ser ontem quando ele usou a mangueira para se lavar na pia do hangar. – Por que você estava falando com Mark? – Ele parecia irritado comigo, mais uma atitude inusitada.

– Eu não queria vir para esta festa – respondi em minha defesa. – Todos vocês sabiam disso. Molly sabia disso. Ela disse a vocês. Mas vocês me trouxeram para cá mesmo assim. A garota que mora aqui me disse que eu não era bem-vinda. Pedi a Molly para irmos embora e ela me disse para ir para o lado de fora da casa.

Os rapazes trocaram olhares sobre minha cabeça.

– Vou atrás dela – disse Grayson, claramente querendo me deixar um pouco sozinha com Alec, meu herói que me salvou, ou quase, depois de Grayson ter me salvado primeiro. Grayson começou a andar em direção a casa.

Alec colocou a mão no ombro de Grayson para que ele parasse.

– Eu vou atrás dela. Você está bravo demais.

Enquanto Alec caminhava para a mansão, alguns meninos vieram da direção da caminhonete de Mark até a calçada. E começaram a apontar para mim. Grayson cruzou os braços e os encarou até que eles começaram a olhar para outro lado.

Ainda observando-os, ele abriu a porta da frente do passageiro, do carro de Alec.

– Entre.

Ele fechou a porta e entrou no banco de trás. A noite quente ficou fresca com o vento que trazia a tempestade, mas o carro parecia uma sauna. Lá na entrada da garagem, na direção da caminhonete de Mark, um rádio que tocava rap ficou silencioso.

– Você está bêbada? – Grayson perguntou.

– Não – respondi com arrogância. – Esta, entre outras, é uma condição para manter meu emprego.

– Chapada?

– Não.

– Então por que você chegou perto de Mark?

– Eu não sabia que ele estava lá – respondi. – E não consigo imaginar por que ele ainda está atrás de mim. – A gigantesca porta da frente da mansão se abriu. Alec e Molly saíram por ela. Pela maneira como eles falavam um com o outro e pelo movimento de suas cabeças, parecia que eles estavam discutindo. Fiquei imaginando o que Molly e Alec teriam para discutir.

– Você se olhou no espelho com esses shorts? – Grayson perguntou. – Estou começando a acreditar que você realmente não sabe.

Inclinei no encosto de cabeça para encará-lo no banco de trás.

– Sei *o que*, Grayson? Que ninguém vai me contratar apenas como piloto? Que todos os meus empregos como piloto virão com uma ordem extra de apelo sexual? É, estou começando a concluir isso mesmo. Não que *você* seja o culpado.

– Meu Deus. – Molly dizia para Alec quando sentou no banco de trás e ele no da frente. Mas assim que Alec ligou o motor e baixou as janelas para refrescar o carro, Francie saiu da mansão com suas lacraias atrás dela, apontando para o carro.

– Vamos, Alec – Grayson disse baixinho.

As madeixas longas, lisas e brilhantes de Francie saltavam por seus ombros quando ela parou ao lado de minha porta e gritou comigo pela janela aberta.

– O que você está tentando fazer? Começar uma briga e trazer os policiais para a minha festa? É por isso que eu não convido gentalha para as festas. – Ela olhou para mim dentro do carro. – Molly, é por isso que não convido sua amiga ralé. *Não* a deixe chegar perto de mim novamente. E gritou para Alec: – É melhor você tomar cuidado. Com certeza você vai pegar alguma doença.

As amigas que estavam atrás dela começaram a rir. Mais e mais pessoas saíam da mansão para ouvir o que Francie dizia. Todas aquelas garotas que eram cruéis comigo no corredor, no banheiro e na aula de Educação Física. Aquelas que eram a razão para eu não me aventurar a passar perto do refeitório. E agora, também, outras pessoas que nunca prestaram muita atenção em mim, mas percebiam agora que eu era a garota ralé de quem todos falavam. Eu me sentia segura na escola quando aquelas meninas e alguns meninos não estavam por perto. Agora eu não estaria segura em lugar algum.

Enquanto meu mundo desmoronava ao meu redor, abri minha boca para xingar Francie de volta. Eu não tinha a menor ideia do que dizer. Depois de longos anos de prática eu já me saía muito bem em situações como essa, embora não tivesse como magoá-la mais do que ela me magoou. Tirar sarro de uma garota por ela ser rica não tinha o mesmo efeito que assediá-la moralmente por ser pobre.

Antes que eu pudesse dizer qualquer coisa, Molly gritou:

– Francie – com um tom de voz realmente chocado.

Mas Alec falou mais alto que ela.

– Isto é algo muito desagradável de se dizer. – A voz dele era mais alta do que quando ele tentava falar mais alto do que o barulho do motor. – Esta cidade ficou podre depois que fui embora. – Ele apertou o botão para fechar todas as janelas. Quando a barreira de vidro subiu para me proteger de Francie ele deu ré no carro para sair e então seguiu em frente.

Observei Francie no espelho lateral. Ela estava em pé no gramado, em estado de choque, com metade da escola atrás dela. Sua querida amiga Molly não podia fazê-la calar a boca, mas um rapaz adorável de outra cidade conseguiu mostrar a ela quem ela realmente era. Ou, mais provavelmente, ele a deixou envergonhada, temporariamente em silêncio.

Quando ele saiu da entrada da garagem e pegou a estrada ele soltou:

– Para que você trouxe Leah aqui, Molly?

– Eu disse para vocês dois que Leah não queria vir! – disse Molly. – Eu disse para vocês que era por isso que ela estava vestida daquele jeito, e vocês não pareceram se importar *naquela hora*.

– Você não disse para nós que aquela garota viria atrás dela – disse Alec.

– Eu nunca vi Francie fazer aquilo! – respondeu Molly. – Eu sabia que ela não gostava de Leah, mas eu pensei que era por causa do jeito brusco de Leah, caso vocês não tenham reparado. Leah contou para vocês o que ela disse para a amiga de Francie lá dentro um pouco mais cedo? Foi uma baixaria.

– Mas isso foi por que Francie foi atrás de Leah – falou Grayson pela primeira vez. – Já falei isso antes. Era óbvio que elas estavam esperando para partir para cima dela. Foi por isso que eu mandei você atrás dela.

– Bem, o que você esperava? – soltou Molly. – Você achou que Francie receberia Leah na festa e a elogiaria por seu modelito bonitinho? Leah está vestida como uma prostituta.

– Ei – disse Alec com desaprovação. Ao mesmo tempo Grayson disse:

– Eu acho que ela está bem.

Virei no banco e encarei Grayson, furiosa com ele por me manipular e principalmente por me meter nesta história infeliz de namoro.

– Espero que esteja se divertindo.

Ele me encarou de volta, com a boca semiaberta, sobrancelhas erguidas, parecendo quase arrependido.

Mudei para minha expressão de vá para o inferno, olhando para Molly.

– E sinto muito que você *não* esteja se divertindo. Você disse a Grayson e Alec ontem à noite que você decidiu ser minha amiga em vez de ficar com Ryan porque eu sou divertida e descarada para uma garota pobre. Agora você diz que você *não* quer que eu me vista como uma vadia e que eu me defenda quando você me arrasta para uma festa oferecida pela vaca de sua amiga que me odeia e me chama de ralé na minha cara sempre que me encontra. Você precisa se decidir, amiga, se você gosta de fazer essa caridade.

As sobrancelhas delicadas se baixaram numa careta, Molly respirou fundo. Ela ia me dizer que eu estava certa. Que ela não queria mais ser minha amiga. Meu coração já estava partido mesmo, mas eu não seria usada como o saco de pancadas de ninguém – nem de Francie nem de Molly.

Apenas de Grayson. E apenas enquanto ele me obrigasse.

Mas, ao contrário do que eu esperava, Molly bateu suas mãos no rosto e começou a chorar. Seus soluços eram altos no começo. Ela tentou contê-los, segurando a respiração, e terminou com um ataque de soluços.

Grayson poderia ter colocado os braços em volta dela para confortá-la. Eu não queria que ele fizesse isso, mas teria sido humano fazê-lo. Mas ele escolheu o outro caminho.

– Isso tudo é tão esquisito. Você ainda vai vir trabalhar amanhã, certo, Molly? Eu falei, nada de bebida essa semana, e nem drama.

– Você está falando sério? – gritei com ele. – Estou quase perdendo minha melhor amiga e você só pensa em trabalho?

– *Sim*, só penso no trabalho – disse ele. – Sou seu chefe.

Ao mesmo tempo, Molly lamentou:

– Você não está quase perdendo – e soluçou. – Por favor, Leah, você não está quase perdendo sua...

– Molly, você mereceria perder a amizade dela – murmurou Alec. Eu podia dizer, pela maneira como ele estava olhando no espelho retrovisor, que ele estava observando-a.

– E você, Leah? – Grayson perguntou. – Você não nos contou que Mark Simon estaria na festa. Senti sua mão no meu ombro. – Você prometeu que ele não viria atrás de Alec.

Virei mais uma vez e franzi a testa para Grayson.

– Eu não prometi nada disso. Eu disse que Mark não era perigoso.

– Ele veio atrás de você, e Alec e eu tivemos que salvar você. Na verdade, ele veio atrás de Alec.

– Você e Alec não tiveram que me salvar – murmurei ao mesmo tempo em que Alec disse, com uma amargura anormal:

– Cala a boca, Grayson.

Dirigimos em silêncio por vários minutos, apenas ouvindo a música no rádio e os soluços de Molly.

– Eu não sei o que vocês meninas têm entre vocês – disse Grayson baixinho. – Acho que ajudaria se todos fôssemos mais honestos uns com os outros. – Molly bufou.

Olhei para ela, mais uma vez aterrorizada com a possibilidade de Grayson supor que eu contei sobre Alec para ela. Grayson também olhou para ela e Alec continuou a olhar firme para ela pelo espelho retrovisor.

– Desculpem – ela resmungou.

Quanto mais nos aproximávamos da casa dela mais eu me preocupava. Eu ainda acreditava que ela era minha amiga por caridade. Mas qualquer que fosse a motivação dela para me chamar de amiga, eu a considerava minha amiga porque eu era mais espontânea ao lado dela. Eu ficava mais relaxada, ria mais. E eu não queria jogar tudo isso fora por causa de uma festa. Nosso relacionamento era uma balança delicada. Eu não deveria ter deixado a balança pesar ao dizer a ela como eu realmente me sentia.

Quando chegamos na casa dela, Molly desceu do carro e bateu a porta sem dizer uma palavra. Eu também desci e estiquei o braço para alcançar a mão dela. Ela não balançou a mão como costumávamos fazer quando andávamos em direção à porta da frente, mas ela também não puxou a mão. Na varanda, cheguei mais perto dela e a abracei.

– Desculpa.

– Não, *eu* peço desculpa – disse ela tão sombriamente que acreditei nela. – Eu sinceramente não imaginei que Francie faria aquilo. E, se fizesse, eu não tinha a menor noção de que você se importaria.

Justo. Molly era tão popular que as garotas nunca mandavam ela sair das festas. Ela provavelmente não estava tentando ser cruel comigo. Ela só não sabia como era a minha vida, e nunca saberia.

– Estou bêbada – disse ela. – Desculpa. – Ela virou e colocou a mão na maçaneta. – Vou ter recuperado um pouco de minha sanidade amanhã, e então conversaremos.

– Combinado. – Gargalhei de tão aliviada por ver que a Molly que eu amava estava voltando. Mas quando fechei delicadamente a porta e caminhei de volta para o carro de Alec eu sabia que estava tudo errado. Nós nunca brigamos assim antes, não desde que nos tornamos amigas. Algo aconteceu entre nós. E tinha a ver com os garotos. E quebrei a mais importante regra de nosso relacionamento, nunca falada abertamente. Não devíamos ter pedido desculpa uma para a outra.

Ao voltar para o carro, Alec colocou sua mão sobre a minha, não como se estivesse me paquerando, mas como se consolasse uma amiga, e eu dei um sorriso para ele.

Grayson mergulhou no seu telefone por todo o caminho até o aeroporto. Deixamos Grayson no hangar. Ele não entrou na sua caminhonete imediatamente. Ele abriu a porta lateral do hangar.

– Ele vai mesmo ficar aqui até tão tarde para terminar o serviço do escritório? – perguntei para Alec.

– Ele fez isso ontem à noite – Alec respondeu. – Hoje ele está preocupado com os aviões na tempestade.

No curto caminho entre o aeroporto e o estacionamento de trailers tentei pensar em algo para dizer, mas não consegui. A noite foi cheia e havia muita coisa a se dizer, mas todo assunto parecia melindroso entre Alec e eu.

E eu estava tão acabada. Talvez o fato de ter voado o dia todo tenha me deixado assim. Contar toda minha história sobre a minha vida sem família. Toda a situação com Francie. A briga com Mark. Quase ter perdido a amizade de Molly. Ansiar por Grayson e me odiar por me sentir assim.

– Posso levá-la até sua porta, que também é uma porta? – perguntou Alec.

Sorri, tentando não parecer nervosa. Eu não queria beijar Alec em lugar nenhum, muito menos na minha porta.

– Será que podemos ficar um pouco no carro? O cachorro vai acabar se acalmando. Se ficarmos lá fora ele não vai se acalmar.

– Tudo bem. – Alec estacionou na clareira suja e desligou o motor do carro. Naquele silêncio, podíamos ouvir o barulho do estacionamento de trailers: o pit bull tendo um ataque com a ponta de sua coleira, o vento batendo nas árvores e fazendo barulho nos trailers de metal, um casal brigando na beira da estrada. Ficar dentro do carro estacionado no pátio sujo era estranho. Eu devia ter convidado Alec para entrar no trailer. Mas eu não faria isso. Ele limpou a garganta. – Eu queria perguntar uma coisa.

Opa. Todas as vezes em que Alec me perguntou algo esta noite, eu desejei que ele não tivesse.

Mas eu disse:

– Tudo bem. – E sorri para ele, como se sorrindo bastante me ajudasse a dissolver aquela bola que se formou no meu estômago. Torci para que ele não me pedisse para ter algo sério comigo, física ou emocionalmente, porque eu não sabia o que fazer caso isso acontecesse.

– Parece que você tem duas faces – disse ele. – Uma é risonha, sedutora. E a outra é uma piloto super-responsável. Elas nunca se misturam ou se cruzam. Parecem ser duas pessoas diferentes. Você sabia que você faz isso?

Meu coração acelerou. Tentei me acalmar. Alec não percebeu que eu desempenhava um papel para ele. Ele já me conhecia há bastante tempo e me observou agindo de maneiras diferentes durante o passar dos anos.

Balancei minha cabeça discordando.

– Já me disseram que eu faço isso. – Olhei para ele com malícia. – Qual das duas estou fazendo agora?

– Modo sedutor.

– De qual você gosta mais?

– Com certeza, do modo sedutor. – Ele sorriu para mim. – Vem aqui.

A preparação era tão doce e sexy que se eu tivesse alguma intenção romântica eu teria adorado o beijo dele. Mas, a única coisa boa que eu poderia dizer sobre o beijo é que foi cinquenta porcento mais curto do que o beijo dele da noite anterior.

Ele me deu mais um selinho e se endireitou.

– De qualquer maneira, aqui está a razão de eu ter perguntado para você sobre suas duas faces.

Se eu soubesse que ele queria conversar eu teria feito o beijo durar mais tempo.

– Às vezes eu tenho dificuldade em entender você – disse ele. – Você tem essas duas personalidades. Nunca sei com qual estou falando. Elas se ofendem com coisas diferentes. Então, no café, você nos contou por que você quer voar, e aquilo foi tão...

Ele olhou para fora do carro, para as palmeiras balançando violentamente por causa do vento.

– Sincero. Finalmente. Talvez pela primeira vez desde sempre. – Ele olhou diretamente para mim.

Encolhi-me.

– Entrei na conversa e perguntei sobre seu pai – disse ele. – E então, quando você ficou brava... Eu realmente sinto muito sobre tudo aquilo. Fiquei pensando sobre isso depois e percebi que aquela era uma pergunta que eu jamais devia ter feito a alguém. Mas perguntei por que você me enganou, a Leah brincalhona não teria se importado. Qualquer um pode perguntar qualquer coisa para ela. Já a Leah super-responsável se importava. Muito.

Eu ri.

– Ela se importou.

– Desculpe.

– Eu o desculpo.

Torci para que todos esses pedidos de desculpas significassem uma boa noite, mas ele ainda me levou até a porta e me deu outro beijo. Um beijo curto, e então eu estava dentro de meu trailer, que tinha o cheiro de um porão. Retirei a maquiagem e minhas roupas e me aconcheguei na cama para ler até cair no sono, ouvindo no rádio relógio a notícia de um tornado a um condado ao sul.

Eu sabia, da época em que eu assistia TV durante alertas de tornado, de volta àquele tempo inebriante e luxuoso quando eu possuía uma TV, que os meteorologistas gostavam de dizer: “Se você mora em um trailer, vá para o seu local de abrigo". Como se houvesse um abrigo para mim. O que eu deveria fazer sem um carro, ir para fora e deitar numa vala molhada, esperando até o pit bull se soltar de sua coleira e me rasgar em pedacinhos? Desta vez eu até desliguei o rádio. Por que me preocupar? Um tornado provavelmente não me atingiria. E, se atingisse, eu morreria. Ficar agachada do lado do banheiro não adiantaria de nada quando o meu trailer ficasse enrolado numa árvore comigo dentro.

Passei a maior parte de minha vida me esforçando ao máximo para ser igual a todo mundo. Ocasionalmente, eu percebia que não tinha motivo para me esforçar tanto, e eu era tomada por uma sensação deliciosa ao desistir completamente. Esta era uma destas vezes, decidi, quando as sirenes que alertam sobre tornado me acordavam. Elas ficavam espalhadas pela cidade, mas, claro, os urbanistas colocaram uma sirene bem no meio do estacionamento de trailers, pois as pessoas ali não reclamariam quando ela tocasse em suas cabeças, assim como nunca reclamávamos sobre os aviões nos ensurdecendo. Deitei na cama segurando os dois lados do colchão. O vento sacudiu uma folha de palmeira na frente do poste de rua na direção da janela.

As pessoas que moravam em casas diziam que o barulho da chuva era um calmante. Na Carolina do Sul, durante a primavera, a chuva caía com tanta força que até machucava. O barulho do teto de metal do trailer era um tipo especial de tortura. O som adicional de um trem, o barulho do tornado a respeito do qual as pessoas falavam, teria me deixado bastante agitada ao serem produzidos pela floresta.

Pulei e me sentei com um barulho que superou até mesmo a sirene de alerta do tornado e dividiu o barulho da chuva. Alguém estava batendo na porta.

Saí tropeçando pelo trailer escuro, com o coração acelerado, certamente alguém foi pego pela tempestade e vinha até mim pedir abrigo.

Quem? Ninguém viria me pedir ajuda. Talvez, Roger, o namorado de minha mãe, tenha deixado ela lá fora e ela tenha perdido sua chave. Ou Mark estivesse usando a desculpa da tempestade para entrar no trailer. Meus instintos me mandavam colocar mais roupa sobre meu top e as cuecas com as quais eu estava deitada, mas eu não podia perder tempo caso alguém estivesse em apuros.

– Quem é? – gritei.

– Grayson! – Ele esmurrou a porta mais uma vez, um único golpe que fez todas as paredes de metal tremerem. Pulei para trás surpresa, e então fui abrir a porta.

Ele estava ensopado, seus cabelos loiros estavam escuros, rios de água escorrendo pelo seu rosto, sua camiseta colada no peito.

– Entre. – Peguei-o com uma mão e puxei-o para dentro. Aparentemente havia uma exceção para a minha regra de ninguém entrar no meu trailer.

Ele ficou para trás.

– Eu já estou molhado. Tem um tornado na ponta do condado. Pegue suas coisas e vamos embora.

Corri para o meu quarto, muito mais capaz de andar no escuro agora que era importante. Escapar de um tornado não era importante para mim. Mas agora que Grayson estava envolvido, o pensamento do trem de carga rasgando as palmeiras e vindo diretamente em nossa direção me fez chorar. Enfiei meus pés nos meus chinelos, peguei minha bolsa e corri. Parei ao lado de Grayson nas escadas de cimento apenas o tempo necessário para trancar a porta. Em cinco segundos, que foi o tempo que levei para fazer isso, fiquei toda encharcada. Descemos correndo os degraus e atravessamos o pátio, que era um barro só, até chegar à caminhonete dele.

A parte de dentro da cabine era um alívio da chuva, mas pingos batiam no teto. Quando ele avançou pela estrada de cascalho, as gotas de chuva tornaram-se listras brancas nos faróis. Ele gritou por causa do barulho:

– Liguei para Alec para ter certeza de que ele sabia do tornado. Perguntei se ele estava com você e ele disse que não. Torci para que vocês ainda estivessem juntos.

– Não – respondi de volta –, ele é um grande cavalheiro.

– Era disso que eu tinha medo.

Fiquei imaginando o que Grayson queria dizer com isso. Ele queria que Alec ficasse na rua comigo até que todos os lugares públicos fechassem e não tivesse mais nenhum lugar para ir a não ser um local mais particular para transarmos? Ele realmente queria que eu fizesse aquilo com Alec, mesmo sabendo que eu não estava a fim dele?

Pela maneira como Grayson olhava para mim, parecia que era exatamente isso que ele queria que eu fizesse. Quando ele parou na rodovia, ele olhou para mim com uma expressão sombria. De repente, fiquei consciente das cuecas e do top encharcados que eu vestia, e quis cruzar meus braços sobre meu peito, mas eu não deixaria que ele me intimidasse.

Por fim, ele disse:

– Mas parecia que Alec ainda estava na rua. Você sabe para onde ele foi?

– Não.

– E ele não pareceu preocupado com você. Ele me disse que deixou você em casa e que você ouviria a sirene avisando sobre o tornado e que você estaria bem.

– Eu *estaria* bem.

– Bem, como estamos descobrindo, você e eu temos diferentes visões sobre estar bem.

Ele estacionou a caminhonete ao lado do escritório do aeroporto, onde as escadas levavam à porta do porão. Eu já entrei naquele pequeno porão antes. Os registros antigos do aeroporto eram armazenados ali, e de vez em quando eu precisava encontrar um contrato de aluguel do hangar. Muitas pessoas tinham a chave – todos que alugavam um hangar grande, assim eles tinham acesso ao porão em caso de tempestades como esta – mas da última vez que eu dei uma espiada lá, a cama de lona e os cobertores não estavam ali.

– Você trouxe estas coisas? – perguntei da parte debaixo da escada quando ele fechou a porta lá em cima, diminuindo bastante o barulho da chuva.

Ele olhou para os lados lá de cima.

– Sim!

– Você planejou bem. – E com isso quis elogiá-lo. Sr. Hall gritou com ele inúmeras vezes por não planejar bem as coisas.

– Eu sabia que a tempestade estava chegando e pressenti que ela podia explodir exatamente aqui. Se eu realmente tivesse planejado bem, porém, eu teria trazido um guarda-chuva para você. Seus olhos se voltaram para o meu top, que devia estar transparente. Ele tentou desviar o olhar.

Agora que ele estava sendo gentil, *cruzei* meus braços no meu peito.

– Não teria adiantado muito com a chuva vindo por todos os lados.

A sirene anunciando o tornado foi desligada. Mas aquilo não significava que o tornado foi embora. A sirene soava apenas por alguns minutos a cada vez para que as pessoas não enlouquecessem com o barulho.

Ele desceu as escadas com os chinelos molhados e os jogou no chão de cimento lá embaixo. Sacudindo um dos cobertores da cama de lona e segurando-o entre nós como se fosse uma parede ele disse:

– Você pode tirar essas roupas molhadas. Não vou olhar, prometo. Eu sei que você está com frio.

Bem, eu fiz exatamente o que ele me disse. Por que não? Meus dentes tremiam, eu previa uma longa noite dormindo aqui embaixo, e o cobertor seria muito mais confortável do que algodão molhado colado na minha pele. A Leah brincalhona descrita por Alec devia estar balançando suas roupas molhadas do lado de fora de um dos lados do cobertor para tentar Grayson. Eu era a Leah super-responsável e tinha que dormir para voar amanhã, acreditando que o aeroporto ainda estaria aqui. Um aeroporto a 80 quilômetros para o interior foi destruído por um tornado no mês passado.

Tirei minhas cuecas e meu top, coloquei-os no chão e peguei o cobertor que Grayson estava segurando. Acomodando-me no cobertor, deitei na cama de lona olhando para ele.

Ele pegou minhas cuecas, torceu no ralo que tinha no centro do chão, e as esticou no corrimão da escada para secar. Aquilo era otimismo, pois o ar estava fresco e úmido aqui embaixo, numa tempestade de primavera. Ele fez o mesmo com o meu top.

Então tirou sua camiseta. O algodão grudou nos músculos de seu peito e braços como se o amassem e não quisessem soltá-lo. Por fim, saiu pela cabeça. Ele sacudiu seu cabelo cacheado como se fosse um cachorro, espalhando água por toda parte, alguns pinguinhos caíram no meu rosto. Ele torceu sua camiseta no ralo e a pendurou ao lado da minha no corrimão.

Ele olhou para mim e viu que eu o observava, esperando que ele tirasse os shorts.

Ele não faria isso. Grayson pegou o outro cobertor, colocou em volta dos ombros e se abaixou atrás da parede de cimento, olhando para o telefone.

– Será que o tornado já passou? – perguntei.

– Sim. Parece que foi um redemoinho que não tocou o chão, mas...

A sirene do tornado começou a apitar de novo, um som baixo primeiro, que podia ser confundido com o zumbido de um motor, e então foi aumentando.

– Existem outros atrás desse – gritou Grayson.

Esperei mais alguns minutos até que a sirene parasse de tocar, o barulho foi diminuindo até desaparecer. Então perguntei:

– Você vai ficar acordado a noite toda?

Ele tirou os olhos do telefone e virou desajeitadamente contra a parede.

– Se for necessário. Por quê?

– Você me trouxe aqui. Não há nada que você possa fazer com relação aos aviões. Por que você está preocupado com a previsão do tempo? Se um tornado chegar aqui, você vai sair correndo na chuva para interrompê-lo?

Um sorriso triste se formou no canto de sua boca.

– Boa noite, Leah.

Aconcheguei-me no cobertor. Minha cabeça estava fria porque meu cabelo estava ensopado. Meus pés estavam gelados. Mas como eu estava toda encolhida, a parte central de meu corpo estava aquecida.

Eu não prestei muita atenção no meu corpo nos últimos dias. Era uma ferramenta para eu conseguir o que eu queria. A maneira como ele aparentava e como ele se desempenhava era importante para mim. A maneira como ele se sentia não importava.

Agora eu começava a sentir de novo. O toque do cobertor nos meus cotovelos, joelhos e seios era suave. E o cobertor era tudo o que me separava de Grayson, a alguns metros de distância, meditando em cima do telefone, e então olhando para mim com aqueles duros olhos cinza.

Não dormi logo no começo. Regredi para um tipo de estado animal, no qual desejei estar num mundo distante e não queria ser tocada. Talvez eu tivesse conseguido dormir se as luzes do teto não estivessem acesas, ou eu sonhei que estavam acesas, entrando na minha cabeça e percorrendo seu caminho atrás das minhas pálpebras fechadas.

Então eu sabia que eu dormi porque acordei num sobressalto. Algo estava diferente na sala escura.

– O que aconteceu?

– A luz acabou. – Grayson era apenas uma sombra agora, encostado na parede com suas longas pernas dobradas em sua frente, seu telefone também tinha apagado. – Primeiro ela piscou. Provavelmente, foi isso que acordou você.

Suspirei e tentei relaxar novamente no meu cobertor, quente com o calor de meu corpo. Meu corpo ainda formigava com a mesma consciência em relação a Grayson e que eu senti da primeira vez que me deitei ali. Eu devia estar sonhando com ele.

– Leah – disse ele na escuridão.

– Hum – respondi, ainda meio dormindo, torcendo para que sua voz suave realmente fosse o começo de uma conversa para discutir nossa relação.

– Você sabe como jogar cinzas sobre o Atlântico?

Aquilo me acordou. Ele estava falando sobre um serviço da Hall Aviation. Muitos aposentados que moravam em Heaven Beach queriam ser cremados e ter suas cinzas jogadas sobre o oceano por um avião. Era uma parte surpreendentemente grande do negócio de Sr. Hall.

– Sim – respondi.

– Você apenas as joga pela janela ou o quê?

– Não. – Não ri desta ideia porque isso era o que eu pensava também antes de Sr. Hall ter me mostrado como fazia. – Elas voariam de volta para a janela. Existe um funil especial ligado a um tubo. Você joga as cinzas no funil e coloca a ponta do tubo do lado de fora da janela. Está em uma das prateleiras na parte de trás do hangar. Posso mostrar.

– Obrigado.

A chuva batia na porta no topo das escadas. Quando o barulho começou a diminuir novamente e conseguíamos nos ouvir, me aventurei:

– Você precisa fazer isso com as cinzas de seu pai?

– Talvez. Não acho que Alec já esteja pronto para isso.

Lá estava de novo, aquele estranho ar de proteção que eu ouvia na voz de Grayson quando ele falava sobre Alec, como se ele fosse o irmão mais velho de Alec e não seu irmão gêmeo.

– Com as cinzas de Jake, então? – falei.

– Não. Meu pai sugeriu isso, mas minha mãe queria que Jake fosse enterrado no cemitério em Wilmington. Eles tiveram uma briga por causa disso.

Agora que eu não conseguia ver Grayson eu conseguia entender muito melhor seu tom de voz. A perda de um irmão. O amor pelo outro irmão. O desespero para manter junto o que restou de sua família. O fracasso.

Ele limpou a garganta.

– Acontece que está escrito JOGAMOS CINZAS SOBRE O ATLÂNTICO na lateral do edifício da Hall Aviation.

– É verdade.

– Eu não tenho nenhum contrato hoje. Mas analisando os livros, posso dizer que meu pai ganhava muito dinheiro fazendo isso. Caso alguém telefone pedindo informação, eu preciso saber como fazer para não ficar parecendo mais idiota do que já pareço.

Mesmo não conseguindo enxergar seu rosto no escuro, eu me apoiei em um cotovelo e olhei na direção dele.

– Você não parece um idiota, Grayson. Todos estão surpresos com o que você tem feito com esse negócio.

– É porque eu agia como um idiota antes – disse ele suavemente.

Eu não disse nada. Ele não agia como um idiota antes, apenas como alguém que não ligava muito para aquilo. E isso não foi reconfortante quando seu pai morreu.

Depois de um tempo em silêncio, contudo, ainda com a chuva batendo na porta como se alguém quisesse entrar e me implorando para continuar, perguntei a ele:

– Como você descobriu todas estas coisas sobre o negócio?

– É impressionante o que você consegue fazer quando você realmente faz. Se você agir como se não fosse capaz de tomar conta de si mesmo, alguém vai aparecer e tomar conta de você. Como meu pai e Jake costumavam fazer por mim, e como eu estou fazendo por Alec agora. Se você agir como quem não precisa de ajuda, ninguém vai se meter com você. Mas, eu não preciso dizer isso a *você*. Você é a rainha disso tudo.

Eu gargalhei amargamente, pensando em Molly me arrastando para a festa de Francie.

– Grayson, as pessoas se metem comigo. Saber cuidar de si mesmo o transforma em alvo. E, como a Molly fez questão de deixar claro no jantar, as pessoas que deveriam ter tomado conta de mim nunca o fizeram, porque nenhum deles se importa com isso.

– Eu me importo.

Meu corpo pegou fogo com a nova onda de consciência que senti desde que entrei nesse abrigo. Mas Grayson estava me manipulando. Rolando de costas e encarando os canos expostos do teto resmunguei:

– Você tem uma maneira engraçada de mostrar que se importa.

Ele estava se mexendo na parede escura. Por um segundo, achei que tinha deixado ele bravo e que ele ia sair no meio da tempestade.

Mas então ele se ajoelhou ao meu lado, com uma de suas mãos bem perto de mim na cama de lona.

– Leah, sinto muito sobre essa noite e a situação com Mark. Patrick correu para dentro da casa para me contar que Mark pegou você. Tive medo de que ele a machucasse. Talvez eu tenha exagerado, mas – ele abriu as mão, sinalizando que desistia – isso é o que eu faço às vezes. Você não pode ficar por aí com Mark, certo? Você vai se arrepender muito.

– Certo – resmunguei. – Você se importa tanto comigo que me empurra para o seu irmão.

Grayson suspirou frustrado.

– Isso é para o próprio bem dele. Tudo isso é por ele.

– Diga por quê – insisti.

– Não posso. – Grayson olhou para mim e seu rosto estava repleto de preocupação. – Se eu contasse, você mudaria a maneira como age quando está perto dele, e ele saberia que é tudo uma representação.

– Ele está doente? – supus, torcendo para que não estivesse. Aquilo seria demais para os dois suportarem.

– Não – Grayson respondeu tão veementemente que acreditei nele. – Ele só precisa de um pouco de ajuda para lembrar que é humano. Acho que todos nós precisamos. – Ele moveu a mão da parte lateral da cama de lona para a minha bochecha.

Nossos olhares se encontraram. A eletricidade se formou em meu rosto e tomou conta de todo meu corpo.

Ele piscou devagar. De perto, seu rosto era uma versão alongada de Alec. Seus cílios, longos e loiros, eram iguais. Mas seus olhos eram completamente diferentes dos olhos azuis inocentes de Alec. Eles eram cinza e tempestuosos, girando com o calor.

De repente, percebi por que ele estava sempre de óculos escuros ou olhando para o telefone celular quando eu estava por perto. Entendi por que ele tinha dado indiretas em mim ontem por paquerar Alec, embora ele estivesse me obrigando a fazer isso. Ele não poderia me ter. Aquilo atrapalharia seus planos com relação a mim e a Alec. Mas ele me queria.

Paramos na beirada. Seu dedo acariciou meu queixo enquanto ele se aproximava. Fechei meus olhos.

E então nos beijamos, ficamos ofegantes, nos beijamos mais uma vez, seus lábios duros nos meus, suas mãos acariciando minha pele nua embaixo do cobertor.

Uau. Mais cedo naquela noite e na noite anterior, beijar Alec teria sido legal se não tivesse todo aquele peso junto com ele. Eu me sentia bem, e ele era um cavalheiro. Grayson não agia como um cavalheiro de maneira alguma. Beijá-lo foi uma aventura, uma viagem, uma guerra, cada movimento de seus lábios e mãos acendendo novas explosões em mim.

– Oh – disse ele, indo para trás. Então mudou de ideia e me beijou de novo. Sua mão cobria meu seio nu, seu dedo acariciava meu mamilo, e eu não ia pedir para ele parar. Eu não precisava pedir. Ele fecharia seu pulso e colocaria em prática sua técnica para contralar o impulso em cinco, quatro, três, dois, um.

Ele interrompeu o beijo e sentou em seus calcanhares. Sua mão se moveu de meu seio para o meio de meu peito, sobre meu coração.

– Leah. – Ele estava ofegante. – Sinto muito. Eu realmente me importo com você. Por favor, lembre-se disso. Eu só... não sei o que dizer.

– Diga que não preciso mais sair com Alec.

– O quê? – Seu rosto se endureceu contra mim, e ele retirou sua mão. – Não.

– Diga *por que* eu tenho que sair com Alec.

– Não.

– Então, vá se ferrar. – Segurando o cobertor bem preso em minha volta, me virei de costas para ele.

Muito tempo depois acordei novamente e sentei de repente na cama, assustada com o peso no meu peito. As luzes ainda estavam apagadas, mas pude ver pela fresta de luz que entrava pela janela do porão que os dois cobertores me cobriam. Grayson estava estatelado no chão de cimento sem nenhum cobertor, e sua camiseta molhada estava dobrada embaixo de sua cabeça, servindo como travesseiro. Observei seu peito suave e musculoso se mexer durante algumas respirações tranquilas. Então me deitei de volta.

– Leah – ele sussurrou. – Ei. Acorde.

Quando abri meus olhos ele estava tirando a mão. Meu couro cabeludo formigava como se ele estivesse acariciando meu cabelo.

– Vista-se – disse ele. – Estou esperando por você lá fora dentro da caminhonete. – Ele subiu as escadas com suas roupas úmidas e desapareceu pela porta.

A luz voltou. Vesti minhas roupas geladas, desejando os cobertores quentes, e o segui escada acima. Lá fora ainda era noite. A chuva passou, deixando uma névoa branca em seu lugar. O aeroporto parecia assombrado e abandonado, mas estava intacto. Fiquei imaginando por que Grayson me acordou.

– Qual é o problema? – perguntei quando entrei na caminhonete. – O tornado já passou?

– Não por aqui – respondeu ele. – Algumas pessoas morreram em um estacionamento de trailers a alguns condados a oeste daqui.

Nada surpreendente. Senti um calafrio.

– Mas a tempestade foi embora – disse ele, – e por isso vou levá-la para casa.

– Você não poderia ter me deixado dormir a noite toda e então me levar para casa depois? – resmunguei.

– Não, Alec poderia chegar aqui bem cedo e ver você.

– Por que você não poderia contar a verdade a ele? Contar que você não queria que a sua funcionária morresse e por isso você me trouxe para o abrigo e dormiu no chão bem longe de mim, e que nós demos uns amassamos por alguns minutos, mas não transamos?

A caminhonete saiu da rodovia para a estrada de cascalho a caminho do estacionamento de trailers. Ele disse baixinho:

– Pareceria que transamos. – Os cascalhos estalaram embaixo dos pneus quando ele parou a caminhonete na frente do meu trailer. – Se eu contasse sobre isso para ele, ele perceberia que eu queria ter transado com você. Ele me conhece muito bem.

Embora meus dedos das mãos e dos pés estivessem congelando, meu sangue ferveu quando ele sussurrou isso.

Ele suspirou, afastando o pensamento, e voltou ao normal.

– Durma até tarde amanhã se precisar. Eu invento alguma desculpa para dizer ao Alec. Ou tire um cochilo durante o intervalo. O que mais importa são as outras pessoas. – Ele tocou seu dedo.

– Depois eu, depois o avião, e então o banner. Eu sei. – Pulei da caminhonete e atravessei o pátio empoeirado, morrendo de raiva pois sempre que Grayson e eu estávamos próximos a estabelecer uma conexão ele tinha que falar do trabalho. Ou de Alec. Eles eram um só para ele.

Tropecei na beirada de um buraco minúsculo que apareceu com a chuva. E foi só isso que a tempestade causou. Com as luzes dos faróis de Grayson, o trailer brilhava. Como uma barata depois de uma guerra nuclear, ele ainda estaria ali depois que todos nós morrêssemos.

Quatorze

– Ele está mesmo dormindo? – perguntei para Alec alto o suficiente para ser ouvida apesar do zumbido dos ventiladores do hangar.

Estávamos os dois sentados em cadeiras de praia. Eu estava começando a almoçar, Alec estava terminando seu almoço e Molly estava lá fora, arrumando o próximo banner. Eu achava que Molly tornaria o meu emprego como piloto para Grayson mais divertido e menos constrangedor. Ela disse que estava aqui para me proteger. Mas, por causa do horário em que fazíamos nossas refeições, eu raramente a via. Quando conversávamos, ela estava diferente, como se houvesse algo errado entre nós.

Ou talvez fosse eu, ainda irritada com a festa de Francie na noite passada.

Grayson estava deitado no sofá em frente a Alec e eu, claramente despreocupado com a poeira que pairava sobre ele. Ele estava conversando conosco sobre a turbulência que todos sentimos naquela manhã e que seria assim a partir de agora, com o calor dos dias e os ventos quentes que subiam da praia. Ele fechou seus olhos, mas continuou a responder a tudo que Alec e eu perguntávamos... cada vez mais devagar... e agora estava bem parecido a como esteve ontem no porão, com o semblante em paz e o corpo comprido totalmente relaxado.

Alec balançou a cabeça.

– Ele passou a noite toda aqui ontem, cuidando dos aviões. Se existisse uma chance em um milhão de um tornado *realmente* chegar aqui, o que ele faria? Seguraria uma asa de cada Piper para evitar que fossem levados por ele?

Com medo de admitir que fiz esta mesma pergunta a Grayson na noite passada, encolhi meus ombros. A vigília de Grayson não estava relacionada propriamente com os aviões. E sim com preocupação, responsabilidade, desamparo e a necessidade de fazer *alguma coisa*, pelo menos era isso que eu pensava. E tinha um pouco a ver comigo também.

Alec levantou e jogou fora o seu lixo.

– Vou ver se Molly precisa de ajuda, e então vou subir. Não acorde Grayson, mesmo que esteja na sua hora de voar, tá? Apenas deixe-o dormir. E se ele ficar bravo com você depois, diga a ele que eu mandei você fazer isso. – Ele passou por mim e acariciou meu ombro.

Balancei a cabeça, ainda olhando para Grayson. Alec desapareceu naquela tarde quente. Lá fora na pista, o bimotor Stearman de Sr. Simon passou em frente do hangar que estava aberto. Um de seus empregados levava um turista para uma volta, em vez de Mark estar me levando. O barulho distante ecoou pelas paredes de metal e se misturou ao barulho dos ventiladores, uma zoeira. Grayson nem se mexeu. Dei outra mordida no meu sanduíche e o examinei.

Uma perna comprida estava estendida para fora do braço do sofá. A outra perna estava dobrada embaixo dele. Seus braços estavam cruzados em seu peito, como se ele estivesse se abraçando. Seu rosto estava virado para o lado, em minha direção, e seu semblante era suavizado pelo sono, seus longos cílios loiros encostando em sua face. Seus cachos bagunçados caíam da parte de trás da cabeça nas almofadas do sofá. Naquele momento, o enxerguei de maneira diferente: não como um rapaz americano com responsabilidade sobre o negócio da família e sobre sua própria sanidade, mas como um adolescente britânico, acabado depois de uma balada em Londres, ouvindo música pop, usando chapéu de caubói para mostrar-se excêntrico e não para proteger seus olhos do sol. Alto como era, com nariz comprido e mãos elegantes apesar da graxa do motor, que normalmente as deixava marcadas, ele daria um bom garoto inglês.

Senti-me como uma *voyeur*, observando-o dormir enquanto comia meu sanduíche, como se ele fosse um filme que estivesse me divertindo enquanto eu mastigava pipoca. Ele me observou dormir na noite anterior, e por isso eu não me sentia invadindo sua privacidade.

Terminei meu almoço e joguei meu lixo na lata. Em vez de caminhar em direção ao meu avião, que estava lá fora, sentei de volta na minha cadeira, a poucos metros de Grayson. Não achei que ele precisava de proteção. Ninguém entraria no hangar para atacá-lo, nem mesmo Mark, enquanto seu tio o mantivesse ocupado. E Alec estava certo. Eu não devia acordar Grayson. Ele ficaria bravo porque não o acordamos. Alec e eu concordamos que, se ele estava tão cansado a ponto de cochilar no meio do dia, ele estava cansado demais para voar e precisava dormir.

Eu devia ter deixado ele dormir e ter voltado ao trabalho. Mas algo me deteve. Seu peito se mexia mais rápido embaixo de seus braços e de sua camiseta vermelha. Sua testa lisa se enrugava ligeiramente, como se ele tivesse o breve vislumbre de algo terrível.

Um avião foi ligado do lado de fora do hangar, o Piper de Alec. O motor estava mais silencioso, pois ele estava apenas taxiando até o final da pista, ainda não estava decolando. Mas ele estava tão perto que o barulho vez o hangar vibrar, rosnando junto ao barulho dos ventiladores.

Grayson se sentou depressa, com uma mão apertando a almofada do sofá e a outra presa na parte de trás do sofá. Ele olhou diretamente para mim, com a boca aberta e os olhos cinza arregalados. Seu movimento repentino levantou a poeira do sofá. Uma nuvem de pó girava em torno dele e podia ser vista em um raio de sol que entrava pela porta do hangar.

Ele perguntou:

– Jake e meu pai. Estão mortos?

Meus dedos ficaram gelados naquele hangar quente. Pude apenas imaginar o quão cruel seu subconsciente foi com ele. Um almoço em família, com seu pai e Jake juntos em volta do sofá empoeirado, e não Alec e eu. Uma discussão em família que ele detestava, mas desejava ter de volta agora que ele entendia que foi a última discussão entre eles.

Eu concordei com a cabeça.

Ele fechou os olhos.

– Onde está Alec? – perguntou ele, baixinho. O barulho do avião de Alec desapareceu, pois ele já taxiara na pista, mas a voz de Grayson mal podia ser ouvida por causa dos ventiladores.

Acenei em direção à pista.

– Voando.

Grayson estremeceu. Balançando as pernas para fora do sofá para colocar os pés no chão, inclinou-se e passou a mão no rosto.

– Não é justo – murmurou por entre os dedos.

Eu queria alcançá-lo. Eu também não achava que era justo, e eu queria colocar meu braço em volta dele e dizer-lhe isso. Mas, ele foi cruel comigo nos últimos três dias. Ele deixou claro o que pensava de mim. Ele não queria que eu o confortasse.

Ele colocou as mãos no rosto e chorou. Em silêncio. Percebi que ele chorava pela maneira como seus ombros se mexeram.

Uma única vez.

Rapidamente atravessei a distância que havia entre nós, me sentei ao lado dele no sofá e coloquei meu braço nas costas dele. Eu não era alta o bastante para colocar meu braço em volta de seus ombros. Quando me sentei, levantei mais poeira do sofá. O ar em nossa volta ficou repleto de faíscas douradas.

Agora que eu estava encostada nele, conseguia perceber como ele respirava rápido. Ele tentou se controlar, porém, recusando-se a deixar escapar mais do que aquele único soluço. Respirou longa e profundamente, então passou as duas mãos no rosto. Virou-se para mim com os olhos vermelhos e molhados.

– Não conte nada a Alec.

– Não vou contar – respondi.

– Vou transformar sua vida num inferno – rosnou ele.

Ouvi meu próprio suspiro de surpresa. Retirei meu braço que estava em volta dele e voltei para a minha cadeira.

– Você não precisa me ameaçar, Grayson – respondi –, eu não contaria para ele e não vou contar.

Ele passou uma mão pela barba loira ainda por fazer, pois ele não teve tempo.

– Desculpa. Você tem razão. – Ele fungou. – Acho que não tenho conseguido dormir o suficiente à noite.

– Eu também acho que não – respondi com arrogância e então me levantei. – Vou subir.

– Leah, sinto muito mesmo – disse ele mais uma vez. Seus olhos me imploravam.

Parei de pensar. Instintivamente voltei até ele e coloquei minha mão no seu cabelo. Seus cachos eram macios, diferente dos cachos do meu cabelo. Passei meus dedos por eles até chegar no seu couro cabeludo.

Desta vez ele não ficou rígido quando o toquei. Ele inclinou a cabeça para mim e me deixou confortá-lo por cinco segundos.

Então ele saiu e ficou em pé, bem acima de mim.

– Também vou subir, assim que me recompor. – E caminhou para o banheiro.

Pois é, eu conhecia aquele sentimento. O sentimento de achar que eu controlei a dor. E me sentir invadida por ela de repente, na presença de outras pessoas. E correr para o banheiro e torcer para conseguir lavar tudo na pia. Embora ele tenha se desculpado, ele não percebeu que fazia exatamente o que eu fiz na segunda pela manhã, quando me acusou de estar fingindo.

Sufoquei aquele lampejo de raiva. Nada daquilo faria sentido para Grayson neste momento. Nada importava tanto quando o que ele perdeu.

Grayson era quem sugeriu que fôssemos surfar naquela noite. Alec e Molly acharam que era uma excelente ideia. Eles acharam que eu não tinha uma prancha de surfe, mas Molly tinha uma que podia me emprestar. Eles acharam que eu não sabia surfar, mas era fácil e eles me ensinariam. Isso não ia acontecer. Eu acreditava que conseguiria escapar desta situação de alguma forma.

No conjunto, parecia uma excelente alternativa se comparada às últimas noites. Comeríamos no café de Molly. Ela traria as pranchas, Alec pegaria a dele na casa de Sr. Hall e nós entraríamos no mar pela cabana de Grayson. Com alguma sorte, Alec e eu não teríamos muito tempo para ficarmos sozinhos. Até mesmo seu beijo de boa noite na porta do trailer seguiria este caminho e se tornaria ainda mais curto. Chamaríamos de uma saidinha mais cedo, e Grayson poderia dormir.

Quando chegamos à praia, o céu estava rosa com nuvens violeta, e o oceano quente era azul-escuro. Não podia reclamar por Molly e Alec terem saído correndo em direção à praia com suas pranchas de surfe. Eles deslizaram para dentro da água e saíram remando em direção ao horizonte.

Senti como se tivesse escapado por pouco, depois de vê-los entrar na água. Coloquei a prancha que a Molly me emprestou na areia e sentei nela deixando meus dedos do pé dentro da água. Eu não me importava com a água batendo em meus pés.

O barulho da arrebentação das ondas era tão alto que não percebi que Grayson estava por ali. Só o notei quando ele já estava bem atrás de mim. Ele fora buscar sua prancha de surfe na cabana. Colocando-a em pé na areia e inclinando-se nela, ele parecia exatamente como um surfista sarado e bronzeado.

Apenas suas palavras o denunciavam. Sempre tramando alguma coisa, ele nunca relaxava, nem mesmo na praia.

– Eles deixaram você aqui? – Ele olhou para o horizonte. – Você vai fazer cara de quem está com ciúmes? Isso é bom, mas se você fizer isso você não vai poder surfar. Vamos lá, plano B. Nós nos juntamos a eles. – Ele me esticou a mão para me puxar.

Eu não peguei na mão dele.

– Eu não sei nadar – disse.

Ele ficou boquiaberto.

– Você não sabe nadar!?

Não havia o que falar numa situação dessa. Ele não devia ter rebatido o meu "Eu não sei nadar" com "Você não sabe nadar!?" com tom de quem não acredita, como se estivesse me perguntando se eu tinha *certeza* de que eu não sabia nadar?

Observei as ondas e desejei que pudesse enterrar todo meu corpo na areia, não apenas meus pés.

E ele não deixou passar.

– Você tem 18 anos – insistiu ele.

Soltei um suspiro exasperante.

Ele não podia ouvir minha frustração por causa do barulho da brisa do oceano. Ou ele não se importava.

– Por que você nunca aprendeu a nadar?

Finalmente olhei para ele. Fiquei surpresa em como consegui vê-lo claramente na poeira, com seus cachos loiros brilhando ao pôr do sol. Ele também devia estar me vendo bem claramente, eu estava totalmente exposta.

– Quem ensinou *você* a nadar? – perguntei.

Ele respondeu sem pensar:

– Meu pa... Oh.

Eu nunca tive um pai.

– Oh – repeti o que Grayson disse em um tom mórbido.

Encolhi assim que disse isso. Sarcasmo era uma arma para crianças. Eu usei muito o sarcasmo no Fundamental 1 e 2, e tudo o que eu consegui foi ser estapeada no banheiro feminino. Mas eu era bem sarcástica agora. Grayson perceberia que *Ela está me lembrando que a história dela é lamentável!* e tentaria se desculpar. Melhor deixar quieto. Quanto menos fosse dito a respeito, melhor.

Ele jogou sua prancha de surfe na areia e sentou-se ao meu lado na minha prancha.

– Ei. – Ele enterrou o pé embaixo da areia, o monte seco movendo-se como um cobertor, e seus dedos cutucaram meu calcanhar. – Desculpa.

– Uhu. – Olhei para o lugar onde Molly e Alec desapareceram, o sol já tinha ido embora, o céu e o oceano pretos, diferenciando-se um do outro apenas pelas linhas brancas das ondas. Desejei estar observando aquela cena do céu, onde eu tinha controle.

– No próximo verão vou ensiná-la a nadar – disse Grayson. – Esta não é a hora ou o lugar certo, com as ondas e com o escuro, mas no verão vamos para a piscina da casa de meu pai e eu ensino.

Eu não tinha nada a dizer sobre isso. Eu queria apenas que ele deixasse de lado toda sua culpa e ficasse quieto. Eu não tinha a menor ideia do que faria no verão, mas eu sabia que eu *não* estaria brincando com Grayson na piscina da casa chique de seu pai no lado nobre da cidade. Eu poderia fantasiar essa ideia o quanto quisesse, mas isso nunca aconteceria.

– Você não pode apenas ficar sentada aí e sofrer com isso, Leah – disse ele. – Você tem que *fazer* algo a respeito. É a mesma coisa com o fato de você não saber dirigir. Você não pode continuar desse jeito. Seu mundo é muito pequeno.

Com uma expressão triste que não consegui controlar, fiz um sinal com minha mão na minha garganta, pedindo para ele ficar quieto. Eu conseguia vê-lo vagamente à luz da lua, e eu sabia que ele podia me ver.

Mas, ele se recusou a calar a boca.

– Não estou insultando. Estou apenas dizendo que se alguém lhe oferece a oportunidade de aprender algo novo, de fazer algo diferente, de sair dessa cidade, você deve aceitá-la. Eu até me sinto um pouco mal de ter tirado você do emprego para pilotar os aviões agrícolas do Sr. Simon.

– Você disse que Mark só queria transar comigo – resmunguei.

– Ele *realmente* só queria transar com você. – Grayson parecia indignado. – Não me sinto mal por esta parte. Apenas acho que você seria a melhor piloto de aviões agrícolas do mundo. Você quer aquela emoção, mas por fora você permanece calma. Você nunca se machucaria fazendo isso. Mark quer aquela emoção, mas ele *não* permanece calmo. Ele fica tão ocupado olhando para trás para ver o quão distante do celeiro ele está que se esquece de olhar para frente. Qualquer dia, e não vai demorar, ele vai dar de cara com uma árvore. Sei disso porque também quero aquela emoção, e não mantenho minha calma também. Ultimamente, tenho aprendido que não devo me meter nessa situação. Na versão original de *Star Wars*, ObiWan Kenobi diz a Darth Vader: "Se você me acertar, eu crescerei mais poderoso do que pode imaginar".

Eu ri do sotaque britânico de Grayson. Mais uma vez achei que ele se parecia com um britânico, com o nariz, dedos e corpo compridos como os de um astro do rock de 1960.

– Às vezes eu penso que foi isso que aconteceu com meu pai – disse ele.

Você acha que ele se tornou aquele com a Força? Eu quase perguntei. Mas eu não podia brincar sobre seu pai. E me lembrei do que Alec disse sobre Grayson, que havia algo errado com ele. Perguntei com muito cuidado, e sem intenção de julgar:

– O que aconteceu com seu pai?

– Tudo o que ele me dizia era: "Você vai morrer jovem." "Você vai perder todos os empregos que conseguir." "Você não planeja as coisas com antecedência." "Você não presta atenção." "Você vai se matar.". E talvez, no final, ele tenha decidido que nada me convenceria mais do que a própria morte dele.

Ah, Grayson, eu quase engasguei. Olhei para ele, mas tudo o que pude ver foi seu perfil traçado na praia escura. Ele olhava para o oceano como se estivesse falando consigo mesmo, não comigo. Fiquei me perguntando se ele já disse isso alguma vez para alguém.

Eu disse normalmente, sem permitir que minha preocupação transparecesse na minha voz de piloto:

– Seu pai morreu porque não cuidava de sua saúde, se recusou a ir ao médico, e teve um infarto.

Grayson não balançou a cabeça para dizer que não. Mantendo-se imóvel, perguntou:

– Você foi a última pessoa a vê-lo vivo?

Eu estremeci, mas ele estava observando o oceano e não viu. Respondi:

– Já me perguntei sobre isso. Eu tive uma aula com ele no dia antes de o Almirante o encontrar. Mas às vezes, depois de me dar aula, a caminho de casa, ele parava em um restaurante para jantar. Na verdade, ele ia bastante ao café dos pais de Molly, pois fica deste lado da cidade. Mas eu não perguntei para ninguém. Ele partiu, e eu achei que era melhor deixá-lo ir embora. Era assim que eu gostava de pensar nele, colocando o casaco nas costas, passando pelo escritório do aeroporto para me dizer tchau, e dirigindo sua caminhonete na noite fria de inverno.

– Qual foi a última coisa que ele disse a você? – Grayson insistiu.

Tentei me lembrar.

– Ele estava meio para baixo durante a aula. Quando eu estava indo embora, perguntei por que, ultimamente, ele não se sentava na varanda do escritório do aeroporto com o Almirante, à tarde, como ele costumava fazer enquanto eu trabalhava.

– O que ele disse?

– Ele disse que estava muito frio.

– Isso soa profético, como se ele sentisse que sua morte estava chegando.

A prancha de surfe estava ficando dura, e eu me contorci na superfície escorregadia, desconfortável com esta linha de raciocínio, da qual Grayson se culparia da maneira como pudesse.

– Bom, eu acho que ele desistiu – disse. – Da última vez em que ele teve uma namorada eu estava começando a trabalhar no aeroporto. Ela se mudou para Flórida para tomar conta da mãe. Ele não se mudou com ela porque queria ficar perto de vocês. Então eles terminaram.

– O quê? – disse Grayson. – Nunca ouvi dizer que... Qual era o nome dela?

– Sofie.

Ele tentou dizer o nome em voz alta.

– Sofie. – Então seu tom ficou sombrio. – Qual era a idade dela?

– A mesma idade dele. Uns cinquenta. Ou, naquela época, uns quarenta e poucos.

– Eles se encontravam muito?

– Ela vinha sempre ao aeroporto.

Ele franziu a testa para mim, perplexo.

– Por que eu nunca soube da existência dela?

– Porque você nunca estava por aqui. Vocês começaram a falar para seu pai que não queriam vir ficar com ele, mesmo quando era o final de semana dele.

– Mas isso era porque eu estava jogando basquete – protestou Grayson –, e Alec estava lutando. Tínhamos jogos e reuniões, e ele não vinha nos ver.

– Ele achava que vocês não o queriam por perto.

Grayson abriu a boca.

– Ele disse isso?

– Sim. – Eu não ia mentir para Grayson. Ele estava sofrendo muito para descobrir os detalhes da morte de Sr. Hall e estava tentando encaixar as peças. Mas eu não queria que ele se prolongasse no abismo que existia entre eles. – Eu não acho que vá fazer bem voltar e ficar pensando nesse assunto. Estou apenas dizendo que pessoas diferentes veem as coisas de maneiras diferentes, e era assim que ele via. Depois que Sofie foi embora, era possível dizer que ele também se deixou ir. Ele começou a engordar, e isso o deixou, sim, mais propenso a ter um ataque do coração. Então Jake morreu, e foi um baque muito grande para ele. Mas, Grayson. – Alcancei-o e coloquei minha mão no seu joelho.

Sua pele estava gelada ao toque.

– Seu pai não era tão cruel a ponto de querer morrer para passar uma mensagem. E, se é isso o que você realmente pensa... você precisa descobrir uma maneira melhor de lidar com isso. – Acariciei seu joelho, apenas uma vez, e tirei minha mão.

– Você sabe tanta coisa sobre ele – murmurou Grayson. – Você o conhecia melhor do que eu.

– Eu o via quase todos os dias – expliquei. – Em dezembro, quando vocês não estavam aqui, sempre que eu não estava na escola ou trabalhando, ele estava me ensinando a pilotar. É engraçado, mas eu acredito que muitas pessoas passem menos tempo com sua própria família, principalmente se não moram todos juntos, e mais tempo com pessoas completamente estranhas.

Isso certamente era verdade para a minha família, pelo menos. Eu sabia com quem minha mãe passava seu tempo na semana passada: com seu namorado Roger. Mas aquilo podia ter mudado agora. Sempre mudava. Eu ficava me perguntando com quem meu pai passava o tempo dele. Podia ser com qualquer pessoa. Qualquer pessoa mesmo.

Grayson se virou para mim, apoiando-se com uma mão na prancha e enfiando as longas pernas embaixo de si mesmo na areia.

– Você e eu nunca conversamos assim antes. Mas meu pai me contava o que estou descobrindo sobre você agora.

Eu sorri.

– Você quer dizer o meu jeito agressivo?

Grayson balançou a cabeça.

– Não, nada seria mais óbvio do que o seu jeito agressivo. Mas meu pai gostava de contar essa história sobre você. Ele disse que você tinha 14 anos e já estava trabalhando no aeroporto há algumas semanas. Ele a conhecia de vista do escritório do aeroporto. E que um dia você entrou pisando firme no hangar e disse que queria aprender a pilotar um avião, na verdade, disse que você meio que ordenou que ele lhe ensinasse, e jogou o dinheiro para pagar a aula na mesa em frente a ele, mais os impostos, em dinheiro, trocadinho.

Eu não tinha entrado pisando firme. O restante era verdadeiro.

– Eu queria uma aula – disse – e queria impedir que ele me desse alguma desculpa para não me ensinar. Se eu o pagasse adiantado e em dinheiro ele não poderia dizer não. Por que ele contou essa história?

– Ele disse que naquele momento ele soube que você tinha um grande caráter e seria uma excelente piloto. Você era tudo o que eu não era. Sempre que ele se cansava de me comparar com Jake ou Alec ele me comparava com você.

Uau, ser comparado de maneira negativa com a garota perdedora estranha? Não fico surpresa por Grayson ser tão amargo.

– Você acreditou nele?

– Acreditei em quê? – Grayson perguntou.

– Que eu tenho um grande caráter e sou uma excelente piloto?

Ele me olhou diretamente no olho e disse:

– Não, achei que ele estava transando com você.

Quinze

Aquilo já era demais para aquela nossa conversa amigável. Virei para encarar Grayson na prancha de surfe.

– Já que estamos sendo honestos, dois Natais atrás, entrei no hangar quando você estava contando para Alec e Jake que eu estava transando com seu pai para ter aulas de voo. Você me magoou, e eu pensei menos em você como pessoa desde então.

Ele me encarou por um momento, então abriu a boca e disse alguma coisa.

Antes que ele pudesse falar mais alguma besteira, continuei:

– Os homens sempre fazem isso com as mulheres quando se sentem ameaçados. Eles dizem para todos que a mulher deve estar dando golpes porque não há como ela ser bem-sucedida de outra forma.

Grayson encontrou sua voz.

– Em primeiro lugar – disse ele tão alto que até piscou quando ouviu sua própria voz. Ele olhou sobre seus ombros para ver se alguém estava ouvindo. A praia estava vazia. Ele se inclinou em minha direção e falou mais baixo. – Nunca me senti *ameaçado* por você. Ele era *meu* pai.

Olhei para minhas mãos que estavam embaixo, fazendo desenhos na areia, sentindo-me, de repente, envergonhada. Eu fiquei brava com Grayson por causa disso por um ano e quatro meses. Eu tinha por que ter ficado brava, eu ainda achava que sim. Mas, sim, minha raiva apareceu como um insulto ao seu relacionamento com o pai, o que nunca foi minha intenção.

– E depois – disse ele –, você passou por nós enquanto estávamos conversando. Eu não sabia que você estava lá, e eu não disse isso para insultar você. Eu não teria motivo para fazer isso. Eu mal conhecia você. Fiz esta suposição a seu respeito por causa da reputação do meu pai. Meus pais se divorciaram porque ele traiu minha mãe. A garota tinha 25 anos. Foi nojento.

– Pois é, mas ele não tinha uns quarenta e poucos anos naquela época?

– Sim – disse Grayson, novamente contrariado.

– Os dois eram adultos – tentei lembrá-lo. – Quarenta e quatro para vinte e cinco é uma grande diferença de idade, mas não é nada comparado com cinquenta e um para dezessete, que era a diferença de idade entre seu pai e eu no ano passado quando você começou a imaginar isso.

Grayson fez uma careta para mim.

– É até irritante o quanto você o defende.

– Seu pai e eu não éramos amantes – disse, com firmeza. – Nunca fomos. Você não acredita em mim?

O rosto de Grayson se abriu. Ele estava menos bravo agora, mas ainda não estava pronto para deixar passar.

– Eu acredito em você, mas não entendo como você pode dizer que o que ele fez com aquela garota não era tão ruim. *Ele nos* abandonou, não foi o contrário.

– Porque sua mãe não queria mais que ele voasse – respondi. – É complicado se casar com alguém e então pedir que a pessoa mude seus pequenos hábitos irritantes. Pedir que ela não beba seis packs toda noite. Pedir para que não penhore a TV. Ela pediu que ele se tornasse outra pessoa.

– É claro que ela não pediu! – disse Grayson. – Não é que ela não queria mais que ele voasse. Ela queria que ele parasse de fazer aquilo como profissão. Meu tio tinha outro trabalho para ele na sua agência de seguros.

– Você consegue ouvir o que você está falando? – gritei de volta. – Você pode imaginar seu pai trabalhando numa agência de seguros? Você pode imaginá-lo aceitando qualquer emprego que o cunhado *arrumasse* para ele? Trabalhando para outra pessoa? Uma pessoa da família de sua mãe? – Tentei me acalmar. Para meus próprios ouvidos soávamos como um casal de idosos brigando, a única diferença é que nossos papéis estavam invertidos. Ele era a voz da razão, o papel da mulher, e eu era Sr. Hall, saindo do controle.

Mas eu não podia acreditar que Grayson não entendia o lado de seu pai. Era preciso mostrar o lado dele.

– E sua mãe pode ter *dito* que ele poderia continuar voando, como um *hobby*, mas ela encontraria uma maneira de tirar isso dele também. O Cessna seria rebaixado de uma ferramenta de trabalho para um brinquedo, e ela o faria vendê-lo.

Grayson balançou a cabeça.

– E você está dizendo que essa era a razão para ele traí-la?

Não parecia razão para abandonar a ideia de resolver as coisas, virar as costas para a mulher e os três filhos e ir embora. Mas eu não era nenhuma especialista em descobrir o porquê de os homens ficarem ou não ficarem.

– Tudo o que sei é o que ele me disse. Estou apenas dizendo que já vi coisas piores.

Ele sorriu sem nenhum humor no rosto.

– Você quer dizer que você *fez* coisas piores?

– Não – gritei –, mas isso foi o que você pensou quando me pediu para dar em cima do Alec, certo? Você acha que eu abro minhas pernas o tempo todo, para qualquer pessoa. Você acha que eu sou a vadia do aeroporto.

Ele deu uma risada rápida.

– Mark estava morando com você.

– Apenas por uma semana, e, na verdade, foi ideia da minha mãe.

– Da sua mãe! – Grayson soltou.

– Sim! – A maioria das mães não queriam ajuda para pagar o aluguel, e a maioria dos adolescentes nunca ouviram falar de mães que precisavam de ajuda para o aluguel. Eu aprendi muitas coisas por ser amiga de Molly. Às vezes era melhor mudar o assunto. – E naquela semana... Eu não vou dizer que não aconteceu nada entre Mark e eu, mas o que você está pensando que deve ter acontecido nunca aconteceu.

Uma das sobrancelhas loiras de Grayson mostravam descrença. A expressão era severa e eficaz.

– E antes disso?

– Nunca com Mark – respondi.

– Com alguém?

Isso não era da conta dele. Mas nós estávamos nos metendo bastante nos assuntos uns dos outros esta noite. Virando para o oceano e esticando minhas pernas a minha frente até que meus dedos tocassem as águas perigosas, respondi:

– Uma vez, quando tinha 14 anos.

– Quatorze! – exclamou ele. – Eu não sabia amarrar meus próprios sapatos quando tinha 14 anos.

– Sim, você sabia. – Eu me lembrava de Grayson quando ele tinha 14 anos. Nós dois tínhamos 14 anos quando me mudei para Heaven Beach. Minha primeira visão dele foi do lado de fora do hangar da Hall Aviation, onde ele estava preparando um balde de água para cair na cabeça de seu pai quando ele abrisse a porta lateral. Sr. Hall não achou aquilo divertido. Foi nesse dia que minha queda por Grayson começou.

– Como aconteceu? – Grayson me perguntou diretamente.

Com dificuldade, tirei minha da minha cabeça a lembrança de Grayson aos 14 anos para me lembrar do garoto perdido que tirou minha virgindade.

– Eu morava em um estacionamento de trailers bem perto da base da Força Aérea. À noite, alguns rapazes e eu deitávamos na grama do lado de fora da cerca, no final da pista, ficávamos chapados, e observávamos os aviões decolarem sobre nós.

Grayson riu.

– Aposto que isso era legal. Eu gostaria de ter estado lá com você.

Não, você não gostaria, pensei. A mãe de Grayson estaria cuidando muito melhor dele do que eu.

– Uma noite – disse –, esse rapaz não apenas roubou um baseado de seu irmão. Ele roubou um baseado *e* um preservativo. E nós transamos.

Grayson franziu a testa.

– E foi horrível?

– Não, não foi horrível. Eu queria transar com ele de novo.

– Mas não transou? Há mais nessa história do que simplesmente "transamos".

– Ele queria transar comigo de novo, mas ele não conseguia roubar outro preservativo. Eu tive que escolher se transaria com ele sem o preservativo ou se não transaria mais. Eu fui embora. Pensando no passado agora, lembrando de como eu era naquela época, como eu era brava e como eu era perdida, eu não acredito que transei com ele. Um pouco antes de me mudar para cá, eu fumava maconha. E bebia o pouco que eu conseguia. O emprego no aeroporto acabou com tudo aquilo, e seu pai me fez parar de fumar e me manteve longe de tudo o mais quando me deu um grande voto de confiança. Ele não podia fazer você parar, então ele me fez parar.

Grayson riu com pesar, como se fosse uma brincadeira. Olhando nos olhos dele, disse:

– É verdade. – Ele olhou para mim sombriamente.

– Mas uma decisão – disse – eu tomei por mim antes mesmo de conhecer seu pai. Eu nasci quando minha mãe tinha 16 anos, o que significa que ela transou quando tinha 15. Meu pai era provavelmente algum idiota, como o garoto com quem perdi minha virgindade, um menino de 15 anos com pinto e nada mais.

Nada.

Grayson não respondeu. O barulho das ondas interrompia o silêncio dele. Pela primeira vez desde que ele se sentou ao meu lado me lembrei de Alec e Molly, em algum lugar naquele oceano. Não ouvi mais as vozes deles desde que desapareceram. Provavelmente a corrente os levou para outro canto da praia. Eu sabia disso pelas observações que fiz nas poucas vezes que estive no mar.

– Eu teria começado um relacionamento com aquele garoto – disse. – Se ele tivesse voltado para mim com um preservativo, eu teria feito novamente. Mas logo depois disso, minha mãe disse que íamos nos mudar para Heaven Beach. Ele foi direto até minha melhor amiga e se envolveu com ela, e não comigo. Os dois agiram como se nunca tivessem me conhecido. Foi então que percebi que as pessoas usam umas as outras, Grayson. Definem seus relacionamentos pelo que conseguem deles. O único bom relacionamento que trouxe comigo depois de anos naquela cidade foi com um avião. Aqueles lindos e assustadores aviões que voavam acima de mim. – Então, você me chantageia para namorar seu irmão – disse, amargamente – e você acha que beijá-lo não será problema para mim. Mark acredita que o caminho para transar comigo é bem pavimentado e bem viajado. As garotas na escola vivem fazendo comentários a meu respeito. Mas escuto essas coisas e penso, *Eu?* Caminhei naquela direção um bom tempo atrás, sim. Agora, não. Eu devo *transpirar* alguma coisa.

Eu *transpiro* alguma coisa?

Grayson riu.

– Sim, você definitivamente *transpira* alguma coisa.

– O que eu *transpiro*?

– Super, super sexy.

À luz da lua ele era tão sexy também, com seu cabelo loiro brilhando, com as sombras de seus longos cílios escondendo seus olhos. Se eu fosse namorada dele e ele tivesse me dito que eu era sexy eu teria me derretido por ele, da maneira como aconteceu na noite passada. Mas ele era meu chefe. Estávamos tendo uma conversa séria sobre um acordo de trabalho.

– Alguns dias atrás – disse –, Molly também me disse que eu transpirava isso. A única diferença é que ela não disse isso da maneira educada que você disse.

– Ela não diria – disse ele. – Você tem sorte por ela ser sua amiga. A maioria das garotas da escola detestam você, não é mesmo? Isso ficou claro na festa da noite passada. Mas os garotos gostam de você. Patrick, por exemplo.

Eu ri.

– Patrick! Somos apenas amigos.

– São apenas amigos porque ele sabe que você está procurando por outra coisa – disse Grayson. – E se você tem mantido todos esses garotos a distância desde que você tinha 14 anos, você tem trabalhado muito duro para isso. E ainda tem os professores.

– Nunca pedi nada em especial para meus professores – respondi rapidamente.

– Você não precisa pedir. Eles não conseguem evitar. – Quando ele respirou, pensei que era o vento fazendo barulho na areia, mas quando ele soltou o ar, suspirando profundamente, percebi que ele estava se preparando para alguma coisa. – Você jura que meu pai e você nunca...

– Transamos?

– Leah – disse ele, com reprovação.

– Você está dizendo isso, não eu.

– Tudo bem. – Ele dobrou os braços de maneira estranha sobre o peito. O movimento consciente fez com que ele parecesse ter menos do que 18 anos, mais vulnerável, e não combinava com seus braços fortes e com seu peito musculoso. Ele perguntou:

– Mas vocês?

– Não!

– Tudo bem. – Ele parou. – Você queria?

Embora essas perguntas fossem grosseiras, eu não queria chateá-lo. Seu pai estava morto. Grayson estava realmente tentando lidar com isso. Ele queria saber essa informação. Talvez ele até mesmo merecesse saber.

Mas eu não achei que devia contar a verdade a ele. Eu adorava estar perto de Sr. Hall porque ele era legal comigo e nós éramos amigos. Outras pessoas que andavam pelo aeroporto – Mark, por exemplo – me insultaram quando eu tinha 14 anos, dando a entender que eu não servia para nada e que Sr. Hall não podia estar sendo legal comigo à toa. Por isso achavam que eu transava com ele em troca das aulas. Quando as pessoas davam a entender que tinham esse pensamento eu sabia de onde eles vinham. Eu sabia o que parecia. Caso contrário, isso nunca teria passado pela minha cabeça. Sr. Hall era tão mais velho que eu, e, honestamente, um pouco assexuado, pelo menos era assim que eu o via. Como um pai realmente bom.

Contei a Grayson uma versão mais simples da verdade.

– Se seu pai tivesse sido a mesma pessoa, mas tivesse a minha idade, então sim, eu teria me apaixonado por ele.

Grayson me observava, com os braços cruzados, exatamente na mesma pose que Sr. Hall tirou aquela antiga foto como piloto de jato, quando ele era apenas um pouco mais velho que Grayson. E eles pareciam exatamente iguais.

Percebi o que tinha dito.

O ar entre nós estava carregado de eletricidade, as ondas ecoavam o barulho do mar.

– Você está falando sério? – Grayson perguntou.

– Sim – respondi.

Considerando as coisas feias sobre as quais conversamos nessa noite, meu cérebro duvidou que este momento chegasse, mas meu coração sabia que chegaria. Inclinando-se para a frente até ficar de quatro, ele engatinhou em minha direção. E seus lábios encontraram os meus.

A investida foi tão intensa que ele parecia um predador me agarrando pela garganta. Abri minha boca.

Sua boca lutava com a minha. Ele continuou se movendo para frente até me empurrar de costas na areia. Seu corpo quente cobria o meu, sua pele com a minha pele. Suas coxas abraçavam as laterais das minhas coxas, e eu podia sentir sua ereção nos botões do meu maiô.

Deixei que ele fizesse tudo o que queria, ansiosa por descobrir o que viria depois. Ao mesmo tempo, eu estava vagamente consciente de que, há alguns minutos atrás, éramos inimigos, e agora ele estava deitado sobre mim na areia. Esperei que ele percebesse o que estava fazendo e parasse com um grito de horror, da mesma maneira como parou no porão do escritório do aeroporto. Mas ele continuou me beijando. Por fim, decidi que era melhor eu fazer alguma coisa para terminar com isso, e não seria dando para trás.

Deslizei minha mão pela parte de fora da sunga dele para tocá-lo.

E então ele fez uma pausa, e suspirou. Ele não parou. Seus beijos tornaram-se mais focados, mais intensos. Sua língua entrava em minha boca e me varria por dentro. Ele beijou minha orelha, lambeu meu pescoço e percorreu todo o caminho até meus seios, suspirando sempre que eu o acariciava.

Agora eu ficava imaginando onde isso terminaria. Eu não quis transar sem preservativo quando eu tinha 14 anos. Aos 18 anos não era muito diferente. Meu cérebro dizia: *Faça-o parar.* Meu corpo dizia: *Deixe-o fazer.* Nunca tinha me sentido tão bem, nem mesmo voando.

Molly gargalhou em algum lugar na escuridão. Grayson congelou em cima de mim.

Ele me deu um longo beijo e então sussurrou contra meus lábios:

– Vou entrar na água. Se eles me verem dessa maneira, saberão exatamente o que estávamos fazendo.

– E tem algum problema nisso?

Ele colocou sua testa contra a minha.

– Não.

Empurrei seus ombros para que pudesse olhar dentro dos olhos dele.

– Você ainda quer que eu saia com Alec? – perguntei, incrédula.

– Sim!

– Diga por quê – insisti.

– Não posso – ele sussurrou. – Você vai acabar contando para ele mesmo sem querer. Não posso deixar você fazer isso. É uma questão de vida ou morte.

Eu o empurrei, brava.

– Para com isso, Grayson.

Ele esfregou seu nariz contra o meu, me deixando toda derretida de novo.

– Você acha que eu brincaria com você sobre um assunto de vida ou morte? Ele se afastou de mim, seu corpo comprido demorou um pouco para se endireitar até chegar em sua altura normal. A luz da lua delineava as beiradas loiras de seu cabelo e o faziam parecer brilhar quando ele pegou sua prancha de surfe e sumiu na escuridão.

– Não – murmurei –, você não brincaria com isso.

No fim, minha raiva dele foi desperdiçada. Por quatro dias eu tentei, em vão, fazer com que ele me contasse por que ele estava brincando com Alec. Em menos de vinte e quatro horas depois eu descobri.

Dezesseis

Durante a maior parte do dia seguinte, Grayson agiu como se tivesse se esquecido do que aconteceu entre nós na noite anterior. Durante o meu último intervalo da tarde, Molly estava arrumando um banner para ele no gramado. Ele parou enquanto saía do hangar, bem atrás de Alec, e me lançou um olhar demorado e faminto que me deixou totalmente excitada.

Depois que ele foi embora sentei na cadeira de praia. Alec estava deitado no sofá empoeirado. Ele estava me enchendo sobre como uma garota que morava há 3 anos numa cidade de praia podia não saber nadar. Molly e ele fizeram uma centena de perguntas sobre isso na noite anterior. Eu estava quase fazendo aquele gesto como se fosse cortar minha garganta para que ele parasse de falar. Mas, como Molly observou, Alec não era como Grayson, e eu duvidava que ele entenderia aquela mensagem da maneira como Grayson entendia.

De repente, por baixo dos calafrios persistentes que senti quando Grayson me olhou, e por baixo do zumbido do ventilador jogando ar quente pelo hangar, algo baixo e sinistro balançou o prédio. Alec também sentiu. Franzimos a testa um para o outro.

– Alguém está chegando – disse.

– Temos que pegar Molly – gritou ele, levantando num pulo.

Saímos correndo pela porta escancarada do hangar. Lá longe, do outro lado do gramado, Molly já estava correndo para o escritório do aeroporto. Por sorte, o banner que ela estava arrumando ainda estava enrolado em uma bola pesada na grama. Se ele estivesse esticado teríamos que correr atrás dele até quase na cidade, por causa do vento que o helicóptero que se aproximava trazia consigo. Grayson deixou seu avião estacionado na frente do hangar e caminhou em direção ao escritório do aeroporto. No céu, ainda muito longe para estar fazendo tanto barulho, podia-se ver um Chinook.

Alec e eu caminhamos para o escritório do aeroporto. Grayson olhava para o helicóptero com as mãos na cintura como se acreditasse que amedrontaria o Exército. Molly inclinou-se e gritou no meu ouvido:

– O que *é* aquilo?

– Um Chinook. – Prendi meus dois dedos indicadores e os girei em direções opostas para representar as fascinantes pás do helicóptero. Então percebi que ela não tinha ideia do que isso significava, e coloquei minhas mãos para baixo. – Provavelmente da base do exército.

O Chinook voou baixo sobre as árvores e desceu na pista, seus movimentos gentis não combinando com a barulheira que fazia. Todos colocamos as mãos nos ouvidos. Todos que estavam no aeroporto enfileiraram-se no lado desmatado da pista – um número maior de pessoas do que eu poderia imaginar, como se fossem formigas fugindo de um formigueiro destruído com um chute por um garotinho maldoso. Todos os pilotos observavam porque era um Chinook e todos tínhamos desejo de pilotar um helicóptero daqueles. Os secretários e zeladores do aeroporto observavam porque o Chinook balançava o chão e deixava o ambiente carregado. Ninguém conseguia limpar um chão ou digitar um relatório, muito menos atender ao telefone, com toda aquela barulheira.

Pessoas camufladas começaram a descer do helicóptero. Dois pela porta da frente e três por outra porta. Os cinco se encontraram no meio, conversaram uns com os outros pelos fones de ouvido, e caminharam até nós. Um deles era uma garota.

Fiquei me perguntando se alguém ficou tomando conta do helicóptero.

O tenente que liderava o grupo era alto e loiro. Eu não podia dizer com certeza, pois ele estava usando óculos escuros, mas achei que ele era bonitinho, no estilo de Alec. Ele veio diretamente até mim, pois, vestida com a parte de cima do biquíni, obviamente eu estava no comando do aeroporto. Ele sorriu para mim.

– Tem alguma máquina de venda automática por aqui? – ele gritou, mais alto do que precisava. Ele estava surdo por ficar sentado no helicóptero com seus fones de ouvido ligados.

Apontei com meu polegar sobre meus ombros.

– Vou mostrar! – disse Alec, pulando na frente deles e abrindo a porta de vidro, conduzindo-os para dentro do prédio. Ele os seguiu dizendo:

– Vocês são da base do exército?

Grayson ficou olhando para o Chinook, com as mãos ainda na cintura, e os dois pulsos brancos. Parecia que ele estava quase explodindo.

– Que engraçado – gritei para ele querendo puxar conversa. – Eles aterrissam seu Chinook no nosso aeroporto e agem como se estivem dirigindo na rodovia e resolveram parar em um restau...

– Você quer ir lá com eles também? – ele me perguntou.

– O quê? – perguntei, percebendo que mesmo enquanto eu pronunciava essa palavra Grayson estava com ciúme de um tenente do exército, que falou comigo a caminho da máquina de venda. E então, embora eu tenha descoberto isso, perguntei: – O que você quer dizer com isso?

Porque eu queria ouvir da boca dele. Se ele estava realmente com ciúme, era porque ele me queria.

Ele abriu a boca. Inclinou a cabeça em direção à porta por onde o tenente desapareceu. Virou os olhos para mim. E então entrou pela porta atrás deles.

Durante todo o tempo, as hélices e os motores continuaram funcionando. Quando se aproximou o Chinook foi estrondoso. Quando aterrissou, nos absorveu. Agora o barulho tornara-se alto demais, mas inevitável, uma vibração que balançava meu corpo todo e me mantinha acordada, e que insistia em avisar que algo estava para acontecer.

– É tão bonito, não é? – gritei para Molly. – Esta peça maciça de engenharia que não parece capaz de voar.

– O quê? – ela gritou de volta.

A porta do escritório do aeroporto foi escancarada atrás de nós. Grayson gritou sobre o barulho do helicóptero. Não consegui entender o que ele dizia. Os quatro homens e a mulher, que usavam uniformes, caminharam de volta pela pista com bebidas e pacotes de bolachas nas mãos. E desapareceram dentro do Chinook; o helicóptero rugiu mais alto e mais forte por alguns minutos, para se estabilizar, e então levantou tão facilmente quanto um pequeno Piper quando assoprado por uma tempestade de vento.

– O que você disse a eles? – gritou Alec para Grayson sobre o barulho que desaparecia.

– Disse para ele tirar a porcaria do Chinook da minha pista – disse Grayson. – Estou tentando tocar um negócio aqui, e não vou ficar parado e perder contratos só porque esses idiotas acham divertido descer aqui.

– Você disse isso para ele dessa maneira? – Alec perguntou, horrorizado. – Grayson, você não pode falar com ele dessa maneira. Ele era um tenente!

– Posso falar com ele como eu quiser, Alec. Não sou um militar idiota.

– O Chinook já foi embora. – Apontei.

Grayson olhou para o lado. Ele queria ficar e discutir, mas percebeu que agora estava parado e perdendo contratos enquanto ficava ali em pé. Ele andou em direção ao Piper vermelho.

Como se tivesse pensado melhor, virou-se e caminhou de volta.

– Molly – gritou. Apontou para o banner enrolado no meio do gramado.

Molly o saudou e correu até a grama. Os outros espectadores voltaram para os prédios de metal de onde saíram correndo. Não havia mais nada para ver aqui. O último zumbido do Chinook já desaparecera. O aeroporto voltou a ficar calmo como se o helicóptero nunca tivesse pousado ali.

Virei para Alec.

– Qual é o problema de Grayson? Eu achei tão legal o Chinook passar por aqui.

– Ele está bravo porque fui aceito na Citadel (a Escola Militar da Carolina do Sul).

– O que? – exclamei. – Alec, isso é maravilhoso!

– Ele acha que vou para o serviço militar – disse Alec.

– Ah! Agora eu entendi. – Enquanto Grayson ligava o motor do Piper vermelho e nós o observávamos taxiar passando por nós até chegar ao final da pista, percebi que eu ainda não tinha solucionado a questão toda, mas pelo menos eu já tinha entendido um pedacinho do porquê de Grayson querer que Alec se envolvesse comigo. A Citadel ficava em

Charleston, a cidade da qual Grayson queria que eu mantivesse Alec afastado.

Perguntei:

– Você *vai* participar do serviço militar?

– Eu não sei – respondeu Alec. – Não posso entrar na Citadel sem fazer parte do serviço militar. Eu realmente achei que a ideia era ótima, pois quero me formar como piloto. É o que quero fazer da vida. Onde mais eu terei a chance de pilotar um Chinook? Ou, meu Deus, um F-15?

Eu concordei com a cabeça. Jake estava pilotando um F-15 no Afeganistão quando foi atingido.

– Contei isso para minha família algumas semanas atrás – disse Alec –, e Grayson surtou.

Nós dois nos viramos para ver Grayson decolar, o pequeno avião voava sem nenhum problema no céu calmo.

– Ele deixou minha mãe maluca – disse Alec. – E então Grayson teve essa brilhante ideia que deveríamos tocar a Hall Aviation, como meu pai fazia. E eu não quero isso de maneira alguma. Não consigo me imaginar trabalhando com Grayson. Você consegue? – Ele se virou para mim, com as sobrancelhas loiras levantadas, querendo que eu lhe desse uma resposta.

– Antes de ter visto com meus próprios olhos – respondi devagar –, diria que não. Mas agora... – Gesticulei em direção ao Piper vermelho voando baixo sobre a grama. Grayson passou pelos mastros. O avião subiu em um ângulo impossível, quase estolando o motor. Ele não conseguiu pegar o banner? Ele não conseguiu? O banner de Molly continuava no chão e parecia muito mais longo do que deveria ser. Então o avião parou em pleno ar, por um segundo, e continuou. O banner saiu do chão e se levantou graciosamente: PROMOÇÃO PÔR DO SOL: 2 PRATOS POR 1. E saiu voando atrás de Grayson no céu.

– O negócio parece estar indo bem – continuei. – Quero dizer, meu Deus, Grayson sabe lidar com os impostos.

– Pois é – disse Alec. – E ele está fazendo todo esse esforço agora. Ele está entrando de cabeça nisso como faria se fosse escalar uma montanha no passado, gastando toda essa energia sem entender as consequências, querendo fazer tudo agora e perguntas só depois. E isso só porque minha mãe e ele me convenceram a tentar tocar o negócio com ele durante a semana da primavera e mais alguns verões depois da primavera, já que meu pai já tinha os contratos. Se tudo der certo, eles querem que eu volte e voe com Grayson durante o verão, e considere isso como uma carreira em vez de ir para o serviço militar.

– Entendi – disse eu. Entendi mesmo. Grayson se jogou nesse negócio por causa de Alec. Ele engoliu cada pedaço de sua personalidade impulsiva e irresponsável e a redirecionou para um fardo pesado demais para um rapaz de apenas 18 anos. E tudo isso por Alec. Para cumprir o cronograma de contratos ele precisava de mim também, como seu pai planejou. E para completar ele precisava que eu namorasse Alec, para que o irmão se sentisse preso a este lugar e não quisesse ir embora para Charleston e para Citadel no final do verão.

E quando recusei, Grayson deu um jeito de me obrigar.

– O que *você* acha? – perguntou Alec.

Pisquei para ele. Ele estava usando óculos aviadores, assim como Grayson, mas por algum motivo era muito mais fácil para mim ler sua expressão do que a de Grayson. Alec precisava de reafirmação.

– Sobre o quê?

– O serviço militar – ele respondeu. – *Versus* pilotar aviões de reboque, ou fazer algum outro trabalho civil. É que, agora você tem esse emprego, e Grayson me contou que Mark estava atrás de você para que você pilotasse os aviões agrícolas para o Sr. Simon. Mas você não pretende ficar aqui, não é? O serviço militar seria o lugar perfeito para você.

Eu concordei com a cabeça.

– Porque moro em um trailer.

– Não foi isso – Alec parou no meio da frase quando percebeu que era *exatamente* o que ele queria dizer – o que eu quis dizer – terminou ele baixinho.

Olhamos para o avião do Almirante quando ele ligou o motor.

– Não conheço o serviço militar – disse devagar –, por isso não tenho certeza. Só consigo julgar pelo que já vi, morando nos estacionamentos de trailer onde a maioria dos habitantes eram famílias de militares que moravam perto da base do exército e depois perto da base da Força Aérea.

Alec abriu as mãos me pedindo para continuar.

– O que você viu?

– Vi que os militares tratam as pessoas como se fossem cachorros.

O rosto de Alec ficou sério.

– Se você morou num estacionamento de trailers com eles, você provavelmente está falando sobre homens solteiros. Soldados.

– Eu queria dizer que os militares tratam seus funcionários como cachorros – insisti. – Os militares tratam os funcionários de seus familiares como cachorros. Os funcionários começam a tratar sua própria família como cachorro porque eles também foram tratados como cachorro.

As sobrancelhas de Alec se abaixaram por trás das lentes de seus óculos.

– Mas eu teria um diploma. Eu seria um oficial. Eu teria uma ajuda para moradia maior e não moraria em um estacionamento de trailers.

– Você não teria escolha com relação ao que fazer no trabalho – eu respondi – ou onde trabalhar. Você não teria muito a dizer onde você morasse. Você seria um cachorro maior.

Alec se afastou um pouco de mim.

– Você é terrivelmente contra o serviço militar.

– Porque eu morei com eles! – respondi. – É isso que estou dizendo. Você não faz ideia.

– Eu *faço* ideia – insistiu ele. – Meu pai trabalhou no serviço militar, e meu irmão também.

Nós dois ficamos em silêncio. Ele estava ouvindo o que acabara de dizer e eu estava esperando que ele ouvisse.

– Por que Jake entrou para o serviço militar? – perguntei a ele. – Parece que seu pai não queria que ele entrasse, sinceramente.

– Ele não queria – Alec confirmou. – Mas a mamãe não queria que Jake viesse trabalhar com o papai. Acho que Jake acabou entrando para o serviço militar porque estava muito frustrado com os dois lhe dizendo o que fazer e tentando controlar cada movimento seu.

– Ele entrou para o serviço militar por frustração? – perguntei, incrédula. – Aposto que ele se arrependeu.

Alec encolheu os ombros.

– Ele nunca disse que tinha se arrependido.

– Claro, ele não admitiria – disse. – Não para o seu pai. Se ele admitisse ele estaria dizendo que seu pai estava certo o tempo todo. Pelo que já vi, não é assim que as coisas funcionam na sua família.

Todo aquele cenário estava me fazendo mal. Jake entrando para o serviço militar por frustração. Arrependendo-se no momento em que foi enviado para o Afeganistão. Sr. Hall sabendo que Jake estava arrependido, e se sentindo responsável porque levou Jake para esta situação no início. E então, quando Jake morreu, Sr. Hall estava na escuridão.

– Então, se você está interessado em entrar – disse –, eu não faria isso só porque você acha que seu pai queria que você fizesse. Tenho certeza que ele não queria.

Alec franziu a testa para mim. Percebi que o que estava dizendo não era da minha conta. Mas continuei falando porque era importante. Mais importante do que fazer com que ele gostasse de mim. Na verdade, eu estava começando a perceber como tudo isso estava ligado.

– Seu irmão morreu há três meses – continuei –, e seu pai morreu há dois. É tão recente que Grayson, você e eu seguramos a respiração sempre que um de nós fala alguma coisa sobre eles. Você está em luto, e não está pensando direito. Tudo o que você pensar em fazer porque Jake fez ou porque talvez seu pai teria gostado que você fizesse, tudo isso é suspeito. Você não tem perspectiva. E principalmente algo assim, uma decisão que vai amarrá-lo para o resto da vida, já pensou nisso? Em cinco ou seis anos depois da faculdade? Nos próximos dez anos de sua vida? Você deve tomar esta decisão com a cabeça tranquila. Não há nenhuma razão para você decidir qualquer coisa agora. Você poderia esperar seis meses e então tomar sua decisão.

Alec ainda franzia a testa para mim.

– Você soa como o Grayson. Vocês conversaram sobre isso?

– Não – respondi com sinceridade. Torci para ter soado verdadeira. Na verdade, eu estava começando a me sentir culpada. Agora entendia bem por que Grayson queria que eu seduzisse Alec. Eu manipulei Alec a semana toda sem saber o porquê. Agora eu sabia.

– Bem, escute – disse Alec com um pequeno sorriso retornando a seus lábios. – Vou sentir sua falta hoje à noite, mas vou jantar com meu recrutador.

Pisquei.

– Seu recrutador? – Isso *era* sério. – Alec, por favor, pense sobre o que eu disse.

– Eu vou pensar – ele prometeu. – Mas isso significa que não vou vê-la hoje à noite. Não havíamos planejado nada, mas temos saído juntos e pensei que você e eu... – Ele acariciou a palma da minha mão com seu dedo. – Não dissemos que estamos namorando ou algo parecido, por isso eu não quero colocar pressão. Só queria que você soubesse onde vou estar. E queria explicar isso quando você estivesse sozinha. Grayson vai ter um piti quando souber que vou encontrar meu recrutador, como se isso fosse da conta dele.

Ah, mas é claro que era da conta de Grayson sim. Ele tinha feito com que isso fosse da conta dele. Mas, tudo o que eu disse foi:

– Obrigada.

Alec me deu um beijo na testa.

– Vejo você amanhã pela manhã. – Ele virou para o hangar da Hall Aviation e caminhou em direção ao Piper amarelo, enquanto Molly lá no gramado lutava com seu banner e o encaixava entre os mastros.

Meu último voo do dia estava arruinado. Eu adorava aquela adrenalina da hora da decolagem, aquela visão do mundo espalhada abaixo de mim. Eu não joguei muito videogame na vida, mas eu tinha certeza que passar um avião de verdade entre dois mastros minúsculos para pegar um banner era muito mais divertido que qualquer cenário de aviação para videogames já inventado. Eu adorava brigar com o motor, diminuir sua velocidade, quase estolando, e negociar a paz entre o avião e o céu.

Ou seja, eu adorava voar quando eu podia pensar sobre voar. Mas quando minha cabeça estava cheia com algum problema, voar tornava-se um fardo. E neste exato momento minha cabeça girava a toda, levando Alec e Grayson junto desse redemoinho.

Agora eu entendia por que Grayson tinha me chantageado. Eu acreditava que ele acreditava no que me disse na noite passada. Enganar Alec era uma questão de vida ou morte. Mas isso não tornava o que ele estava fazendo correto. Provar para Alec que eles eram capazes de tocar o negócio era uma coisa. Colocar-me no meio disso era maldade. Agora ele não estava mais tentando convencer Alec, mas sim, manipulá-lo.

Na verdade, quanto mais eu pensava nisso, mais eu me perguntava se Grayson também inventou tudo o que ele me disse sobre meu trabalho como piloto de aviões agrícolas. Eu não colocaria minha mão no fogo por ele, acho que ele faria qualquer coisa para que eu fizesse o que ele queria.

Fiquei me perguntando se a noite passada na praia foi apenas outra tática dele para me manter ao seu lado.

Era nisso que eu pensava quando joguei meu banner e dei a volta mais uma vez para pousar. Eu *não* deveria estar pensando em mais nada a não ser em pilotar o avião, e eu ouvia Sr. Hall me repreendendo em minha cabeça, mas eu não podia evitar. Analisei cada detalhe do que Grayson e eu fizemos na praia. Nunca me senti tão bem em toda minha vida. Seria possível ele ter fingido tudo o que sentia? Eu acho que não, mas eu não tinha muita condição de compará-lo com outra situação como aquela.

Eu sabia como meu namorado agiu ao transarmos na pista quando eu tinha 14 anos. Ele não estava apaixonado por mim. Eu sabia como Mark aparentava quando ficamos juntos. Eu estava tão confusa agora pensando nas motivações dele que eu não tinha ideia do que pensar. Como ele teria reagido se eu o tivesse chutado para fora do meu trailer se ele realmente me amasse?

Aquilo me trouxe de volta à minha conversa com Alec minutos antes de decolarmos. Ele pediu minha opinião sobre seu plano de entrar para o serviço militar. E eu disse a ele. Eu percebia agora que o que eu disse estava errado. Por isso ele franziu a testa para mim o tempo todo. Se eu estivesse apaixonada por ele eu o teria abraçado e chorado e implorado para que ele não fosse, e ele sabia disso.

Eu estraguei aquela parte do plano de Grayson sem nem perceber.

Agora eu não podia fazer mais nada. Assim que eu descesse teria uma longa conversa com Grayson e iria convencê-lo que, se ele quisesse mudar a cabeça de seu irmão, não importando a gravidade da situação, esta não era a maneira de fazê-lo.

Este era o meu plano até eu me aproximar do aeroporto pela última vez naquele dia. Deveria estar olhando para a pista, mas meus olhos se viraram para o hangar da Hall Aviation, onde os aviões de Grayson e Alec já estavam estacionados. E então para o terreno ao lado do escritório do aeroporto, onde minha mãe descia do antigo Trans-Am de seu namorado, Roger. A porta do carro tinha cor diferente do restante do automóvel.

Quando aterrissei, taxiei pelo hangar e desci do avião não vi minha mãe em nenhum lugar do lado de fora. Procurei pelo hangar enquanto andava lá dentro, mas ela também não estava lá. Grayson, Alec e Molly estavam conversando na frente do Cessna de Sr. Hall, todos com olhar sério. Provavelmente era uma discussão importante sobre o Chinook e o tenente, e sobre o que Grayson disse a ele, mas nada disso importava agora.

Caminhei até eles e coloquei minha mão no peito de Grayson. Ele parou de falar e olhou surpreso para mim.

– Minha mãe está aqui – disse a ele – e você é meu namorado. Você é meu namorado há três anos e meio, menos a semana que passei com Mark.

– O quê? – ele gritou, com pânico nos olhos por eu ter arruinado meu relacionamento falso com Alec.

– Não posso explicar isso agora, disse eu impacientemente. – Ele não era o único que estava arquitetando relacionamentos falsos por aqui. Será que ele não percebia isso? – Eu disse para ela que, na verdade, não trabalho tantas horas no escritório do aeroporto, e que quando não estou trabalhando estou por aqui com você.

– Mas...

Interrompi o que ele falava e me virei para Alec.

– Você e eu não estamos namorando. Certo? Só por agora.

– Certo – respondeu Alec, em dúvida.

Virei para Molly.

– Você nunca viu minha mãe. Por isso, apenas fique de boca fechada.

Virei para a porta lateral do hangar, pela qual minha mãe entraria a qualquer momento.

– Ela está no escritório do aeroporto – disse, olhando para a porta. – Leon está contando para ela que estou trabalhando aqui durante essa semana. Se ele contar que estou pilotando um avião, estou ferrada. Se ele não contar esse detalhe, sou sua secretária, você entendeu?

Passei meu braço em volta da cintura de Grayson e fiquei olhando para o Cessna por dois segundos, até que, pelo canto do olho, vi a porta do hangar se abrir.

Fiquei surpresa com a aparência dela. Ela parecia a mesma pessoa de sempre, e eu a vi há apenas dez dias – na noite em que ela disse a Mark que ele podia se mudar para nosso trailer. O que me surpreendeu foi o quanto ela se parecia com aquela menina da caminhonete de Mark, aquela que ele levou para a praia, a diferença era que minha mãe era 15 anos mais velha que ela.

Caminhei até ela dizendo:

– Oi, mamãe! – E a abracei.

– Oi, Roger – disse por sobre os ombros dela enquanto ele entrava pela porta. Ela sorriu para mim.

– Querida, tenho novidades.

Como ela estava voltando do cassino indiano, a primeira ideia que veio à minha cabeça foi que ela ganhou cinquenta mil dólares. Mas, se ela tivesse ganhado ela já teria gastado tudo a caminho de casa. Roger e ela teriam vindo até o hangar num táxi e não no Trans-Am dele.

– O que foi? – suspirei.

– Vamos nos mudar para Savannah! – disse minha mãe. – O primo do Roger disse que talvez consiga arrumar um trabalho para ele dirigir uma retroescavadeira na usina.

Fiquei gelada naquele hangar extremamente quente. Meu cérebro tentou processar esta informação. Eu não processei a informação. A usina, ou qualquer outra fábrica nos Estados Unidos, exigiriam três condições de seus empregos que Roger não tinha e não conseguiria ter: um exame provando que ele não consumia drogas, referências e a capacidade de trabalhar por mais de dois dias seguidos na semana. Mas, no fundo do meu coração, eu sabia que levaria algumas semanas para minha mãe perceber isso, se é que ela se importava. E, quando ela percebesse, já estaríamos morando em Savannah.

Em um estacionamento de trailers ao lado do aeroporto.

E eu teria que começar tudo de novo.

Dezessete

– Savannah é linda. – Minha mãe fez um movimento vago de aceno que parecia indicar Grayson, Alec e Molly. – Seus amigos podem vir nos visitar – disse ela, como se fosse uma pessoa generosa e como se isso resolvesse toda a questão. – Então, volte para casa e arrume suas coisas, Leah. Vamos embora hoje à noite.

– Hoje à noite? – Grayson perguntou rapidamente, soltando um vento gelado no meu pescoço.

Virei para eles. Alec e Molly sussurravam com a cabeça inclinada. Grayson olhava para minha mãe sem acreditar. No mundo dele, as famílias não mudavam de cidade de uma hora para outra. Não precisavam fazer isso. E foi então que percebi que algo devia estar acontecendo.

– Qual é o problema? – perguntei para minha mãe com ar suspeito. – Por que você ficou, de repente, desesperada para ir para aquele cassino na semana passada? – Normalmente, levava alguns dias para ela colocar o plano em prática. Uma reviravolta repentina por desespero. Como se ela precisasse de muito dinheiro, e rápido.

– Não tem nada errado! – disse ela. Suas bochechas eram dois pontos vermelhos, e não estavam assim por ela ter passado o dia na praia. – Eu só queria me divertir um pouco. Estamos na semana da primavera!

A semana da primavera era um feriado apenas para alunos, como eu, não para uma garçonete desempregada como ela. Fiquei me perguntando se ainda podia chamá-la de garçonete desempregada. Já fazia tanto tempo que ela não trabalhava que ela já não era mais uma garçonete desempregada, e sim apenas uma desempregada.

Coloquei minhas mãos na cintura.

– Há quanto tempo você está atrasada com o pagamento do aluguel?

– Não é por isso que vamos nos mudar – respondeu ela. – O primo do Roger disse...

– Foi por isso que nos mudamos de Golden para Equality – disse eu. – Foi por isso que moramos em todas as bibocas de Equality. Foi por isso que nos mudamos de Equality para a base do exército, e de lá para a base da Força Aérea, e depois para Heaven Beach.

– *Não* foi por isso que nos mudamos para cá! – gritou minha mãe de volta. – Billy me disse que ia arrumar um emprego para mim. Ele não arrumou, mas ele disse que ia arrumar.

Grayson estava falando suavemente no meu ouvido. Mas eu não dei ouvidos ao que ele dizia. Eu não tinha terminado.

– É verdade! – gritei. – Pelo menos metade daquelas vezes, o colega de cela do chefe do irmão do seu namorado pensou que conseguiria arrumar um emprego para o seu namorado na fábrica de balas. E vocês sempre terminaram quinze minutos depois que nos mudamos. Mas eu levei mais do que quinze minutos para me adaptar, mamãe. Mudar não resolve os meus problemas como resolve os seus. Vou me formar no colegial em seis semanas e não vou me mudar novamente!

– Na verdade eu nunca teria mudado se não fosse por você! – minha mãe gritava comigo agora. – Não conseguimos pagar o aluguel com o que você ganha. Se você trabalhasse mais horas ficaríamos bem. – Ela se virou para Grayson. – Vocês não estão todos juntos? Ela não está trabalhando para você agora? Você não pode dar mais horas para ela?

Tanto Grayson quanto Alec e Molly deviam estar fazendo o cálculo em suas cabeças. Eles sabiam que eu estava mentindo para minha mãe, que eu não contava sobre meu trabalho para ela. Eles sabiam que eu estava trabalhando todo o tempo que eu podia. Mas eu precisava de muito mais dinheiro para continuar voando. Eu não mudaria isso de maneira alguma agora.

E eu estava muito chateada porque minha mãe estava se mostrando exatamente a mãe ruim que Molly insinuou que ela era naquela noite no café dos seus pais, na frente de Alec e Grayson. Molly estava certa, e eu errada.

Eu gritei:

– Estou na escola, mãe. Você quer que eu tenha um segundo emprego, trabalhando num terceiro turno, quando ainda estou no colégio? Isso não é justo se você não trabalha de jeito nenhum!

– Não é justo eu pagar o aluguel se eu nem fico lá! – Ela virou e começou a caminhar em direção à porta do hangar, empurrando Roger que estava na frente dela. Na porta ela gritou sobre os ombros: – Vamos mudar para Savannah daqui a pouco, e você pode vir ou não. – E bateu a porta. O barulho ecoou como se fosse um Chinook nas paredes de metal.

Os braços de Grayson deslizaram-se em volta dos meus ombros. Foi quando eu percebi que ele deixou os braços em volta de mim o tempo todo – mas agora não mais. Ele estava me fazendo várias perguntas, e Molly e Alec também. Aquelas pessoas ricas só perguntavam coisas estúpidas, eu só respondia:

– Eu não sei. Eu não sei. – Ainda tentava pensar no que estava para acontecer. – Acho que nos próximos dias serei despejada. – Eu não recebi o aviso pelo correio, mas talvez minha mãe tenha protelado falar com o proprietário por telefone. Até agora.

– Como isso é possível? – perguntou Grayson. – E por que ela acha que sou seu namorado?

– E por que você quer que ela pense que ele *ainda* é seu namorado? – acrescentou Alec.

Olhei para Molly à procura de ajuda, mas ela me olhava com os olhos bem abertos, tão curiosa quanto os garotos.

– Já faz bastante tempo que eu digo a ela que Grayson é meu namorado. – Depois que eu disse isso eu percebi que não tinha explicado nada, e, na verdade fiz com que a situação toda parecesse pior ainda.

– Então, eu vou atrás da minha mãe para ter certeza de que ela não vai levar a geladeira embora – disse. – Ou o ar-condicionado. – Caminhei para fora do hangar.

Eu estava tão envolvida em meus pensamentos que não percebi que já tinha andado toda a distância do aeroporto até o estacionamento. Só me dei conta quando o maldito pit bull começou a latir. Depois das árvores e do outro lado da estrada de cascalhos eu podia ver Roger sentado no seu Trans-Am, com o motor ligado. A porta do trailer estava escancarada, como se um crime estivesse acontecendo ali.

Minha mãe, finalmente, pegou a correspondência. No balcão da cozinha tinha uma pilha de mala direta e um envelope de tamanho A4. Desdobrei e li o aviso de despejo. Mesmo depois de nos mudarmos ainda deveríamos pagar o aluguel atrasado, se não seríamos procuradas por uma agência de cobranças.

Encontrei minha mãe remexendo no armário, colocando suas roupas num saco de lixo.

– Ainda temos duas semanas até sermos despejadas – disse, de maneira seca. – Por que estamos com tanta pressa?

– O primo dele vai dar uma festa em algumas horas em Savannah. – A cabeça dela estava dentro do armário, sua voz foi abafada pelas roupas. – Tem certeza de que não quer vir conosco?

– Não, eu quero ficar aqui e terminar o ano escolar.

– Você pode fazer o GED (General Educational Development) – disse ela.

– Mãe! – gritei com ela. – Isso não faz nenhum sentido! – Ela se endireitou e colocou a mão no meu ombro. – Querida, se você quiser ficar aqui sozinha, por mim tudo bem. Você já tem 18 anos e ficará bem. Grayson é um gato! Você escolheu bem desta vez, ele é bem melhor do que Mark. Eu não confiava em Mark.

A pergunta óbvia, *Então por que você o convidou para morar comigo?* apenas passou pela minha cabeça. Talvez eu a utilizasse se pudesse usar a lógica para persuadir minha mãe a fazer alguma coisa. Eu ficaria bastante surpresa se estas emoções a afetassem de alguma maneira. Mas eu não me importava. Ela não se importava a mínima e por isso estava sozinha em um trailer.

– Apenas peça para Grayson lhe dar mais horas de trabalho – disse ela. – Ou vá morar com ele se precisar. Venha aqui, minha menina. Vou sentir sua falta. – Ela colocou o saco de lixo em cima da cama e me puxou para me abraçar.

O Beechcraft do Almirante voou baixo sobre nós, com o motor barulhento, se preparando para aterrissar. Ela se afastou de mim e olhou para o teto do trailer, como se pudesse enxergar através dele o pequeno avião branco passando pelas copas das árvores.

– Mas não vou sentir a menor falta desses malditos aviões – gritou ela. – Não consigo entender como você e seu namorado conseguem trabalhar lá.

Segui minha mãe até a porta e fiquei observando-a de cima dos blocos de cimento enquanto Roger e ela iam embora. Pisquei por causa da nuvem quente de poeira.

E continuei ali, em pé na porta. Eu não conseguia sair dali. Para onde eu iria? Eu não conseguia entrar. Aquilo significava que o trailer era meu. Fiquei ali em pé por bastante tempo, ouvindo o pit bull, com o caro ar-condicionado pingando em minha volta, e com a vida também me abandonando. Eu só tinha me sentido assim quando ouvi, por entre a videira do aeroporto, que o Almirante encontrou o corpo de Sr. Hall.

Fiquei ali em pé por tanto tempo que o pit bull se cansou e, com um gemido final, se deitou.

O estacionamento de trailers estava tão silencioso que eu podia ouvir a TV de alguém ligada a distância, e os carros passando lá na rodovia.

Então o pit bull pulou e começou a latir com fúria, mais uma vez, e Grayson apareceu saindo das palmeiras.

Seus óculos escuros brilhavam no sol do fim da tarde enquanto ele atravessava o pátio sujo sem hesitar e subia as escadas de cimento. Ele ficou parado na minha frente no último degrau, olhando para mim, com o suor escurecendo os cachos loiros que saltavam por baixo de seu chapéu de caubói. Ele disse severamente:

– Precisamos conversar. Deixe-me entrar.

– Não.

Ele suspirou com impaciência, apertando e soltando as mãos.

– Tudo bem, Leah. Por que você não me deixa entrar na sua casa?

– Por que não é uma casa – respondi. – É um trailer.

– É temporário. – Sua voz foi se acalmando enquanto ele se aproximava de mim. Olhei para cima, mas tudo o que vi foi meu próprio reflexo.

– Dezoito anos não é temporário. – Queria ter dito isso com sarcasmo, mas saiu com um som rouco, e me vi indo para trás e passando pela porta aberta quando ele se inclinou chegando mais perto ainda de mim.

– É temporário de agora em diante. – Ele deu mais um passo para frente, me forçando a dar mais um passo para dentro. – Me deixe entrar, Leah.

– Por quê? Para você procurar por cerveja de novo? Não tem nem uma. Se tivesse, minha mãe teria levado embora. Provavelmente, foi a primeira coisa que ela procurou.

– Não – respondeu ele. – É importante.

– Deixe-me adivinhar – tentei soar arrogante, mas meu coração acelerou e eu parecia sem fôlego quando disse: – Você veio me dizer que meu relacionamento falso com você arruinou meu relacionamento falso com Alec, e que eu devo ficar longe de vocês de agora em diante. Bem, sinto muito, mas minha mãe está a caminho de Savannah e não vai voltar para ver como estou, muito menos ter um ataque no aeroporto porque eu falsifiquei a assinatura dela anos atrás. Você não pode mais me manipular. Eu nunca teria ajudado, para começo de conversa, se eu soubesse que você estava tentando controlar a vida de Alec. Ele me contou sobre Citadel e o serviço militar. O que você está fazendo é errado. Nosso acordo está desfeito.

– Não me importo com o que você pensa. – Grayson deu mais um passo em minha direção. Estávamos os dois dentro do trailer agora. Ele chutou a porta para fechá-la e continuou andando em minha direção. Continuei dando passos para trás até sentir o balcão da cozinha nas minhas costas.

– Só quero saber onde Alec foi – disse Grayson.

– Agora?

– Hoje à noite. Vocês vão sair? Fui até o escritório para fazer o seu cheque e descontá-lo. Quando saí, Molly e ele já tinham ido embora, e ele não atende o celular.

– Ele disse que ia sair com seu recrutador.

– Seu recrutador! – Grayson tirou os óculos e o chapéu, colocou-os em cima do balcão e passou os dedos pelos cachos. – Pelo amor de Deus, Leah. Por que você deixou que ele fosse?

– Por que eu não sou a babá do seu irmão – exclamei. – Ele disse que ia sair com seu recrutador, Grayson. Ele não disse que assinaria um contrato de seis anos essa noite. E eu disse a ele que eu achava que isso não era uma boa ideia.

Grayson balançou a cabeça para mim, com a boca fechada, as narinas dilatadas e o olhar severo, como se tudo aquilo fosse minha culpa.

– Existem duas possibilidades, e as duas são péssimas. A primeira é que ele está mentindo para você. Ele não quer sair com você e então inventou uma desculpa para se livrar de sua companhia. Talvez ele esteja saindo com outra pessoa, como a garota que estudou conosco no colégio e que ele encontrou naquela festa.

– Por que isso é tão ruim? Eu também não estou interessada nele.

– É sua *função* fazer com que ele goste de você, Leah. Você se esqueceu disso?

– Não é mais – protestei –, porque eu...

Ele colocou as mãos no balcão, inclinando-se mais perto de mim e me encurralando. E me interrompeu:

– A outra possibilidade é que ele não estava mentindo. Ele realmente vai se encontrar com seu recrutador. Numa *noite* de quinta-feira, numa semana da primavera, em Heaven Beach. Isso significa que eles se tornaram amigos. O recrutador vai virar amiguinho dele para atraí-lo, e então, você sabe, Alec vai assinar sua sentença de morte. Alec pode fazer isso, você sabe, quando quiser!

– Sim, eu sei! – Eu estava tão irritada com Grayson. Gostaria que ele pudesse ouvir o que estava dizendo. – A vida é dele e a decisão também é dele. Você não tem nada com isso!

– Como você ousa dizer isso? – perguntou Grayson. Aquilo soou tão engraçado, uma resposta tão antiquada. Talvez por isso pareceu tão verdadeira, e senti um arrepio na espinha. – Você não tem ideia – disse ele. – Nenhuma. Quantos irmãos você tem?

Engoli seco:

– Nenhum.

– Quantos irmãos mortos você tem?

Fechei os olhos para não chorar, então pus minhas mãos nos seus ombros, com carinho.

– Grayson. O fato de ele ingressar no serviço militar não significa que ele vai morrer. O Almirante passou toda sua carreira na marinha, provavelmente pilotando aviões nos primeiros vinte anos de serviço, e nunca se machucou. Seu pai nunca se machucou.

Minhas palavras foram se desacelerando quando percebi como pareciam ridículas. Grayson não precisava que vários amigos e familiares morressem para se sentir preocupado com a vida de Alec. O fato de Jake ter morrido já era suficiente.

Eu percebi isso e não precisava de um sermão de Grayson, mas ele estava tão chateado que eu deixei que ele falasse.

– Alec já é piloto, Leah.

– Certo.

– Assim que ele se formar na faculdade eles o mandarão para a escola de pilotos. Diabos, se ele se inscrever como reserva e houver uma emergência, eles irão arrancá-lo da faculdade e mandá-lo para a escola de voos. Isso pode acontecer no próximo verão, Leah. Pode acontecer em junho. Ele será o primeiro nessa linha de voo. Você deve estar pensando que talvez ele consiga se desviar de uma bala, literalmente. Já eu penso que pilotar um avião enquanto as pessoas estão atirando contra você nunca é uma boa ideia. Ele pode estar morto em junho.

– Eu disse a ele o que eu pensava. – Bati nos ombros de Grayson mais uma vez e coloquei minhas duas mãos no peito dele, colocando meus dedos no seu pescoço. – Você disse a ele o que você pensava. Eu não sei onde ele foi, e isso é tudo o que podemos fazer agora.

Seus olhos cinza começaram a se suavizar, e seu corpo se aproximou, me prendendo com mais firmeza contra o balcão.

– Para responder sua pergunta, sim, hoje você arruinou seu relacionamento falso com Alec. Por que você disse à sua mãe que eu era seu namorado e não ele?

Eu sabia o que estava por vir. Meu coração se acelerou, como se o avião estivesse taxiando na pista e acelerando os motores, se preparando para decolar.

– Isso começou há muito tempo – admiti. – Eu não queria dar todo o meu dinheiro a ela. Por isso disse a ela que, parte do tempo que passava no aeroporto era, na verdade, o tempo que eu passava com o meu namorado. Disse a ela que eu não trabalhava todo aquele tempo.

Ele colocou a mão no meu rosto. A ponta de seu polegar acariciou meus lábios. O motor acelerou tão alto que o barulho encheu meus ouvidos.

– E por que fui eu o namorado que você escolheu?

– É mais fácil se lembrar de suas mentiras se elas estiverem mais próximas da verdade – sussurrei. – Quem me dera.

Ele me beijou. Tão suave, gentil e devagar.

Ouvi meu próprio suspiro, senti meu corpo se aquecer, e percebi que o trailer ficava todo escuro em volta dele à medida que ele se inclinava ainda mais, até que sua testa encostou na minha. Ele tinha me encostado no balcão. Eu não tinha como fugir, e eu já não tinha mais certeza se realmente queria fugir.

Sua voz deixou meus braços arrepiados e seus lábios acariciaram minha face enquanto ele falava.

– Se me lembro bem, ontem à noite, na praia, quando fomos interrompidos, sua mão estava bem aqui. – Ele pegou minha mão que puxava sua camiseta sem muita força e a colocou em seu quadril. – E esta mão estava aqui. – Ele puxou minha outra mão para o outro lado de seu quadril e escorregou meus dedos pelo cós de sua calça. – Então fiz isso. Ele colocou um braço em torno dos meus ombros. – E eu queria fazer isso. E sua outra mão desceu até meu quadril, o calor da palma de sua mão encharcando o tecido fino dos meus shorts.

Ele apertou seus lábios contra os meus e parou. Talvez ele estivesse esperando para ver se eu o empurraria. Talvez, como eu, ele estivesse saboreando aquele momento incerto como se tivéssemos chegado no topo de uma montanha. Poderíamos ter voltado a terra, fingindo que estávamos brincando um com o outro e que tudo não passara de uma piada de mau gosto. Ou poderíamos ter continuado e termos nos jogado numa leve e eufórica queda livre. Naquele momento de decisão, suas mãos quentes na minha pele e o ar frio no ambiente confundiram meu corpo. A eletricidade tomou conta de mim. Os únicos sons que conseguia ouvir eram o zumbido baixo da geladeira e o suspiro sensual de Grayson.

Mudei a posição de minha mão no cós de seu shorts, empurrando meus dedos mais para baixo e colocando a palma de minha mão na sua pele nua.

E era isso: fomos em frente. Ele me beijou forte na boca, não sentia mais meu estômago, e caímos no chão. Parei de pensar. Não havia mais nada além da excitação, da loucura, das sensações de sua língua na minha boca e de seu corpo embaixo das minhas mãos.

Depois de nos beijarmos assim por bastante tempo, ele me pegou e me colocou sentada no balcão. Eu não recuei, e nem mesmo considerei resistir quando ele colocou as mãos entre minhas pernas.

Eu não esperava muita coisa. Deixei-o me tocar ali porque ele queria. O garoto com quem eu perdi a virgindade também me tocou ali. Mas ele satisfazia sua própria curiosidade. Mas Grayson estava me satisfazendo. Ele observou meus olhos e beijou meu pescoço enquanto explorava meu corpo com sua mão. Longos minutos depois, enquanto descansávamos nossas testas encostadas uma na outra, ofegando na boca um do outro, ele desamarrou a parte de cima do meu biquíni.

Voltamos para o ponto em que paramos na praia. Eu o queria desesperadamente, mas nada faria com que eu levasse isso adiante se não pudesse arcar com as consequências mais tarde. Afastei seus cachos loiros com meu nariz e sussurrei no ouvido dele:

– Você tem camisinha?

– Eu tenho – ele sussurrou de volta, com a voz super sensual. Mas o clima esfriou agora que tínhamos que pensar. Ele procurou a carteira no bolso, colocou-a em minha coxa no balcão e procurou em vários compartimentos. – Achei que tinha. – Ele retirou um recibo amassado. – Ah, meu Deus, por favor.

Observei seus longos dedos procurando na carteira, sendo enfiados dentro dos compartimentos para encontrar uma camisinha escondida. Então observei seu rosto. Ele mordia o lábio, preocupado por não encontrar o preservativo e então não conseguir terminar esta experiência depois de tudo. Com tanto desejo por mim. Eu tinha uma queda por ele há anos e me apaixonei por ele nos últimos dias. Mas, quando ele parou e franziu a testa para mim, olhando através de mim como se estivesse pensando onde mais ele podia ter deixado algumas de suas coisas, me apaixonei ainda mais.

Procurando na carteira mais uma vez, ele tirou sua licença de piloto e sua carteira de motorista, e ainda o cartão de crédito da Hall Aviation.

– Vamos lá. Aha! – Ele sorriu para mim e tirou dois pacotes. – Dois.

– Impressionante.

– Oh! – Ele sorriu nervoso, e sua pele ficou vermelha, escurecendo suas bochechas na luz fraca da cozinha. – Sim, isso tudo parece muito cauteloso da minha parte, não é? Como se eu andasse por aí com camisinhas o tempo todo para me precaver. – Ele me olhou nos olhos e disse: – Eu tinha uma namorada. Antes de Jake morrer. Então a perdi porque fui um idiota com ela.

Ele parecia estar se desculpando. E eu não sabia o que dizer. É claro que ele teve uma namorada. É claro que ele se tornou uma pessoa difícil depois da morte de Jake. Senti pena dele e da garota. Se ela tivesse algum sentimento, ela deveria estar com o coração partido por eles não terem conseguido ficar juntos até que o pior passasse.

Mas depois Sr. Hall morreu. Talvez *isso* fosse pior, este exato momento.

Eu poderia ser esta garota para ele. Eu poderia ser exatamente o que ele precisava. Ele era tão cheio de vida, mas instável, e eu seria estável por ele, e o ajudaria a passar por isso.

Ele estava olhando para os preservativos.

– Talvez eles estejam vencidos. Não, este está na validade. – Ele colocou um pacote no balcão. – E este também. – Ele olhou para mim novamente. – Talvez não devêssemos fazer isso.

Ah, não. Já fazia tanto tempo que eu queria muito fazer isso com Grayson, mesmo antes de saber que eu queria.

Mas aquilo era egoísmo da minha parte. Engoli e balancei a cabeça, tentando entender.

– Por causa das camisinhas?

– Ei. – Ele me deu um longo e inocente beijo, e então um outro beijo na testa. – Não. Elas estão na validade.

Agora eu sabia.

– É por causa da garota que você estava namorando?

Suas sobrancelhas se levantaram para expressar surpresa.

– O quê? – Não!

Soltei um pequeno suspiro de alívio por ele não estar sofrendo por sua antiga namorada. Mas, eu estava confusa.

– Por que, então?

– Porque eu sou seu chefe. E estou me aproveitando da situação vindo até aqui sabendo que sua mãe foi embora.

– Só por isso? Você está percebendo isso um pouco tarde. – Coloquei minha mão no seu rosto e acariciei sua barba loira com meus dedos. – Nós dois temos 18 anos. O que o incomoda?

Seus olhos cinzentos cheios de vida olharam profundamente dentro de meus olhos enquanto ele dizia:

– Meu pai me mataria.

Provavelmente, ele estava certo sobre isso. Mas seu pai não estava aqui. E nós estávamos.

Devagar escorreguei do balcão, pelo seu corpo. Quando cheguei ao chão olhei para cima procurando os olhos dele. Peguei sua mão e o conduzi até o meu quarto.

Dezoito

Depois ele se deitou em cima de mim. Com seu rosto pressionado contra meu pescoço, mas eu não queria que ele se mexesse. Ali, toda presa, eu me sentia estranhamente confortável. Apenas tentei diminuir e silenciar minha respiração ofegante, até que conseguisse ouvir sua respiração forte também.

Ele lançou seu corpo sobre seus cotovelos, piscando para mim, com seus cílios longos e loiros e as beiradas de seu cabelo loiro brilhando apenas com a luz da rua que entrava pela minúscula janela.

– Meu Deus, desculpe, Leah – sussurrou ele. – Eu estava esmagando você.

– Talvez um pouquinho – respondi.

Ele sorriu para mim então, não um sorriso envergonhado, e aquilo me deixou mais relaxada. Ele tinha um olhar que eu reconhecia, das vezes em que ele fazia uma brincadeira com Sr. Hall, ou de quando ele subia e descia várias vezes enquanto aprendia a voar. Diferente de muitas pessoas, ele não ficava acabado depois de uma descarga de adrenalina. A expressão dele dizia, *Quero fazer de novo.*

Eu ri. Depois daquela adrenalina toda, semelhante a de um voo, eu voltei para a terra. Mas, assim como quando voava, eu já estava esperando ansiosamente pela próxima descarga de adrenalina também.

Ele não podia, pelo menos, ainda não. Garotos precisavam se recuperar primeiro. Eu sabia de tudo isso por assistir a TV e pelas conversas sujas no ônibus escolar. Ele alcançou meu criado-mudo e se atrapalhou com o despertador. O rádio se desligou pela primeira vez desde que ele me trouxe de volta do porão do aeroporto duas noites atrás. Normalmente, o silêncio teria descido sobre o quarto como uma mortalha. Com Grayson aqui, o silêncio era suportável. Até mesmo gostoso. Eu não me importava com a ideia de um espaço longo e vazio.

Ele rolou para o lado, apoiou-se em um cotovelo e apoiou o queixo na mão, observando-me.

– Isso vai ser um pouco deprimente depois disso tudo, mas eu queria falar uma coisa. Quando estávamos no café da Molly na noite da festa, você disse algo que me fez pensar. Você disse que, às vezes, as pessoas têm problemas, e ficam travadas. – Ele levantou as sobrancelhas, perguntando se eu me lembrava.

Eu concordei com a cabeça. Eu estava falando sobre minha mãe.

– Foi exatamente assim que me senti nos últimos dois meses – disse ele –, desde que meu pai morreu. Não, nos últimos três meses, desde que Jake morreu. Houve momentos, na verdade, *muitos* momentos, em que pensei que nunca fosse me sentir feliz novamente. Mas, neste exato momento eu estou feliz. Você me faz feliz.

– Que bom – disse, passando uma mão no seu peito nu e tentando agir com naturalidade. Aquele era Grayson, eu ficava repetindo para mim mesma, o Grayson que eu amava há tanto tempo. Mas ele era diferente em carne e osso. Levaria bastante tempo para eu me acostumar com o corpo deste homem.

– E sempre que você e eu conversamos – ele continuou.

– Ou transamos – interrompi, porque esta conversa estava ficando muito pesada.

Ele riu.

– Ou transamos – concordou ele, mas então seu sorriso desapareceu. – Eu estou falando sério.

– Eu sei – disse, me sentindo como a pior das amigas, a pior das pessoas. Achei que fazer uma brincadeira o ajudaria a passar por isso, mas ele ainda não estava pronto para superar.

– Quando estou com você, começou ele de novo, é como... se eu ainda não me sentisse normal. Mas eu consigo *enxergar* normalmente às doze horas no horizonte. – Ele apontou para cima, como se fosse o para-brisa de um avião imaginário. – Pelo menos eu sei que o normal ainda está lá. Passei os últimos três meses sem ter certeza alguma sobre isso.

Com um suspiro, ele levantou a mão e afastou um cacho escuro de meu rosto com o dedo. Com o olhar bastante triste, ele disse:

– Uma garota está precisando de colo agora, e precisa ser confortada, e precisa ouvir que tudo vai ficar bem. Sinto muito não poder fazer isso por você. Não me sobrou nada disso.

– Eu ainda tenho um pouco – disse –, e vou emprestar para você.

Ele beijou minha boca mais duas vezes, me abraçou e colocou a cabeça embaixo do meu queixo. Fiquei acariciando seus cachos loiros com meus dedos. Eles se abriram e fizeram cócegas no meu rosto. Ele disse, baixo:

– Um assunto resolvido, ainda tenho mais um para resolver. – Eu ri.

– Eu não queria que você fosse dormir achando que está tudo bem e pensando que já resolvemos tudo.

– Obrigada por me avisar. Isso é muito romântico.

Na verdade, realmente não existia nada romântico no sexo que acabamos de fazer, exceto o próprio Grayson. O ar-condicionado estava ligado, mas o pit bull ainda podia ser ouvido apesar do barulho. Minha mãe comprou meu edredom num bazar quando eu tinha 7 anos. Tinha o desenho de uma garota de um desenho animado que já não passava mais na TV há duas décadas.

E na parede em frente à minha cama rosa, num lugar estratégico para que fosse a primeira coisa que eu enxergaria todas as manhãs, estava um pôster do voo 5149 da US Airways. capitão Sullenberger decolou do Aeroporto de La Guardia, em Nova York, numa tarde de janeiro, e seu Airbus se dirigia para Charlotte, na Carolina do Norte. Um bando de gansos que estava na pista voou em direção ao seu avião e danificou os dois motores. Ele conseguiu aterrissar perfeitamente no Rio Hudson, que corre ao longo da Ilha de Manhattan. O pôster era uma foto icônica do avião flutuando no rio, com os arranha-céus de Manhattan atrás dele. Todos os 155 passageiros e a tripulação ficaram em pé nas asas, com camisas sociais e não com casacos naquela gelada tarde de inverno, rodeadas por água congelante, esperando por barcos que os resgatassem e os levassem para o cais atrás de chocolate quente. Depois disso, capitão Sullenberger foi aclamado como herói. Ele escreveu um livro e deu muitas palestras pelo país. E depois tudo virou uma grande brincadeira. Os filmes faziam gozações sobre o acidente e diziam que as pessoas de Nova York se gabavam tanto da condição heroica deste capitão, enquanto a automação moderna possibilitava que tais aviões voassem sozinhos.

Nós, pilotos, sabíamos que capitão Sullenberger era durão. Ele poderia ter derrubado aquele avião e levado metade de Manhattan com ele. Mas ele manteve a calma, e o resultado foi perfeito.

Os olhos de Grayson também estavam voltados para o pôster.

– Onde você conseguiu aquilo? – Ele apontou o pôster com a cabeça. – Meu pai...

– Tinha um pôster igual a esse – interrompi. – Eu sei. É dele. Depois que ele morreu, eu peguei a cópia da chave de seu hangar, que ficava no escritório do aeroporto, e o peguei. Mas foi tudo o que eu já peguei lá, nunca peguei mais nada. Eu me acostumei a olhar para ele todos os dias e eu só queria uma coisa que me fizesse lembrar dele.

Eu devo ter soado realmente estranha, porque ele se apoiou nos dois cotovelos para olhar para mim.

– Leah, tudo bem. – Ele afundou o queixo nos suas braços, cruzados, me observando. – Ele é uma boa pessoa para ser considerada um herói.

Fiquei me perguntando se ele estava falando do capitão Sullenberger ou do seu pai. Enquanto meu coração acelerava, arrastando minha mente com ele, decidi que era melhor abrir o jogo antes de ser pega mais uma vez.

– O pôster foi a única coisa que eu peguei, mas eu já tinha isto.

Rolei na cama e procurei no meu criado-mudo o *The Right Stuff.* O livro brochura já estava bem gasto, com um calombo branco rachado e sem as beiradas, quando Sr. Hall o emprestou para mim alguns anos atrás. Eu o li um milhão de vezes. Quando a capa se soltou, eu a prendi de volta no livro com um elástico que peguei no escritório do aeroporto. Entreguei o livro detonado para Grayson.

– Oh! – exclamou ele no meio de uma risada, reconhecendo o livro. Ele retirou o elástico e abriu a capa, colocando-a ao lado do livro.

Na parte de cima, dentro da capa, Sr. Hall escreveu *Brian Hall.* Seu nome estava riscado, e abaixo dele, com uma letra diferente, estava escrito *Jake Hall.* Este nome também estava riscado. E uma terceira escrita dizia, *Alec Hall*. A quarta, de longe a mais confusa, dizia que o livro pertencia a *Grayson Hall*. E depois a *Alec Hall* novamente. O último *Grayson Hall* era o único nome na coluna que não estava riscado.

Grayson tocou a folha no espaço entre *Brian Hall* e *Jake Hall*, e então desceu com a ponta do dedo até o fim da página.

– Papai tentou muito fazer com que lêssemos este livro. Depois que Jake finalmente leu e contou para Alec e para mim como o livro era bom, nós brigamos para decidir quem leria primeiro. Acho que comprar o seu próprio exemplar não é uma ideia que passa pela cabeça quando se tem 12 anos. – Ele mordeu o lábio.

E então, sem mexer a cabeça, seus olhos encontraram os meus. Era difícil entender seu olhar. Eu o conhecia há anos, mas ainda assim eu via tão pouco seu rosto que suas expressões eram praticamente as de um estranho. O olhar básico de desgosto eu conseguia reconhecer. Já as sutilezas, eu as perdia. Eu não sabia dizer se ele estava envergonhado por acidentalmente ter me acusado de ter me apoderado do livro ou se ele estava realmente me acusando disso.

E se ele queria seu livro de volta.

– Você deve ficar com ele – disse, rapidamente.

Agora seus lábios se separaram expressando surpresa.

– Não. Claro que não. Você deve ficar com ele. Você foi a última a...

Ele respirou fundo e eu também. Nenhum de nós queria relembrar a morte de Sr. Hall neste momento. Isso eu entendia sobre Grayson. Dividíamos algo que tinha a ver comigo e com ele, não com Sr. Hall, nem com Alec, nem com Jake. Apenas nós dois. Queríamos curtir a emoção do momento, e estávamos fazendo o nosso melhor para nos conectarmos, mas era difícil com tantas pessoas entre nós, mesmo com a maioria delas sendo fantasmas.

Ele soltou o ar, e eu também.

– Estamos muito tensos – disse ele.

– Sim, estamos.

Ele riu e tocou meus lábios.

– Não estávamos tensos alguns minutos atrás.

Eu sorri. Seus dedos acompanharam a curva de minha boca. Olhei para ele, que olhava para mim. Compartilhamos momentos de ternura como este nos últimos dias, mas eu tinha dificuldade para mudar a imagem do Grayson distante com quem eu estava acostumada. A ponta do dedo dele no meu rosto era quente e muito bem-vinda, mas também era estranho, pois eu sabia que este clima não duraria.

Mas se eu não conhecesse seu passado, eu pensaria que ele era um rapaz despreocupado, de 18 anos, que tinha sentimentos de ternura por sua namorada, bastante experiente com sexo para saber o que estava fazendo, e inexperiente o suficiente para agir com emoção. Sua mão se moveu para o meu cabelo. Acariciando meus cachos, ele sorriu enquanto dizia:

– Legal eu ter pego uma piloto.

Eu ri, me sentindo aliviada com a brincadeira.

– Também acho.

Ele enrolou um cacho no dedo, depois desenrolou, observando meu cabelo em vez de olhar nos meus olhos. E, sem dúvida, sua risada se transformou em um olhar sério. Suas sobrancelhas loiras se uniram. Ele parecia estar se concentrando no quebra-cabeça, no enigma do meu cabelo. Eu sabia que ele já estava pensando em outra coisa. Agora a doçura inesperada que tomou conta de Grayson estava desaparecendo, e ele se parecia com qualquer outro garoto. Como Mark.

– Se não tivéssemos transado esta noite, você iria querer sair com outra garota? – perguntei.

Consegui sua atenção novamente. Ele desenrolou seu dedo do meu cabelo e olhou nos meus olhos.

– Tipo, se você e eu estivéssemos namorando, mas não estivéssemos transando, se eu ia querer uma outra namorada para transar com ela?

– Sim – respondi, aliviada por ele ter entendido.

– Não! – disse ele, bravo. – Você faria isso *comigo*?

– Claro que não – respondi com hipocrisia. Na verdade, eu nunca pensei nisso antes, mas eu era muito mais leal do que deveria ser.

– Então por que você pensou que estava certo Mark fazer isso *com você?*

Fiquei boquiaberta por um momento, muda de tão espantada. Quando recuperei minha voz, perguntei:

– Como você sabe que eu estava falando sobre Mark?

– Eu entendo Mark perfeitamente – resmungou. – Eu estava neste caminho, pensando apenas em mim mesmo, quando destruí o Piper. Um acidente destes faz você repensar o que você valoriza e o que você quer. Eu gostaria que isso tivesse acontecido comigo alguns anos antes, quando teria mais do que algumas semanas para desfrutar da companhia de meu irmão e meu pai.

Ele deu tapinhas nos meus lábios com a ponta do dedo.

– Eu conheço Mark. Eu sei o que ele faria apenas para pregar uma peça. Quero que você me prometa que se você e eu terminarmos um dia, você não vai voltar para ele.

Respirei profundamente, tentando não mostrar o quão surpresa e mexida eu estava com a ideia de que Grayson e eu agora éramos um casal. Se decidíssemos não ficar juntos mais, teríamos que passar por toda a formalidade de terminar um namoro.

Como qualquer casal de namorados.

Meus braços e rosto formigavam com a emoção.

Então tive que dizer, num suspiro:

– Não posso prometer isso para você, Grayson. Não é que eu esteja planejando voltar correndo para os braços de Mark. Mas eu decido o que é melhor para mim. E não vou fazer promessas sobre isso para outras pessoas. Já fiz isso antes, mas apenas uma vez.

Seus olhos procuraram os meus.

– Mesmo que seja para o seu próprio bem?

– Seu pai tinha o direito de me dizer isso.

Grayson balançou a cabeça, mostrando que entendia.

– Você está certa. Eu não tenho esse direito. Eu apenas... me preocupo com você. – A ponta de seu dedo se moveu para baixo de meu rosto para traçar a linha do maxilar.

Ele parecia tão sério, pesado com tanta responsabilidade, totalmente diferente do garoto louco por quem eu tinha uma queda há anos. Eu sabia que o antigo Grayson estava ali – eu o reconheci quando ele me beijou, quando fizemos amor – e torci para que eu não fosse mais um peso na responsabilidade que matava seu espírito.

– Você está arrependido por termos ficado juntos? – sussurrei.

Todo seu rosto se alterou como se uma ideia surgisse vagarosamente em sua cabeça. Ele embalou minha bochecha com a palma da mão.

– Leah, claro que não.

– Você parece arrependido – respondi, me sentido pequena de novo. Eu achava que não precisava do conforto dele. Eu pensava que *eu* podia confortá-*lo*. Mas, do nada, aqui estava aquela garota abandonada que ele disse que queria colo, uma garota que levou o que fizemos muito a sério e que precisava que ele fingisse que significou alguma coisa.

– Ei. Eu disse. Ultimamente meu cérebro não tem funcionado direito. Sinto uma coisa, mas minha reação é diferente e fico surpreso com isso. Eu não sei de onde vêm minhas palavras na maioria das vezes.

Mas você... – Ele beijou meu rosto. – Meu Deus... – Ele beijou minha boca, então foi para trás para me olhar mais uma vez. – Sabe de uma coisa? Deixe-me mostrar como me sinto.

Engoli seco enquanto ele deixava um rastro de beijos no meu rosto, descendo pelo meu pescoço, pelos meus seios e mais para baixo, e então ele me mostrou.

Ele engatinhou pela cama até sair pela lateral. Puxando seu shorts que estava no chão, ele encontrou seu telefone no bolso.

– Estou morrendo de fome. Pizza?

– Ótima ideia. Eu pago.

Ele olhou para mim e abriu a boca. Então respirei para explicar minha situação. Minha geladeira estava vazia e eu sempre comia como se aquela fosse minha última refeição, pois não tinha telefone nem carro para comprar comida. O problema *não* era falta de dinheiro.

Ele fechou a boca e engoliu seu protesto, já procurando o número no telefone.

Rolei para perto dele e fiquei observando sobre seus ombros.

– Essa não. Eles não entregam nesse estacionamento de trailers porque eles já tiveram muitos problemas por aqui.

Ele olhou para mim novamente.

– Como assim, eles... – passei minha mão pela minha garganta como se a estivesse cortando.

Ele fechou a boca e me mostrou a tela para escolhermos uma pizzaria diferente.

– Perfeito – disse eu.

Uma hora depois já havíamos comido muita pizza, e eu o amava um pouco mais. Percebi que o clima ficaria estranho quando nos sentamos para comer no sofá deformado, sem TV na nossa frente. O que faríamos para nos entreter, ficaríamos olhando para minha fotografia do colégio?

Mas conversamos sobre aviões. Ele me contou sobre seu pai levando Alec, Jake e ele para o Suna and Fun, na Flórida. Todos iam de avião para este evento, e não de carro, e sobre o maior evento de aviação de Oshkosh, em Wisconsin, onde ele viu seu primeiro Harrier. Ele disse que o barulho de um Harrier deixava o do Chinook com vergonha. Eu nunca ouvi um Harrier.

Deixamos a pizza de lado e fomos ao banheiro, depois me deitei novamente na cama. Sentia-me bem com ele por ali. A única pessoa que já entrou em meu quarto, além de minha mãe e eu, era Mark – e apenas na primeira noite, quando eu pensei que iríamos transar, mas ele acabou dormindo.

Minha mãe o convidou para morar aqui, e quando ele caía bêbado na cama era como se ela tivesse convidado a vida dela para se tornar minha vida e mentir inutilmente ao meu lado na cama, o lugar mais íntimo de todos, e eu não tinha permissão para me livrar disso. Na maioria das noites depois daquela, quando ele estava por aqui, ele saía com os amigos e voltava bêbado, e eu me trancava no meu quarto. Eu sabia por experiência em trailers que ele podia facilmente chutar a porta e entrar no quarto se quisesse muito, mas ele sempre estava bêbado demais para querer muito. Ele havia apenas batido na porta, então me ameaçava com gritos e depois desmaiava no sofá. E eu me esticava para ocupar os dois lados da cama, aliviada.

Era engraçado como meus sentimentos por Mark e Grayson eram opostos. No início eu achava que gostava de Mark. Eu tentei muito gostar dele, mas eu não conseguia. Eu nunca quis gostar de Grayson. Mas eu simplesmente gostava. E enquanto eu me encolhia ao ver a silhueta de Mark entrando no meu quarto à luz da lua, meu coração disparou quando eu vi Grayson voltar. Talvez para dizer boa noite. Mas já era melhor do que nada. Ou apenas para pegar suas roupas. A promessa de fazermos amor novamente parecia boa demais para ser verdade.

Ele escorregou entre os lençóis ao meu lado e acariciou meu pescoço até que comecei a gargalhar. Ele estendeu a mão. Com uma mão delicada, ele virou meu rosto para o dele para que pudesse me dar um longo beijo na boca. Não havia pressa dessa vez, apenas uma preguiçosa exploração da minha boca com sua língua.

Depois de alguns minutos ele disse:

– O chão do banheiro está poroso.

Ele parou, para que eu explicasse.

Como eu não disse nada, ele continuou:

– Como se os canos estivessem vazando bem devagar por décadas, e a água desintegrou o assoalho. Aquela fina camada de revestimento é o que impede que você atravesse o chão. – Ele parou mais uma vez.

Quando apenas olhei para ele, ele me disse:

– Você deveria ligar para o proprietário. Ele precisa consertar coisas assim, mesmo que você vá ficar por aqui por apenas mais algumas semanas.

Dessa vez, quando parou de falar, ele percebeu pelo meu olhar que disse algo errado. Ele mordeu o lábio.

– O quê?

– Minha mãe *ligou* para o proprietário – respondi com hipocrisia. – Anos atrás, logo depois que nos mudamos. Ele disse que o chão estava desse jeito há vinte anos, disse que estava daquele jeito quando minha mãe assinou o contrato de aluguel, e que se ela não tinha sido tão boa para o trailer quando assinou o contrato, então ela não era tão boa para ele agora.

– Leah, tudo bem – disse ele suavemente, um contraste suave com minha voz, que parecia um grito. Ele tocou meu lábio com seus longos dedos, me aquietando. – Estou aborrecendo você e não sei por quê. O que você está tentando me dizer?

– Estou tentando mandar você ficar... quieto! – Eu estava tão irritada que meu cérebro estava tomado pela raiva e não conseguia mais enxergar direito. Estava tudo arruinado agora. Eu sabia que era melhor não deixá-lo entrar no trailer.

– Por que você não fez aquilo? – Ele passou a mão na garganta, como se fosse cortá-la. – Achei que este era o sinal.

Agora ele passou a mão na minha garganta, como se fosse cortá-la.

– Porque eu passaria a noite toda fazendo isso!

– Ótimo – murmurou ele. – Agora preciso começar tudo de novo. – Ele rolou para fora da cama, se arrastou atrás de mim, e me jogou sobre seus ombros.

– Ei! – gritei. Ele estava rindo, um som que eu queria tanto ouvir que, sem perceber, comecei a rir também.

Ele me sentou no balcão da cozinha e me beijou mais uma vez.

Eu sabia que ele estava agindo corretamente ao colocar seu corpo sobre o meu exatamente como fez quando chegou aqui. Eu sabia que ele estava sendo doce e se adaptando ao meu bloqueio psicológico. Tentei entrar na brincadeira. Mas minha cabeça ainda estava no chão do banheiro com os canos vazando, na lenta deterioração, no proprietário que achava que isso era exatamente o que minha mãe e eu merecíamos.

Na minha cabeça, coloquei Grayson de volta no seu lugar, na sua cabana na praia, mobiliada apenas com um futon e uma prancha de surfe. Não estávamos mais no balcão, e ele me beijava na areia, e eu me levantei para encontrá-lo novamente.

O rádio me acordou com um susto. Grayson deve ter ligado o alarme acidentalmente quando desligou o rádio. Bati no botão e o acariciei, contente por ter mais uma hora na cama com ele, mais uma hora de sono. Mas ele saiu da cama. As luzes da rua que atravessavam a janela iluminavam os contornos de seus músculos rígidos enquanto ele tateava o chão à procura de suas roupas.

– Está indo embora? – perguntei, tentando não parecer decepcionada.

– Tenho que voltar para o outro lado da cidade antes que Alec acorde e adivinhe onde passei a noite. – Grayson se sentou na beirada da cama e colocou sua mão na minha. – Eu sei que é chato, mas preciso que você continue saindo com Alec por mim. Agora que você sabe o motivo, você fará isso para mim, certo?

Eu não podia acreditar no que ouvia. Tirei minha mão da dele. Mas consegui manter minha voz ironicamente agradável quando perguntei:

– E se ele me contar amanhã que acha que estamos nos aproximando cada vez mais e quiser passar para o próximo estágio? E se ele quiser voltar aqui apenas comigo? E se ele quiser fazer tudo? Devo contar a ele? Será que você pode passar na farmácia e comprar outro pacote de preservativos caso eu precise?

Ele fechou os olhos como se eu tivesse lhe dado um tapa. Em seu rosto eu via três linha horizontais: dois olhos e uma boca sombria.

– Isso não vai acontecer. Ou ele não gosta muito de você e nada disso funcionou, ou ele vai achar que essa semana é só o começo, e vai convidá-la para ir ao nosso baile de formatura com ele na próxima semana.

– O *baile* de vocês! – Os assuntos da escola pareciam estar a quilômetros de distância de nós, principalmente da escola de Grayson e Alec, que realmente ficava a cento e trinta quilômetros daqui. – Espero que você não ache que eu vou ao baile de formatura do Alec com ele.

– Se ele a convidar, espero sim.

– E se ele quiser fazer com que a noite do baile seja especial?

Ele olhou pela janela, com suas bochechas e nariz brilhando à luz da lua, e parecia estar considerando essa questão.

– Já chega – falei com rispidez. – Você definitivamente perdeu a cabeça. Concordei com essa porcaria porque achei que duraria apenas uma semana, e não sabia que acabaria me envolvendo com você. Agora basta. Saia daqui.

Ele fechou o punho e segurou na frente da boca.

– Leah, estamos bravos e é tarde, e estamos cansados, e acabamos de... acabamos de...

– O quê? Você nem tem uma palavra para definir o que fizemos, e enquanto isso você continua tentando fazer com que eu transe com seu irmão.

Então ele ficou em pé. Ele colocou a camiseta pela cabeça e estava na metade da sala escura quando se virou e disse:

– Você não precisa mais fingir nada com ele. Apenas não conte a ele o que pedi para você fazer no começo.

– Oh! Obrigada, Grayson, por esclarecer tudo. Sabe, eu estou começando a me perguntar se você só dormiu comigo para conseguir que eu fizesse o que você queria.

Ele ficou boquiaberto. Ainda no escuro podíamos ouvir outro homem e outra mulher do lado de fora do trailer, na estrada, gritando um com o outro.

As mãos de Grayson tremiam quando ele tocou um de seus dedos indicadores com o outro.

– Eu não faria isso, Leah. Com *ninguém.* – Ele tocou seu dedo médio. – E eu nunca faria isso com *você.* Meu Deus! – Ele estendeu a mão. – O que *foi* essa noite, afinal?

Podia perceber que esta noite significou tanto para mim quanto para ele. E ele estava disposto a jogar para o alto tudo o que aconteceu para manipular Alec, como ele sempre planejou. E eu entrei nesse jogo quando acreditei que eu seria a única a me machucar. Mas eu não continuaria a brincar com Alec. Por que Grayson não conseguia enxergar que isso era errado?

– Então você não fará *algumas* coisas imorais para manter Alec fora do serviço militar – ressaltei. – *Outras coisas imorais* para manter Alec fora do serviço militar são perfeitamente aceitáveis.

Grayson abriu os dois braços, irritado.

– Sim!

Se Grayson não estava entendendo o que eu queria dizer, eu o faria entender.

– Eu vou contar para Alec.

– Você não vai – Grayson rosnou.

– Estarei no trabalho às sete – avisei a ele. – Se você não contar a ele até lá, eu contarei. – Ele fechou os dois pulsos.

Colocou um na boca e outro no quadril. E parecia estar segurando a respiração.

Por fim, ele saiu do quarto, passou pelo corredor e saiu do trailer. O pit bull ficou histérico, mas a porta de alumínio não bateu.

Olhando para o pôster do lindo Airbus flutuando no Rio Hudson, eu sabia que estava certa. Sabia que levaria minha ameaça a sério. Ainda assim, eu queria chamar Grayson de volta. Ele estava sob tanta pressão, mas ele não bateu a porta.

Andei pelo caminho e saí por entre as árvores a caminho da brilhante pista de pouso, como de costume. Nada mais aconteceria como de costume nesta manhã. Mark deve ter voltado cedo para casa, pois já estava no hangar de Sr. Simon, verificando o nível do combustível de seu Air Tractor. Ele assobiou para mim quando passei e eu o ignorei.

Molly já estava na grama, desenrolando um banner para Alec. Mas todos os aviões da Hall Aviation ainda estavam lá. Primeiro me pendurei no batente da porta do escritório e olhei para Grayson, austero atrás da mesa, com seu cabelo loiro molhado por ter tomado um banho. Controlei minha vontade de ir até ele, abraçá-lo e cheirá-lo. O que perguntei foi:

– Você contou para Alec?

Ele me olhou com ódio nos olhos.

– Não – respondeu rispidamente.

– Já era tarde quando conversamos na noite passada – disse, alto o suficiente para fazê-lo se encolher e olhar pela porta para ver se Alec estava escutando. – Talvez você esteja um pouco atrapalhado com isso. Eu disse que esperaria até chegar ao trabalho hoje pela manhã para que você contasse a ele, se não *eu* contaria.

Ele espremeu todo o sangue de seu punho. Seu maxilar ficou branco também. Ele disse, bem devagar:

– Vou oferecer a você todas as oportunidades para não fazer isso.

Saí do escritório. Alec estava parado na porta de seu avião, olhando para o tanque de gasolina na parte de cima da asa, da mesma maneira como Mark estava quando cheguei.

Gritei:

– Alec, posso falar com você um minuto?

– Claro. – Ele entrou pulando para baixo e se inclinou contra a escora. – O que foi?

Ele era tão bonito, sorrindo, com o rosto redondo e loiro, com olhos azuis e expressão inocente. Tanto que vacilei. E se ele realmente estivesse apaixonado por mim e minha revelação o deixasse magoado?

– Uau – disse. – Eu queria contar uma coisa porque você merece saber, mas isso é muito mais difícil do que pensei.

Ele continuou sorrindo. Ele nem pareceu sarcástico quando disse:

– Você tem fingido para mim o tempo todo? Grayson a chantageou na esperança de que eu ficaria apaixonado por você e não iria querer entrar para o serviço militar?

– Sim – disse, com um grande suspiro de alívio. – Ele *realmente* contou.

– Molly me contou – respondeu Alec, e agora eu conseguia ouvir certa amargura em sua voz.

– *Molly* contou! – disse, olhando para o gramado, onde Molly esticava-se para o alto para pendurar um banner no mastro direito. – Quando?

– No domingo à noite.

Domingo foi o dia em que Grayson entrou no meu trailer pela primeira vez. Domingo à noite, Molly me levou para dar uma volta.

– Alec, você ainda não conhecia Molly no domingo à noite.

– Eu a conheço há muito tempo – respondeu Alec com hipocrisia. – Meio que conhecia, mas parecia inútil tentar alguma coisa com ela quando eu não ficava muito tempo na cidade. Eu sabia que estaria aqui essa semana, e por isso no domingo pela manhã a chamei para sair. Naquela noite, ela me ligou para me contar que meu irmão estava obrigando a melhor amiga dela a fingir que gostava de mim.

Meu estômago revirou. Não me surpreendo agora com o fato de Molly ter ficado tão estranha a semana toda. E quando achei que ela me traiu me arrastando para a festa de Francie, aquilo não chegava aos pés do que ela fez comigo agora.

– Então você sempre soube de tudo? – murmurei. – E você entrou na brincadeira? Por que, Alec?

– Molly me pediu para fazer isso, por um motivo – disse ele. – Ela me contou que eu nunca poderia deixar você saber que ela deu com a língua nos dentes. Mas era tudo muito típico de Grayson fazer isso. Aquele dissimulado. Quebrando as regras. Ele convenceu nossa mãe de que mudou. Percebi no domingo à noite que ele não mudou de maneira alguma. E fiquei curioso para ver até onde ele iria. E ele está apaixonado por você desde o dia em que ele a viu andando pela pista de pouso pela primeira vez, há três anos e meio. Pensei que seria engraçado participar dessa brincadeira com você e ver se ele gostaria de ser traído pelo próprio irmão.

Sua voz ficou mais alta enquanto ele dizia isso. Quanto mais alto ele falava, mais rápido meu coração batia. Achei que meu coração não poderia bater mais rápido, mas então ele me contou que Grayson era apaixonado por mim há anos.

Mas isso não resolvia nada, nem apagava o fato de que Grayson estava manipulando todos nós.

– Alec – disse –, eu não queria machucar você. E Grayson apenas...

– Não importa o que você *queria*, Leah! – Alec gritou. – Conheci Molly dois anos atrás. E finalmente a convidei para sair. Mas por causa de toda essa idiotice, está tudo acabado agora. Ela e eu passamos a noite passada juntos, e ela está tão convencida de que algo aconteceu entre você e eu que ela nem quer mais falar comigo agora. Obrigado por isso. – Ele abriu a porta da cabine e subiu novamente para verificar a asa.

Eu não queria deixar as coisas desse jeito entre Alec e eu, mas eu não ia ficar parada ali olhando para os pés dele.

Fui à pista. Quando alcancei os mastros, atravessei o longo gramado em direção à Molly.

– E aí, mulher! – disse ela. Molly soltou a ponta pesada do banner com o qual estava lutando. Uma nuvem de insetos subiu no ar. – Quais são as novidades?

– Por que você contou para Alec?

Enquanto eu a observava, vi sua expressão se transformar de uma adolescente inocente brincando de ser uma garota má em uma expressão maliciosa. Eu já vi essa expressão no rosto de Francie algumas noites atrás. A única vez em que vi tal expressão no rosto de Molly fora quando ela me confrontou pela primeira vez com aquela história de eu querer roubar Ryan dela, há dois anos.

– O que você estava fazendo era errado – disse ela –, e eu estava tentando avisá-lo.

– Você sabia *por que* eu estava fazendo isso, lembrei-a, e quando você contou a ele você colocou em risco toda minha carreira de piloto.

– Bem, talvez você *não* mereça ter uma carreira de piloto – respondeu ela. – Você já pensou nisso? Talvez você *não* tenha um bom caráter moral. Você falsificou a assinatura de sua mãe. Você foi morar com Mark. Um dia depois você tentou enganar Alec para que ele pensasse que você gostava dele. Você sabia que Ryan era meu namorado e tentou roubá-lo de mim.

– Então esse é o verdadeiro motivo? – perguntei. – *Ryan?*

– Você deveria ser minha melhor amiga. Mas você fica de olho naqueles de quem eu realmente gosto e os rouba de mim! Eu não posso ficar com *nada*?

– Não roubei Ryan de você! – disse eu com firmeza. – *Ele veio atrás de mim.* Eu o mandei embora, e ele espalhou pela escola toda que eu fiquei com ele.

– Então por que você não me contou isso naquela época? – ela exclamou.

– Porque você gosta de tudo ao contrário – respondi. – Do oposto. Você acha que é legal contar aos seus amigos que você sai com uma garota pobre. Isso faz com que você se sinta diferente e orgulhosa por me tirar do gueto. – Eu devia ter acrescentado a verdade. Quando ela pensou que eu tinha roubado Ryan dela, aquilo fazia com que eu me sentisse poderosa e ousada diante dela. Tudo o que eu sempre quis era não perder a amizade de Molly. Mas eu não podia dizer isso a ela. Não depois de tudo o que ela disse para mim.

– É isso mesmo o que você pensa? – perguntou ela. – E você mentiu para ser amiga de uma vaca como eu? Isso só prova que eu estava certa. Eu não podia confiar em você com Alec. Você *não* tem um bom caráter moral. Você é uma mentirosa.

Ela estava quase se curvando novamente para voltar ao trabalho com o banner, como se nossa conversa já tivesse terminado e eu não estivesse mais ali, mas algo sobre meus ombros chamou a atenção dela. Eu me virei.

Grayson vinha atrás de mim pela grama. Quando ele me alcançou, colocou em minha mão um maço de notas e moedas que ele segurava.

– Eu não quero seu dinheiro – disse a ele. – Eu me demito.

– Esse é o pagamento de ontem – disse ele. – Você está demitida.

Virei e andei pela grama por um novo caminho, um caminho diagonal que me levaria para fora da pista, um lugar mais próximo do meu trailer. Durante minha caminhada derrubei uma moeda na grama e *não* parei para pegá-la. Grayson e Molly já não estavam mais prestando atenção em mim e estavam gritando um com ou outro, mas eu não quis correr o risco de que eles olhassem em minha direção e me vissem me rastejando no chão sujo à procura de uma moeda. Então me dei conta de que não existia nenhum motivo para eu ir para casa. Lá não havia nada para eu comer, nada para eu ler, eu não tinha como sair de lá, e em duas semanas eu seria despejada.

Nas sombras do hangar de Sr. Simon, Mark estava sentado na cabine do avião agrícola, observando minha aproximação.

Coloquei um rebolado extra no meu andar e entrei no seu hangar. Entrando pela porta da cabine, que estava aberta, sussurrei na escuridão:

– Por acaso eu ouvi você assobiar para mim?

– Normalmente você faria um passeio espetacular pela fazenda do dia – disse Mark no seu microfone enquanto nos deslocávamos pela pista em direção ao final do asfalto. – Pulverizamos fazendas a quinhentos quilômetros daqui. Mas como estamos com o Stearman e você está começando a aprender, vamos apenas chamar a atenção do pessoal que está perto do aeroporto. Você quer mesmo vir comigo?

Sua voz soava estranha nos meus fones de ouvido, mais precisamente porque não soava estranha. Ele falou como sempre falava. Ele não estava imitando Chuck Yeager ou se esforçando para parecer um piloto legal e controlado. E foi então que comecei a me preocupar por ir dar uma volta com ele. Mas eu não podia pedir para que ele parasse, taxiasse de volta até o hangar e me deixasse sair apenas porque sua voz soava estranha. Não podia fazer isso quando esta era a única chance que me restara para conseguir um emprego como piloto.

– Sim – respondi.

Ele parou no final da pista e acelerou os motores, exatamente como deveria fazer. Mas ele não tocou cada instrumento do painel com seu dedo. Ele não usou os pés para se certificar de que os lemes se mexiam como deveriam. Eu sempre me senti um pouco boba fazendo todos esses movimentos de maneira tão metódica, como Sr. Hall me ensinou, como se os lemes fossem parar de funcionar de repente. Então ouvi a voz de Sr. Hall na minha cabeça, me lembrando que se algo desse errado no ar, eu não podia simplesmente descer. Claramente Mark nunca recebeu essas instruções. Ou, não ligava para elas.

Você não vai testar os lemes? Essa frase se formava na minha boca e eu tentava afastá-la como se fosse um inseto chato. Tive uma visão de mim mesma presa na parte de trás do avião agrícola como se fosse uma sardinha dentro de uma lata, enquanto Mark nos lançava pelo céu. Mas eu nunca o vi voando a trabalho. Provavelmente ele era bastante seguro. Tentei imaginar o que Grayson faria numa situação como esta. Se ele precisasse de um emprego de piloto de avião agrícola, ele não estaria na cabeceira da pista pensando duas vezes sobre o "cursinho" de Mark.

Sem dúvida ele também não entraria no hangar à procura de Mark para perguntar se Mark assobiou para ele. Mas Grayson nunca precisaria de um emprego como piloto de avião agrícola. Grayson e eu estávamos tão distantes que não tínhamos mais nada a ver um com o outro. Daqui trinta anos, se aparecesse um boato no aeroporto dizendo que Grayson e eu dormimos uma noite juntos, ainda estaríamos tão distantes um do outro que ninguém acreditaria que isso um dia foi possível.

Mark anunciou nossa partida na frequência do aeroporto, no seu tom alegre de sempre, rindo no final. Sua voz parecia mais alta quando ele soltava o botão e falava apenas comigo.

– Prepare-se para o voo de sua vida, Leah. Mais tarde esta noite, é o que quero dizer. Mas o voo também vai ser legal.

Minha cabeça foi para trás batendo no assento quando ele acelerou de repente. Meu estômago virou do avesso enquanto eu processava o que ele queria dizer: transaríamos mais tarde porque ele estava me levando para voar. Desejei não ter ido direto de uma discussão com Grayson, Molly e Alec para o hangar de Mark. Mas o que mais eu faria, iria para casa?

O avião acelerou passando pelos enormes hangares da cabeceira da pista, passando pelo hangar de Sr. Simon. Alec se juntou a Grayson e Molly nos mastros, no meio do gramado. Grayson e Alec gritavam um com o outro. Alec empurrou Grayson. Molly tentou separá-los, suas luvas de trabalho ridículas oscilando entre eles. Todos pararam para observar o Stearman decolar. Mark tirou a mão do manche e acenou para eles. Não havia cabine no bimotor. Óculos de proteção e um pequeno para-brisa eram as únicas coisas que nos separavam do céu aberto. Por isso os garotos devem ter ouvido Mark quando ele gritou:

– Estou com sua namorada, seu otário!

E então estávamos no céu, subindo rapidamente no ângulo do avião de transporte de banners. Quando eu pilotava um avião de reboque, precisava voar nesse ângulo para tirar o banner do chão rapidamente. Não tinha porque Mark voar assim, a não ser que...

– Eu queria que você sentisse a força da gravidade! – disse ele no microfone. – Agora, primeiro passo. Procure por áreas com tratores, colheitadeiras, vacas. Não queremos bater em nada quando estivermos lá embaixo, perto do chão. Vacas podem acabar com você. Dê uma olhada.

Fiquei surpresa por ele querer me fazer esta demonstração tão perto do aeroporto. Outros aviões poderiam estar decolando ou aterrissando. Mas era isso que eu queria, certo? Sentir a emoção? Endireitei no meu assento e estiquei meu pescoço para ver além das asas de baixo. Fileiras de algodão brilhavam abaixo de nós ininterruptas ao longo de todo o caminho até a floresta.

– Não vejo nada – disse.

– Segundo passo – disse ele – mergulhe, mergulhe, mergulhe!

Meu estômago ficou a quinhentos pés enquanto mergulhávamos em direção ao chão. Agarrei nas laterais de meu assento e fiquei feliz por ele não poder me enxergar bem ali ao seu lado. Percebi agora que ele me pediu para procurar por obstáculos apenas para que eu ficasse assustada quando visse o chão correndo ao nosso encontro.

– O botão para soltar os produtos químicos é este – disse ele, apontando para o painel de instrumentos com uma mão. Gostaria que ele mantivesse as duas mãos no manche, pelo menos enquanto estávamos mergulhando. – Você o aperta bem aqui, e então puxa para cima.

No último segundo antes de escavarmos um túnel na terra, ele empurrou os controles. O avião nivelou sua trajetória. Passamos a cinco pés do topo das árvores.

– Mark – minha voz soava trêmula no microfone.

Ele riu.

– Sim, Leah.

– Preciso voar tão baixo – perguntei – ou é só você quem voa assim?

Ele riu mais alto. Talvez fosse o efeito dos fones de ouvido, mas ele parecia um tanto insano.

– Não sou só eu. Você precisa ficar perto da lavoura para que os produtos químicos não sejam levados pelo vento. É estranho, mas quando você joga herbicida nas pessoas, eles ligam para o escritório do meu tio para reclamar. E agora você deve estar pensando que eu preciso subir de novo antes de bater naquelas árvores.

Na verdade, eu estava pensando isso quando a floresta escura se aproximava de nós.

– É preciso prática, Leah. Vamos morrer agora, certo? Aquele era o último segundo que tínhamos para conseguir nos salvar e nós o deixamos passar, certo? Conte até três.

– Um dois três! – gritei.

– Você contou rápido demais.

Continuei com meus olhos abertos. Eu não queria morrer com meus olhos fechados.

– E *agora* subimos.

Eu estava no meio de um reflexo para cobrir meu rosto com meus braços para me proteger do impacto quando ele apontou o avião para cima, traçando o contorno de um carvalho.

O avião subiu em círculo sobre a floresta. Sons cortados de sua gargalhada podiam ser ouvidos nos fones de ouvido enquanto sua voz ligava e desligava o microfone. Depois que se acalmou, ele perguntou:

– Ficou enjoada?

– Sim – respondi. – Mark, eu mudei de ideia. Sinto muito, mas eu não quero ter um relacionamento com você. Eu só queria voar. E se eu não puder voar se não tiver alguma coisa com você, por favor, me leve de volta e me coloque na terra.

Ouvi a estática no meu fone de ouvido, depois silêncio. Estática, silêncio. Ele estava ofegante.

– Mark.

– O que você disse? – perguntou ele, com a voz cheia de sarcasmo. – Que você está pronta para fazer tudo de novo? Eu ouvi o que você disse antes. – Ele jogou o avião para depois subir rapidamente, quando já estava muito perto dos galhos mais altos das árvores.

Senti que ia desmaiar. Todos os alertas que tinha ouvido sobre Mark durante a semana voltaram à minha cabeça. Que ele era maluco. Perigoso. Que usava seu avião como uma arma. Que não era responsável para viajar com passageiros. Que ele havia se apaixonado por mim e não queria me deixar em paz.

– Mark, por favor – disse, com a voz de piloto embargada.

– Eu *disse* que iríamos fazer de novo, Leah. – Suas palavras foram tão altas que alcancei os meus fones de ouvidos para tirá-los e preservar minha audição. – Deixe-me endireitá-la, e então...

Fiquei feliz por não ter tirado os fones de ouvido. No próximo segundo, a parte da frente do avião explodiu, e o barulho era ensurdecedor mesmo através dos fones de ouvido. Abaixei para me desviar dos fragmentos que vinham em minha direção: a copa de uma árvore, parte da hélice. Ouvi a hélice bater na cauda atrás de mim.

Passamos pelas árvores agora, mas o barulho terrível não parou, apenas mudou. Sem parte da hélice, o imenso e pesado motor batia repetidamente na parte da frente, ameaçando partir o avião ao meio.

– Mark!

Ele não respondeu.

O avião estava descendo bem rápido.

– Mark! – gritei. – Meu avião! – Com os punhos tremendo, puxei o manche para trás, ganhando o máximo de altura possível para retardar a queda. Assim eu teria mais escolha sobre onde fazer o pouso forçado.

Não conseguia me mexer muito porque não me atrevia a tirar as mãos dos controles, e estava desprotegida a céu aberto. Mas me inclinei o máximo que pude, me virando para descobrir o que aconteceu com Mark. Ele estava caído sobre o banco da frente – muito caído. No painel de instrumentos da frente havia uma mancha brilhante de sangue.

Eu estava sozinha.

Dezenove

– Mayday, mayday, mayday – anunciei pelo rádio que faria um pouso de emergência. Aquilo era apenas uma mensagem de cortesia avisando os outros aviões para saírem da minha frente. E, claro, ninguém respondeu. Não havia torre, não havia autoridade, não havia ninguém para nos salvar.

O motor vibrava perigosamente. Os controles estavam lentos e o avião estava difícil de pilotar. Apontei o nariz do avião na direção do aeroporto e torci para conseguir chegar até lá. O tempo todo eu procurava lugares para pousar – um campo até passarmos por ele, um trecho reto de estrada de duas mãos até passarmos por ele. Nuvens brancas se formavam sobre o oceano, uma cena estereotipada de um céu em um filme.

– Leah – disse Grayson pelo rádio. Ele disse o número da frequência que a Hall Aviation usava.

Mudei o rádio para aquela frequência.

– Estou aqui.

– O que você está fazendo? – Estávamos, os dois, usando a voz de Chuck Yeager como o pai dele nos ensinou, mas mesmo pelo rádio, eu podia perceber que ele estava sem fôlego.

– Mark bateu em uma árvore. Ele está desmaiado. Os controles estão moles. Parte da hélice se foi e estou quase perdendo o motor. Ligue para 190.

O avião mergulhou de repente, e depois subiu novamente. Briguei com os controles para estabilizá-lo. Eu podia ouvir a estática. Percebi que meu próprio suspiro ligou o comando de controle de voz do rádio, como se eu tivesse falado alguma coisa.

Desliguei o motor para que os controles funcionassem melhor e para que eu pudesse pilotar o avião como se fosse um planador. As hélices pararam de maneira sinistra. O silêncio no meu trailer nunca foi tão estranho.

– Passe por aqui para que possamos ver o tamanho do estrago antes de tentar pousar – disse Grayson.

– Negativo – respondi. – Não consigo voar por tanto tempo.

– Então esqueça o aeroporto e vá para o oceano.

– Negativo. Mark vai morrer afogado antes que consigam resgatá-lo. – E eu também não sabia nadar, mas se eu sobrevivesse ao acidente eu provavelmente poderia me agarrar em um pedaço do avião até que a Guarda Costeira viesse nos resgatar. Mas Mark estaria perdido.

– Aquele idiota. – A voz de Grayson foi cortada de repente quando ele se lembrou que estávamos na frequência aberta.

Eu sabia o que ele queria dizer. Isso era culpa de Mark. Mas agora a responsabilidade era minha. Lembrei Grayson:

– O que mais importa são as outras pessoas, então eu, depois o avião, e depois o banner. – Eu não tinha um banner dessa vez, mas a regra de Sr. Hall ainda estava valendo. Não importava o que Mark fez, ele agora se encaixava na categoria "outras pessoas" e eu não o perderia se pudesse fazer alguma coisa a respeito.

Ouvi a estática nos meus fones de ouvido novamente enquanto soltava um suspiro de alívio. Eu já conseguia ver a pista, e a longa fileira de hangares. Ao me aproximar, pude ver as pessoas enfileiradas na pista – não tantas quanto as que observaram o Chinook, porque ainda era muito cedo, mas eu era a atração do dia. Na frente do hangar da Hall Aviation, Molly estava com os braços cruzados como se estivesse com frio. A mão de Alec estava nas costas de Grayson. As duas mãos de Grayson estavam no seu chapéu de caubói. Eu não conseguia distingui-los bem com toda aquela distância, mas eu conhecia suas roupas e a maneira como ficavam em pé.

Grayson colocou uma mão na boca e falou no rádio de Sr. Hall.

– Leah, você está sem o trem de pouso esquerdo.

Olhando pelo lado da cabine, vi que a parte esquerda da frente da roda do triciclo que ficava embaixo do avião foi arrancada. Isso significava que, quando eu pousasse, o lado esquerdo do avião não teria nada para tocar o chão abaixo dele.

Era melhor, então, eu manter a ponta de minha asa para cima pelo maior tempo que conseguisse, até desacelerar.

Eu podia ouvir a estática. E mais uma vez. Eu queria colocar o microfone mais longe de minha boca para que eu não ouvisse minha própria respiração, mas não me atrevia a tirar minhas mãos dos controles.

Abaixo de mim, a grama escura passava rapidamente, e então o pavimento cinza. Eu estava sobre a pista, acelerando um pouco acima do asfalto. Agora que o motor quebrado e a hélice não estavam desequilibrando o avião, eu poderia estar pousando um avião sem danos. Mantive firme neste pensamento, pois ele me acalmava. Já era tarde demais quando passou pela minha cabeça que eu deveria estar rezando.

O avião vibrou quando o trem de pouso direito tocou o chão.

Lá longe, na minha frente, na parte gramada entre a pista de pouso e a pista de decolagem, Grayson, Alec e Molly corriam. O chapéu de caubói de Grayson voou. Torci para que eles ficassem longe, pois, se o metal raspasse no asfalto durante o pouso e levantasse uma faísca perto do combustível que estivesse vazando, o avião explodiria.

Joguei a asa esquerda um pouco para cima para manter o avião nivelado até que diminuísse sua velocidade, mas o Stearman era velho e pesado e não adiantou de nada. A asa continuou afundando, surpresa porque o trem de pouso não estava lá para ajudá-la, procurando por seu lugar ao chão.

A asa berrou, gritou e deslizou pelo asfalto.

Bateu no chão e saltou violentamente para cima.

Faíscas e pedaços da asa voaram sobre minha cabeça.

O avião se desviou bruscamente para a esquerda. As árvores apareceram na nossa frente.

Segurei os controles. As árvores se aproximavam rapidamente e eu estava quase batendo nelas. Na minha cabeça, estava decolando novamente, no controle do meu avião, voando sobre as árvores e o oceano e entrando nas nuvens.

Deixei um soluço escapar. E pude ouvi-lo nos fones de ouvido.

Eu estava tão perto da árvore que me mataria que eu podia dizer, pelo latido, que era a mesma palmeira que ficava do lado de fora do meu quarto.

Meu estômago não estava mais ali. Cada átomo de meu corpo foi forçado para frente e empurrado para trás.

O avião parou com um barulho tão alto que não parecia com nada que eu já escutei.

Não, o barulho era a estática nos meus fones de ouvido, e agora os meus próprios gritos. Meus tímpanos iam explodir. Tirei os fones de ouvido das orelhas.

Mãos quentes tatearam minha cabeça e então meu colo. Braços envolveram meu peito e puxaram.

– Leah! Abra os olhos.

Pisquei para Grayson. Estávamos seguros do lado de fora do avião destroçado, embaixo das árvores, na beira da pista. Mas eu não conseguia respirar, sufocada por ter gritado por tanto tempo.

Ele jogou meus fones de ouvido longe. Ele tirou meus óculos. Ele colocou as mãos nos dois lados do meu rosto e olhou para mim. Meu reflexo duplo nas lentes dos óculos escuros dele eram estranhos e convexos, meus cachos escuros eram selvagens, e meus olhos enormes.

– Você está machucada? – perguntou ele.

– Mark está morto? – resmunguei.

– Não. A copa da árvore que ele atropelou bateu na cabeça dele. O braço também não parece bem. – Grayson balançou a cabeça em direção aos destroços. O avião parou nas árvores, parecia que eu tinha parado ali de propósito. Só dava para saber que foi um acidente porque a hélice fora mutilada, as asas foram arrancadas, a cauda foi arrancada, o trem de pouso esquerdo não existia mais, e a máquina toda estava tombada para o lado. Alec, Molly e o mecânico do aeroporto estavam em cima de Mark, no banco da frente. Grayson colocou suas mãos no meu cabelo. – Tudo bem com a cabeça?

– Sim. – Respirei.

– Com o pescoço? – Ele escorregou as mãos até os meus ombros. – Alguma dor?

– Não.

– Ela está bem? – Molly gritou.

– Ela está bem – Grayson gritou de volta.

– Grayson! – A voz de Alec estava tensa. – Uma ajudinha!

Grayson apontou para o chão e me disse:

– Sente-se. – Ele colocou seu peso sobre meus ombros.

Eu não tive escolha. Sentei onde ele me colocou, achatando a grama alta embaixo de mim.

– Não se mexa. – Ele passou por baixo de meia dúzia de galhos quebrados ainda pendurados na árvore. Ele se posicionou ao lado dos outros para ajudar a puxar Mark para fora.

Bem longe atrás de mim, as sirenes soavam. Acima do barulho da sirene eu podia ouvir o barulho da corda batendo no mastro.

***

Os paramédicos me mantiveram na ambulância por um longo tempo, como se não pudessem acreditar que não havia nada de errado comigo. Quando a polícia chegou para me questionar, os paramédicos me deixaram e foram ajudar Mark. Os policiais foram embora e os médicos voltaram. Por fim me ajudaram a descer da ambulância e me deixaram nos braços de Grayson, que ficou em pé do lado de fora da ambulância o tempo todo me observando.

Quando Alec viu que fui liberada ele caminhou até mim e me abraçou embaixo das árvores.

– Lembra que meu pai dizia "Você deve ser melhor do que eu"? Você é. – Ele me soltou.

Então Molly me deu um longo abraço, me acariciou e me beijou na bochecha. Por baixo das lentes dos seus óculos, seu rosto estava manchado de rímel e lágrimas.

– Você me deixou muito assustada.

As mãos dela ficaram nas minhas costas até que Grayson me levou embora, da grama para a pista. Atrás de nós um trator já estava recolhendo, nas árvores, os destroços do lindo Stearman. A pista precisava estar limpa logo para que os outros negócios do aeroporto continuassem seu trabalho.

Grayson não disse uma palavra até chegarmos no meu trailer. Eu também não. Por algum motivo, minha mente estava travada naquele último momento em que a roda esquerda deveria ter tocado a pista, quando percebi meu estado de negação. Ele esticou a mão pedindo a chave, destrancou a porta e me levou pelo trailer até chegarmos no meu quarto. Ele me sentou na beira da cama e se ajeitou ao meu lado, inclinando-se sobre mim, o joelho dele tocando o meu.

Ele beijou minha boca.

– Você está bem mesmo?

– Ficarei bem.

Ele beijou minha bochecha, movendo-se até que estava cochichando no meu ouvido.

– Nós nos esquecemos que o que quer que aconteça no chão não pode afetar o que acontece no céu. – Ele beijou minha orelha e então foi para trás para olhar nos meus olhos. – Eu te amo.

Respirei profundamente, encontrando seu olhar intenso.

– Também te amo.

– Eu queria ter falado isso no rádio – disse ele. – Mas nós não fazemos isso no rádio.

– Seu pai o mataria.

Rindo ele tirou o telefone do bolso.

– Vou deixar o telefone aqui para você. Ligue para Molly se precisar de alguma coisa.

– Cer... to – respondi. Estar num acidente de avião não fazia com que eu me esquecesse que Molly me chamou de mentirosa. Ou, que eu era uma mentirosa.

– Ela está esperando você ligar – disse Grayson. – Descanse. Voltarei mais tarde para ver como você está. – Olhando para meus olhos ele beijou minhas mãos, e então foi embora. Eu podia adivinhar o caminho que ele estava fazendo entre as árvores pelo tom do latido do pit bull.

Deitei por um tempo, mas aquela cena no avião não saía de minha cabeça. Pensando que o voo parecia normal, apesar de Grayson ter dito que meu trem de pouso esquerdo não estava mais lá. Pousando o avião com uma roda só, e sentindo, pela batida, que a outra roda realmente não estava lá.

Por fim, levantei, tomei um banho, e voltei para o aeroporto. Quando passei pelo escritório, Sr. Simon estava saindo pela porta com seu boné de beisebol e macacão de costume, apesar do calor. Ele acenou para mim. Ele não estava lá hoje de manhã, no momento do acidente. Agora eu suspeitava que era por isso que Mark queria tanto me levar para voar. Ele realmente não tinha autorização para voar, mas seu tio não estava lá para dizer não.

Não queria que Sr. Simon gritasse comigo, mas percebi que ele tinha o direito de fazer isso já que eu *tinha* derrubado o avião dele. Caminhei até ele pela sombra da varanda.

– Quero apertar sua mão, menina – disse ele.

Eu não tinha muita experiência com apertos de mão. Provavelmente eu não fiz isso desde o dia em que conheci Sofie, mas estendi minha mão para Sr. Simon. Seu pulso era muito forte no início, e de repente tão fraco que eu mal conseguia sentir sua mão, como se ele tivesse se lembrado que estava apertando a mão de uma garota. – *Menina* – disse ele, de maneira tão desrespeitosa mesmo que ele me mostrasse respeito ao apertar minha mão. Ser uma piloto sempre foi assim para mim, e sempre seria.

Ele me soltou e apontou para uma cadeira de balanço. Sentei-me. Ele se sentou na cadeira de balanço do outro lado da porta, onde

Grayson sentou no último domingo, na primeira vez em que tentou me convencer a trabalhar para ele.

– Você fez um voo fantástico – disse Sr. Simon. – Salvou a vida do meu sobrinho. – Ele se virou para olhar para as árvores, com alguns troncos mostrando rastros brilhantes onde o acidente os descascou. – Salvou o que restou do meu avião. *Salvei minha vida,* pensei.

– Preciso cumprir contratos – disse ele. – Mark não vai poder voar. Pelo que sei, nunca mais vai poder voar. Preciso de um piloto.

Na verdade, Sr. Simon ainda não tinha me convidado para trabalhar para ele. Eu sabia que era isso que ele queria. Eu também sabia que o fato de ele me elogiar muito e falar comigo primeiro o colocava em vantagem na negociação. Eu aprendi muita coisa enquanto ouvia os homens conversando nessa varanda.

E eu realmente não me importava mais, porque eu tinha meus próprios planos.

– Mark me contou, há umas duas semanas, que você queria me contratar mesmo enquanto ele voava para você. Isso é verdade?

As sobrancelhas de Sr. Simon se ergueram. Ele balançou a cabeça.

– Não. É a primeira vez que ouço isso. Ele falou isso? – Balancei a cabeça, meu estômago girava. Não demonstrei surpresa.

E esperei que ele falasse, balançando devagar na minha cadeira como se pudesse ficar ali sentada o dia todo.

Por fim, ele disse:

– Sinto muito por isso. A mãe dele não lhe deu uma boa educação.

Minha mãe também não me deu uma boa educação, pensei, *e eu não agia como ele.* Continuei balançando.

– Mas agora tenho esse buraco – disse Sr. Simon. – E gostaria que você o preenchesse. Você precisa de treinamento, mas claramente você tem a capacidade.

– Você me treinaria de graça? – perguntei.

Ele continuou balançando também.

– Se esta for sua condição, sim.

Agora eu deveria perguntar sobre o pagamento. Se não ele talvez diminuísse meus salário para cobrir o custo das aulas para pilotar aviões agrícolas. Também aprendi muito com Grayson nessa semana.

Mas não havia motivos para continuar esse jogo.

– Já tenho um emprego no verão – respondi. – Vou continuar pilotando para Hall.

Ele se virou para olhar para o hangar da Hall Aviation. Segui seu olhar. O Piper vermelho estava estacionado lá, e Grayson caminhava pela pista em nossa direção, carregando caixas.

– Você acha mesmo que eles vão continuar trabalhando? – perguntou Sr. Simon.

– Sim – respondi –, pelo menos até o verão. No ano que vem eu não sei o que vou fazer. Talvez possamos conversar de novo.

– Justo. – Nós dois nos levantamos. Ele apertou minha mão novamente, desta vez cobrindo-a com sua outra mão. Ele olhou direto nos meus olhos com seus olhos azuis cheios de água e disse: – Obrigado, de coração. – Ele caminhou para fora da varanda em direção ao enorme hangar de aviões agrícolas, do outro lado do aeroporto.

Grayson sentou-se na cadeira em que Sr. Simon estava, então colocou o que estava carregando no chão da varanda ao lado dele. Duas sacolas de papel reciclado do café dos pais de Molly, e um copo de material reciclado.

Podia ver que ele tinha algo importante para dizer. Exatamente como no primeiro dia em que conversamos aqui na varanda, eu podia sentir o peso do que ele tinha para me dizer nos rondando naquele ar quente e úmido.

Ele ficou em pé e estendeu as mãos para mim. Ele me puxou para que eu ficasse em pé. Colocando os braços em volta do meu corpo, ele me puxou mais para perto e me deu um longo abraço.

Devagar eu consegui me relaxar. Apesar de ter ficado algumas horas deitada na cama, olhando para o teto do trailer, eu ainda não tinha me dado conta e como meus músculos ainda estavam tensos por causa do acidente até me derreter nos braços de Grayson.

Ele também relaxou, seu abraço apertado transformou-se em uma massagem nos ombros. Por fim, segurou nos meus braços e me olhou nos olhos. Pelo menos, achei que tinha me olhado. Nós dois estávamos usando nossos óculos aviadores. Embora eu não pudesse ver os olhos dele, dessa vez eu sabia que ele estava realmente preocupado quando perguntou:

– Você está bem? – Sua voz sumiu. Ele limpou a garganta.

– Eu estou bem – respondi. – *Você* está bem?

– Agora estou. Levou um tempo para me acalmar. Mas estava preocupado com você e estava indo ver se estava tudo bem. Sente-se.

Não queria que ele me tratasse como uma inválida quando, na verdade, eu nem estava machucada. Mas ele também passou por muita coisa naquele dia, por isso não quis discutir com ele. Sentei.

Ele sentou ao meu lado, franziu a testa para mim. Estendeu a mão, pegou minha cadeira pelos dois braços, e me arrastou para perto da cadeira dele.

– Olha lá. – Ele colocou a mão no meu joelho.

Nós dois olhamos em direção ao final da pista enquanto o Piper laranja acelerava os motores para decolar. Talvez por isso meu joelho estivesse balançando, por causa da vibração que vinha do avião. No início pensei que era o toque de Grayson. Mas depois que o avião decolou e seguiu seu ângulo no céu, quando o barulho do motor começou a se transformar num zumbido lá longe, ainda sentia, na minha coxa, a vibração da mão de Grayson no meu joelho. Então ele acariciou meu joelho embora ainda olhasse para o avião, como se quisesse ter certeza de que eu ainda estava ali.

– Quem está pilotando? – perguntei. – Aquele é o meu avião. Acho que você *realmente* me despediu. Já colocou alguém no meu lugar?

Ele sorriu.

– O que é que eu estava pensando? Por favor, volte. O Almirante está voando para mim apenas até o final do dia.

– O Almirante! – exclamei. – Grayson, ele não vai carregar banners para você, vai? Você não devia ter pedido a ele! Não interessa o quão bom piloto ele seja. Se ele não souber como fazer isso ele se matará.

Grayson acariciou meu joelho novamente, dessa vez para me tranquilizar.

– Ele se ofereceu para que eu pudesse cumprir meus contratos e você não tivesse que voar. Foi assim que ele aprendeu a voar quando era um maldito jovem idiota. Foi o que ele disse.

Eu ri.

– Parece seu pai falando.

– Existe uma razão para eles terem sido amigos. – Grayson bateu seu dedo no meu joelho. – Mas, não conte isso para a mulher dele. Essa era a condição para que ele fizesse esse trabalho. Ele disse que ela teria um ataque.

– Faça-o descer e deixe-me voar. Eu estava indo para o hangar para dizer que estou pronta para voar.

– Não – disse Grayson. – Eu estava indo para o seu trailer para levar o café da manhã e o almoço. – Ele apontou para as caixas do café.

– Estou bem.

– Não.

– Eu quero voar.

Ele tirou a mão do meu joelho.

– Leah, não. Você sofreu um acidente de avião hoje pela manhã. Não vou deixá-la voar no mesmo dia. Se você estiver bem amanhã você pode voar amanhã e domingo.

– Preciso voltar à ativa *agora* – disse dessa maneira, como se estivesse brincando, mas eu realmente queria dizer isso. Eu não estava com medo. Eu sabia que o que tinha acontecido naquela manhã não era minha culpa. Mas eu não queria correr o risco de *ficar* com medo se esperasse muito tempo para voar novamente e se passasse muito tempo pensando no acidente. – Estou com vergonha.

– Do quê?

– De ter gritado.

Sua sobrancelha esquerda se ergueu atrás de suas lentes.

– Você acha que devia ter caído com mais classe?

– Com mais compostura.

Ele sorriu.

– Depois do meu acidente com o Piper no ano passado, fui para a floresta e vomitei, como você sabe. E superei. Você também vai superar isso. Talvez amanhã você supere. Mas seria irresponsabilidade minha, como seu patrão, deixar você voar hoje. E assim encerramos a discussão. – Ele fez o gesto como se estivesse cortando a garganta.

Franzi a testa para ele e fiz o meu gesto no meu pescoço.

– Fazemos isso demais.

– Precisamos fazer isso – respondeu ele. – Nenhum de nós dois sabe quando é hora de ficar quieto. – Ele segurou minhas duas mãos. – *Você* está quase *me* mandando calar a boca. Mas eu tenho algo para lhe dizer, e algo para lhe perguntar.

– Certo. – Eu já devia estar acostumada com Grayson, sempre planejando tudo, mas era difícil não lembrar do Grayson que conheci no passado, e parecia estranho que ele planejasse o que dizer antes de uma confissão e de uma pergunta.

Ele esfregou as mãos com os polegares, preparando-se.

– Uau! – exclamei. – O que poderia ser tão terrível, Grayson? – Tirei meus óculos e os coloquei no meu colo, então estiquei a mão e tirei os óculos dele.

Seus olhos me surpreenderam, como sempre, porque eu raramente os via. Sua íris era de um estranho tom de cinza brilhante, seus cílios loiros e longos.

Normalmente, quando eu via seus olhos ele os estreitava para mim. Agora eles estavam grandes e preocupados, e ele mordia o lábio.

– Diga – disse.

– Eu devia ter falado isso antes, mas eu estava chantageando você. Eu tenho que contar, mas eu não quero que você termine comigo.

– Diga. – Eu não queria saber. Era cedo demais para terminarmos tudo. Mas também não podia suportar não saber de nada.

– Meu pai deixou o Cessna para você.

Fiquei boquiaberta.

– O Cessna? – O avião branco para quatro passageiros no qual Sr. Hall costumava me dar aulas. O primeiro avião que pilotei na vida. – Por que ninguém me falou nada nos últimos dois meses?

– Meu pai, em sua infinita sabedoria, nomeou Jake seu testamenteiro. Como Jake morreu, o testamento está parado na justiça. Mas tenho certeza que você vai receber uma ligação nas próximas semanas. Ou melhor, receberia uma ligação, se tivesse um telefone.

Olhei boquiaberta para ele. Eu não podia acreditar. Sr. Hall deixou o Cessna para mim!

Grayson se mexeu, desconfortável.

– Veja bem, não fazia sentido para mim que ele deixasse um avião em testamento para uma aluna de aviação, a menos que você fosse muito mais próxima dele do que ele nos contou. Por isso eu fui... cruel com você no começo dessa semana. Só comecei a entender tudo naquela noite no café de Molly, quando você falou sobre voar. Você pode nunca ter falado com meu pai sobre como se sente ao voar, como falou para nós naquela noite, mas ele viu isso em você. Ele sabia. E então, como você e eu conversamos... e fizemos mais do que isso... eu entendi. Senti-me culpado por desconfiar de você. Mas é que tinha esse *avião!* – Ele esticou as mãos, apontando para a máquina de dez metros de envergadura, oito metros das hélices até a cauda, e milhares e milhares de dólares.

Eu tinha um Cessna. Eu ainda não conseguia acreditar.

– Alec sabia disso o tempo todo?

– Não. Fui eu que conversei com os advogados. Só contei para Alec hoje pela manhã.

– Mas ele ia descobrir – disse eu – e você sabia disso. Como você pôde continuar com este plano de fazer com que ele e eu ficássemos juntos?

Ele estendeu a mão.

– Eu não me importava que ele descobrisse – disse ele enquanto tocava seu dedo. – Ou que você descobrisse. – E tocou o outro dedo. – Ou que ele ficasse bravo. – Ele tocou seu dedo médio. – Ou que você ficasse brava. – Ele tocou seu dedo anelar. – Tudo o que eu queria era mantê-lo vivo. – Eu concordei com a cabeça. Eu entendia isso.

Mas ainda não conseguia acreditar que eu possuía um Cessna.

– Não posso aceitar – disse.

– Achei que você diria isso. Você acha que não merece. Mas papai o deu a você porque ele a amava. Amor não é algo que você deva merecer.

Parecia que ele estava lendo um poema. Olhei para ele, intrigada. Ele sorriu.

– Aprendi isso há pouco tempo. – Seu sorriso desapareceu. – Pelo menos, espero que seja verdade. – Ele olhou para o hangar da Hall Aviation. Não conseguíamos ver o Cessna branco lá dentro, mas sabíamos que estava lá. – Eu estava pensando, você poderia vender o avião e usar o dinheiro para viver e pagar a mensalidade da faculdade até se formar, se você souber cuidar do dinheiro. É claro que então você não teria um avião, mas conhecendo você, acho que você prefere ter um avião para pilotar do que um lugar para morar.

Eu ri, porque era verdade.

– Algumas pessoas vendem cotas de seus aviões – continuou ele. – Um médico aposentado que mora por aqui adoraria comprar metade de um avião que era de meu pai e que ele sabia que fazia direito a manutenção. – Na sua voz pude ouvir o orgulho que sentia pelo pai. – Você ainda poderia voar metade do tempo, e guardar os lucros na outra metade.

Sentei de volta na minha cadeira com um suspiro, assoberbada com toda aquela estranha ideia de ser dona de um avião. Uau!

– Eu sei – disse ele. – Isso muda tudo para você, e eu devia ter falado. Mas, se eu tivesse contado, seria muito mais difícil obrigar você a fazer o que eu queria. Por isso, se você quiser ficar longe de mim agora, eu entenderei completamente, e – ele tirou o chapéu, passou a mão pelos cachos loiros, e colocou o chapéu de novo –, para ser sincero, isso não é verdade. Eu me rastejaria aos seus pés.

Eu ri, mas não disse a ele que o perdoava. Não assim, na hora. Ele fez muita coisa comigo. Eu entendia o porquê, mas seria bom vê-lo se rastejando um pouco. Eu ainda não tinha certeza.

– O que você queria me perguntar?

– Ah. – Suas bochechas ficaram vermelhas. Ele limpou a garganta. – Você quer vir ao baile de formatura comigo?

Gargalhei tão alto que minha voz ecoou no hangar da Hall Aviation e voltou até nós.

– O *baile de formatura!*

– Sim! – Ele sorriu.

– Em Wilmington?

– Sim, no próximo sábado.

Olhei sobre meu ombro para a porta do escritório do aeroporto.

– Eu vou precisar pedir folga no trabalho.

– O baile é à noite, o aeroporto estará fechado.

Balancei a cabeça devagar.

– Eu teria que usar um vestido de baile.

– Não importa o que você vai vestir. Você poderia usar aquele biquíni com o qual você voa, e todas as garotas com quem já saí iriam... – Ele sorriu para mim. – E todos os garotos... Sei que zombei de você por ser bonita e por tirar vantagem disso, mas você precisa me dar a minha chance.

– Bem, se você pintar essa situação como uma trama de vingança da escola, como eu poderia recusar? Nunca estive num baile de formatura antes. O meu foi há algumas semanas e em nenhum momento eu pensei em ir.

– Vamos garantir que esse será bom.

Ainda pensando no assunto, perguntei:

– Você viria me buscar? Eu ia achar péssimo você ir até lá e depois ter que me trazer de volta. É muito longe.

– Eu viria buscar você – disse ele. – Você ficaria na minha casa, no quarto de hóspedes, e minha mãe não me deixaria tocar em você de maneira inapropriada. Enquanto estivesse olhando. Ou... – Ele levantou o dedo como se tivesse acabado de ter uma ideia brilhante. – Você poderia voar até Wilmington no seu avião.

Fiquei olhando para ele por um momento sem entender o que ele estava dizendo. E então percebi que ele estava falando do Cessna de Sr. Hall. Que agora era o meu Cessna.

– Eu posso fazer isso? – perguntei. – Tecnicamente ainda não é o meu avião.

– Tem razão – disse ele. – O avião ainda pertencerá à Hall Aviation por mais algumas semanas, até você passá-lo para o seu nome. Mas você tem autorização para pilotar aviões para a Hall Aviation. Está tudo certo. Você pode ir para onde quiser.

– *Sério?* – Fiquei me imaginando voando para Wilmington para ir ao baile de formatura. Voando para qualquer lugar que eu quisesse, a qualquer hora. Imaginei-me a trezentos metros do chão, onde eu podia ver tudo e apontar o avião para todas as direções. Toda a costa atlântica, de repente, todo o país era meu.

Grayson deu uma gargalhada.

– Pensei mesmo que isso faria você sorrir. Levou alguns minutos para cair a ficha, mas agora você entendeu.

– Sim – respondi. – Agora eu entendi.

– A única coisa é que Alec vai convidar Molly para ir ao baile com ele, então seria legal se vocês fizessem as pazes, e você a levasse também.

Bem nesse momento, o Piper amarelo mergulhou baixo na parte gramada e jogou um banner. O tecido caiu reto e parou na grama. O vento estava calmo.

Observando o avião voando eu disse:

– Espero que as coisas não fiquem estranhas entre você e Alec por causa de tudo isso.

– Ah, ficarão estranhas sim – disse Grayson. – Quando estávamos brigando hoje pela manhã, antes de você voar, ele ligou para minha mãe e me dedurou.

– Dedurou você! – exclamei. – Ele nunca dedura você. E eu achei que sua mãe soubesse que você estava tocando o negócio e tentando fazê-lo ficar.

– Ela sabia disso – Grayson reconheceu. – Mas ela não sabia sobre *você*, e sobre o que eu obriguei você a fazer. No domingo à noite, quando voltarmos para Wilmington, terapeutas do luto serão chamados. E tios.

Se ele tivesse me contado tudo isso de maneira amarga eu me preocuparia com o que ele tinha em mente. Mas ele disse tudo isso de maneira leve, como se não se importasse muito com isso.

– Talvez seja bom – disse, com cautela.

– Talvez. Mas, não importa o que aconteça, Alec e eu, somos irmãos. Já passamos por muita coisa juntos. Podemos lidar com situações estranhas entre nós. – Seus olhos seguiram a trajetória do avião de Alec quando ele fez o círculo de volta ao redor da terra. – Meu pai detestaria saber que você e eu estamos juntos. Ele diria que eu não sou bom para você.

– Ele estaria errado – disse. – E eu diria isso a ele. Aquele dia, em dezembro, quando você sofreu o acidente... Você estava no controle no início, mesmo com todo aquele vento. Você controlou o avião e seu pai disse, "Perfeito".

Grayson sorriu.

– E então eu derrubei o avião, e ele disse outra coisa.

Isso era verdade.

– Bem. Ele achou que você era perfeito por um segundo. E você realmente foi. Era possível ouvir na sua voz o quanto ele estava orgulhoso de você. Como se você tivesse conquistado alguma coisa, como se a conquista também fosse dele.

– Obrigado, Leah. – Grayson se inclinou para frente até que sua cadeira de balanço tocou o chão. Ele me deu um beijo na boca, colocando uma mão no meu rosto para me segurar ali gentilmente enquanto me acariciava.

Com um longo suspiro, ele foi para trás e gesticulou sobre seus ombros.

– Preciso voltar ao trabalho.

– Deixe eu ir com você – disse eu. – Prometo que não vou pedir para voar. Só vou varrer o hangar ou, Jesus, tirar o pó do sofá. Qualquer coisa.

Ele me olhou de maneira tão severa que mudei de ideia sozinha mesmo.

– Tudo bem – disse, com as mãos para cima.

Ele se curvou e pegou as caixas e o copo do café dos pais da Molly.

– Aqui está. – Ele apontou o escritório do aeroporto com a cabeça. – Vá lá dentro e roube o jornal como você sempre faz. Vá para casa. Relaxe. Molly vai passar por lá depois do trabalho para conversar com você. Não faça essa cara. E então eu vou pegá-la depois para irmos jantar, para levá-la ao supermercado e onde mais você precise ir.

Me levar para comprar um vestido de formatura, pensei. Mas isso era algo que eu poderia fazer numa noite da próxima semana com Molly.

Se estivéssemos nos falando até lá.

Ele tentou me entregar as caixas e o copo, provavelmente pensando que se ele os pressionasse em minha direção, eu os pegaria automaticamente. Quando não fiz isso ele perguntou:

– O que foi? Você está chateada por não ter nada para fazer?

Balancei a cabeça, já me sentindo melhor por ele ter entendido o que estava acontecendo.

– Você não está acostumada a ter muita família e amigos – disse ele – dando conselhos e dizendo o que fazer e se metendo nos seus assuntos. Fazemos isso porque gostamos muito uns dos outros. Acostume-se. Você já entrou para o clube. – Ele enfiou as caixas em mim de novo. Quando as peguei ele me deu um beijo na testa, colocou os óculos escuros e se virou para o hangar da Hall Aviation.

Com as caixas empilhadas nas mãos, entrei no escritório. Cumprimentei Leon. Ele respondeu de algum lugar no fundo do escritório. Então seria seguro pegar o jornal na mesa lateral da sala de espera. Também voltei para a sala de descanso e peguei uma revista de anúncios de apartamentos na pilha de folhetos com atrações locais. Quando inclinei em direção à porta de vidro para abri-la, pois meus braços estavam ocupados, Grayson estava se virando para me procurar na lateral do hangar da Hall Aviation. Ele acenou. Mexi meus cotovelos em resposta. Ele entrou no hangar e eu me virei em direção ao estacionamento de trailers.

Pensando melhor, parei. Olhei para o céu acima da pista e para as árvores. O motor de um avião zumbia em algum lugar lá em cima, mas eu não conseguia ver o avião.

Sussurrei:

– Obrigada. Por tudo.

Continuei no meu caminho, meus chinelos batendo no asfalto até eu chegar no final da pista e entrar no longo gramado. Quando deixei o gramado e entrei na floresta, o pit bull avançou em mim, como de costume. Mas, dessa vez, seu grunhido durou pouco tempo. Ele ficou parado na ponta da corrente, me olhando em silêncio, e farejando o ar. Farejou o chão.

Dentro do meu trailer, em pé na frente do balcão da cozinha, de repente senti fome, e comecei a olhar dentro das caixas. Primeiro comi o croissant de chocolate – que não estava mais quente, mas não deixava de ser o croissant de chocolate do pai da Molly – e então comi um grande pedaço do sanduíche do almoço, e guardei o resto com cuidado na geladeira para comer no dia seguinte.

Então me ajeitei no sofá deformado com a revista de anúncios de apartamento. Eu pretendia emprestar o telefone de Grayson amanhã para ligar para o proprietário e descobrir há quantos meses minha mãe estava embolsando o dinheiro que eu dava a ela em vez de pagar o aluguel. Desde que Sr. Hall me deixou voar de graça, eu escondi meu salário para guardar para a faculdade. Eu não queria usá-lo agora, mas era dinheiro o bastante para cobrir o pagamento de um aluguel barato para os próximos meses.

Mas o aluguel atrasado era tudo o que eu pagaria ao proprietário. Eu estava por minha conta agora. Eu tinha escolhas, e escolhi não viver nesse trailer nem um segundo a mais do que o necessário. Folheando a revista com os anúncios me senti em pânico, da mesma maneira como me senti no último domingo, quando Grayson me contou que Mark estava mentindo sobre o emprego com Sr. Simon. Os apartamentos mais baratos custavam o dobro do valor do aluguel do trailer, e eram deste lado da cidade, provavelmente em bairros mais perigosos. Como eu vinha lendo o jornal há anos, eu sabia exatamente onde aconteciam os tiroteios e os esfaqueamentos.

Os apartamentos no lado nobre da cidade eram, com certeza, muito mais caros. Agora que eu não estava sustentando minha mãe, eu tinha condições de alugar um. Mas então eu não poderia andar até o aeroporto. Eu poderia ir para o aeroporto no ônibus escolar, supus, e então poderia pedir uma carona ao Almirante quando ele fosse embora no final do dia, que era mais ou menos o mesmo horário que eu ia embora. Mas, como Grayson disse, eu odiava depender de alguém. E eu tinha só mais seis semanas de aula para terminar o colégio. Já era hora de aprender a dirigir. E comprar um carro.

Os apartamentos no lado nobre da cidade também exigiam uma verificação de crédito. Eu não tinha crédito. Mas, eu tinha um emprego. Eu já trabalhava no aeroporto há três anos e meio, e Grayson poderia atestar que me empregaria com um salário maior durante o verão. Ou eu poderia conseguir alguém para dividir o apartamento, alguém que já tivesse alugado apartamentos antes, talvez uma das garotas da universidade que os pais de Molly contratavam para trabalhar no café durante o verão. E eu já até conseguia ver esta garota imaginária agora. Ela normalmente estaria no apartamento quando eu saísse do trabalho. Ela quase sempre estaria lá quando eu acordasse pela manhã, porque ela morava lá também. Sairíamos juntas às vezes. Ela seria mundana e engraçada, como Grayson, Alec e Molly. Ela teria uma TV.

Esta fantasia, tão deliciosa quanto o croissant de chocolate, tinha apenas uma desvantagem. Conhecendo minha mãe, eu sabia que ela voltaria em algumas semanas, depois de ser chutada por Roger, em Savannah. Ou ela ficaria com ele tempo o suficiente para perceber que ele não seria contratado na fábrica, e ela pegaria uma carona de volta para Heaven Beach para vagabundear em cima de *mim*. Ela não me encontraria aqui no trailer.

E pensar nisso me deu uma pontada de culpa. Afinal, ela era minha mãe, a única parente que eu conhecia. Mas se ela realmente quisesse me encontrar, ela só precisava ir até o aeroporto. Talvez agora, que eu não era mais responsabilidade dela, ela encontrasse força para se sustentar. Nesse caso, eu gostaria de vê-la algumas vezes. Eu só não queria que ela soubesse onde eu estaria vivendo.

O trailer parecia tremer com nova energia. Olhando em volta, percebi que ele parecia mais claro que o normal, com mais luz do sol filtrada pelas folhas das palmeiras entrando pelas janelas minúsculas. Então percebi que a vibração era de um avião acima de mim, um Piper. Pulei para cima e me inclinei para fora da porta no momento exato para ver Grayson no Piper vermelho voando em um pequeno círculo no céu azul nas copas das árvores.

Então, olhei para o pátio, pelo qual Grayson e Molly passariam mais tarde. Uma das cadeiras de plástico estava caída no chão, onde Molly bateu com o carro no domingo à noite, e eu tinha certeza de que o pote de margarina ainda estava com as bitucas de cigarro. Minha mãe não morava aqui agora, mas eu morava, pelo menos pelas próximas duas semanas, e essa bagunça era minha responsabilidade. Peguei um pano molhado, limpei tudo, joguei o pode de margarina no lixo, e até considerei cortar um pouco do mato que cercava o trailer com a única ferramenta de jardinagem que eu possuía, uma tesoura. Mas então me desanimei e decidi que eu moraria ali por pouco tempo, e que essa manutenção do pátio não valia o meu esforço.

A parte de dentro do trailer *valia* meu esforço. Entrei no trailer e olhei em volta com novos olhos – não com os olhos de Grayson, mas com meus próprios olhos, na minha própria casa, não na casa de minha mãe. Primeiro tirei as minhas fotos da escola da parede onde a TV estava. Eu guardaria as fotos, mas as separei das molduras baratas, que eu doaria.

Isso fez com que eu começasse a empacotar as coisas. Não guardei meus acessórios de banheiro ou minhas roupas de verão em caixas, pois eu ainda precisaria delas até o final do mês. Mas limpei todos os outros armários e coloquei a maior parte do que encontrei em sacos de lixo para doação. Comecei a colocar o que eu queria guardar em sacos de lixo também. Mas isso fez com que me lembrasse como Mark e minha mãe tratavam seus bens materiais. Tirei meus pertences de dentro dos sacos de lixo e os coloquei em uma pilha para depois colocá-los em uma caixa de produtos orgânicos que eu pegaria no café dos pais de Molly.

Por fim, me mudei para o quarto de minha mãe. Primeiro apenas fiquei ali, em pé, naquele lugar escuro, terrivelmente quente porque mantive a porta fechada para economizar o ar-condicionado desde que ela foi embora. Tive medo de tocar em qualquer coisa. Mas ela foi embora, e eu ia embora. Tirei as roupas dela do armário e da cômoda. Comecei a colocá-las em sacos de lixo para doar também. Mas talvez ela aparecesse no aeroporto e as quisesse de volta. Ela ficaria muito brava quando descobrisse que eu doei suas roupas. Mas as mantive nos sacos de lixo. Eu ia guardá-las no porão do aeroporto. Lá elas fariam me lembrar dela apenas quando eu levasse uma caixa de arquivos lá para baixo para guardar, ou quando precisasse de um lugar para me abrigar com Grayson.

Fiquei tão absorvida na arrumação que não percebi como o tempo passou até que ouvi uma batida na porta de alumínio. A batida não era forte o suficiente para parecer um tiro e me assustar, mas parecia a batida da música de rock favorita de Molly.

Abri bem a porta. Molly balançava ali em cima da escada de blocos de cimento. Em seu rosto pude perceber a expressão de alívio por eu estar bem. Sentia amor por mim. Além de raiva, traição, perda e dor. Tínhamos muito o que conversar e muitas desculpas a pedir uma para a outra.

– *Nunca* pensei em você como se estivesse fazendo uma caridade – disse ela.

– Certo.

– E também não queria ser sua amiga só porque você era uma menina nervosa com coragem para roubar meu namorado.

– Certo.

– Mas entendo por que você pensaria isso – lamentou ela. – Como chegamos a esse ponto de termos que ser duras o tempo todo e nunca dizermos o quanto nos amamos?

– Shhh. – Passei meus braços em volta dela e deixei que ela descansasse a cabeça no meu ombro. – Eu fui aquela que sofri um acidente de avião hoje pela manhã, mas *eu* vou consolá-la porque eu amo você.

Quando ela levantou a cabeça, rindo, seus olhos estavam cheios de lágrimas.

– Posso entrar?

Abri a porta de metal para ela.

– Claro, vaca. Entre.

Vinte

No sábado seguinte, algumas horas antes do horário do escritório do aeroporto fechar, entreguei o telefone e as chaves para Leon. No banheiro, lavei minhas mãos para que não cheirassem combustível, arrumei meu cabelo e retoquei minha maquiagem com cuidado, e calcei minhas sandálias de tiras e o adorável vestido azul, da cor do céu, que Molly e eu encontramos na loja que vendia em consignação. O banheiro não tinha um espelho no qual eu conseguisse me enxergar por inteiro. Em pé na varanda do escritório, conferi meu visual na parede de vidro. Com os aviões atrás de mim no meu reflexo, eu parecia uma modelo de uma revista de moda que exibia roupas finas num cenário arenoso de asfalto e maquinário. Alguns garotos assobiaram para mim de vários hangares, e eu acenei para eles.

Quando atravessei a pista em direção ao hangar da Hall Aviation vi o carro de Molly estacionado do lado de fora. Ela ficou, paciente, em pé, nos seus sapatos de salto alto e no seu vestido rosa forte, enquanto eu contornava o Cessna devagar, passando minhas mãos sobre as asas.

Ela não fez nenhum comentário quando subi a escada para conferir o nível do combustível. Apenas tirou fotos de mim com seu telefone, e provavelmente postou na internet.

Mas quando pedi para que ela me ajudasse a empurrar o avião para fora do hangar, ela recusou veementemente. Ela tropeçaria com seus sapatos. Os rebites rasgariam seu vestido. O avião era pesado demais. Eu podia provar a ela que sua última afirmação não era verdadeira mostrando a ela que o avião ia para frente e para trás nas rodas quando eu o empurrava. Ainda assim achei que ia precisar ir atrás de Leon ou do Almirante, ou alguma outra pessoa para me ajudar, quando ela finalmente cedeu. Ela empurrou a escora enquanto eu arrastei a guia, segurando a roda. O avião estava do lado de fora, na brisa que cheirava flores do campo.

Fechei-a na cabine e mostrei a ela como colocar os fones de ouvido. Ela não reclamou. Mas quando taxiei em direção ao final da pista e virei o avião, finalmente percebi por que ela estava tão obstinada antes. Suas mãos tremiam.

– Está com medo? – perguntei a ela.

Ela olhou para mim. Mesmo a sombra brilhante em sua pálpebra não conseguia chamar mais atenção do que o pânico em seus olhos azuis.

– O que *você* acha? Mas eu disse que iria com você.

– Você nunca voou antes?

– Não em um avião tão pequeno.

– Ah, certo. – Eu concordei com a cabeça. – Você só voou para a Europa.

– De primeira classe – concordou ela. – Posso fechar a janela e fingir que não está acontecendo. Aeromoça! – Ela estalou os dedos. – O que preciso fazer para pedir um caviar por aqui?

Revirei meus olhos.

– Existem muitas coisas que podem dar errado, reconheci, mas não vou deixar que aconteçam. E o avião é nosso amigo. O avião quer voar. Observe. – Acelerei o motor e corri a mais ou menos a distância do estacionamento de trailers, então tirei minhas mãos do manche. – Olha, não estou fazendo nada e o avião flutua no ar quando atinge certa velocidade. É assim que funciona.

– *Coloque suas mão de volta no volante* – gritou ela nos meus fones de ouvido.

Para acalmá-la, segurei o manche. Quando subimos sobre as árvores, fiz o movimento mais gentil que pude para que a cabine não se inclinasse. Para que ela tivesse uma viagem suave, dirigi pelo oceano, onde a água temperava o ar, causando menos turbulência. Queria estar usando o uniforme de piloto de companhia aérea, que faria com que as pessoas confiassem mais em mim.

Conseguiria o meu na hora certa.

– É lindo aqui em cima – murmurou ela. Seu cabelo castanho avermelhado, penteado, estava esmagado na janela. Molly observava o sol do fim da tarde brilhando no oceano.

– Sim – disse –, é mesmo.

Quanto mais tempo ficávamos lá em cima, observando o cenário, mais ela parecia relaxar. Mas logo teríamos que descer. Quando o pantanal da Carolina do Norte passou abaixo de nós e o horizonte de Wilmington já podia ser visto, me esqueci de avisar que pousaríamos em um aeroporto muito maior que o nosso, com verdadeiras linhas aéreas e uma torre de controle de tráfego aéreo. Já havia pousado e decolado várias vezes de aeroportos grandes quando fiz aula com Sr. Hall. Além disso, a pista de pouso não estava movimentada no final da tarde de sábado. Ainda assim, Molly estava muito nervosa, com a cabeça pressionada contra o vidro, as unhas, recém-pintadas, grudadas nos dois lados do assento até que seus dedos ficaram brancos. Falei com minha voz de Chuck Yeager no rádio pedindo permissão para aterrissar, e naveguei, já me sentindo uma piloto de companhia aérea.

Taxiei onde me indicaram, até chegar a um terminal. Dez adolescentes usando vestidos de baile e smokings estavam em pé, sorrindo, atrás de uma grade, com Alec e Grayson na frente. Assim que falei para Molly que já era seguro, ela tirou os fones de ouvido, soltou o cinto de segurança e pulou para fora do avião com a mala que trouxe para passar a noite. Ela pulou para o outro lado da pista e se jogou nos braços de Alec.

Eu conferi minha lista de segurança, me certifiquei de que não estava esquecendo nada quando desliguei o avião, e então saí devagar da cabine. O garoto que tinha a mesma função que eu no aeroporto, e que parecia ser aluno de faculdade, trouxe os calços para o meu avião. Ele olhou para mim e então deu uma segunda olhada.

– Você é a piloto mais bonita que já vi.

– Ei. – Grayson vinha em minha direção. – Você está me vendo aqui nesse smoking? Ponha-se no seu lugar.

– Rapaz! Desculpe. – O rapaz não podia sair dali com as mãos para cima porque ele tinha que colocar os calços primeiro, mas ele deu a volta e foi para o outro lado do avião.

Grayson colocou os braços em volta de mim. Senti o cheiro de seu perfume e tive vontade de inalá-lo por inteiro.

– Você é a piloto mais bonita que *eu* já vi. – Ele me puxou para perto e me deu um beijo longo, bem devagar. Atrás de nós pude ouvir algumas garotas dizendo:

– Own.

Grayson sorriu nos meus lábios. Mas quando ele parou de me beijar e olhou para mim, seus olhos cinza estavam sérios.

– O que foi? – sussurrei. – Você ficou assustado ao ver o avião de seu pai chegando?

– Não! – respondeu ele surpreso. – Eu não estava pensando nisso. Só estava com saudade de você. Muita. – Ele beijou meu rosto e então virou. – Deixe-me falar oi para Molly.

Ele passou por Alec, que me abraçou. Abracei Alec de volta, fingindo que não era estranho eu ter ficado com o irmão do meu namorado. Talvez um dia, logo, não seria. Ele manteve uma mão no meu ombro enquanto perguntou baixinho:

– Foi tudo bem com a Molly no voo?

Fiz uma careta e balancei a cabeça indicando que não.

Ele se inclinou em minha direção e disse no meu ouvido:

– Eu tinha medo disso. Talvez nesse verão nós dois sejamos capazes de domá-la.

Sorri e balancei a cabeça enquanto ele caminhava em direção a ela novamente. Se ele estava planejando voar com Molly no verão, isso significava que ele pretendia ajudar Grayson a manter Hall Aviation funcionando. Grayson devia estar tão aliviado que Alec não estava mais desesperado para entrar para o serviço militar. Pelo menos Alec daria uma chance para o negócio da família.

Grayson me encontrou de novo. Com um braço em volta dos meus ombros, ele olhou para seus amigos.

– Então, aqui está ela. Eu disse a vocês que ela viria. Alguns de vocês me devem dinheiro.

Eles caíram na risada. Uma garota deu um passo à frente com a mão esticada para que eu a apertasse.

– Leah, prazer em conhecê-la. Eu sou Nance. E quando Grayson me disse que ia trazer uma piloto linda para o baile de formatura eu disse a ele que ele estava inventando. Todos tínhamos que ver você para poder acreditar.

– Vamos comer! – um garoto gritou atrás do grupo.

– Que fino – disse uma garota, e de repente estavam todos entrando no terminal. Molly continuou andando ao lado de Alec quando virou para o lado e acenou para mim, sorrindo como se seu rosto fosse quebrar. Nunca a vi tão empolgada com um garoto.

Grayson pegou minha sacola. Fomos de mãos dadas até o escritório onde eu precisava registrar meu avião, e Grayson se encostou num pilar para esperar por mim enquanto eu preenchia toda a papelada. Não pude deixar de olhar para ele algumas vezes, tão alto e bonito, e estranho naquele smoking preto e com aquela gravata borboleta, sem seus óculos e seu chapéu de caubói. Vestir-se bem lhe caía muito bem. Vários grupos de passageiros viravam-se para olhá-lo quando passavam por ele. Então olhavam para os lados, procurando pela companheira dele, me viam e então sorriam. Eles sabiam que estávamos juntos, e aquilo me deixava feliz.

Estiquei minha mão enquanto andava na direção dele. Ele pegou minha mão, e caminhamos, mais uma vez de mãos dadas pelo terminal com pé direito bem alto.

– Sinto muito pelo grupo enorme – disse ele.

– Parece engraçado.

– Bem, eles queriam fazer isso porque vamos nos formar logo. E eu não tenho sido um bom amigo para eles nos últimos tempos, mas eles têm sido bons amigos para mim. – Ele abriu a porta que nos levava ao estacionamento e a segurou enquanto eu piscava com a luz do sol do outro lado.

– Vamos jantar – disse ele. – E vamos ao baile. E então para uma festa na casa de minha amiga Ish, e depois, se você estiver animada, vamos a uma festa melhor na casa de meu amigo Steve. Ele parou e se virou para mim no meio das amplas escadas de tijolos. – Mas eu prometo, Leah, juro a você, que em algum momento, ficaremos sozinhos. – Ele levantou as sobrancelhas sugestivamente e sorriu. As pontas de seus cabelos loiros tinham um brilho dourado na luz do sol. Um jato lá em cima na atmosfera passou atrás da cabeça dele, desenhando linhas brancas silenciosamente no céu azul.

Foi então que eu soube. A pressão do trabalho e a tristeza da morte ainda estavam com ele. Mas ele podia esquecer tudo por uma noite, para a noite do baile de formatura, e preocupar-se apenas em como ficar sozinho comigo, como qualquer rapaz que estava terminando o Ensino Médio. Grayson ficaria bem.

Sorri para ele e acariciei sua mão.

– Mal posso esperar.

O tema do baile de formatura era "Para Cima, Para Cima, e Para Fora!". Em vez de uma decoração de Super-Homem, flâmulas azuis pendiam por entre as vigas do ginásio, imitando um céu. Nuvens brancas cintilantes estavam penduradas, além de recortes em forma de balões de ar quente, dirigíveis e aviões. Até mesmo o pano de fundo das fotos da formatura tinham um tema de aviação dos anos 50, como se fosse a parte de dentro de um bar de aeroporto no Havaí. Tive uma estranha sensação de *déjà vu.* Tudo parecia um pouco perfeito demais, como se o baile de formatura tivesse lido meus pensamentos. Então Grayson explicou que Alec era o presidente do grêmio estudantil, e liderou o comitê do baile de formatura. Sem dúvida ali tinha o toque dele.

Torci para que um dia, ao olhar a foto do baile com Grayson, com pôsteres antigos de companhias aéreas no fundo, eu risse de como aquilo era uma previsão das coisas boas que estavam por vir.

Mais tarde naquela noite, o baile começou a ficar vazio, as pessoas foram para outras festas, Grayson sussurrou no meu ouvido que iríamos embora logo, mas que havia algo que ele precisava fazer antes. Sentei na parte inferior das arquibancadas, bem embaixo da silhueta de um 737. Feliz por tirar meus saltos um pouco, observei com alegria Molly e Alec dançando devagar e ficando juntos. Os dois sorriram um pouco enquanto se beijavam como se estivessem *realmente* gostando disso. Alec nunca me beijou assim. Ele estava me enrolando, e isso me fez rir também. Eu estava feliz por Molly e ele descobrirem que juntos tinham algo especial.

Ao olhar aquela nuvem de pessoas vi Grayson. Ele estava dançando e conversando com uma senhora mais velha. Alguém me contou, mais cedo, que ela era a diretora da escola.

– Leah! – disse Nance, sentando-se ao meu lado e arrastando seu namorado, Ralph, com ela. – Você é tudo o que Grayson falou essa semana. Não acredito que ele deixou você sozinha!

Apontei a pista de dança com a cabeça. Nance colocou a mão na boca. Ralph gargalhou e jurou.

– Pela reação de vocês, parece que Grayson e a diretora não são próximos? – perguntei.

– Nem um pouco! – exclamou Nance.

– Eles passaram muitas horas de qualidade juntos nos últimos quatro anos, se é que você me entende... – disse Ralph. – Ele era mandado para a sala dela pelo menos uma vez por mês. Vê-los dançando juntos é realmente bizarro.

Quando Ralph disse isso, a diretora e Grayson deram gargalhadas como se fossem amigos, como se as transgressões de Grayson tivessem acontecido há muito, muito tempo, quando ele era uma criança.

– Falando de coisas bizarras – disse Ralph –, Nance e eu estamos loucos para perguntar uma coisa.

Olhei para eles cautelosamente.

– Tudo bem.

Ralph levantou as duas mãos, como se não soubesse onde colocá-las.

– Desde que o irmão deles morreu, e então o pai deles morreu, Alec parece estar se segurando bem. Mas Grayson não.

– Ele tem estado perdido – adicionou Nance, olhando para ele com tristeza.

– Deprimido – disse Ralph.

– Distante – disse Nance.

– E agora ele voltou. – Ralph estendeu sua mão para mim.

– Como você fez isso? O que você fez?

– Eu ouvi – dei de ombros.

– Entendi.

A música terminou e uma nova música começou. Casais entraram e saíram da pista. Apesar do movimento, Ralph e Nance continuaram a me olhar como se estivessem esperando pelo resto da história, mas eu já havia falado tudo o que eu sabia.

– Bem, por favor, continue fazendo isso – disse Nance finalmente – porque ele é uma nova pessoa.

Grayson veio até mim surgindo no meio da escuridão. Quando ele saiu da multidão, luzes coloridas brilhavam no seu cabelo ondulado e no seu rosto bonito, desaparecendo no smoking preto. Com um sorriso como se fosse uma promessa, ele me alcançou.

Quando dei minha mão para ele e ele me puxou, murmurei para mim mesma:

– Também sou.

– 737 – disse Grayson. – Será seu um dia.

Meu coração batia e eu acariciei sua mão enquanto o enorme avião parecia vir em nossa direção. Mas estava entrando no céu no momento em que passou zunindo por cima de nossa cabeça, dando-nos um vislumbre de sua barriga branca. Nós dois nos viramos nas nossas cadeiras de praia para olhar o maravilhoso avião até que ele desaparecesse no escuro céu do início da manhã. Ainda podíamos ouvi-lo.

Depois da festa de Ish e na festa melhor ainda de Steve, Grayson nos levou ao complexo industrial perto do aeroporto de Wilmington, em uma beirada da pista. No silêncio da noite, na cabine de sua caminhonete, finalmente tivemos nosso momento sozinhos. Ainda sorria ao pensar naquele momento.

Ele planejou antes. Agora estávamos sentados nas nossas poltronas na caminhonete, segurando as mãos embaixo de um cobertor para nos esquentar do nosso calafrio molhado, assistindo os primeiros voos decolarem.

Ele suspirou com satisfação e relaxou a mão em torno da minha. Ele sentiu a mesma emoção que eu de quando se pilota um avião. Então ele apontou a cabeça para o horizonte.

– O sol está nascendo.

Um sol intensamente cor-de-rosa, cortado por nuvens roxas, aparecia sobre as árvores. Era tão pequeno e fraco que eu ainda não tinha percebido uma mudança na luz, mas eu sabia que ela viria.

– Uoh – disse. – Eu evitei a luz. Parece que eu estava me divertindo na caminhonete do meu namorado.

– Não, você... – ele se virou para sorrir para mim. Seus olhos pousaram primeiro no meu vestido de baile amassado, e depois no meu cabelo. – Bem, talvez. – Ele soltou minha mão embaixo do travesseiro, me abraçou e me puxou para mais perto. – Espero que fiquemos juntos por muito, muito tempo. Nunca vou enjoar de olhar para você. – Ele me beijou gentilmente.

Primeiro tive dificuldade em retribuir o beijo dele, pois eu estava sorrindo muito. Então sua outra mão se mexeu embaixo do cobertor, escorregando pelo meu vestido. Meu corpo estava exatamente de volta a onde esteve há meia hora atrás, fazendo o que ele quisesse e aceitando o que ele tivesse para me dar.

Depois de um longo beijo, ele se afastou, suspirando novamente, soando e sorrindo exatamente como fez depois que o avião zumbiu sobre nós.

Então ele olhou para o céu. O azul ficou mais intenso a partir da tonalidade cinzenta da primeira luz do dia.

– Fico me perguntando se Jake fez isso no final da noite de seu baile de formatura.

– A namorada dele gostava de voar?

Ele deu uma risada rápida.

– Não.

– Sim. Acho que isso é perfeito, mas depois de um baile de formatura, a maioria das garotas prefere ver o sol nascer na praia.

– Isso é tão estranho. – Seus dedos traçaram um desenho no meu ombro nu. – Tenho muita sorte, e nunca vou me esquecer disso, prometo. – No meio desta declaração de amor, a voz dele falhou. Ele se distraiu com o barulho de um pequeno avião. – Cessna.

– Corvalis.

– Onde?! – exclamei no exato momento em que vi o pequeno avião decolando em nossa direção. Era da mesma marca que o meu, mas o modelo era mais moderno: o Beemer de quatro lugares, com apenas um motor. Rugiu sobre nós, o barulho não era nada comparado ao de uma aeronave, mas poderoso para o tamanho do avião. Na sua barriga estavam pintadas faixas de corrida, o que me fez rir. O avião parecia feliz.

Nos viramos em nossos assentos para vê-lo desaparecer.

– Fico me perguntando para onde ela está indo assim tão cedo – murmurou Grayson.

– Ela quer começar em vantagem – respondi. – Vai ser um lindo dia para voar.